SUSANNE FALK

ANATOL STUDIERT DAS LEBEN

Jede Ähnlichkeit der Figuren dieses Romans
mit realen Personen wäre rein zufällig.

Gedruckt mit freundlicher Unterstützung
der Kulturabteilung der Stadt Wien.

FSC
www.fsc.org
MIX
Papier aus verantwortungsvollen Quellen
FSC® C004378

Grafische Gestaltung: Dorothea Löcker, Wien
Umschlagillustration: Martin Haake, Berlin
Druck und Verarbeitung:
EuroPB, s.r.o., Tschechische Republik
ISBN 978-3-7117-2065-8

Informationen über das aktuelle Programm
des Picus Verlags und Veranstaltungen unter
www.picus.at

SUSANNE FALK

ANATOL STUDIERT DAS LEBEN

ROMAN

PICUS VERLAG WIEN

In der Kunst wie im Leben ist alles möglich, wenn es auf Liebe gegründet ist.

Marc Chagall

ERSTER TEIL

Anatol saß im Garten seiner Großmutter vor der Döblinger Villa unter einem Fliederbusch und sah den Amseln beim Paaren zu, während der Burgschauspieler Josef Meinrad mit der Großmutter Tee trank. Da war er vielleicht fünf Jahre alt. Seine Großmutter reichte zum Tee gerne Anisgebäck. Immer wenn eine kurze Gesprächspause zwischen den beiden entstand, konnte Anatol hören, wie der berühmte Schauspieler in eines der Kekserl biss und sich damit das Anisaroma aus dem Munde Meinrads über den ganzen Garten verteilte. Und obwohl der Flieder einen durchaus starken Geruch verströmte, konnte Anatol zwischen dem schweren Blütenduft winzige Partikel von Anis wahrnehmen. Ja, Meinrad schaffte es, ganz gezielt auf einzelne Anissamen zu beißen, und der Duft dieser einzelnen Samen drang bis zu Anatol vor. Das, so erkannte das Kind, geschah nicht etwa zufällig, im Gegenteil, der große Burgmime schien sowohl die Gesprächspausen der Großmutter, den Duftschweregrad des Flieders als auch die leichte, frühnachmittägliche Brise so perfekt verinnerlicht zu haben, dass er genau wusste, wann er auf den Anissamen zu beißen hatte, damit dessen Duft sich über den Döblinger Garten, ja die ganze Wiener Vorstadt hinweg ausbreiten würde. Das, so schien es Anatol, war perfektes Timing.

Die Einzigen, die von der Aura des großen Schauspielers und seinem untrüglichen Gespür für große und kleine Augenblicke unbeeindruckt blieben, waren die Amseln, und Anatol fand es auf kindliche Art und Weise unanständig, dass diese Vögel nicht voneinander abließen, um dem großen Mann beim Kauen zuzusehen. Stattdessen suchten die Amseln in ihrem eigenen Rhythmus den perfekten Zeitpunkt, um neue Amseln zu produzieren. Das wusste Anatol natürlich nicht, als er unter dem Fliederbusch saß. Nur der spitze Schrei seiner mittleren Schwester und ihr Ausruf »Iiih, die Vögel vögeln ja!« erklärte sich ihm Jahre später, als ihm die Szene in den Sinn kam, während seine Großmutter eine Packung Anisgebäck auf einen Teller leerte und ihn damit in den Garten schickte. »Geh, Schatzerl, bring das mal dem Meinrad.« Dass »der Meinrad« zu diesem Zeitpunkt schon fast zwanzig Jahre tot war, hielt seine Großmutter nicht davon ab, ihm immer noch einen Platz an ihrem Gartentisch frei zu halten und im Gedenken an den großartigen Künstler und Freund nachmittags ein paar Kekse an die Amseln zu verfüttern. Es war ein sehr spezielles Tea for One.

So lernte Anatol nicht nur, dass es einen perfekten Zeitpunkt für so gut wie alles gab, er verortete sein Leben ganz und gar in einer Welt außerhalb des Zufalls. Alles war planbar – wenn die Umstände es zuließen. Natürlich kam auch in Anatols Welt das Unerwartete vor. Aber er hielt es auf Abstand und bemühte sich darum, seinen Tagesablauf zu perfektionieren. Morgens um sieben läutete der Wecker, dann duschen, abtrocknen, kämmen, anziehen und weiter zum Frühstück, das immer und ausschließlich aus irgendeiner Sorte Zerealien bestand, vorwiegend gezuckerten Cornflakes. Um dreiviertel acht verließ Anatol dann das Haus und machte sich auf den kurzen Weg zum Kindergarten, zur Schule, in die Arbeit. Es machte eigentlich keinen Unterschied, welche Institution er im Laufe seines Lebens besuchte, der Ablauf blieb immer derselbe, ebenso die Uhrzeit. Da Kindergarten und Schule in der Nähe lagen, konnte Anatol sie bequem binnen fünf Minuten zu Fuß erreichen. Und seit er im Kunstforum arbeitete, das ebenfalls keine fünf Minuten von seinem Elternhaus entfernt lag, erwies sich sein Tagesablauf während der Zeit des Kindergartens, der Schule und der Universität als perfekte Vorbereitung für sein nunmehriges Leben, denn die Öffnungszeiten des Kunstforums änderten sich nie und somit änderte sich auch nichts an Anatols Alltag, was er sehr zu schätzen wusste. Allerdings öffnete das Kunstforum seine Pforten auch für die Mitarbeiter erst um zehn. Es kostete ihn große Mühe, seinen Alltag um zwei Stunden nach hinten zu verlagern, damit er nur noch zehn Minuten zu früh zur Arbeit erschien. Genügend Zeit zu haben beruhigte ihn, also geizte er nicht damit. Somit war alles in Anatols Leben geplant, organisiert und vorhersehbar, damit das Unvorhergesehene keinen Zutritt erhielt, denn: Es machte ihm Angst.

Seine Großmutter führte dies unter anderem auf Tante Mitzi zurück. Tante Mitzi war der dunkle Fleck in der ansonsten strahlenden Familiengeschichte, denn auf Tante Mitzis kleiner Gestalt lag ein Schatten. Zwar trug dieser Schatten die berühmten Züge des noch viel berühmteren Sigmund Freud, aber immerhin. Tante Mitzi, die eigentlich nicht Anatols Tante, sondern seine Urgroßtante war, sollte eine der letzten Patientinnen des Wiener Seelenarztes werden. Darauf war man mit Recht stolz. Nicht jeder hatte jemanden in seiner Familie, der seinen Wahnsinn auf Sigmund Freuds Couch hatte behandeln lassen. Leider hatte Freud aus Österreich fliehen müssen, bevor Tante Mitzis Wahnsinn ganz auskuriert war, und so erlitt die Arme mit Mitte zwanzig einen Rückfall, der sich darin äußerte, dass sie splitterfasernackt die Treppen zur Kirche Maria am Gestade putzte. Splitterfasernackt deshalb, weil sie zum Putzen ihre eigene Kleidung verwendete. Als ein schnell herbeigerufener Polizist sie fragte, warum sie das denn tue, da habe sie geantwortet: »Ja, soll denn der Herr Jesus nicht auch eine saubere Treppe haben?« Dagegen war wenig einzuwenden und Tante Mitzi kam, gehüllt in eine eilends herbeigeschaffte Wolldecke, auf den Steinhof, von wo man sie ein Jahr später wieder entließ: Ohne Putzzwang, dafür aber immerfort »Ein Jäger aus Kurpfalz« singend. Das hatte ihr offenbar eine deutsche Pflegerin beigebracht. Nun sang es die Tante von früh bis spät, eigentlich ohne Unterbrechung, bis sie vom vielen Singen abends müde ins Bett sank. Noch als die Nazis die Tante abholten, sang sie ihr Lieblingslied ohne Unterbrechung weiter, und man hatte noch drei Straßen entfernt geglaubt, aus dem Lastwagen heraus die Worte »reitet durch den grünen Wald« gehört zu haben. Als Tante Mitzi nach einem Monat, in dem niemand wusste, wo sie war, aufgrund der Intervention eines Hitler treu ergebenen Großonkels wieder auftauchte, quasi aus dem Nichts, hatte sie zu singen aufgehört. Mehr noch, sie war verstummt – ein Zustand, an dem sich bis zu ihrem Tod im Alter von weit über neunzig nichts mehr ändern sollte.

Die Geschichte der Tante Mitzi hatte dazu geführt, dass man in Anatols Familie auf Therapien jedweder Art lange Zeit keinen Wert legte. Vor allem seine Großmutter stand der Psychoanalyse äußerst kritisch gegenüber. Als Anatols Mutter ihr eines Tages unter Tränen mitteilte, da war Anatol vielleicht vier Jahre alt und stand heimlich hinter der Wohnzimmertür und lauschte, dass sie aufgrund seines merkwürdigen Sozialverhaltens äußerst besorgt um Anatol sei und sie glaube, das Kind sei womöglich auf irgendeine Art und Weise gestört, in jedem Fall aber sehr merkwürdig, hatte die Großmutter nur gesagt: »Gestört hin oder her, der Freud ist tot und alles ist besser als der Jäger aus Kurpfalz. Das Kind kommt mir nicht in Therapie!« Ja, aber, habe die Mutter schluchzend geantwortet, irgendwann habe die Tante Mitzi doch aufgehört zu singen. Da hatte die Großmutter ihre Tochter nur streng angesehen, indem sie eine ihrer stark gezupften Augenbrauen hob, und gemeint, eher singe sie selbst die nächsten zehn Jahre, als dass sie ihrem geliebten Enkel ein solches Trauma an den Hals wünsche wie es die Tante erlitten habe und dass man alle Nazis nach dem Krieg hätte aufhängen müssen, nur wäre Österreich dann ein sehr, sehr ödes Land geworden, so ganz ohne Einwohner. Wie schön wäre Wien ohne Wiener gewesen, nur ohne Publikum spielt es sich selbst an der Burg eher schlecht, und so müsse man wohl oder übel die Menschheit in Kauf nehmen. Und damit war dann auch alles gesagt.

Überhaupt war es die Großmutter, die die gesamte Familie einte und gleichzeitig dominierte, mit ihrer bisweilen liebenswürdigen, oft auch cholerischen Art. Der Großvater hatte sich nie gegen seine Frau durchgesetzt, es allerdings auch nie darauf angelegt. Ihm schien es zu gefallen, von ihr beherrscht zu werden.

Anatols Großvater war Ministerialrat gewesen, zu Lebzeiten hatten ihn seine Kollegen wohl hin und wieder um seine schöne wie auch berühmte Ehefrau beneidet. Der Neuendorff, das ist doch der mit der Burgschauspielerin …? Natürlich zerriss man sich hinter dem Rücken der Großeltern das Maul. Aber das war ja Teil des Spiels, das die Großeltern feine Gesellschaft nannten.

»Eine feine Gesellschaft ist das«, sagte die Großmutter oft, und der Großvater antwortete immer mit einem beschwichtigenden »Schsch, Johanna, ist ja schon gut!«

In Wahrheit aber war die Großmutter stolz darauf, dass sie aus diesem Heer an Twinsetperlenkette-Ministerialratsgattinnen herausstach, denn sie war lauter, größer und viel, viel präsenter als ihre gesamte Umgebung. Und auch wenn der Großvater oft eher wie das ruhige Anhängsel seiner Frau wirkte, war sie durchaus stolz auf ihren Mann, der sie wiederum restlos bewunderte. Sie war stolz darauf, dass er das Außergewöhnliche liebte, also sie, und er war voller Bewunderung für sie, die große Theaterdiva, die sich in seine kleine, bürgerliche Welt verirrt hatte.

Als Anatol etwa zehn Jahre alt war, also kurz vor dem Tod des Großvaters, nahm ihn dieser einmal beiseite und sagte leise, sodass nur Anatol es hören konnte: »Ist sie nicht wunderbar?« Dabei deutete er mit dem Kopf in Richtung Großmutter, die, lautstark eine Szene aus »Romeo und Julia« deklamierend, auf dem Westbalkon der Villa in Döbling die Geranien goss.

Anatol hatte geschwiegen, wie er das immer tat, wenn er nicht wusste, was von ihm erwartet wurde, denn die Emotionen seiner Mitmenschen konnte er nur schwer bis gar nicht deuten. Sie waren wandelnde Bücher mit sieben Siegeln und geheimen Schriften. Faszinierend, aber zwecklos, sie zu lesen. Er hatte immerhin begriffen, dass Schweigen manchmal besser war, als das Falsche zu sagen. Und tatsächlich hatte der Großvater sein Schweigen als andächtig verstanden und nicht als ratloses Verstummen, und so betrachteten sie beide die Blumen gießende Großmutter dabei, wie sie die Geranien umbrachte. Sie goss sie eigentlich nie, sondern nur, wenn sie sich zufällig daran erinnerte, dass die Blumen auch noch da waren. Dann aber goss sie sie überschwänglich und mit Leidenschaft, fühlte sich minutenlang eins mit der Natur und dem Universum, und die Haushälterin leerte hinterher die Blumentöpfe aus, auf dass die Geranien, Begonien und Palmengewächse nicht sofort starben und so dem Großvater folgten, der an einem Samstag im Juni plötzlich infolge eines Hirnschlags tot vom Stuhl fiel. Da war er keine achtzig und die Großmutter wiederholte diesen Umstand stets aufs Neue, wenn sie von ihm sprach. »Was hab ich ihn geliebt! Ach, was hab ich ihn geliebt! So ein gescheiter Mann! Aber keine achtzig ist er geworden.« So lernte Anatol, dass auch kluge Leute der Liebe und dem Tod nicht entgehen.

Die Beerdigung des Großvaters geriet allerdings zum Fiasko, als Anatol einen seiner Anfälle bekam, weil die Griffe am Sarg nicht exakt symmetrisch angebracht waren.

»Mama!«

»Scht, nicht jetzt, Anatol.«

»Mama, die Griffe sind falsch.«

»Was? Ja, ist gut. Das regelt sich später. Sei jetzt still.«

»Aber die Griffe! Mama, die Griffe sind schief!«

»Das ist jetzt nicht so wichtig.«

»Doch! Das ist wichtig. Sie sind schiiiiief!«

Seine Mutter musste die Kirche mit ihm verlassen, weil er in seinem Zorn schließlich wild um sich schlug, und verpasste damit den größten Teil der Beerdigung ihres Vaters. Als der Anfall vorbei war, strich sie ihm weinend über den wirren, verschwitzten Kopf und wiederholte mehrfach: »Ist schon gut. Ist vielleicht besser so. Vielleicht ist es besser, ich muss das nicht mitmachen. Scht. Die Erde draufschaufeln und so weiter. Scht, du kriegst gleich einen Lutscher.«

Lutscher waren die Antwort der Mutter auf alles. Wenn sie an die Grenzen ihres Mutterdaseins stieß, und das tat sie mit ihren vier Kindern, drei Mädchen und einem Buben, oft, dann bestach sie ihre Nachkommenschaft gerne mit Zucker. So lernte Anatol die Namen der drei Töchter seines Zahnarztes früh auswendig: Laura, Lisa und Louise. Es kam so weit, dass er diese Namen nur aufzusagen brauchte und schon hatte er das Geräusch eines Zahnarztbohrers im Ohr. Laura, Lisa und Louise: Brrrrrrzzzzzzz. Mit Louise ging er sogar in die Schule. Sie war in der Parallelklasse und hatte Anatol stets mit Missachtung gestraft. Das machte ihm jedoch nichts aus, obwohl Louise schon früh als eine Art Männermagnet galt, um es harmlos auszudrücken, mit ihren kurzen Rockerln, der rau geschmirgelten Stimme und den langen, seidenweichen braunen Haaren. Louise war schon mit vierzehn reichlich frühreif und Anatol war entsprechend von ihr eingeschüchtert. Er hielt sich von der Tochter des Zahnarztes fern.

Das wiederum empfand Louise als Provokation. Dass ihrem Charme jemand widerstand, war eine noch nie dagewesene Kränkung. Also legte sie es darauf an, Anatol eines Tages, als dieser überpünktlich wie immer vor der Schule stand und auf Einlass wartete, einfach an der Hand mit sich zu ziehen und ihn in einer Ecke des Schulhofs wild zu küssen. Er spürte ihre Lippen auf seinen und ihre Zunge, die seine Zähne abtastete, und ihren Atem, der nach Kinderzahnpasta roch. Es war dieselbe Zahnpasta, die in der Praxis ihres Vaters auflag und mit der man sich stets die Zähne zu reinigen hatte, bevor man dem

Herrn Doktor gegenübertrat, ganz gleich, ob man sich zuvor schon daheim die Zähne geputzt hatte.

Nach etwa dreißig Sekunden hörte Louise plötzlich auf und rückte von ihm ab.

»Was ist los?«, fragte sie.

»Nichts«, antwortete Anatol.

»Dann küss mich doch auch mal zurück, du Idiot!«, raunzte sie ihn an. »Oder soll ich hier die ganze Arbeit allein machen?«

»Nein?«

»Dann mach halt!«

Und das tat Anatol. Genauer gesagt tat er exakt das, was Louise zuvor mit ihm gemacht hatte: Lippen aufeinanderpressen und Zunge über Zähne kreisen lassen. Offenbar fand das ihre Zustimmung.

»Fass mir doch mal an den Arsch«, befahl Louise.

»Wieso?«, wollte Anatol wissen.

»Mach schon!«

Anatol legte wie befohlen seine rechte Hand auf Louises Hintern. Ihm war schwindlig. Er hatte beim Küssen vergessen weiterzuatmen und schnappte nun nach Luft.

»Und nun weiter«, forderte sie.

»Was weiter?«, fragte Anatol irritiert und hörte auf, Louise zu küssen.

Da schob sie seine Hand unter ihren Rock und Anatol konnte die Nähte ihrer Unterhose spüren. Er fuhr mit dem Finger an der Naht entlang.

»Iih, das kitzelt«, kicherte sie.

»Pardon«, murmelte Anatol verlegen. Er hörte auf, mit dem Finger am Bund ihrer Unterhose entlangzustreichen.

»Steck ihn rein«, forderte sie jetzt.

»Was reinstecken?«

»Den Finger.«

»Wo rein?«

»Bist du so blöd oder tust du nur so?«, raunzte sie erneut.

Da rückte Anatol von ihr ab. »Ich bin nicht blöd«, sagte er verletzt.

»Schon gut«, beschwichtigte Louise und strich ihren Rock glatt. »Bist eh ein Hübscher. Und küssen bring ich dir noch bei. Wirst schon sehn. Und das andere auch.« Dann richtete sie ihren Pferdeschwanz neu aus, zog den Rotz hoch und sah Anatol prüfend an.

»Morgen um dieselbe Zeit?«

Anatol nickte stumm und Louise marschierte an ihm vorbei in Richtung Schultor, ohne sich noch einmal zu ihm umzudrehen. Den Rest des Schultags ignorierte sie ihn komplett. Doch am nächsten Morgen war sie wieder da und zog ihn diesmal hinter die Mülltonnen, beim Eingang zum Turnsaal, und begann wieder seine Lippen zu bearbeiten, was Anatol, etwas verängstigt, mit sich geschehen ließ. Dann ging Louise dazu über, seine Hände zu nehmen und sie auf die entsprechenden Stellen zu legen. Anatols Atem ging immer schneller. Das Küssen und rhythmische Züngeln verwirrte ihn. Als Louise schließlich in seinen Schritt griff, stieß er sie von sich.

»Tschuldigung«, murmelte Anatol.

Louise kaute beleidigt auf ihrer Oberlippe herum.

»Du hast echt null Erfahrung, stimmt's?«

»Erfahrung womit?«

»Frauen«, sagte Louise.

»Du bist keine Frau«, antwortete Anatol.

»Bin ich wohl«, sagte Louise erbost.

»Du bist vierzehn. Also bist du streng genommen ein Mädchen.«

»Findest du mich nicht hübsch?«, wollte sie wissen und fingerte eine Zigarette aus ihrer Jackentasche.

»Ich geh jetzt.«

Und dann ging er. Anatol schob die Hände in die Hosentaschen, um seine Hose extra weit auszubeulen, sodass nicht auf den ersten Blick zu erkennen war, wie er sich fühlte, und marschierte auf den Eingang zur Schule zu.

Als Louise ihn am nächsten Morgen jedoch erneut mit sich fortzog, ließ Anatol dies bereitwillig geschehen, auch wenn er nicht wusste, was er davon halten sollte.

»Du bist nicht bei der Sache«, stellte Louise fest.

»Ja, das stimmt«, gab Anatol zu.

»Was ist los?«, wollte sie wissen.

»Ich weiß einfach nicht, was das hier soll. Und was du von mir willst. Und wie ich dich küssen soll. Oder was wo reinstecken. Und das alles.«

Anatol schluckte heftig. Er war wirklich ziemlich durcheinander, was auch Louise nicht entging.

»Ich dachte, wir haben ein bisschen Spaß zusammen«, sagte sie.

»Das hier macht keinen Spaß«, stellte Anatol fest. »Es bringt mich durcheinander. Und durcheinander sein macht keinen Spaß.«

»Was macht dir denn Spaß?«, fragte Louise. »Ich meine, was hast du gern?«

»Zahlen«, antwortete Anatol.

»Zahlen? Du bist ein Mathefreak?«, fragte Louise erstaunt.

»Zahlen sind sehr …«, Anatol suchte nach dem richtigen Wort, »… beruhigend«, sagte er schließlich. »Und das hier«, er deutete auf sich und Louise, »ist es nicht.«

»Das ist die Liebe nie!«, klärte ihn Louise auf.

»Das«, sagte Anatol und schniefte leicht, denn es war recht kalt an diesem Novembermorgen, »ist keine Liebe.«

»So? Was ist es dann?«

»Weiß ich nicht. Jedenfalls nicht Liebe.«

»Dann klär mich auf, du Schlaukopf. Was ist Liebe?«, wollte Louise wissen und verschränkte die Arme vor ihren kleinen Brüsten.

Anatol dachte lange nach, dann sagte er: »Liebe ist Bewunderung, selbst wenn der andere nur die Blumen gießt, und Liebe ist, den anderen zu vermissen, wenn er schon längst tot ist.«

Anatol war sich nicht sicher, ob Louise diese Antwort zufriedenstellen würde, aber etwas Besseres fiel ihm beim besten Willen nicht ein.

»Also«, sagte Louise sehr langsam, »Blumen gießen kann ich gut.«

»Das reicht aber nicht«, stellte Anatol fest.

»Und ich hab gestern ziemlich viel an dich gedacht«, fügte sie hinzu.

»Denken ist aber nicht vermissen.«

»Aber so was Ähnliches.«

»Ja«, gab Anatol zu, »vielleicht.«

Und dann ließ er es geschehen, dass Louise ihn hinter den Mülltonnen beim Gymnastiksaal erst küsste, bevor sie ihm eilig die Hose aufmachte und ihn mit dem Mund befriedigte. Es ging alles sehr schnell.

»Danke«, flüsterte er verwirrt.

»Keine Ursache«, sagte sie leichthin. »Und morgen bin ich dran«, fügte sie hinzu, während Anatol mit zitternden Fingern seine Hose wieder zuknöpfte.

Er hatte keine Ahnung, wie er es anstellen sollte. Dass Louise offenbar von ihm erwartete, dass er sie befriedigte, empfand Anatol als außerordentlich beunruhigend. Allerdings – die Vorstellung, dass sich dann auch die heutige Sache wiederholen könnte, machte das ganze Unternehmen wiederum interessant. Anatol war durchaus bewusst, dass die Chance auf Sex sich mit einem anderen Mädchen nicht allzu schnell wieder ergeben würde, und da er Louise irgendwie mochte, war er gewillt, sein Bestes zu geben. Also tat er, was er für das Beste hielt, und lief, kaum dass er die Haustür betreten hatte, schnurstracks weiter in die Ordination seiner Mutter, um dort nach medizinischen Nachschlagewerken zum Thema »weibliche Sexualität« zu fahnden. Da seine Mutter keine Ärztin war, sondern Stillberatung und professionelle Geburtsbegleitung anbot, konnte Anatol außer »Das große Stillbuch« wenig finden, was auch nur ansatzweise hilfreich gewesen wäre. Lediglich der Absatz über die Kontraktionen der Gebärmutter beim Stillen enthielt auch in einem Nebensatz einen kurzen Hinweis darauf, dass die Stimulation der Brustwarze durch das saugende Neugeborene einen ähnlichen Effekt hatte wie das Saugen des Mannes an den Brüsten seiner Partnerin beim Geschlechtsakt und dass dieser Vorgang von vielen Frauen als stimulierend empfunden wurde.

Als Louise ihn am darauffolgenden Tag erneut hinter die Mülltonnen zog, reagierte Anatol entsprechend anders als bisher und begann, ihren Pullover hochzuschieben und nach ihren Brustwarzen zu fahnden.

»Was machst du denn?«, fragte Louise überrascht.

»Ich werde an deinen Brustwarzen saugen«, gab Anatol zur Antwort.

»Na, lass das jetzt«, bat sie und zog ihren Pullover wieder herunter. »Steck mir lieber den Finger rein.«

Als Anatol zögerte und keine Anstalten machte, Louises Wunsch zu folgen, nahm sie mit einem Augenrollen seine Hand und führte sie unter ihren Rock. Eilig schob sie die Unterhose beiseite und drängte ihn, seine Finger in sie einzuführen, was Anatol mit großem Unbehagen tat. Erst als er sah, dass Louise dies offensichtlich Vergnügen bereitete, begann er sich etwas zu entspannen und seine Finger gemäß ihren Anweisungen rhythmisch zu bewegen.

»Schneller«, wies sie ihn an.

Anatol bewegte seine Finger schneller. Aber weil er aufgeregt war, kam er immer wieder aus dem Takt. Außerdem schmerzten ihn nach kurzer Zeit der Zeige- und Ringfinger aufgrund der ungewohnten Bewegung.

»Was ist?«, fragte Louise.

»Ich weiß nicht«, sagte Anatol.

»Bist du aufgeregt?«, wollte sie wissen.

»Ja«, gab er zu. »Ich hab so was ja noch nie gemacht.«

»Mach halt einfach weiter«, bat sie.

»Ich kann nicht«, sagte er leise.

»Du, lass mich ja nicht im Stich!«, keuchte sie. »So auf halber Strecke.«

»Ja, aber ich kann das nicht«, wiederholte er. Anatol begann vor Aufregung zu zittern.

»Dann zähl«, schlug sie vor.

Anatol war sich nicht sicher, ob das in diesem Fall helfen würde, aber er begann in Gedanken zu zählen, während er gleichzeitig wieder seine Finger rhythmisch bewegte.

»Ja«, stöhnte Louise leise, »gut. Jaja, sehr gut.«

Bei hundertdreiundzwanzig schloss sie die Augen, bei zweihundertacht begann sie zu keuchen, bei dreihundertsiebenunddreißig kam Louise schließlich.

»Puh«, sagte sie, »nicht schlecht.«

Sie schob seine Hand wieder von sich.

»Dreihundertsiebenunddreißig«, sagte Anatol.

»Was?«

»Dreihundertsiebenunddreißig«, klärte Anatol sie auf. »Ich hab langsam gezählt, also im Sekundentakt. Dreihundertsiebenunddreißig Sekunden. Das sind etwas mehr als fünf Minuten.«

Louise feixte.

»Freak.«

Dann steckte sie sich eine Zigarette an und hielt sie auch Anatol hin. Louise sah ihn mit zusammengekniffenen Augen an.

»Das lernst du schon noch.«

»Was?«

»Das halt.«

Anatol nickte, nicht wissend, wie er Louises Aussage bewerten sollte. Und dann hatte er eine Eingebung. »Vielleicht schaffen wir es das nächste Mal unter dreihundert?«

Da fing Louise an zu lachen, schmiss die halb gerauchte Zigarette auf den Boden, trat drauf und sagte in das Läuten der Schulglocke hinein: »Abgemacht.«

Und dabei blieb es. Die nächsten sechs Wochen trafen sie sich pünktlich vor der Schule, wobei sie von dem Platz hinter den Mülltonnen im Schulhof in einen nahe gelegenen Hinterhof eines Gemeindebaus wechselten und, als es im Jänner endlich zu schneien begann, in den glücklicherweise unverschlossenen Zugang zum Heizungskeller. Mit der Zeit spielten sie sich immer besser aufeinander ein und so kam nicht nur Anatol binnen weniger Augenblicke zum Höhepunkt, sondern bald auch Louise. Der Rekord lag bei siebenundsechzig Sekunden. Den schafften sie allerdings nur ein einziges Mal und das auch nur an einem Dienstag nach einem besonders langen Wochenende. Allerdings wichen sie auch nie von ihrem bewährten Schema, er oral, sie mittels Finger, ab und Anatol wagte nie zu fragen warum nicht, obwohl er sehr gerne mit Louise geschlafen hätte. Doch Louise entpuppte sich als sehr viel empathischer als gedacht und so beantwortete sie seine unausgesprochene Frage eines Morgens mit dem Satz: »Weißt du, ich will noch Jungfrau bleiben. Und außerdem will ich nicht schwanger werden.«

Es waren sechs wunderbare, verquere, aufgegeilte Wochen. Und dann war es vorbei.

Eines Morgens kam Louise fünf Minuten zu spät und Anatol wartete ungeduldig vor der Schule, während er auf und ab ging. Er hatte schon überlegt, zum Gemeindebau hinüberzuschauen, ob sie nicht etwa dort auf ihn wartete, als Louise um die Ecke bog und quälend langsam auf ihn zuschritt.

»Es ist fünf nach halb«, informierte Anatol sie. »Aber wenn wir uns beeilen, schaffen wir es beide noch rechtzeitig. Vielleicht geht es bei dir heute unter hundert Sekunden. Was meinst du?«

»Anatol«, sagte Louise da, »ich muss mit dir reden.«

»Reden?«, fragte er irritiert.

»Ja, reden. Nur reden.«

Das hatten sie noch nie gemacht. Eigentlich kamen sie immer sofort zur Sache. Es kam sogar vor, dass sie außer »Hallo« nicht ein einziges Wort aneinander richteten, bevor sie sich gegenseitig befriedigten und wieder auseinandergingen.

»Also gut, reden«, echote Anatol. »Über was reden wir denn?«

Louise zog ihn beiseite, weil bereits einige Schüler sich dem Gebäude näherten.

»Das mit uns ist aus«, informierte sie ihn.

»Aus?«, fragte er.

»Schau, ich hab mich verliebt. Und da kann ich doch nicht mit dir, wenn ich eigentlich mit dem Johnny ... Also, das verstehst du doch, oder?«

Ja, natürlich, das könne er verstehen, sagte Anatol. Er verstand überhaupt nichts.

»Na also.« Louise schien erleichtert. »Dann ist es ja gut.«

»Das heißt«, stellte Anatol fest, »du liebst mich nicht.«

»Nein, natürlich nicht«, antwortete Louise. »Das mit uns war nur ....« Aber dann schwante ihr Schlimmes und sie fragte: »Liebst du mich etwa?«

Anatol runzelte die Stirn. Er erinnerte sich wieder an seine Großeltern, an die Villa in Döbling, ans Blumengießen, an die Blicke und Gesten der beiden und an das Strahlen in den Augen des Großvaters, wenn die Großmutter einen ihrer Auftritte hingelegt hatte, und er flüsterte: »Ist sie nicht wunderbar?«

»Wer ist wunderbar?«, wollte Louise wissen.

»Ach, nicht so wichtig«, antwortete Anatol. Nein, weder sah er Louise so an wie der Großvater die Großmutter, noch hatte er das Bedürfnis, Louise beim Blumengießen zu betrachten. Aber …

»Wenn du nicht da bist, vermisse ich dich«, sagte Anatol.

»Das ist süß von dir. Aber liebst du mich denn?«

»Nein«, stellte Anatol fest. »Nein, tu ich nicht.«

»Gut«, sagte sie und reichte ihm plötzlich die Hand, die er zögernd ergriff.

»Man sieht sich«, sagte Louise und dann ging sie.

Nach drei Monaten war die Beziehung zwischen Johnny und Louise vorbei. Das merkte Anatol, der die letzten drei Monate äußerst schlecht geschlafen und sich ziemlich oft in sein Kinderzimmer zurückgezogen hatte, daran, dass Louise ihn eines frühen Morgens vor der Schule überfiel und wortlos an der Hand mit sich zog, in Richtung des Gemeindebaus. Kaum waren sie hinter der Tür des Heizungskellers verschwunden, presste sie auch schon ihre Lippen auf die seinen und machte sich am Reißverschluss seiner Hose zu schaffen.

»Komm«, bat sie ihn, »ab jetzt vögeln wir richtig. Ich bin jetzt fünfzehn und Jungfrau bin ich auch keine mehr. Außerdem nehme ich die Pille.«

»Und Johnny?«, wollte Anatol wissen.

»Der ist ein Arschloch und kann scheißen gehen.«

Und dann setzte sie sich auf einen Stromkasten, der im Gang zum Heizungskeller stand und zog Anatol in sich hinein.

Diesmal hielt ihr Arrangement gute zwei Monate lang, in denen sie sich stets um halb acht im Heizungskeller trafen, vögelten und dann getrennt wieder in die Schule gingen, wo sie den Rest des Tages so taten, als würden sie einander nicht kennen. Dass zwischen Anatol und Louise irgendetwas lief, bekamen nicht einmal ihre besten Freundinnen mit. Es waren zwei erfüllte Monate, bis Louise sich erneut in jemand anderen verliebte und Anatol eines Morgens vergebens im Heizungskeller auf sie wartete. Dasselbe tat er am darauffolgenden Tag. Am dritten Tag ohne Louise wagte Anatol es schließlich, sie in der Schule anzusprechen.

»Nicht hier«, zischte sie ihn an.

»Aber du kommst nicht mehr in unseren Keller und da dachte ich …«

»Nach der Schule, bei den Mülltonnen«, sagte sie leise und ließ ihn stehen.

Also wartete Anatol nach der Schule bei den Mülltonnen im Hof auf sie, und tatsächlich sah er Louise aus dem Schulgebäude kommen, doch sie machte keine Anstalten, sich zu ihm zu gesellen. Stattdessen legte sie ihren Arm um die Hüfte eines Jungen aus der siebenten Klasse des Gymnasiums und begann diesen vor allen Leuten zu küssen, woraufhin dieser wiederum vor allen Leuten an Louises Hintern griff, um ihn zu kneten.

Anatol hatte genug gesehen. Er brauchte kein Gespräch mit Louise, um zu wissen, dass ihre morgendlichen Treffen damit ein Ende hatten. Traurig machte er sich auf den Heimweg, wobei er die Pflastersteine zählte, auf die er trat, um sich zu beruhigen. Es waren dreihundertsiebenunddreißig und Anatol spürte plötzlich einen Zorn in sich aufsteigen, wie er ihn nie zuvor gespürt hatte. Daheim schloss er sich in seinem Zimmer ein und zertrümmerte mit den Händen systematisch alle je von ihm zusammengebauten Legosets, die in einem Regal am Fußende seines Betts standen. Das tat weh und Anatol spürte, wie ihn der Schmerz in den Fingern und Handflächen beruhigte. Also zog er sich die Socken aus und trat mit bloßen Füßen auf den spitzen Legosteinchen am Boden herum, bis er die Kontrolle über sich zurück hatte.

Das Seltsame war, dass damit die Geschichte zwischen Anatol und Louise nicht beendet war. Als Anatol ein halbes Jahr später Anfang September morgens nichts ahnend vor dem Schultor stand, griff plötzlich eine kleine, warme Hand nach seiner und zog ihn mit sich. Er brauchte nicht einmal aufzuschauen, um zu wissen, dass sie wieder da war. Louise führte ihn einfach wie ein Hündchen mit sich zum Gemeindebau und hinter die Tür des Kellers. Es war dunkel und Anatol stolperte über einen halb leeren Sack mit Grillholzkohle. Er fing sich, indem er sich an der Wand abstützte, geriet aber gleich wieder ins Schwanken, als Louise begann, seine Hose aufzuknöpfen.

»Komm, mach's mir!«, forderte sie.

Doch Anatol holte tief Luft und sagte: »Nein.«

»Nein?«, fragte Louise und hielt inne. »Was heißt hier nein?«

»Ich will nicht«, antwortete er. »Ich will nicht mit dir vögeln und nächsten Monat verliebst du dich wieder in jemand anderen und lässt mich einfach stehen.«

Louise ließ von Anatol ab und suchte stattdessen in ihrer Tasche nach einer Zigarette. Das Licht ihres Feuerzeugs erhellte kurz ihr Gesicht, dann umgab sie beide erneut das Dunkel des Heizungskellers.

»Ich hab gedacht … ach, ich weiß auch nicht.«

»Was hast du gedacht?«, fragte Anatol.

»Ich hab gedacht, dir ist das wurscht. Ich mein, du bist ja eh nicht in mich verliebt, oder?«

Anatol dachte nach. Er hatte Louise gern – irgendwie. Das Vögeln gefiel ihm. Ihr Hintern gefiel ihm. Ihre Art zu küssen gefiel ihm, weil er keine andere Art kannte. Er betrachtete sie gerne, fühlte sich aber oft durch das eine oder andere Detail gestört. Manches an Louise war einfach erstaunlich vulgär. Ganz besonders ihre zerkratzte Stimme. Er konnte sich beim besten Willen nicht vorstellen, wie man mit dieser Stimme Shakespeare rezitieren sollte. Oder wie jemand mit so langen künstlichen Fingernägeln Blumen goss.

»Nein«, gab er schließlich zu. »Nein, das wohl nicht.«

»Na also«, sagte Louise, »warum machen wir dann nicht einfach weiter, haben Spaß and that's it! Also keine Verpflichtungen.«

»Keine Verpflichtungen«, echote Anatol.

»Als Freunde«, schlug Louise vor.

»Freunde«, murmelte Anatol. »Hm, ja, Freunde, das ... das geht.«

Dass er Louise nicht liebte, stand wohl fest. Aber bislang hatte Anatol auch keine andere Definition für seine Beziehung zu Louise finden können, denn Anatol hatte zwar ein Zuviel an Familie, aber keinerlei Freunde. Dass Louise ihm jetzt diese Freundschaft anbot, war etwas Überraschendes, Neues, Aufregendes. Nur war es nicht so, dass Anatol Überraschungen sehr schätzte, denn gewöhnlich brachten sie ihn völlig aus der Fassung, weshalb sein Atem auch ziemlich schnell ging und ihm jetzt der Schweiß ausbrach.

»Freunde«, wiederholte er.

»Spezielle Freunde«, stimmte Louise zu. Da fiel Anatol etwas ein.

»Heißt das, wir sind auch außerhalb des Heizungskellers Freunde?«

»Nein«, sagte sie.

Anatol zog die Stirn in Falten. Sein Atemrhythmus verdoppelte sich.

»Okay, ja«, gab Louise nach. »Du darfst mich ansprechen. Aber wehe, du sagst jemandem etwas davon, dass wir vögeln. Dann bring ich dich um.«

»Gut«, antwortete Anatol keuchend.

»Du findest es gut, wenn ich dich umbringe?«, machte sich Louise lustig.

»Nein«, antwortete Anatol. »Ich finde es gut, dich zu v… v… v…« Er stotterte.

»Es heißt vögeln, du Idiot. Und nun komm her. Wir haben nur noch ein paar Minuten bis zur ersten Stunde und ich muss noch die Hausübung für Mathe von der Vroni abschreiben. Sonst krieg ich echt einen Anschiss.«

Das war's. Mit einem einzigen Wort hatte Louise ihre Beziehung in einen anderen Status überführt und das Ganze besiegelt: Freunde.

Für Anatol war das absolutes Neuland. Weder im Kindergarten noch in der Schule noch auf irgendeinem der langweiligen Spielplätze, auf die ihn seine Mutter zu zerren pflegte, um »dem Kind die Möglichkeit zur Aufnahme von sozialen Bindungen mit Gleichaltrigen« zu geben, wie sie das nannte, hatte er je so etwas wie Freundschaft geschlossen. Die einzige nähere Bekanntschaft, die er dort gemacht hatte, war die eines kleinen, rothaarigen Mädchens in Latzhosen gewesen, das ihm aus einer Laune heraus sein eigenes Matchboxauto über den Schädel gezogen hatte. Das Auto war dabei kaputtgegangen.

Und nun das: eine sexsüchtige Zahnarzttochter als Freund. Das war doch mal ein echter Fortschritt, was soziale Bindungen anbelangte, auch wenn er, auf seine Beziehung zu Louise angesprochen, ziemlich viel weglassen musste. Die Worte »vögeln« und »Heizungskeller« kamen ihm jedenfalls nicht über die Lippen, als ihn ein paar Tage später eine Gruppe von Mitschülern auf dem Gang stellte und auszufragen begann.

»Hey, Fetznschädl, was ist mit dir und der wilden Louise?«

»Freunde«, antwortete Anatol, »wir sind Freunde.«

»Das kannst deiner Großmutter erzählen, Idiot! Du machst doch mit der rum! Gib's zu.«

»Lasst mich in Ruhe«, hatte Anatol gerufen, aber natürlich hatten sie ihn nicht gelassen, sondern immer weiter gestichelt. »Der Koffer und das Luder! Super Kombi!«

So ging das in einer Tour weiter. Sie stießen ihn, sie beleidigten ihn und vor allem beleidigten sie Louise. Da riss ihm irgendwann der Film und das Nächste, an das sich Anatol erinnern konnte, war, wie er auf der Brust eines Buben saß und ihm mit der Faust ins Gesicht drosch, bis das Blut aus dessen Nase spritzte und rote Flecken auf dem Linoleumboden hinterließ. An die Flecken konnte er sich besonders gut erinnern, weil sie nämlich ein wenig dem Modell des Sonnensystems ähnelten. Dunkelrote Blutflecken auf blauem Linoleum.

Irgendwer zerrte ihn dann mit aller Kraft von seinem bewusstlosen Mitschüler herunter und drückte ihn zu Boden, und Anatol dachte noch, wie gut das tat, wenn man sich so gar nicht mehr rühren konnte, denn das erinnerte ihn an die Zeit, wo ihn seine Mutter stets nach einem seiner Anfälle fest in eine Decke eingewickelt hatte, damit er endlich zur Ruhe kam. Ganz fest hatte sie die Wolldecke um ihn geschlungen und das hatte so unendlich gutgetan, weil er sich dann wieder spüren konnte. Jedes Mal, wenn er einen Anfall hatte, wurde Anatol nämlich ganz schwerelos, so als gehörten Körper und Geist gar nicht mehr zusammen. Erst die Wolldecke brachte beides wieder in Einklang, und je fester sie die Decke um ihn herumzog, desto besser.

Nun lagen etwa fünf andere Buben auf ihm und Anatol hörte ein lautes Knacken in seiner Brust, als ihm unter einem plötzlichen Fußtritt mehrere Rippen brachen. Aber das machte ihm nichts. Nein, tatsächlich, es tat ihm wohl. Er hatte höllische Schmerzen, aber er war wieder er selbst.

»Runter! Sofort runter von ihm! Er bekommt ja keine Luft mehr! Seid ihr wahnsinnig? Wollt ihr ihn umbringen? Runter!«

Er hätte gerne gesagt, dass ihm das nichts ausmache, man solle nur weiter auf ihm liegen, dann gehe es ihm gleich wieder gut, aber er bekam jetzt tatsächlich keine Luft mehr und wurde schließlich ohnmächtig. Als er wenige Augenblicke später wieder zu sich kam, kniete Louise neben ihm und schrie die anderen an, sie sollten gefälligst einen scheißverdammten Rettungswagen rufen. Dabei strich sie ihm unablässig mit nervös zitternden Fingern über den verklebten Haarschopf. War das Blut? Und falls ja, war das sein Blut? Er wusste es nicht. Aber, und das empfand Anatol als äußerst beruhigend, es schlich ihm ein sehr vertrauter Geruch in die Nase. Es dauerte eine Weile, bis er begriff, woher dieser metallische Geruch stammte. Das war nicht das Blut, das aus seinem Schädel rann. Es war Louises Hand, die so roch. An ihr haftete immer noch der muffige Geruch nach alten, ungelüfteten Mauern. Louise, das stand völlig außer Frage, duftete nach Heizungskeller.

»Josef Meinrad hat sich nie geprügelt!« Die Stimme seiner Großmutter schraubte sich binnen dieser wenigen Worte in hysterische Höhen, stürzte dann aber unversehens wieder ab, als sie hinzufügte: »Ich meine, ja gut, da waren diese schrecklichen Affen. Will sagen, auch Meinrad war zuweilen … Aber prügeln? Niemals. Und schon gar nicht wegen einer Frau!«

»Sie ist keine Frau«, unterbrach sie Helena, Anatols älteste Schwester, »sie ist ein Mädchen.«

Der Familienrat tagte. Und das bedeutete, dass sehr viele Personen im selben Raum waren und sehr viel dummes Zeug redeten, und das taten sie sehr laut und alle durcheinander.

Was Anatol nicht sah, weil er in seinem Zimmer auf dem Bett lag mit drei gebrochenen Rippen und einer blutverkrusteten Nase, war seine Mutter. Sie hatte sich weinend unter eine der übergroßen Zimmerpalmen am Wohnzimmerfenster gesetzt und gab die verzweifelte Mater dolorosa, während sein Vater mit versteinerter Miene, in großen Schritten und mit genagelten Schuhen (das tat er sonst nie, das Parkett war heilig und wurde geschont) den Raum auf und ab schritt. Seine drei Schwestern Elisabeth, Helena und Marie hatten sich auf dem Sofa drapiert und plapperten wild durcheinander. Nur die Großmutter lehnte in überbordender Pose auf einer alten Chaiselongue mitten im Raum, ein großes Glas Cognac in der Hand, und ließ ihren strengen Blick über ihre Nachkommenschaft schweifen.

Der Lärmpegel war unerträglich und er schwoll weiter an, als Anatols Vater (klack, klack) begann, Szenarien zur Klage gegen die Schule, die Täter und den Rest der Welt zu entwerfen. Seine Mutter schluchzte daraufhin immer lauter aus ihrem Sessel und hielt weinend dagegen, dass sie froh sein könnten, wenn man sie umgekehrt nicht verklagte, immerhin habe Anatol den »Strauß« ja angefangen. Derweil machten die Schwestern wahlweise sich, ihrem Bruder, den Eltern oder gleich der ganzen kaputten, kruden, übersättigten, gefühllosen Gesellschaft Vorwürfe. Bis es der Großmutter schließlich zu viel wurde.

»RUHE!«, rief sie und binnen eines Sekundenbruchteils herrschte angespannte Stille im Raum. Alle Augen waren nunmehr auf sie gerichtet. Johanna Neuendorff nahm einen großen Schluck Cognac, sah dann einen nach dem anderen mit strengem Blick an und knurrte schließlich: »Hans, zieh diese grässlichen Schuhe aus! Du zernagelst das Parkett und meine Nerven gleich dazu! Lore, hör auf zu heulen! Das hält ja keiner aus. Und ihr drei Grazien«, und sie sah zu Anatols Schwestern, »benehmt euch! Keiner braucht hier einen Haufen gackernder

Hendln.« Dann schüttelte sie ihre immer noch eindrucksvollen silberfarbenen Locken und murmelte: »Man stelle sich das vor: Gerade erst fünfzehn und schlägt sich blutig wegen einer Frau! Na, wen wundert's? Was nennt ihr das Kind auch Anatol!«

Letztlich kam der Familienrat zu dem Schluss, dass »das Kind« auf eine andere Schule geschickt werden würde, eine für privilegierte Kinder aus privilegierten Familien, wo man adrette Haarschnitte trug und imposante Nachnamen. Kurz: Man steckte Anatol nach Abschwellen der Nase und dem Verschwinden aller Hämatome im Gesicht in seinen schönsten Pullover und lieferte ihn der besseren Gesellschaft aus.

Anatol fand das unnötig, denn auch hier, an seiner neuen Schule, befanden sich Zahnarzttöchter. Allerdings, das musste er sich eingestehen, war keine davon wie Louise. Trotzdem fügte er sich in sein Schicksal und nahm wieder die Außenseiterrolle ein, die er bereits aus seiner alten Schule kannte und die er gut beherrschte. Daran änderte sich auch bis zur Matura nichts mehr.

Louise und er sahen sich nur ein einziges Mal wieder. Ihr war der Umgang mit Anatol verboten worden und sie hatte auch nicht dagegen insistiert. Man schickte das Mädchen kurz nach den Vorfällen für ein Jahr in die USA zu einer Gastfamilie, von wo sie wenige Monate später ungeplant schwanger wieder zurückkehrte. Eine Abtreibung in Wien durchzuführen empfand die Familie als sicherer, denn das Misstrauen gegenüber dem amerikanischen Gesundheitssystem saß tief, seitdem bei einem Floridaurlaub der Zahnarztvater einst eine Blutvergiftung aufgrund eines entzündeten Gelsenstichs bekommen hatte und daran beinahe gestorben wäre. Bei aller Schande – das wollte man Louise nun doch nicht antun. Und billiger war das ganze in Wien auch.

Anatol traf sie also kurz nach Weihnachten wieder, als er in Begleitung seiner Schwestern auf dem Weg zur Großmutter nach Döbling war. In der Station Schottentor ging Louise, sehr blass, zusammen mit einer Freundin an ihm vorüber. Anatol öffnete den Mund, um sie zu begrüßen, doch ein Blick Louises genügte und er klappte ihn wieder zu, ohne etwas gesagt zu haben. Gleichzeitig konnte er das Mädchen, das Louise begleitete, flüstern hören: »War das nicht der Freak aus deiner alten Schule?« Und Louise antwortete: »Scht! Komm bloß weiter.«

Ein Freak. Das war er also. Das, dachte Anatol, war eindeutig etwas anderes als ein Freund. Und so hielt er den Mund, an diesem Tag, dort unten im Jonasreindl, als Louise an ihm vorüberging, und auch in den folgenden Jahren seiner verbleibenden Schulzeit. Er versuchte weder aufzufallen noch Freunde zu gewinnen. Vielmehr bemühte er sich darum, gar nicht vorhanden zu sein, weder physisch, was schwer war, noch geistig, was ihm leichter fiel. Anatol wurde quasi unsichtbar.

Seine Familie gab sich der trügerischen Annahme hin, dass er zur Vernunft gekommen sei. Dasselbe galt für seine Lehrer, die von dem Vorfall in der alten Schule ohnehin nur wenig wussten. Dafür hatte ein Auftritt der Großmutter beim Schuldirektor, einem Verehrer der einstigen Diva, genügt. Lediglich die Großmutter selbst sah Anatol zuweilen von der Seite an und zog die Stirn in tiefe Falten, weil sie ahnte, dass hinter der freundlich stillen Fassade des Enkels noch etwas ganz anderes schlummerte, etwas, das man tunlichst nicht wecken sollte.

Ein paar Wochen nachdem Anatol seine Matura gemacht hatte, brach sich die Großmutter bei dem Versuch, ein gerahmtes Porträt des verstorbenen Großvaters an der Wand gerade zu rücken, den Arm. Sie war von einem Sessel heruntergefallen. Deshalb scharte sie ihre Familie um sich, um ihr Leid mit ihnen zu teilen.

»Ach, Anatol, mein Liebling, reich mir doch bitte die Seidenstola!«

»Anatol, kannst du das Fenster bitte schließen? Es zieht!«

»Mein Gott, wie blöd kann man sein! Den Arm brechen! So etwas Unnötiges!«

»Anatol, mach das Fenster wieder auf. Es ist richtiggehend stickig!«

»Ach, wenn jetzt der Meinrad da wäre! Da könnte man wenigstens geistreich parlieren.«

Und wenn es ganz arg wurde, kam bei der Großmutter immer mal wieder das Mädl aus Simmering durch und dann stöhnte sie schlichtweg: »So deppat!«

Anatol tat eigentlich nichts, außer auf der Vorderkante seines Sessels zu sitzen und auf weitere Befehle zu warten. Das traf sich insofern ganz gut, als er auch sonst nicht viel tat. Er war seinen Eltern zwei langweilige Wochen an den Attersee gefolgt, wo er sich vorwiegend im Schatten des Gartens aufgehalten und auf die Berge gestarrt hatte, stets eine Wanderkarte neben sich, die er allerdings nicht zum Wandern, sondern zum Rechnen benutzte. Am Ende der Ferien hatte er die Höhenmeteranzahl aller aufgeschichteten Berge rund um den See errechnet, die Dauer der Über- sowie der Durchschreitung jedes Bergmassivs im Umkreis von dreißig Kilometern und die annähernde Wassermenge des Sees in Kubiklitern. Dazu noch die Kilometeranzahl sämtlicher Rad- und Wanderwege rund um den See und nicht zuletzt die Anzahl der mutmaßlichen Todesopfer von Badeunfällen ab dem Jahr 1953, dem Jahr, in dem der Großvater das kleine Haus am See erworben hatte. Der See, so viel stand fest, hatte bereits ein kleines Dorf verschluckt. Im Grunde, dachte Anatol, blickte er auf einen Friedhof. Ein guter Grund, um dem Wasser möglichst fernzubleiben.

Das klappte nicht immer, vor allem dank seiner drei großen Schwestern, die, nacheinander und meist in Begleitung von temporären Partnern, den See eroberten. Zwar wussten die drei um das Rückzugsbedürfnis ihres kleinen Bruders, aber das hielt sie nicht davon ab, ihn hin und wieder zu dritt zu packen und ihn vom Badesteg aus ins Wasser zu schmeißen. Er nahm es ihnen nicht übel. Sie hatten das immer schon gemacht, schon als sie ganz klein waren und Anatol noch nicht einmal schwimmen konnte, was er im Übrigen auch jetzt nicht sonderlich gut beherrschte. Eine der Schwestern hatte immer Mitleid und zog den kleinen Bruder aus dem Wasser. Hier war der See nicht besonders tief und Anatol konnte schon bald allein dem kalten Nass entkommen, in das sich die anderen mit Freudenschreien stürzten. Und eben weil dieses In-den-See-Werfen eine gewisse sommerliche Tradition hatte, ließ er es klaglos mit sich geschehen, denn Rituale, welcher Art auch immer, gaben ihm ein Gefühl von Sicherheit, auch wenn er damit dem eiskalten Wasserfriedhof für sein Empfinden entschieden zu nahe kam.

Anatols Schwestern, so grob sie ihn auch manchmal herumstießen, liebten ihren kleinen Bruder und hätten es niemand anderem gestattet, ihn so zu quälen, wie sie es taten. Das war schon immer so gewesen und das behielten sie auch im Erwachsenenalter bei. Machte also einer der zur Sommerfrische mitgezerrten Freunde auch nur die Andeutung, Hand an Anatol zu legen, fand sich stets eine der Schwestern, die dazwischenging. Und nicht selten so eine Freundschaft beendete. Man hatte schon den einen oder anderen Liebhaber von Vöcklabruck aus in den Zug nach Wien gesetzt, weil er sich nicht zu benehmen wusste. Über das Gerechtigkeitsempfinden der Schwestern setzte man sich nicht hinweg. Ihr Wort galt.

Anders verhielt es sich da mit den Freundinnen der Schwestern, von denen hin und wieder eine auf Sommerfrische eingeladen wurde. Diese durften sich zuweilen auch in die Nähe von Anatol wagen, es wurde dabei jedoch von den Schwestern stets beobachtet, ob sich unter den hübschen Gesichtern womöglich doch eine Art Louise fand. Die Ereignisse von vor drei Jahren waren der Familie immer noch sehr präsent.

Es war also ein langweiliger Sommer, bis die Großmutter anrief und mitteilte, dass sie sich den Arm gebrochen hatte, aber bitte, bitte, deswegen müsse nun wirklich keiner seinen Urlaub abbrechen. Die Familie packte in größter Hektik binnen einer Stunde alle Koffer und ließ den Attersee für diesen Sommer zurück, genau an dem Tag, an dem gleich zwei Touristen in der eiskalten Mitte des Sees einen Herzinfarkt erlitten und untergingen. Aber das erfuhr Anatol nicht mehr und konnte es somit auch nicht in seine Statistik aufnehmen.

»Was hockst du denn da noch auf der Kante vom Sessel herum? Du wirst gleich hinunterfallen!«

»Ja, Großmutter!«

»Wenn doch nur der Meinrad noch lebte! Aber alle müssen sie vor mir sterben. Schrecklich. Sogar der Großvater! Keine achtzig war der Mann und was tut er? Stirbt.« Pause. »So deppat!«

Die Großmutter schaute verdrießlich aus dem Fenster. Und dann fand sie ein Thema, das sie interessierte.

»Was willst du denn jetzt eigentlich machen?«

»Was machen?«, fragte Anatol verwirrt. »Ich dachte, ich sitze hier noch eine Weile und leiste dir ein bisserl Gesell…«

»Nein, was du mit deinem Leben anfangen willst, Kind!«

»Ich weiß nicht«, antwortete Anatol wahrheitsgemäß. »Eigentlich hatte ich gehofft, du könntest mir das sagen.«

»Ich? Wieso ich? Kind, es ist dein Leben. Du musst doch wissen, was du damit anstellen willst.«

»Nein.« Anatol rutschte unruhig auf der Sesselkante hin und her. Er hatte gewusst, dass dieses Gespräch früher oder später kommen würde, aber jetzt war es ihm doch unangenehm. »Nein, weiß ich nicht.«

Da richtete die Großmutter die Augen auf den Garten und seufzte laut und ausdauernd.

»Du gehst natürlich studieren«, beschloss sie.

»Natürlich«, echote Anatol.

»Was interessiert dich denn?«

»Ich weiß nicht«, sagte Anatol.

»Gott, Kind, du wirst doch wohl wissen, was dich interessiert!«

Anatol schluckte. »Zahlen«, sagte er dann. »Ich mag Zahlen.«

Da schmiss die Großmutter den gesunden Arm in die Höhe und rief: »Ein Buchhalter! Mein Enkel ein Buchhalter! Und das mir – wo ich doch schon mit achtzehn die Julia an der Burg gegeben habe!«

»Großmutter«, gab Anatol zaghaft zu bedenken, »ich mag rechnen aber.«

»Warst du darin denn gut in der Schule?«

»Ich glaub schon«, antwortete er.

»Was heißt, du glaubst?«

»Ja, ich denke, ich w… w… war ganz gut.«

»Was heißt du denkst? Denkst du oder weißt du?«

»Ich … äh …«

»Dann wirst du Mathematiker.«

»Ich weiß nicht.«

»Ja, was denn dann? Volkswirt? Betriebswirt?«

»Vielleicht?«

Die Großmutter deutete herrisch mit dem Zeigefinger in Richtung Bar.

»Cognac!«, befahl sie.

Da kippte Anatol vom Sessel. Er rappelte sich auf, füllte der Großmutter ein Glas Cognac ein und reichte es ihr.

»Hier, bitte.«

Sie nahm einen gehörigen Schluck aus dem Glas, den Rest kippte sie mit ihrem gesunden Arm einfach schwungvoll aus dem Fenster, sodass der Cognac im Rhododendron landete, der unter dem Fenster blühte.

»Für den Meinrad«, erklärte die Großmutter. »Und nun hör mir mal zu, mein Kleiner. Jeder hat eine Aufgabe im Leben. Jeder! Du auch. Ganz gleich, was du wirst, du wirst wenigstens irgendetwas im Leben. Und wenn es nur ein kleines Lulu ist. Willst du ein kleines Lulu werden?«

»Nein.«

»Dann geh studieren!«

»Ja, aber wenn ich doch nicht weiß, was?«

»Dein Großvater war Jurist.«

»J… J… Jus ist aber n… n… nichts mit Rechnen.« Je mehr er sich aufregte, umso schlimmer wurde sein Stottern.

»Sehr richtig«, bestätigte die Großmutter. »Das ist nichts mit Rechnen. Aber mit Recht. Was ist der Unterschied zwischen Recht und Rechnen? Ich werde es dir sagen: drei kleine Buchstaben.«

»Ich w… w… weiß nicht.« In Wahrheit musste Anatol immer noch darüber nachdenken, ob der Cognac dem Rhododendron wohl schaden würde. Wahrscheinlich nicht.

Anatol schrieb sich also im Juridicum ein – und wurde prompt krank. Es war gerade so, als ob die alles überfrachtende Erwartungshaltung seiner Umwelt ihn schon vor Antritt seines Studiums daran hinderte, dieses überhaupt zu beginnen. Wenn das Abenteuer zu groß, zu Furcht einflößend, zu gefährlich schien, wagte man besser gar nicht erst den ersten Schritt und blieb daheim. Und weil man sich nicht auf ewig ohne ersichtlichen Grund als dem der Angst vor der eigenen Courage in seinem Kinderzimmer verkriechen konnte, verlegte sich Anatol aufs Kranksein – eine immerhin plausible Ausrede, sich dem Leben nicht stellen zu müssen. So kam der Schatten in Anatols Leben.

Er zeigte sich auf dem Röntgenbild, das der Arzt von Anatols Lunge anfertigte. Kein Grund zur Sorge, hatte der Doktor den besorgten Eltern mitgeteilt, die ihn ins Spital begleitet hatten, ganz so, als ob er gerade erst vier und nicht schon neunzehn Jahre alt wäre. Aber Luftveränderung tue ihm sicher gut. Der Schatten sei wohl auf eine schwere Bronchitis zurückzuführen, die er im letzten Jahr nicht vollständig auskuriert hatte. Also buchten seine Eltern eine Reise nach Sizilien.

Als sie zurückkehrten, war der Schatten immer noch zu sehen. Also flog man an die Nordsee, um auf Amrum gegen Wind und alle Wetter trotzend Anatols Lungen mit jodhaltiger Luft zu füllen. Der Urlaub machte allen nur wenig Spaß, aber man zog es durch. Zehn Tage Amrum im Dezember, das bedeutete Dünenspaziergänge bei Schneeregen, sehr viel Tee und noch mehr Literatur. Kaum zurück in Wien konnte der Arzt jedoch nur kopfschüttelnd zugeben, dass man den Schatten immer noch erkennen könne.

Ein anderer Arzt wurde konsultiert, jünger, dynamischer, willens, unbedingt die Ursache zu finden und seinen Patienten zu heilen. Doch auch er konnte nur abermals auf Ortsveränderung drängen und empfahl zusätzlich ein Inhalationsgerät.

Diesmal war es Madeira im Januar, in Begleitung der Großmutter, doch der Schatten blieb.

Im Februar war es Malta. Der Schatten blieb.

Im März die Dominikanische Republik. Immer noch der Schatten.

Noch einmal März, diesmal nach Meran. Schatten.

Zu Ostern nach Bad Ischl. Schatten.

Anfang Mai wieder Amrum. Schatten.

Dann Attersee. Schatten.

Da gaben sie auf.

»Du wirst lernen müssen, mit diesem Schatten zu leben«, stellte die Großmutter fest, die ihn dieses Mal zum Radiologen begleitet hatte.

»Ja, Großmutter«, sagte Anatol.

»Andernfalls kriegst du einen Röntgenschaden«, fügte sie hinzu.

»Ja, Großmutter«, wiederholte Anatol.

»Wenn du den nicht eh schon hast.«

»Ja.«

Pause. Ganz leise: »So deppat is des.« Dann stand die Großmutter energisch von den weißen Plastikstühlen im Wartezimmer des Röntgeninstituts auf, rückte ihren Bleistiftrock gerade und befahl im Stakkato: »Taxi. Café Gerstner. Mehlspeise. Jetzt!«

Eine Esterhazyschnitte und eine Maronitorte später hatte sich die Großmutter in eine mildere Stimmungslage gegessen und schaute mit etwas glasigen Augen über die Melange hinweg auf ihren einzigen Enkelsohn.

»Was machen wir jetzt mit dir?«

Anatol, der von Mozarttorte und heißer Schokolade mit Schlagobers ebenfalls ziemlich sediert war, fuhr kurz zusammen.

»Ich weiß nicht«, sagte er.

»Los, komm«, murmelte die Großmutter. »Ich brauch Kultur.«

Sie hakte sich bei ihrem Enkel unter und gemeinsam trippelten sie über das Kopfsteinpflaster in Richtung Freyung zum Kunstforum. Die aktuelle Ausstellung hieß »Augenschmaus«.

»Was soll das denn sein?«, fragte die Großmutter skeptisch.

»Ich glaube, es sind Bilder übers Essen«, sagte Anatol.

»Aha.« Die Großmutter schien nicht sonderlich überzeugt. »Na gut. Jetzt sind wir schon da, nun gehen wir auch hinein.«

Sie stiefelten durch die Ausstellung und Anatol konnte hinterher genau sagen, wann und wo es war, als ihn das wohlige Gefühl überkam, seinen Platz gefunden zu haben. Er stand im großen Raum, der hell beleuchtet war, in der Nähe eines Picassos und starrte auf ein junges Ehepaar, das sein quiekendes Kleinkind in einem roten Kinderwagen durch die Ausstellung schob. Er sah den Mann mit dem rechten Arm ausholen und der Frau irgendetwas zu einem der Gemälde erklären, er hörte ihr dezentes Lachen und das Glucksen des Kindes, das mit dem Zerkauen seines Schnullers beschäftigt war. Gleich darauf schritt eine Schulklasse durch den Raum, dicht gefolgt von einem älteren Herrn, der, die Hände auf dem Rücken gefaltet, offensichtlich mehr Gefallen am Anblick der Schülerinnenhintern fand als an den Gemälden. Und dazwischen stand, nahezu zenartig gelassen, eine Museumsaufsicht herum, offensichtlich ein hochgradig gelangweilter Student, dessen bloße Anwesenheit die Besucher davon abhalten sollte, sich den Exponaten zu sehr zu nähern.

Das alles ergab, ihn und die umhersuchende Großmutter eingeschlossen, eine so ausgesuchte Choreografie, dass Anatol das Gefühl überkam, er habe noch nie, an keinem Ort der Welt, so sehr ins Bild gepasst wie hier. Mann, Frau, glucksendes Kind, kichernde Schülerinnen, schnaufender Alter, gelangweilter Student, abfällig räuspernde Großmutter. Und dazwischen er, stehend, schauend, ein Teil des Großen Ganzen.

Er hätte ewig hier stehen können. Und genau das tat er auch. Er schaute und schaute und konnte sich nicht sattsehen. Wie der Mann lächelte, als er merkte, dass er etwas Kluges gesagt hatte. Wie die Frau ihr langes brünettes Haar nach hinten strich. Wie der Alte sich nervös mit der Zunge über die schmalen Lippen leckte, als die Schülergruppe sich auf den Boden hinsetzte, um der Lehrerin zuzuhören und dabei ein paar der Mädchen ihre Hinterteile fast entblößten, weil ihre Jeans so tief saßen. Wie das Baby zu schielen begann, als es sich fast an seinem Schnuller verschluckte und im letzten Moment von der Mutter daran gehindert wurde, seinem jungen Leben ein vorzeitiges Ende zu bereiten.

Und erst die Geräusche! Überall im diesem Raum um ihn herum tuschelte, raschelte, lachte, schnaufte, schluckte und räusperte es sich und blieb dennoch beinahe still. Was für ein unglaubliches Schauspiel das war! Was für ein faszinierendes Stück Menschlichkeit! Was …

»Was soll mir das denn sagen?« Die Großmutter zog die Stirn in tiefe Falten und starrte mit zusammengekniffenen Augen auf Pablo Picassos Stillleben mit Totenkopf, Porree und Kanne vor einem Fenster von 1945. »Wer nur Gemüse isst, muss früher sterben? Oder war der Porree schlecht? Was bitte soll das?«

Anatol erschrak, als die Großmutter ihr niederschmetterndes Urteil über Picasso fällte.

»Also wirklich, nur weil Picasso draufsteht, muss es noch lange nicht Kunst sein. Also wirklich nicht. Komm, Anatol, gehen wir weiter.«

Es kostete ihn einiges an Überwindung, diesen Raum zu verlassen und mit der Großmutter weiterzuziehen in Richtung des ziemlich überfüllten Shops. Kurz vor dem Ausgang drehte sich Anatol noch einmal um und sein Blick fiel erneut auf eine der Museumsaufsichten, einen jungen Mann mit Schildchen an der Brust, der höchst gelangweilt, aber mit ernster Miene die Besucher der Ausstellung ins Visier nahm. Und da war es Anatol, als hätte er eine Vision.

Du willst WAS machen?«

Seine Mutter machte den Eindruck, als hätte sie sich verhört.

»Ich will im Museum arbeiten. Als Aufsicht«, antwortete Anatol.

Sein Vater räusperte sich. »Immerhin, Lore, sollten wir unserem Sohn zugutehalten, dass er sich das selbst überlegt hat.« Pause. »Das hast du doch, oder?«

»Ja, Vati.«

»Aber Museumsaufsicht?« Anatols Mutter klang dabei irgendwie schrill. »Ich meine, was ist das für ein Beruf? Ist das überhaupt ein Beruf?«

»Natürlich ist das ein Beruf«, ging die Großmutter dazwischen. »Man passt auf Bilder auf.« Blick auf den Vater. »Tut man doch, oder?«

»Alles in allem denke ich schon, ja«, murmelte der Vater, immer noch überwältigt von der Nachricht, dass sein Sohn einen Berufswunsch geäußert hatte (der erste überhaupt in seinem Leben) und dass dieser Beruf andererseits so gar nicht seinen Erwartungen entsprach.

»So etwas macht man nebenbei, Anatol«, legte seine Mutter erneut los. »Ich meine, neben dem Studium. Niemand arbeitet ein Leben lang als Museumsaufsicht.« Noch ein Blick auf den Vater. »Oder doch?« Sie schaute zurück zu Anatol: »Mausi, jeder hat eine Aufgabe im Leben. Deine Aufgabe ist es sicher nicht, auf Bilder aufzupassen.«

»Um das klarzustellen«, sagte die Großmutter, »du willst nicht Jus studieren?«

»Vorläufig nicht, nein«, antwortete Anatol. »Ich will das machen. Ich will dort im Kunstforum arbeiten. Ich glaube«, und Anatol holte tief Luft, »dass es mir dort gefallen wird. Ich mag das Kunstforum. Ich k... k... kann dort viel lernen.«

»Was zur Hölle willst du als Aufsicht denn lernen? Du kannst doch auf die Uni gehen und dort etwas lernen!« Seine Mutter war immer noch fassungslos. So leicht wollte sie die akademische Karriere ihres Sohnes, von dem sie insgeheim immer noch hoffte, er möge nicht nur seltsam, sondern gleichzeitig auch hochbegabt sein, wofür Anatol nie auch nur das leiseste Anzeichen gezeigt hatte, nicht aufgeben.

Darauf wusste Anatol keine konkrete Antwort. Sollte er seiner Mutter von seinen Beobachtungen erzählen? Der lachenden Frau, ihrem Mann, dem Schnullerkind, den kichernden Schülerinnen, dem hechelnden Alten? Und wie aufregend er die Vorstellung fand, jeden Tag ein Stückchen mehr über diese Menschen zu erfahren, wenn er sie aus einer stillen Ecke des Raumes beobachten konnte? Eine Aufsicht, das wusste Anatol bereits jetzt, passte nicht einfach auf Bilder auf, sie beobachtete! Und am allermeisten beobachtete sie die Besucher. Vielleicht würde er endlich begreifen, was in den anderen Menschen vor sich ging, wenn er sie nur lang genug betrachten konnte. Ob seine Eltern das verstehen würden?

»Ach, lasst ihn«, meldete sich wieder einmal die Großmutter zu Wort. »Andere gehen auf die Universität, Anatol studiert halt das Leben. Und wenn er das als Aufsicht machen will, dann ist das so. Nicht wahr, Anatol?«

Wie sich herausstellte, gab es für die Arbeit als »Art-Security«, nur zwei Kriterien: Erstens musste man bei halbwegs klarem Verstand sein, zweitens nicht vorbestraft. Letzteres wurde aber nicht etwa durch ein polizeiliches Führungszeugnis überprüft, es reichte die einfache Antwort auf die Frage: »Und? Hast du schon mal was gestohlen?« Anatol antwortete wahrheitsgemäß: »Nein.« Der Mann, der ihn einstellte, zuckte nur kurz mit den Schultern und sagte dann: »Probieren wir es.« Er bekam ein Schild. Er bekam einen Arbeitsvertrag. Was er nicht bekam, war eine Uniform, was er ein wenig bedauerte – aber sei's drum. »Aber los geht's erst im Herbst mit der Frida Kahlo. Vorher haben wir geschlossen. Sommerpause.«

Also hatte Anatol den ersten Job seines Leben und machte als Allererstes Urlaub. Sein Dienstvertrag begann mit September. Es lagen gute drei Monate Sommer vor ihm, die er mit seiner Familie und dem Schatten auf seiner Lunge weitestgehend am Attersee verbrachte. Natürlich hoffte seine Mutter insgeheim darauf, dass Anatol sich die Sache mit dem Aufseherjob noch einmal überlegen würde. Aber weit gefehlt: Je länger der Sommer dauerte, desto verheißungsvoller wurde für Anatol die Vorstellung, dort zu arbeiten. So wie es ganz normale Menschen auch taten.

»Ja, aber bist du dir wirklich sicher?«, fing die Mutter immer wieder von vorne an, bis sie von ihren eigenen Töchtern nach und nach zum Verstummen gebracht wurde.

»Geh, Mutti, nun hör auf! Der Anatol macht das schon!«

»Ja, aber das ist doch keine richtige Arbeit!«

Da warfen sie der Mutter Klassendünkel vor und das konnte die Mutter, deren geliebter Vater nicht nur Ministerialrat, sondern auch überzeugter Sozialdemokrat gewesen war, nicht auf sich sitzen lassen. Natürlich hatte sie nichts gegen die Arbeiterklasse. Sie war nur nicht darauf vorbereitet gewesen, dass die sich ausgerechnet in ihrer Familie breitmachen würde. Aber bitte, sie sagte ja gar nichts mehr.

Ein neuer Sommer schlich ereignislos dahin. Anatol badete notgedrungen, er aß, er schlief, er rechnete, obgleich es wenig zu rechnen gab. Im Attersee ertranken während dieser drei langen Sommermonate nur zwei japanische Touristen. In der letzten Augustwoche fuhren sie zurück nach Wien.

Am meisten freute sich Anatol darüber, dass die Dienstzeiten ihm einen festen Lebensrhythmus vorgaben: aufstehen um halb neun, dann unter die Dusche, Frühstück mit Cornflakes und schließlich ein kurzer Fußweg durch den ersten Wiener Gemeindebezirk zu seiner neuen Arbeitsstätte, wo er etwa eine halbe Stunde vor der verschlossenen Tür wartete, bis man ihn hineinließ. Es war fast wie zu Schulzeiten.

Der Job im Kunstforum brachte aber auch andere, neue Dinge in sein Leben. Geld war eines davon. Zum ersten Mal in seinem Leben verdiente Anatol eigenes Geld, was seinem Selbstbewusstsein durchaus guttat. Dass er dieses Geld zu einem großen Teil bei seinen Eltern wieder abliefern sollte, die es für ihn gewinnbringend in Bausparvertrag und Pfandbriefen anlegten, war dann wiederum für sein Selbstbewusstsein nicht ganz so förderlich. Im Grunde genommen merkte Anatol nicht einmal, dass er ein eigenes Einkommen hatte. Er wohnte weiterhin in seinem Kinderzimmer, aß bei seinen Eltern am Tisch mit und ließ sich seine Kleidung von der Großmutter bezahlen, die ihren Enkel in seiner ersten Woche als Aufsicht mit einem weinroten Jackett ausgestattet hatte, weil auch ihr der Mangel an Uniformen in diesem Bereich ein Dorn im Auge war.

»Komm«, sagte sie zu Anatol, nachdem sie ihn an seinem ersten Tag im Dienst besucht hatte, »wir machen dich jetzt offiziell.«

Also zog Anatol ab dem darauffolgenden Tag immer ein weinrotes Jackett an, derer er nun zwei besaß. Dass seine Kollegen in normaler Alltagskleidung ihren Dienst versahen, störte ihn nicht weiter. Zwar sprach ihn der ein oder andere Kollege gelegentlich mit dem Satz »Hast du dich verlaufen? Wir sind ja nicht im Kunsthistorischen!« an, aber das beantwortete Anatol stets nur mit einem milden Lächeln. Er wusste ja, wo er war und fortan auch wer er war: Anatol, Aufsicht im Kunstforum. Und genau so stellte er sich auch Fremden vor, wenn er mal in die Verlegenheit kam, nach seinem Namen gefragt zu werden.

Die anderen Aufsichten ließen ihn weitgehend in Ruhe. Überhaupt war dieser Job eine ausgesprochen ruhige Tätigkeit. Man ging schweigend umher, man stand schweigend herum, und sollte einer der Besucher sich doch einmal einem der Exponate zu stark nähern, dann machte man ihn sehr leise darauf aufmerksam – mit einer einzigen Ausnahme: ungarische Schulklassen. Die hatten die Angewohnheit, völlig überdreht aus einem Reisebus heraus- und auf das Kunstforum losgelassen zu werden und waren folglich ziemlich laut, ziemlich bewegungshungrig und ließen sich auch nur durch ein entsprechendes Verhalten seitens der Aufsichten zur Räson bringen, sprich ziemlich laut und ziemlich wild gestikulierend. Dann aber herrschte augenblicklich wieder Ruhe und alles ging seinen gewohnten stillen Gang.

Sollten sich in den Räumen des Kunstforums doch einmal die Wege der Aufsichten kreuzen, was sie alle halben Stunden taten, wenn die Position, also der Raum gewechselt wurde, dann ergaben sich hin und wieder kurze, freundliche Gespräche unter den Kollegen, die vorwiegend um ein und dasselbe Thema kreisten: Welches ist das teuerste Bild der Ausstellung und wie könnte man es am besten stehlen?

Es war nicht so, dass in den Aufsehern mehr kriminelle Energie steckte als in einem Besucher der Ausstellung. Aber wenn man sich tagtäglich mit nichts anderem beschäftigte (lesen war während der Arbeitszeit verboten, ebenso sitzen, essen, mit dem Handy herumspielen und Nase bohren) als dem Schutz der ausgestellten Bilder und Skulpturen, dann musste man zwangsläufig darauf kommen, wie es wohl wäre, eines eben dieser Kunstwerke zu stehlen, wobei sich der Begriff »Schutz« vorwiegend auf die mutwillige Zerstörung der Exponate bezog und weit weniger auf einen möglichen Diebstahl. Jede der Aufsichten kannte die dienstliche Anweisung, was im Falle eines Überfalls auf das Kunstforum zu tun sei: nämlich gar nichts. Sollte je jemand auf die wahnsinnige Idee kommen, mit Waffengewalt einzudringen und sich ein oder zwei der Bilder unrechtmäßig anzueignen, dann wären die Aufsichten die Ersten gewesen, die sich auf den Boden geschmissen und keinen Muskel mehr gerührt hätten.

Umso spannender war die Vorstellung, wie es wohl wäre, selbst die wahnsinnige Idee eines Bilderraubs durchzuführen, und so planten Anatols Kollegen diesen mit großer Ausdauer und noch mehr Hingabe, bis ihr Plan hundertprozentig durchdacht war und äußerst erfolgversprechend klang. Allein die Tatsache, dass man aus einer Ausstellung gestohlene Bilder schlichtweg nicht verkaufen konnte und dass die Aufsichten die Ersten wären, auf die der Verdacht fiele, brachte sie dazu, die Pläne wieder zu verwerfen. Dennoch – wann immer sich ihre Blicke durch die Räume hindurch begegneten, sprachen sie augenzwinkernd von Raub und Verschwörung.

Anatol brauchte eine Weile, bis er das Ganze als Spiel verstand, denn im ersten Moment, als er begriff, was seine Kollegen da so munter vor sich hin planten, stand er kurz davor, es der Direktion zu melden. Doch irgendetwas hielt ihn zurück. Wahrscheinlich, das musste sich Anatol im Stillen eingestehen, sehnte er sich danach, zu dieser Gemeinschaft von Verschwörern zu gehören und er hoffte insgeheim darauf, sie würden ihn an ihrer Planung eines Kunstraubs beteiligen. Andererseits ging Anatol jedes Gefühl für Ironie ab, und so trug er sich tagelang mit reichlich zwiespältigen Gedanken herum, bis ihm in einer Mittagspause sein Kollege Gerhard kurz auf den Rücken klopfte und sagte: »Und? Welches Bild würdest du mitgehen lassen?«

Da schlug Anatols große Stunde.

»Das kleine Porträt im Eck, im zweiten Raum, gleich neben dem Notausgang«, antwortete Anatol.

»Warum das?«, wollte Gerhard wissen.

»Weil es klein ist und weil man damit am schnellsten draußen ist.«

»Aha«, sagte Gerhard nur und nickte zustimmend. »Aber das große Kahlo-Porträt im Hauptraum ist viel bekannter und sicher auch mehr wert!«

»Ja, aber dann bräuchte man etwa acht Sekunden länger zum Ausgang. Ich glaube, es wäre besser, wenn man den schnellsten Weg hinaus nimmt. Und außerdem muss man das Bild nicht erst aus dem Rahmen schneiden, weil es so klein ist, dass man es einfach mit Rahmen von der Wand nehmen und tragen kann. D… d… das spart Zeit.«

»So, so«, sagte Gerhard. »Und wieso brauch ich so viel Zeit, wenn ich eine Pistole hab? Da geht mir eh jeder aus dem Weg!« Anatol stutzte kurz und betrachtete Gerhards T-Shirt, auf dem Han Solo und Prinzessin Leia mit Blasterpistolen prangten. Da, wo Leias Kopf zu sehen war, spannte das Shirt über Gerhards rundem Kugelbauch und Carrie Fisher wirkte dadurch erstaunlich fett.

»Ja«, antwortete Anatol, sich von Prinzessin Leias breitem Gesicht abwendend, »wahrscheinlich. Hier drinnen. Aber die Polizei wäre in drei Minuten da und da zählt jede Sekunde. Ich meine, man muss ja erst mal weg von hier, und zwar so w… w… weit weg, dass sie einen nicht gleich kriegen. Deshalb.«

Da fing Gerhard so an zu lachen, dass ihm ein Teil seines Ei-Käse-Sandwiches wieder aus dem Mund zu fallen drohte.

»Und jetzt sag mir noch, du hast das ausgerechnet. Ich meine, wie lange man da braucht, von dem Bild bis nach draußen.«

»Ja«, sagte Anatol wahrheitsgetreu, wenn auch zögerlich. »Hab ich.«

»Und?«

»Vierzehn Sekunden.«

»Vierzehn Sekunden?«, staunte Gerhard. »Du meinst, ich kann in vierzehn Sekunden so ein Bild stehlen?«

»Hineingehen, Bild nehmen, hinausgehen dauert vierzehn Sekunden. Ja.«

Da ließ Gerhard sein Sandwich auf den Tisch der kleinen Teeküche fallen, reckte die Arme zur Siegerpose hoch und rief: »Anatol, der Meisterdieb!«

Das war Anatol natürlich äußerst unangenehm, denn die Teeküche lag nur wenige Meter von den Büros der Kuratoren und der Direktion entfernt und er wollte auf keinen Fall seinen Job gefährden, indem herauskam, mit welchen Gedanken er sich bei der Arbeit trug. Darum machte er jetzt auch ein etwas betretenes Gesicht.

»Was denn? Ist doch wahr«, sagte Gerhard grinsend und widmete sich wieder seinem Sandwich. »Bist gar nicht so blöd wie du ausschaust«, fügte er kauend hinzu.

Da bekam Anatols heile Welt einen kleinen Sprung.

»Ich bin nicht blöd«, sagte er und seine Finger begannen zu zittern.

Gerhard hob den Kopf und sah Anatol ins Gesicht. »Eh. Ich finde, du bist in Ordnung.«

»Ich bin nicht blöd«, wiederholte Anatol.

»Hab ich ja auch gar nicht gesagt.«

»Du willst doch auch nicht, dass einer zu dir sch… sch… schwule Sau sagt, oder?« Anatols Zittern wurde immer stärker und in seiner Stimme schwangen Tränen mit.

Da ließ Gerhard sein Sandwich sinken. »Hey, es tut mir leid. Okay?«

Anatol atmete schwer und seine Hand verkrampfte sich um den Vanillepudding, den er eben noch gelöffelt hatte.

»Okay«, sagte er leise.

Gerhard zog seine Stirn in Falten. »Und wieso weißt du eigentlich, dass ich schwul bin?«

»W… w… weil a… alle der Anna auf den A… A… Arsch schauen, aber du nicht. Du schaust ihr n… n… nicht auf den Arsch.«

Gerhard fing an zu lachen. »Stimmt«, gab er zu. »Ich schau dir auf den Arsch.«

Da stieß Anatol seinen Vanillepudding um. Gerhard griff im Sitzen mit seinen langen Armen nach einem Wettex, das bei der Spüle lag, und wischte den Tisch sauber.

»Danke«, sagte Anatol.

»Kein Problem. Du Idiot.«

Da verschluckte sich Anatol an den Puddingresten und begann fürchterlich zu würgen.

»Hey«, sagte Gerhard, stand vom Stuhl auf und schlug ihm auf den Rücken. »Geht's wieder?«

Anatol hustete wie verrückt und nickte gleichzeitig mit dem Kopf.

»Schade, das mit dir. Du bist nämlich ziemlich fesch. Aber, was soll's, sag ich immer. Hete bleibt Hete. Oder lässt du dich vom Gegenteil überzeugen?«

»Nein«, keuchte Anatol. »Nein, ich glaube nicht. Nein.«

»Ein Nein genügt schon«, sagte Gerhard lachend. Dann setzte er sich wieder, griff nach seinem Sandwich und biss herzhaft hinein.

Die Frida-Kahlo-Ausstellung, mit der Anatol seinen Dienst antrat, war ein wahrer Publikumsmagnet. Das Kunstforum war oft schon in der Früh voller Menschen, was bedeutete, dass es viele Möglichkeiten gab, das zu tun, weshalb Anatol hier war: studieren. Lehrer, Schüler, Männer, Frauen, Kleinkinder und Greise – es waren so viele Gesichter, so viele Stimmen, so viele verschiedene Individuen, und jedes eine eigene Welt. Da gab es Tage, an denen Anatol die Gesichter besonders erschienen, jede Falte, jeder Muskel, jedes Barthaar hätte ihm so viel über das Innenleben der Person verraten können, wenn er nur gewusst hätte, wie er die Menschen lesen sollte. Und dann kamen Tage, an denen alles von so ausgesuchter Hässlichkeit war, dass er am liebsten die Augen davor verschlossen hätte. Da waren die Stimmen rau, die Töne schrill, die Bewegungen derb und um ihn herum versank die Welt in ein undurchdringliches Rätselwerk aus menschlichem Schrecken. Zu Anatols Glück waren diese Tage selten.

Es waren jedoch nicht nur die Besucher, von denen er zu lernen hoffte, sondern auch die Kollegen, allen voran Gerhard, mit dem er sich nach und nach anfreundete, wenn man bei Anatol von Freundschaft sprechen konnte. Gerhard war taub für alles, was Anatol unbeabsichtigt an Kränkungen ausstieß, und unglaublich generös, wenn es um die Auslegung von Humor ging. Gerhard hatte ein sonniges Gemüt und nahm selbst schlimme Dinge im Leben mit größter Gelassenheit hin. Als ihn sein Freund verließ, weil er mit einem spanischen Austauschstudenten durchbrannte, ging es ihm hundsmiserabel, aber alles, was er in ihrer Mittagspause zu Anatol sagte, war: »Dann muss ich wenigstens nicht mehr seinen miesen Musikgeschmack ertragen. Wer hört denn freiwillig Enrique Iglesias?« Dabei wischte er sich verschämt die Tränen von der Wange.

Anatol waren solche Gefühlsausbrüche fremd, aber er verstand, dass sein Freund offensichtlich Kummer hatte, also sagte er: »Ich kann dir ein paar CDs meiner Schwestern mitbringen. Die hören gerne spanische Musik!«

Gerhard hielt kurz inne, lachte dann auf und bewarf Anatol mit einem der dreckigen Küchenhandtücher, die überall in der Teeküche herumlagen. »Ja, danke, du Idiot. Spanische Herzschmerzmusik hilft mir sicher weiter. Da kann ich mir dann so richtig gut vorstellen, wie mein Ex-Liebhaber mit seinem Latin Lover ins Bett steigt.«

»Ob das so gut für dich ist, dir das vorzustellen?«, wagte Anatol zu fragen. Schwupps, zweites Küchenhandtuch.

Gerhard wurde zu einer verlässlichen Größe in Anatols Leben und er bewunderte den fülligen Steirer restlos. Doch auch Gerhard, der Immer-mal-wieder-Student der Geschichte und erklärter Star-Wars-Fan, war natürlich nicht immer zugegen. Hin und wieder musste er auch einmal so tun, als ginge er zur Universität, oder er war Gast auf einer Star-Wars-Convention. Die Tage, die Anatol ohne seinen Lieblingskollegen im Kunstforum verbrachte, waren daher etwas eintöniger. Zwar beobachtete er immer noch gern die Besucher, aber die Faszination der Anfangsmonate wich irgendwann der Routine, und auch wenn die Bilder an den Wänden wechselten, änderte sich an Anatols Arbeitswelt wenig, mit Ausnahme der Tatsache, dass sein Wissen über Kunst stetig wuchs.

So zogen vor Anatols Augen Impressionisten, Kubisten und Realisten vorbei und hinterließen ihre Spuren. Am Ende jeder Ausstellung hatte er fünfzig und mehr an Führungen mitgehört und war damit mehr oder weniger unfreiwillig zum Experten geworden. Wäre einer der Besucher auf die Idee gekommen, ihn etwas zur Bedeutung eines der Gemälde zu fragen, dann hätte Anatol diesem problemlos einen gut zwanzigminütigen Vortrag halten können, der sowohl die Entstehungsgeschichte des Bildes als auch die Biografie des Malers, die Einbettung des Werkes in einen sozialgeschichtlichen Kontext, die verwendeten Materialien, bis hin zum Wert des Gemäldes umfasste. Aber es fragte ihn niemand nach der Geschichte der Bilder, höchstens nach dem Wert der Gemälde. Gut ein- bis zweimal am Tag schlich sich einer der Besucher, meist waren es Männer im fortgeschrittenen Alter, an ihn heran und fragte, sich räuspernd, was denn nun eigentlich das teuerste Gemälde der Ausstellung sei. Und Anatol antwortete dann immer wahrheitsgetreu, dass es sich bei dem angeblichen Wert nur um einen Schätzwert handelte, der für die Versicherung ermittelt worden war, der aber oft weit unter einem möglichen Auktionswert lag. Und dann nannte er Summen, die, je höher sie ausfielen, umso zufriedenere Gesichter bei den Besuchern zurückließen. Die meisten Besucher hatten offensichtlich das Gefühl, sie bekämen für ihr Eintrittsgeld nur dann etwas geboten, wenn der Gesamtwert der Ausstellung weit über der Grenze von, sagen wir, zwanzig Millionen Euro lag.

Umso erstaunlicher war die andere Frage, die gleichfalls täglich an Anatol und die anderen Aufsichten herangetragen wurde, nämlich ob denn die ausgestellten Werke auch alle echt seien.

»Nein«, sagte Gerhard dann immer, »Sie zahlen da jetzt elf Euro dafür, dass Sie eine Fälschung sehen können.«

Anatol nickte nur immer höflich. Er konnte einfach nicht verstehen, warum diese Frage die Leute so beschäftigte. In der Villa seiner Großeltern hingen, genauso wie im Feriendomizil, diverse Gemälde, einige gute und recht viele schlechte, aber echt waren die alle. Man konnte sich darüber streiten, ob man Adolf Frohner mochte oder nicht, aber echt waren die Sachen immer.

Während der drei Monate, in denen Anatol auf die Gemälde aufpasste, entwickelte er durchaus eine Art von Beziehung zu den Exponaten. Wann immer er in den folgenden Jahren in Begleitung der Großmutter andere Museen und Ausstellungen besuchte, hielt er nach Bildern Ausschau, die er bereits beaufsichtigt hatte, und wenn er dann ein ihm bestens vertrautes Gemälde wiedersah, war es so, als flüsterte es Anatol zu: »Schön, dich wiederzusehen.«

Es passierte in diesen Wochen, Monaten und Jahren, in denen Anatol im Kunstforum arbeitete, nichts, das von Bedeutung war. Es geschah weder mit ihm noch mit den Bildern etwas, und das eine Mal, als Anatol und Gerhard vormittags ihre Plätze in der Ausstellung einnahmen und beim Blick auf die große Wand im Hauptraum den Schreck ihres Lebens bekamen, weil eines der Gemälde über Nacht verschwunden war, stellte sich schnell als harmloses Missverständnis heraus: Das Gemälde war auf Wunsch der Eigentümer zur Schätzung gebracht worden.

Die Sommermonate, in denen das Kunstforum geschlossen hatte, verbrachte Anatol nach wie vor mit seiner Familie am Attersee. Es waren gute, bleischwere Jahre. Er hatte seinen Fuß in die große Welt gestellt und blieb beim zweiten Schritt schon wieder stehen. Letztlich, das musste er sich wohl oder übel eingestehen, war das Kunstforum eine geschützte Werkstätte.

Es kam der Herbst, nach einem langen, heißen Sommer. Die Hitze stand immer noch in den Räumen der Ausstellung, als hätte man sie dort vergessen oder als wollte sich das Gebäude ein Stück der vierzig Grad im Schatten für den Winter aufbewahren. Sie mussten die Klimaanlage drei Tage laufen lassen, bis sie endlich die Temperatur erreichten, bei der die Gemälde keinen Schaden mehr nehmen würden.

»Sinnlos«, hatte Gerhard gesagt. »In ein paar Tagen sind hier tausend Leute. Dann wird's eh wieder warm.« Er klopfte sich mit der rechten Hand auf den eigenen Hintern. »Und ich bin sowieso schon ganz heiß.«

In wenigen Tagen sollte eine Chagall-Ausstellung eröffnen: »Ewig dein. Marc Chagall und die Liebe«. Das würde sicher wieder ein Publikumsmagnet, weissagte Gerhard. Ja, sicher, stimmte ihm Anatol zu. Viele Schulklassen.

Schulklassen waren nicht zwangsläufig etwas Schlechtes. Es gab durchaus Klassen, die sich gut benehmen konnten, Lehrer, die ihre Schüler im Griff hatten. Aber bei Chagall, nun ja, da würden sie halt alle kommen. Die netten und die anderen.

Ein besonderer Moment war es, wenn in der Stadt die Plakate ausgehängt wurden. Dann spürte Anatol immer so etwas wie Stolz. Das war sein Museum, seine Ausstellung. Und genau so sahen es auch die anderen.

»Was läuft denn gerade in *deinem* Museum?«, wollte die Großmutter stets wissen.

»Wir bekommen eine Chagall-Ausstellung«, antwortete Anatol.

»Chagall? Ach so. Na gut. Der ist ganz nett.« Das war vonseiten der Großmutter so ziemlich das schlimmste Urteil, das sie fällen konnte. Ganz nett. Das war kurz vor »widerlich«. Und dann setzte sie noch einen drauf und sagte: »Sehr gefühlig, der Chagall.« Die Großmutter hatte kein besonderes Faible für gefühlvolle Männer, mit Ausnahme natürlich von Josef Meinrad, aber der war schließlich ein Heiliger und durfte sich bei der Großmutter alles erlauben, auch Tränen über den Tod eines seiner geliebten Haustiere, etwas, das die Großmutter sonst niemandem verziehen hätte. Über den Tod von Tieren zu weinen empfand sie, die am liebsten jeden Tag zweimal Fleisch aß, als absurd. Für den Großvater galten natürlich andere Maßstäbe als für den Meinrad. Als der Großvater eines Tages bei Gartenarbeiten mit der Laubsäge auskam und sich tief in den linken Arm schnitt, was ihm durchaus ein paar Tränen und, nur nebenbei bemerkt, auch ziemlich viel Blut abverlangte, da fauchte ihn die Großmutter beim Verbinden des Arms an: »Sei nicht so weibisch!« Also biss sich der Großvater auf die Lippen und hielt durch, bis endlich der Notarzt da war.

Diesmal war es also Chagall.

»Denk dir, er war nicht mal Franzose, er war Russe!«, hatte ihn Gerhard freudestrahlend am Eröffnungstag informiert. »Er ist nur später nach Frankreich umgezogen. Aber eigentlich war Chagall Russe.« Gerhard war Marxist und allein die Tatsache, dass ein Russe ausgestellt wurde, schien sein rotes Herz höher schlagen zu lassen – was durchaus gefährlich war, denn Gerhards Übergewicht hatte sich in den letzten zwei Jahren stark vergrößert und in seinem Blut schwamm eindeutig jede Menge Fett gepaart mit zu viel rotem Enthusiasmus.

»Ja, ich weiß«, hatte Anatol geantwortet.

»Nein, wusstest du nicht, du holder Ritter in roter Rüstung«, entgegnete Gerhard und tippte mit dem Zeigefinger auf Anatols Jackett.

»D-d-doch, wusste ich.«

»U-u-u-nd?«, machte Gerhard ihn nach.

»Und was?«

»Wie gefällt dir Chagall?«

Gerhard machte eine ausladende Armbewegung, die den ganzen Raum einschloss, in dem sie sich befanden.

»Weiß nicht«, antwortete Anatol zögernd. »Gefühlig?«

»Hast du schon wieder mit deiner Oma geredet?«

Anatol nickte stumm.

»Lass das. Deine Oma hat keine Ahnung von Chagall.« Und mit russischem Akzent fügte er hinzu: »Schau dich einfach um. Und dann verrate mir, was du siehst. Fühl dich in die Bilder hinein, spür ihren Figuren nach, hör ihren Geschichten zu. Hör, was sie wispern, was sie wollen. Fühl das, was Chagall gefühlt hat, als er sie malte. Und dann, wenn du es fühlst, sage mir, was du siehst, mein roter Ritter.«

Anatol blickte sich um. Er betrachtete sekundenlang jedes einzelne Bild im Raum. Er gab sich Mühe zu sehen, was er sehen sollte. Wirklich, wirklich Mühe, bis es in seinem Kopf zu rauschen begann.

»Blau«, sagte Anatol schließlich.

»Bitte?«, fragte Gerhard.

»Blau. Da ist sehr viel Blau.«

Gerhard schlug die Hände vors Gesicht.

»Okay, mein Freund, blau ist nicht die schlechteste aller Antworten.« Er räusperte sich. »Aber fast.« Dann blies er die Luft aus seinen dicken Wangen und fügte hinzu: »Was soll's? Auf Position. Möge die Kunstwelt mit uns sein.«

Die Ausstellung wurde ein gigantischer Erfolg. Tausende und Abertausende Besucher schoben sich in den kommenden Wochen durch das Kunstforum auf der Suche nach fliegenden Frauen und einsamen Männern. Und mittendrin stand Anatol und wusste nicht, was er sehen sollte. Nichts von dem, was ihm ins Auge stach, sah so aus wie das, was die anderen sahen. Warum konnten Frauen fliegen? Warum spielten Tiere Cello? Wieso war der Kirchturm schief und wieso sahen die Männer, obwohl sie angeblich liebten, oft so traurig aus? In den Bildern lag keine Logik. Also hatte er es mit Zählen versucht. Wie viele Sterne? Wie viele Kirchtürme? Wie viele Farben?

Nach einer Weile ließ Anatol von den Bildern ab und konzentrierte sich wieder auf die Besucher, denn immerhin war er hier, um etwas zu lernen, und wenn er ehrlich sein sollte (und Anatol war einfach unfähig zu lügen), dann hatte er bislang nicht viel erreicht. Er verstand die Menschen immer noch nicht.

Der Herbst ging vorüber und das Kunstforum sammelte vergessene Regenschirme der Besucher, die man in großen Mengen hinter der Garderobe hortete. Es waren gut fünf Dutzend, und so musste keine der Aufsichten je bei Regen ohne einen Schirm nach Hause gehen, denn es waren ja stets genügend vorhanden.

»Wir sollten mal eine Ausstellung der Schirme erwägen«, schlug Gerhard in einer der Mittagspausen vor. »Getrennt nach Farben und Geschlechtern. Ein Raum in Pink, ein Raum in Schwarz, ein Raum für Kinderschirme und so weiter. Und der Titel der Ausstellung lautet dann schlicht: *Umbrella.*« Er nahm einen Schluck aus seiner Colaflasche. »Das wäre doch mal was. Oder?«

»Hm«, machte Anatol nur.

Es war die letzte Woche der Chagall-Ausstellung und der Ansturm wurde mit jedem Tag stärker. Anatol begannen die umherwankenden Menschenmassen, die sich stets zu nah an die Bilder herandrückten, unter Stress zu setzen. Er hätte schon eine Giacometti-Figur sein müssen, um jede Ecke des Raumes gleichzeitig ausspähen zu können, in der sich einer der Besucher an ein Gemälde heranmachte. Oder er hätte wenigstens fliegen müssen, so wie Chagalls Figuren, um den Überblick zu bewahren. Anatol und Gerhard schoben wie alle anderen Aufsichten Sonderschichten und es waren ausgesprochen anstrengende Tage mit einem Zuviel an Stimmen, Leibern, fliegenden Fischen und Novemberregen.

Und dann geschah das, womit er am wenigsten gerechnet hatte. An einem nasskalten Dienstagmorgen um dreiviertel elf sah er sie zum ersten Mal. Zwischen lauter Schwarz-in-Grau-Menschen mit dickrandigen Brillen und mürrischen Gesichtern sowie drei lärmenden Klassen von Volksschülern mit quietschgelben Mützen tauchte ihr Haar auf. Es waren goldene Locken, von einer solchen Wärme und Strahlkraft, wie man sie auf keinem Gemälde der Welt finden würde. Anatol hörte einfach auf zu atmen. Stattdessen starrte er ungläubig auf den Goldschimmer und hoffte. Mit aller ihm zur Verfügung stehenden Inbrunst hoffte er darauf, dass sich das Versprechen einlösen würde, das diese Locken ihm gegeben hatten und dass, wenn sie sich umdrehen würde, sie ein ebenso schönes Gesicht hätte. Doch sie drehte sich nicht um. Stattdessen blickte sie völlig versunken auf eines der Gemälde und rührte sich keinen Millimeter von der Stelle.

»Dreh dich um«, flüsterte Anatol. »Dreh dich um. Dreh dich um.«

»Bitte?«, fragte eine ältere Dame in Schwarz, mit raspelkurzem grauem Haar und asymmetrischer roter Brille. »Meinten Sie mich?«

Anatol konnte nicht antworten, denn er sah wie gebannt auf die goldene Erscheinung. Um nichts auf der Welt wollte er den Moment verpassen, an dem sie sich …

»Junger Mann, ich rede mit Ihnen!«

Bitte, flehte Anatol innerlich, bitte dreh dich um.

»Hey, Sie!«

Diese Ungewissheit war keine Sekunde länger zu ertragen. Er musste ihr Gesicht sehen, er musste einfach. Also schob Anatol erstaunlich entschlossen die raspelkurze Brillenträgerin beiseite und bahnte sich einen Weg durch die graue Menge. Er umrundete das goldene Haar von der Seite, bis er weit genug vorne stand, um auch ihr Profil sehen zu können, und dann, endlich, ihr Gesicht, zur Gänze. Es war alles, was er sich erhofft hatte, und mehr. In Anatol ging plötzlich die Sonne auf.

Wie lange stand er schon da, um sie zu betrachten? Sekunden? Jahre? Alles wurde bedeutungslos, trat hinter dieses Wunder zurück. Sie war Vollkommenheit. Sie hatte das schönste Gesicht, das Anatol je gesehen hatte, von der kleinen Grube im Kinn bis zu den grüngrauen Augen, den sanft geschwungenen Lippen und der kleinen Narbe über ihrem rechten Auge. Er sah alles. Er sah sie, er sah sich selbst, er sah ihr ganzes gemeinsames Leben. Er sah alles in einer Sekunde. Das Haus, den Garten, die verwässerten Topfpflanzen, das erste Kind, den Streit, den sie am Donnerstag, dem 28. September 2038 haben würden, weil er vergessen hatte, Milch zu kaufen, die verregneten Ferien am Attersee, wie sie gemeinsam seine Großmutter zu Grabe trugen, wie sie noch ein Kind bekamen, wie der Hund immer die Möbel anpinkelte, wenn er nervös war, wie schön sie aussah, wenn sie schlief, wie sie lachte, wie sie alt wurde, wie sie in seinem Arm ihre Augen schloss. Er sah sie.

»Anatol?«

Gerhard fuhr mit der Hand vor seinem Gesicht herum. »Geht es dir gut? Alles okay bei dir?«

Anatol schüttelte nur stumm den Kopf. Gerhard blickte sich um. Es dauerte eine Weile, bis er verstand, woran sich Anatols Augen klammerten.

»Du meine Güte«, murmelte Gerhard. »Komm.« Er zog Anatol am Ärmel seines roten Sakkos mit sich fort, ohne dass das goldene Mädchen ihn bemerkt hätte, und drängte ihn in das kleine Kabuff, in dem die Videoaufzeichnungen der Ausstellungsräume gemacht wurden.

»Was ist denn los mit dir?«, fragte Gerhard. »Hast du einen Anfall oder so was?«

Wieder schüttelte Anatol nur stumm den Kopf.

»Du bist also nicht krank?«

Kopfschütteln.

»Nervenzusammenbruch?«

Kopfschütteln.

»Dann, mein Freund, ist es wohl das, wonach es aussieht.«

Da fand Anatol seine Stimme wieder. »Wonach sieht es denn aus?«

»Als hätte dich die Liebe getroffen. Aber nicht mit Amors Pfeilen oder so was. Es war eher wie ein heftiger Schlag auf den Kopf. Rumms! So als wärst du gegen eine Glasscheibe gerannt und hättest dabei den letzten Rest deines Verstandes eingebüßt.«

Anatol holte tief Luft. »Hast du sie gesehen?«

»Hab ich«, antwortete Gerhard. »Und, ganz ehrlich, ich steh zwar nicht auf Frauen, aber ich versteh dich schon.«

»So etwas hab ich noch nie gesehen«, stammelte Anatol.

»Jemanden«, widersprach Gerhard. »So jemanden hast du noch nie gesehen. Glaub ich dir gern. Die war auch nicht von hier.«

»Glaubst du?«, fragte Anatol. Dann hatte er eine Eingebung. Er drehte sich zu den Bildschirmen im Raum um und suchte sie ab, fiebrig, eilig, voller Furcht. Da war sie. Sie stand immer noch vor demselben Bild. Das Bild hieß »Traum der Liebenden«.

»Da«, sagte er nur und deutete mit dem Zeigefinger auf den Bildschirm.

»Ja, ich sehe sie«, bestätigte Gerhard. »Und?«

Plötzlich drehte sich das Mädchen mit den goldenen Haaren um und bahnte sich einen Weg aus dem Raum zum Ausgang hin.

Anatol fuhr mit der Hand zurück, als hätte er eine heiße Herdplatte berührt.

»Da! S… s… sie g… g… geht!«

»Sieht ganz so aus«, bestätigte Gerhard.

Anatol verfiel von einer Sekunde auf die nächste in helle Panik. »Nein!«, rief er. »Nein!« Er drehte sich auf dem Absatz um, stolperte über seine Füße, fing sich an der Türklinke auf, riss die Tür zu sich heran und stürmte aus dem Raum hinaus, aber – sie war verschwunden.

Anatol irrte nach vorne zum Ausgang, suchte schließlich den Shop ab, ohne auch nur einen Hauch von goldenem Haar zu erblicken. Er lief zurück. Vielleicht war sie in die hinteren Räume gegangen? Doch auch in den anderen Ausstellungsräumen konnte er sie nicht finden. Sie war fort.

Endlich legte sich eine schwere Hand auf Anatols Schulter und Gerhard sagte: »Sie ist weg. Trag's mit Fassung, Alter.«

»Was?«, fragte Anatol verwirrt.

»Na, das hier!« Gerhard machte eine ausladende Geste. »Du rennst ja hier herum wie ein Irrer.«

»Aber …«, begann Anatol, doch dann brach er den Satz einfach ab und ließ sich auf eine der kleinen Bänke fallen, die im großen Ausstellungsraum standen. Das war den Aufsichten eigentlich streng verboten und Anatol hielt sich immer an die Regeln, aber jetzt fiel es ihm gar nicht auf, dass er etwas Verbotenes tat.

»Aber«, sagte er noch einmal und blieb dann stumm.

»Ist etwas passiert?« Einer der Oberaufseher tauchte plötzlich aus dem Nichts auf. »Anatol? Gerhard? Alles okay? Ich hab euch durch den Shop rennen sehen! Hat jemand was gestohlen?«

»Ja«, sagte Gerhard lakonisch, »Anatols Herz ist weg. Und wenn mich nicht alles täuscht, auch sein letztes bisschen Verstand.«

»Bitte was?«, fragte die Oberaufsicht.

»Nichts«, antwortete Gerhard, »schon gut. Nix is passiert, nix is g'schehn.«

»Na dann lungert hier nicht herum. Geht auf eure Positionen.«

Damit verschwand die Oberaufsicht wieder und Gerhard hätte nur zu gerne getan, worum man ihn gebeten hatte, aber Anatol rührte sich einfach nicht vom Fleck.

»Nun komm schon«, bat er ihn. »Steh auf.«

Doch Anatol blieb weiter sitzen, starrte durch seinen Freund hindurch und schüttelte nur den Kopf.

»Geh bitte, Anatol! Mach kein Drama draus.«

»Ich m… m… mach kein Drama draus«, antwortete Anatol schließlich. »Ich weiß nur nicht, was ich jetzt tun soll.«

»Schau, es ist gleich fünf Uhr. Du musst nur noch zwei Stunden durchhalten. Dann gehst du heim, trinkst was und dann schläfst du dich aus. Na? Ist das ein Plan?«

Anatol starrte weiter durch Gerhard durch, aber irgendetwas an Gerhards Worten blieb offenbar hängen, denn immerhin erhob sich Anatol langsam von der Bank und trottete zu seinem Stammplatz im Raum, von dem aus er normalerweise den besten Überblick hatte, nur hätte in diesem Moment jeder dahergelaufene Schuljunge einen Kunstdiebstahl neben Anatol begehen können und es wäre ihm nicht aufgefallen. Wie ein Gespenst in weinrotem Jackett stand Anatol an seinem Platz und starrte vor sich hin. Als das Kunstforum schloss, wankte er schließlich mit hängendem Kopf nach Hause, legte sich ohne Abendessen ins Bett und schlief nach Stunden des Zählens von Primzahlen endlich ein. Am nächsten Tag wachte er in derselben Stimmung wie am Tag zuvor auf, zog sich an, aß seine Cornflakes und ging wieder in die Arbeit.

Er stand schon ein paar Stunden teilnahmslos in der Menge der Besucher herum, um Chagall und all seine liebesblauen Bilder zu ignorieren, als es passierte. Nie hätte er vermutet, dass seine kühnsten Vorstellungen wahr würden und er sie noch einmal wiedersehen könnte. Aber genau das geschah. Mit einem Mal wurde es heller um ihn herum. Er konnte zunächst nicht sagen, was es war, aber plötzlich war der Raum von einem hellen Schimmer durchdrungen. Anatol sah automatisch nach oben, aber der Raum besaß gar keine Fenster. Woher kam nur dieses Licht? Dann sah er sie wieder. Sie schlug ihren Kapuzenpullover zurück und unter dem Grau brach die Sonne hervor.

»Sie ist da«, dachte er nur. »Sie ist da! Sie ist da! SIEISTDA!«

Ohne auch nur einen Muskel zu rühren, starrte er zu ihr hin, und sie, das war das Seltsame, sah ohne sich zu rühren auf den »Traum der Liebenden«. Also starrten sie jeder für sich unbeweglich eine gute Viertelstunde auf das jeweilige Objekt der Begierde. Obwohl – was wusste er schon von ihr? Warum sah dieses engelsgleiche Wesen ausgerechnet dieses Bild an? Irgendwann wandte Anatol den Blick von ihr hin zu dem Gemälde, von dem er auf die Entfernung nur wenige Ausschnitte sehen konnte, denn inzwischen hatten sich eine ganze Menge Besucher angesammelt und diese versperrten ihm die Sicht. Er musste also näher heran, an sie und an das Bild.

Da Anatol sich tatsächlich in den letzten Minuten keinen Millimeter bewegt hatte, brachte ihn das bewusste Heben eines seiner Beine komplett aus dem Gleichgewicht. Er strauchelte und musste sich, da er zu lange bewegungslos geblieben und nun ganz steif war, an der Wand festhalten, um nicht zu Boden zu stürzen. In dem Moment, in dem er sich auf die eigenen Füße stellte, um endlich den entscheidenden Schritt vorwärts zu wagen, war sie weg.

Das konnte nicht sein. Unmöglich! Wo war sie? Sie konnte doch nicht einfach so …? Anatol begann sich hektisch einen Weg durch die Menge zu bahnen. Wo war sie hin? Doch welche Ecke des Saales er auch absuchte, nirgendwo zeigte sich ein goldener Schimmer. Keine Sonne, kein Licht, kein goldenes Haar. Vielleicht war sie schon wieder auf dem Weg nach draußen? Vielleicht war sie zurückgegangen? Vielleicht …

»Was ist los?«, fragte Gerhard, der ihm nachgegangen war.

»Sie ist weg!«, sagte Anatol, und in seiner Stimme schwang ein Hauch von Hysterie mit.

»Wer ist weg?«

»Sie.«

»Oh«, nickte Gerhard. »Das goldene Wesen. War sie noch einmal da?«

»Ja und nun ist sie w… w… weg!«

»Keine Panik, wir finden sie schon wieder«, versuchte er Anatol zu beruhigen. »Ich geh nach hinten zum Shop, du gehst vorne entlang, okay?«

Anatol rannte wie von Sinnen nach vorne zum Eingang. Kein goldenes Haar. Das konnte doch unmöglich sein. Dann erblickte er Gerhard, der ihm aus dem Shop heraus ein Zeichen gab, dass er sie auch dort nicht gefunden hatte. Aber dann schwang die Eingangstür auf und für die Dauer eines Flügelschlags konnte Anatol etwas da draußen schimmern sehen, etwas, das sich sehr schnell vom Eingang des Kunstforums entfernte. Ohne nachzudenken rannte Anatol hinaus, rannte dabei fast eine alte Frau im Nerzmantel über den Haufen und drückte sich an einer Gruppe von Japanern hinaus in den feuchtkühlen Advent.

Da! Da hinten war sie. Sie ging durch den Regen in Richtung Am Hof und blieb bei der Ampel stehen.

Anatol schlitterte über das regennasse Pflaster auf die Ampel zu, die in diesem Moment umschaltete. Sie wollte gerade einen Schritt auf die Straße setzen, als Anatol sie endlich erreichte. Er berührte ihren Mantel, ganz sachte nur, und sie drehte sich zu ihm um.

»Ja, bitte?«, fragte sie.

In Anatols Kopf begann es zu rauschen wie unter einem Wasserfall. Ein ganzer Schwall von Worten ergoss sich da in seinen Mund, aber irgendwo hatte irgendjemand einen Staudamm eingebaut. Auch wenn in Anatol tausend Sätze tosten, kam dennoch keiner vorne an. Er klappte den Mund auf und blieb sprachlos.

»Hier«, keuchte es da plötzlich hinter ihm. »Der, puh, stöhn, Schirm. Sie haben Ihren Schirm vergessen!«

Gerhard, der offensichtlich gerannt war, was er mit Sicherheit schon ziemlich lange nicht mehr getan hatte, streckte seine Hand aus und hielt der jungen Frau einen grünen Regenschirm entgegen.

»Danke«, sagte sie. »Aber das ist nicht meiner.«

»Jetzt schon«, antwortete Gerhard, während Anatol es gerade eben so schaffte, seinen Mund wieder zu schließen und bekräftigend zu nicken.

Sie zögerte kurz, dann lächelte sie, griff nach dem Schirm, spannte ihn auf, sagte »Merci!«, drehte sich um und ging davon. Anatol folgte dem grünen Schirm mit den Augen nach, bis er in der Bognergasse verschwand.

»Na, du bist mir ja ein Held!«, lachte Gerhard. »Stehst da und sagst nix!«

»Das war nicht ihr Schirm«, beteuerte Anatol.

»Geh scheißen«, antwortete Gerhard, stupste seinen Freund kurz an der Schulter und zog ihn dann zurück hinein. »Komm, du wirst ja ganz nass.«

Mit goldenem Wiener Herz auf der Zunge empfing sie der Oberaufseher an der Eingangstür und setzte ihnen in kurzen, treffenden Worten auseinander, was er von der Regenschirmaktion hielt.

»Ihr zwei seid wirklich strunzdeppat!«, fauchte ihr Chef. »Eigentlich sollte ich euch rausschmeißen. Aber, ich bin ja ein netter Mensch. Also könnt ihr bleiben. Noch einmal kommt das aber nicht vor, verstanden?«

Den Rest des Tages verbrachte Anatol vor dem »Traum der Liebenden«, in der Hoffnung zu sehen, was sie gesehen hatte. Aber so sehr er sich auch anstrengte und das Bild betrachtete, der tiefere Sinn wollte sich ihm nicht erschließen. Alles, was er sah war – blau. Kurz vor Dienstende kaufte er sich noch eine Postkarte des Bildes im Shop und trug sie wie einen Schatz nach Hause.

In der Nacht lag Anatol in seinem alten Kinderzimmer, starrte an die hohe Decke, an die er, genau über seinem Kopf, die Postkarte geklebt hatte, und tat, was er schon seit Kindertagen nicht mehr getan hatte: Er faltete die Hände und betete. Doch statt »Lieber Gott, bittebitte … blablablah … Amen!« kamen nur drei Worte aus seinem Mund, die er bis zum Morgengrauen stetig wiederholte. »Traum der Liebenden«, flüsterte Anatol immerzu. »Traum der Liebenden. Traum der Liebenden.« Das ging über Stunden so. Und weil er normalerweise nur beim Zählen einschlief, sagte er nicht nur den Titel des Bildes in Dauerschleife auf, sondern zählte, wie oft er ihn aufsagte. Kurz bevor er bei siebzehntausenddreiundachtzigmal »Traum der Liebenden« wegdämmerte, mischte sich in das Blau vor seinen Augen ein Hauch von Gold.

Sie kam nicht wieder. Am nächsten Tag nicht und auch nicht am darauffolgenden und auch nicht an dem danach. Kein goldenes Haar, kein grüner Regenschirm. Anatols Stimmung nahm unterirdische Tiefen an.

»Deine Französin lässt sich wohl nicht mehr blicken«, stellte Gerhard in der Mittagspause fest.

Es war der letzte Tag der Ausstellung. Am Abend würden die Werke schon verpackt und mittels Sicherheitstransport zum nächsten Ausstellungsort, nach Basel, gebracht werden. Die Räume waren so gesteckt voll mit Besuchern, als hätte es in den letzten drei Monaten keine Gelegenheit gegeben, einen Blick auf die Werke Chagalls zu erhaschen. Nun scharten sich am letzten Ausstellungstag alle kunstbeflissenen Wiener in den Räumen des Kunstforums und verkürzten ob ihrer zahlreichen Anwesenheit die Mittagspause von Anatol und Gerhard auf knappe fünfzehn Minuten. In Anatols Fall bedeutete das ein Sandwich mit Ei, dazu ein Obi g'spritzt. In Gerhards Fall waren es zwei Sandwiches, ein Laugenstangerl mit Käse, ein Laugenstangerl mit Schinken, eine Topfenpalatschinke vom Vortag, ein großes Cola, eine Dose Red Bull und ein halber Apfel, der Vitamine wegen. Trotzdem schaffte es Gerhard noch, emsig kauend Kommentare über die mysteriöse Blondine abzugeben, die so ein auffälliges Interesse an dem »Traum der Liebenden« gezeigt hatte.

»Wieso denkst du, dass sie Französin ist?«, fragte Anatol.

»Na, wegen ihres Akzents, und weil sie merci gesagt hat«, sagte Gerhard mit vollem Mund. »Aber, was soll's! Blonder

Engel hin oder her. Mir ist das wurscht! Vielleicht hat sie ja einen Bruder?«

Anatol hörte nicht mehr zu, denn er musste nachdenken. Französin. Wieso war ihm das nicht selbst aufgefallen? Eine Französin, die in eine Wiener Chagall-Ausstellung geht. Warum nur? Als sie die kurze Mittagspause schon beendet hatten und wieder ihr Plätze einnahmen, da murmelte Anatol immer noch vor sich hin: »Eine Französin. Französin. Französin. Franz…«

Da war sie. Wie aufs Stichwort. Goldblondes Haar, dunkler Mantel, starrte schon wieder auf den »Traum der Liebenden«. War das zu fassen? Ein drittes Mal! Sie ging tatsächlich ein drittes Mal in dieselbe Ausstellung.

»Mein Gott, hast du ein Glück!«, raunte Gerhard ihm zu. »Nun geh endlich zu ihr und sag was. Und vermassele es nicht. Klar? Also los!«

Sanft schob der steirische Riese Anatol mit seiner Pranke nach vorne. Anatol hätte am liebsten wieder umgedreht, aber Gerhard ließ ihn nicht. Also ging er mit unsicheren Schritten zu ihr hin, räusperte sich und begann zu sprechen.

»Sie sind Französin.«

Die Goldene drehte sich um und sah ihn an.

»Bitte?«

»Sie sind Französin«, wiederholte Anatol.

»Ja«, antwortete sie. »Und Sie sind der Typ mit dem Schirm.«

»Nein«, sagte Anatol, »das war Gerhard, mein Kollege.« Er deutete hinter sich auf Gerhard, der auch prompt grüßend die Hand hob. »Ich bin Ihnen nur hinterhergerannt.«

»Aha«, machte die Goldene.

»Gerhard ist schwul«, fuhr Anatol fort, nur um irgendetwas zu sagen, weil er Angst hatte, sie drehe sich gleich wieder um und das Gespräch wäre damit vorbei. »Und Star-Wars-Fan.«

»Das ist schön für Gerhard«, antwortete sie lächelnd. »Beides.«

»Ich bin nicht schwul«, redete sich Anatol um Kopf und Kragen. »Ich bin Anatol.« Damit streckte er ihr ungelenk seine Hand entgegen. »Anatol, Aufsicht aus Wien.«

»Marcelline«, sagte sie und erwiderte ganz kurz seinen Händedruck. »Kunststudentin aus Nantes.«

»Wie viele Einwohner hat Nantes?«, fragte er.

»Ich weiß nicht genau. Vielleicht um die dreihunderttausend?«

»Oh«, machte Anatol. »Dreihunderttausend. Das sind eineinhalb Millionen weniger als Wien.«

»Wien ist etwas größer«, gab Marcelline zu. »Mehr Museen.«

»Ja. Ja!«, sagte Anatol, als hätte er eine Eingebung. »Das hier ist allerdings kein Museum. Wir sind nur ein Ausstellungsforum. Also, wir stellen Bilder nur aus.«

»Ich weiß. Deswegen bin ich hier«, sagte Marcelline.

»Wegen Chagall«, stellte Anatol fest.

»Auch. Eigentlich schreibe ich mein Masterarbeit über Egon Schiele, aber ich mag Chagall sehr. Also schaue ich mir diese Ausstellung an.«

»Nein«, erwiderte Anatol, »Sie schauen immer nur ›Traum der Liebenden‹ an.«

»Ah, das ist Ihnen aufgefallen, ja?«

»Ja«, bestätigte er.

»Es ist mein Lieblingsbild.«

Anatol nickte, so als hätte er sie verstanden, und sagte dann: »Warum?«

»Warum ich dieses Bild so liebe?«, fragte Marcelline.

»Ja.« Anatol nickte bekräftigend.

»Nun«, sagte sie und wandte sich wieder dem Gemälde zu, »schauen Sie hin. Was sehen Sie?«

»Da ist ein Mann. U… u… und da ist eine Frau.«

»Ja. Und weiter?«

»Und es ist b… b… blau.«

Sie sah ihn ernst an.

»Ist das alles?«

»Ja.«

»Sie arbeiten den ganzen Tag hier und Ihnen fällt nichts anderes ein als ›es ist blau‹?«

»Ja.«

Das war gelogen. Natürlich hatte Anatol im Verlauf der letzten Monate genügend Führungen mit angehört und hätte ihr einen Vortrag darüber halten können, warum Liebende ein wiederkehrendes Motiv in den Bildern von Chagall waren oder in welcher Phase er das Bild gemalt hatte oder dass der Mond mit dem Körper der Frau korrespondierte, aber das sagte er nicht, denn wenn er auf das Bild schaute, dann war es für ihn vor allem eines, nämlich blau.

»Alors«, sagte Marcelline, »das Bild zeigt die perfekte Vereinigung von Mann und Frau. Er beschützt sie, aber er braucht sie auch. Und sie ihn. Sie sind einander … wie sagt man? Gleich? Egal, schauen Sie. Diese Äpfel symbolisieren das Paradies. Das Paradies ist die Liebe im Garten Eden. Aber es gibt auch eine Brücke, hier. Sehen Sie? Es gibt also einen Weg in und aus dem Paradies. Und dieser Mond hat die gleiche Farbe wie die Frau. Er spiegelt sich in ihrem Gesicht und in ihrem Hintern. Er ist wie sie – ein Honigmond. Sie sind also am Beginn der Liebe. Der Mann und die Frau haben das Paradies gerade erst gefunden.« Sie sah zu Anatol. »Alors: Was sehen Sie?«

»Ich sehe Sie«, antwortete Anatol.

Natürlich hätte sie sich einfach umdrehen können, ohne ein Wort, ohne einen Gruß. Oder sie hätte ihn dumm nennen können, so wie es alle anderen taten, ihn beleidigen, ihn anmaßend nennen. Sie hätte vieles tun können, was Anatols Inneres zerrüttet hätte, auf immer. Sie tat nichts von alledem. Marcelline hielt kurz inne, lächelte dann und sagte ganz leise, sodass nur er es hören konnte: »Merci.«

Dann berührte sie ihn ganz sachte am Arm, um sich zu verabschieden und ging aus dem Raum. Und diesmal ging er ihr nicht nach.

»Bitte, was war das denn jetzt?«, fragte Gerhard, der sofort zu Anatol eilte, als er bemerkte, dass die junge Frau verschwunden war.

»Sie ist gegangen.«

»Ja, das sehe ich, du Depp. Wo ist sie hin?«

»Ich weiß nicht«, antwortete Anatol. »Vielleicht nach Frankreich?«

»Hast du wenigstens ihre Nummer gekriegt?«

»Nummer?«

»Telefonnummer, Mann. Hast du ihre Telefonnummer?«

»Nein.«

»E-Mail-Adresse?«

»Nein.«

»Kennst du ihren Namen?«

»Ja.«

»Na, das ist ja schon mal was. Und?«

»Und was?«

»Wie heißt sie?«

»Marcelline«, antwortete Anatol. Es war wunderschön, diesen Namen auszusprechen. »Marcelline aus Nantes.« Er hätte ihn den ganzen Tag sagen können.

»Siehst du sie wieder?«

»Nein. Keine Ahnung. Ich weiß es nicht«, gab Anatol verwirrt zur Antwort.

»Na, das heißt dann wohl nein.«

»Nein?« Es dauerte eine gefühlte Ewigkeit, bis die Bedeutung dieses Wortes bei Anatol ankam.

»Natürlich nein«, sagte Gerhard. »Geh bitte, Anatol. Denk nach! Heute ist der letzte Tag der Ausstellung! Morgen ist Chagall Geschichte! Und deine Marcelline aus Nantes auch.«

Vorbei. Die Ausstellung. Natürlich! Anatol verfiel in eine Art Schockstarre. Die Ausstellung war vorbei. In etwa vier Stunden würde das Kunstforum schließen und dann war es das. Kein Chagall bedeutete auch kein »Traum der Liebenden« mehr und damit keine Marcelline. Die Vorstellung, dieses goldene Wesen niemals wiederzusehen, nachdem er sie doch gerade erst gefunden hatte, war unerträglich. Das konnte doch unmöglich wahr sein. Anatols Knie begannen zu zittern.

»Ach Anatol, nimm es nicht so schwer«, versuchte es Gerhard, doch in Anatols Gesicht sah er deutlich, wie der Schrecken von Sekunde zu Sekunde Raum gewann.

»Ja«, sagte Anatol. »Jajaja.« Es klang wie: »Neinneinnein«.

Die nächsten Stunden verbrachte er wie in Trance. Er funktionierte nur noch, bewegte sich wie das ferngesteuerte Robotermännchen, dass er einst zum siebten Geburtstag geschenkt bekommen hatte und das sein ganzer Stolz gewesen war, bis eines Tages die Batterien ausgelaufen waren und das Männchen für immer zum Stillstand kam. Und als dann endlich die Türen geschlossen wurden, sank er erschöpft auf einer der kleinen Bänke nieder, unfähig, auch nur einen einzigen Muskel zu rühren.

»Boah, was für ein Tag!«, stöhnte Gerhard und ließ sich neben Anatol plumpsen. Sie starrten eine Weile jeder vor sich hin, als auf einmal der Oberaufseher vor ihnen Aufstellung nahm.

»Ihr zwei Irren müsst mir einen Gefallen tun. Die Securitys sind noch nicht da, die für den Transport, und ich brauche ein paar von den Aufsichten, bis die Bilder verpackt und im Laster sind. Geht das?«

Gerhard hob müde den Kopf und schaute den Oberaufseher an, ohne ein Wort zu sagen.

»Gibt auch a Extramarie!«, informierte er sie.

»Wie viel?«, fragte Gerhard.

»Einen Zwanziger.« Gerhard zog die Augen zu kleinen Schlitzen zusammen. »Für jeden von euch«, sagte der Oberaufseher.

»Geht klar«, antwortete Gerhard und stupste Anatol in die Rippen. »Oder?«

Der nickte nur geistesabwesend. Er war ja ohnehin zu fertig, um sich zu rühren, da konnte er genauso gut hier sitzen bleiben und den Leuten zuschauen, wie sie die Bilder von den Wänden nahmen und verpackten. Und genau das taten er und Gerhard dann auch die nächsten drei Stunden, sie schauten stumm den Kuratoren zu, wie sie die Leute vom Transport anwiesen, was wie zu verpacken und zu beschriften sei. Die Ausstellung sollte schon nächste Woche in Basel eröffnen, da blieb wenig Zeit für alles.

Es ging schon auf zehn Uhr abends zu, als sich der Raum langsam zu leeren begann. Ein großer Teil der Gemälde war schon zum Transport bereit und die Kuratoren hatten beschlossen, morgen weiterzumachen.

»Aber der erste Lastwagen geht heute Nacht noch los«, hörten sie den Oberaufseher zur Kuratorin sagen.

Die Hintertür wurde geöffnet und fixiert und von draußen drang das piepende Geräusch eines Lasters herein, der zurücksetzte.

»Okay«, rief die Kuratorin durch den Raum, »die hier können raus. Stellt sich einer von euch bitte mal zur Tür?«

Damit waren Anatol und Gerhard gemeint. Doch bei Letzterem meldete sich just in diesem Moment ein dringendes Bedürfnis.

»Du, ich muss mal für kleine Sturmtruppler. Kannst du das machen? Bin gleich wieder da!«

Anatol nickte wieder, trottete zur Hintertür und stellte sich zu den zigfach verpackten und mit Noppenfolie umwickelten Gemälden, die an der Wand neben dem Ausgang lehnten. Von draußen wehte ein kühler Luftzug herein und ihn fröstelte leicht in seinem roten Jackett. Aber dann sah er das kleine Schildchen, das auf dem vordersten Objekt direkt auf die Folie geklebt worden war und las die Aufschrift: »M. Chagall, Traum d. Lieb.« stand darauf. Das war es also. Ihr Gemälde. Das Einzige, was ihn mit Marcelline aus Nantes verband. Und im Bruchteil einer Sekunde wurde ihm klar, was er nun zu tun hatte.

Anatol sah sich kurz um. Es war niemand da. Die Kuratoren waren offensichtlich in einem der anderen Räume beschäftigt, der Oberaufseher war nirgends zu sehen und bis Gerhard zurück war, würde es sicher noch gute ein bis zwei Minuten dauern. Draußen piepste immer noch der Lastwagen. Da ergriff er das Bild, hielt es mit beiden Händen am leichten Rahmen fest und marschierte los. Anatol trug das Gemälde einfach durch die Hintertür aus dem Kunstforum und hinten an dem piepsenden Lastwagen vorbei in die Nacht hinaus. Kein Mensch beachtete ihn. Ein paar schnelle Schritte noch, dann war Anatol, den »Traum der Liebenden« unter dem Arm, in den dunklen Gassen des ersten Bezirks verschwunden. Es nieselte leicht, sein rotes Jackett wurde ganz klamm und sein Atem gefror in der kalten Abendluft, aber das machte ihm nichts mehr aus, denn ab jetzt hatte er ein Ziel. Und das Ziel hieß Marcelline. Und nichts und niemand würden ihn von diesem Ziel abbringen können.

ZWEITER TEIL

Der Meinrad hat nie gestohlen!«, stellte die Großmutter fest. In ihren Adern floss eine ziemlich große Menge Cognac, denn anders war die ganze Sache ja wohl kaum zu ertragen. Bei aller Liebe – entwendete das Kind doch glatt einen echten Chagall und verschwand damit auf Nimmerwiedersehen! »Wie konnte das nur passieren?«

»Als Erstes sollten wir uns alle einmal beruhigen«, beschwichtigte der Vater, der alles andere als beruhigt aussah. Sein Gesicht war von Sorgenfalten ganz zerfurcht und seine rechte Hand zitterte leicht, bis er sie, dem Vorbild der Schwiegermutter folgend, an einem Cognacglas festmachte.

»Beruhigen? Ich soll mich beruhigen? Während mein Kind da draußen durch die Stadt läuft und von der Polizei gesucht wird? Sag mal, spinnst du? Geht's noch?« Die Mutter war völlig außer sich, aber das entsprach ebenfalls ganz ihrem Naturell. Am liebsten hätte sie sich selbst einen Lutscher verpasst, um sich beim Saugen daran zur Räson zu bringen, wie ein durchgedrehtes Kind.

»Was mich ja wirklich wundert«, sagte Marie, »ist, dass er das anscheinend so gar nicht geplant hatte. Ich meine, Anatol ist doch kein spontaner Typ.«

»Das ist wahr«, pflichtete ihr Elisabeth bei. »Er hatte ja nicht einmal seine Jacke mit.«

»Oh Gott«, murmelte die Mutter nur. »OhGottohGottoh-Gott.«

Offenbar dämmerte es ihr jetzt auch, dass Ende November nachts die Temperatur gerne unter den Gefrierpunkt sank, und in Gedanken sah sie Anatol auf einer mit Raureif überzogenen Wiener Parkbank erfrieren.

»Das muss alles ein großes Missverständnis sein«, sagte Helena.

»Ein Missverständnis nennst du das? Tolles Missverständnis, wenn nachts um halb eins die Polizei an unsere Tür klopft und sagt: ›Guten Abend, wir wollten nicht stören, aber Ihr Kind hat soeben einen der spektakulärsten Kunstdiebstähle in der Geschichte Österreichs begangen und wir wollten nur mal nachsehen, ob er zu Hause ist. Ach, und Sie haben nicht zufällig den Chagall gesehen?‹«, fauchte die Mutter sie an.

»Lore, nun reg dich doch nicht gleich so auf! Immer regst du dich gleich so auf. Das ist so typisch …«, wollte der Vater sagen, verschluckte sich aber an seinem eigenen Satz.

»Na? Was?«, forderte ihn die Mutter heraus.

»So typisch Neuendorff!«, platzte es aus dem Vater heraus. »Wenn du dich aufregst, dann kommt immer irgendwann die Burgtheaterdiva in dir durch.«

»Kusch«, machte die echte Burgtheaterdiva Johanna Neuendorff vom Sofa aus und bewarf ihren Schwiegersohn mit einem nach Maß und von Hand gefertigten grünen italienischen Lederpumps, der den Vater nur um Haaresbreite verfehlte, dafür aber eine Blumenvase traf, die daraufhin zu Boden fiel und zerbrach.

»Mutter!«, kreischte Lore los.

»Ach, reg dich doch nicht so auf! Die Vase war ohnehin hässlich.«

»Die hast du uns zur Hochzeit geschenkt«, rief ihre Tochter empört und begann mit einer herumliegenden Strickweste das ausrinnende Wasser aufzuwischen, während Helena und Marie die Scherben aufsammelten.

»So? Nun, auch ich kann mich irren.« Johanna Neuendorff

räusperte sich. »Die Frage ist doch: Was wollen wir jetzt unternehmen, um Anatol und den Chagall wieder einzufangen?«

»Ist das nicht Sache der Polizei?«, fragte Anatols Vater skeptisch.

»Tu, was du nicht lassen kannst, heißt es bei Lessing, lieber Schwiegersohn. Aber ich gedenke nicht darauf zu warten, dass die Polizei Anatol wie einen Schwerverbrecher abführt und ins Gefängnis bringt. Oder an einen noch schlimmeren Ort. Wenn wir ihn vorher finden und das Bild zurückgeben, wäre das für alle Beteiligten von Vorteil.«

Dem konnten die anderen nur zustimmen.

»Na bitte«, sagte Johanna Neuendorff, ließ sich von ihrem Schwiegersohn den grünen Lederpumps zurückgeben, richtete sich das graue Haar und sah dann ihre Familie herausfordernd an. »Worauf warten wir dann noch?«

In diesem Moment klingelte es an der Wohnungstür.

Es hatte eine ganze Weile gedauert, bis man im Kunstforum entdeckt hatte, dass nicht nur Anatol plötzlich verschwunden war, sondern auch der »Traum der Liebenden«. Gerhard war nach ein paar Minuten vom Klo zurückgekehrt und hatte verwundert feststellen müssen, dass Anatol nicht dort war, wo er eigentlich hätte sein sollen. Nachdem er zwei Runden durch alle Räume gedreht und oben im Büro nachgefragt hatte, war klar, dass Anatol gegangen war, ohne irgendjemandem Bescheid zu sagen. Und es dauerte noch einmal dreißig Minuten, bis eine der schon reichlich übermüdeten Kuratorinnen plötzlich in helle Panik verfiel, als ihr beim Durchzählen der Werke im Laster auf einmal eines fehlte.

»Welches fehlt denn?«, hörte Gerhard die eilig von ihrem Nachtmahl aus dem »Schwarzen Kameel« herbeigerufene Direktorin fragen, schon ahnend, wie die Antwort lauten würde.

»Traum der Liebenden«, antwortete die Kuratorin und brach in einen hysterischen Heulkrampf aus.

Schneller als jedem anderen war Gerhard klar, dass es zwischen Anatols Verschwinden und dem Verschwinden des Bildes einen Zusammenhang gab. Trotzdem behielt er diese Erkenntnis noch ein paar Augenblicke für sich. Er dachte einfach, Anatol könnte jede Minute Vorsprung gebrauchen.

»Lauf, du Irrer«, murmelte Gerhard kopfschüttelnd, »lauf und hol sie dir!« Denn für Gerhard stand außer Frage, warum Anatol ausgerechnet dieses Bild mitgenommen hatte und wohin er damit unterwegs war. Er begann zu rechnen: Anatol war seit einer guten Dreiviertelstunde verschwunden. Wie weit kam man mit einem Chagall unter dem Arm in einer kalten Novembernacht in Wien binnen einer Dreiviertelstunde?

»Gerhard, komm bitte her. Die Kieberei will dich sprechen«, holte ihn sein Vorgesetzter aus seinen Gedanken und zeigte auf zwei Polizisten, die im Hintergrund bereit standen, um die verbliebenen Mitarbeiter nacheinander zu vernehmen.

»Ich komm schon«, antwortete er und zog seine Jeans höher, die weit unter seinen recht stattlichen Bauch gerutscht war. Und während er gemächlich auf die Polizeibeamten zuschritt, sann er fieberhaft darüber nach, welche Geschichte er ihnen auftischen konnte, um seinem Freund noch einen weiteren Vorsprung zu verschaffen.

Das Erste, was Anatol in den Sinn kam, als er wieder zu denken anfing und nicht mehr nur vor Aufregung und im Adrenalinrausch agierte wie eine Maschine, war, dass er keine Fahrkarte hatte. Ganz automatisch war er zum Schwedenplatz hinuntergelaufen und hatte die U4 in Richtung Hütteldorf genommen, als ihm nach einigen Minuten der Gedanke kam, dass er schwarzfuhr und dass dies womöglich ein gewisses Risiko bedeutete, falls er in eine Kontrolle geraten sollte. Das Zweite war, dass an seinem Revers noch immer der Anstecker mit seinem Namen und dem Logo des Kunstforums angebracht war. Vorsichtig stellte er das Bild ab, während er den Anstecker von seinem Jackett löste und in der Brusttasche verschwinden ließ.

Die U-Bahn war nicht einmal zu einem Drittel gefüllt mit Menschen, die überwiegend auf ihren Smartphones herumtippten oder im Alkoholdunst vor sich hin dämmerten. Niemand schien den jungen Mann mit dem großen Paket zu beachten.

Vorsichtig ließ Anatol seinen Blick über die Gesichter der anderen Fahrgäste gleiten und blieb bei einem bärtigen Mann hängen, der ihn kurz musterte. Anatols Herz schlug daraufhin bis zum Hals. Ihm wurde mit einem Mal furchtbar schlecht. Was wäre, wenn …? Aber dann kam die Station Karlsplatz und der bärtige Mann stieg aus. Also doch kein Kontrolleur.

Tatsächlich war es die Furcht, beim Schwarzfahren erwischt zu werden, die Anatol den kalten Schweiß den Nacken hinunterrinnen ließ, weit mehr als die Tatsache, dass er ein wertvolles Gemälde entwendet hatte. Es war ja immerhin seine Ausstellung und er war Aufsicht und als solche gab er auch weiterhin gut auf den Chagall acht, nur eben ab sofort außerhalb des Hauses. Somit war das wohl kaum als Diebstahl zu werten und Anatol hatte auch nicht das Gefühl, etwas gestohlen zu haben. Er empfand seine nächtliche Fahrt mit einem Chagall durch halb Wien eher als eine unerlaubte Erweiterung seines Kompetenzbereichs. Außerdem wollte er das Bild ja nicht für sich behalten, sondern lieh es sich nur aus. Wenn er erst einmal in Nantes wäre und Marcelline gefunden hätte, würde er das Gemälde selbstverständlich sofort zurückbringen, und bis dahin passte er einfach gut auf den Chagall auf. Das war ja schließlich sein Job.

In Hütteldorf mischte sich Anatol unter die wenigen Passagiere, die dem Waggon entstiegen, und strebte dem Ausgang zu. Kaum stand er draußen in der Novembernacht, drang die Kälte durch sein Jackett und ließ ihn frösteln. Er lehnte das Bild kurz an die Mauer der U-Bahn-Station und knöpfte sich das Jackett zu. Dann packte er den Chagall und machte sich zu Fuß auf den Weg und marschierte in Richtung Lainzer Tiergarten. Am Nikolaitor angekommen, blickte er sich suchend um. Um über die mehr als zwei Meter zwanzig hohe Mauer zu kommen, hätte er auf etwas draufsteigen müssen. Da war allerdings nichts in seiner Nähe, was sich dafür geeignet hätte, nicht einmal ein Mistkübel oder Ähnliches. Aber die Toreinfahrt zum Tiergarten war mit etwas sportlichem Ehrgeiz durchaus zu überwinden. Also stieg Anatol auf das Gatter, zog den Chagall mit sich hoch und ließ das Bild so behutsam wie möglich auf der anderen Seite hinunter, bevor er selbst über das Tor sprang.

Anatol zitterte immer stärker und es war ihm nicht ganz klar, ob das an der Kälte oder an der Aufregung lag, dass er zum dritten Mal an diesem Abend etwas Verbotenes tat. Zuerst das Bild, dann Schwarzfahren und nun war er auch noch in den nächtlichen Lainzer Tiergarten eingedrungen. In Gedanken hörte er schon die Großmutter seufzen: »Wenn das der Meinrad wüsste!« Der Meinrad war in den Augen der Großmutter schon immer die erste Instanz in allen Fragen der Moral gewesen, noch lange vor Gott oder dem Gesetz. Kein Wunder, wäre der Meinrad doch beinahe Priester geworden.

Anatol schlang die Arme um sich und überlegte, wohin er nun gehen sollte. Als Kind war er ein paar Mal mit den Eltern und den Schwestern zum Rohrhaus gewandert, später, als er größer war und länger durchhielt, auch bis zum Hirschgstemm. Bei dem Gedanken an die Ausflugslokale im Tiergarten und die üppigen Schnitzel und Millirahmstrudel, die die Familie dort regelmäßig zu verspeisen pflegte, begann Anatols Magen zu knurren und das Zittern verschlimmerte sich, als er von Ferne eine Polizeisirene hörte, die kurz näher kam und dann in Richtung Auhofstraße verschallte. Im schwachen Schein der Straßenlaternen, die von draußen in den Lainzer Tiergarten drangen, suchte Anatol nach seiner Uhr. Es war kurz vor Mitternacht und der Regen wurde stärker, durchsetzt von einzelnen Schneeflocken. Er musste irgendwo Unterschlupf finden, wenn er nicht erfrieren wollte. Und irgendetwas essen.

Da fiel ihm ein, wie er mit der Großmutter hin und wieder altes Brot hergetragen hatte, damit es an die zahlreichen Wildschweine verfüttert würde, die hier lebten. Zu diesem Zweck stand in der Nähe des Tors eine große Sammelkiste für altes Brot bereit und Anatol öffnete nun mit zitternden Fingern den Deckel der Kiste. Darin lagen zahlreiche trockene Scheiben dunklen Brotes, alte Salzstangerl und Semmeln, ja sogar ein angeschimmelter Striezel war dabei. Anatol griff nach den dunklen Broten und zog so viele davon hervor, wie in die Taschen seines Jacketts passten. Dann ließ er den Deckel wieder fallen, nahm den Chagall an sich und sah sich um. Das Wärterhäuschen war mit einer dicken Eisenkette verschlossen. Da würde er heute Nacht wohl kaum hineingelangen. Als er seinen Blick jedoch weiter durch den Park streifen ließ, fiel ihm die kleine Nikolaikapelle ins Auge und er machte sich an den kurzen Aufstieg. Diesmal hatte er Glück. Erst vor wenigen Tagen waren ein paar Jugendliche in die Kapelle eingebrochen und hatten die Wände angesprayt. Daher war das Schloss kaputt. Anatol schlüpfte unter dem rot-weißen Absperrband hindurch und öffnete zuerst die Außentür und dann die Gitterpforte.

»Was würde wohl der Meinrad sagen«, murmelte Anatol leise, erschrak dann aber vor seiner eigenen Stimme. Innen war es halbwegs trocken, aber fast stockdunkel und dazu eiskalt. Auf dem Boden lag allerdings in dicken Bahnen Malerfilz ausgebreitet und es roch nach frischer Farbe. Anatol tastete sich an der Wand entlang. Die Farbe war offenbar schon trocken. Dann stellte er den Chagall ab und griff nach dem Malerfilz am Boden, zog eine Bahn um sich herum, setzte sich in eine der kleinen Holzbänke und begann an dem trockenen Brot zu kauen, was fast unmöglich war, weil er so sehr mit den Zähnen klapperte.

Obwohl der Malerfilz stark roch und auch ziemlich kratzte, suchte Anatol sich eine zweite Bahn und schlang, nachdem er das Brot gegessen hatte, auch diese um sich. Das half zwar, aber an Schlaf war nicht zu denken. Um schlafen zu können, hätte er seine langen Beine irgendwo ausstrecken müssen, und das war auf den kleinen Gebetsbänken ganz und gar unmöglich. Der Boden war zu kalt, da hätte er sich gleich nackt in den Wind stellen und sterben können. Blieb eigentlich nur der Altar. Der war für katholische Verhältnisse allerdings erstaunlich klein. Es hätte kaum mehr als ein Kruzifix und ein Kelch darauf gepasst.

Auch hier kam Anatol der Zufall zu Hilfe, denn die Maler

hatten ein kleines Gerüst in der Kapelle aufgestellt, von dem er nun zwei große Latten entwendete und sie über den Altar legte. Nun war die Fläche lang genug, um sich daraufzulegen. Zitternd zog er noch eine dritte und schließlich eine vierte Bahn Malerfilz heran, breitete diese über den Altar wie ein Tuch und legte sich, eingerollt wie eine Malerroulade, hin, in der Hoffnung, er möge im Schlaf nicht erfrieren.

Anatol wartete eine Minute. Er wartete eine zweite Minute. Während der dritten Minute begann er so zu zittern, dass die Latten unter ihm anfingen zu klappern und zu knarren. Es dauerte ziemlich lange, bis sich unter dem vielen Filz ein bisschen Wärme bildete, und es dauerte noch sehr viel länger, bis Anatol endlich einschlief. Um sich von der Kälte abzulenken dachte er an seine Familie, die Mutter, den Vater, die Schwestern. Was wohl die Großmutter sagen würde, wenn sie ihn hier so liegen sähe? »Der Meinrad hätte nie auf einem Altar geschlafen!«, kam ihm als Erstes in den Sinn.

Er konnte sich weder nach rechts noch nach links drehen, dafür war sein Nachtlager schlicht zu schmal. Eigentlich war er ja Bauchschläfer, aber sich auf den Bauch zu drehen hätte bedeutet, vom Altar zu fallen, und das kam ihm dann doch irgendwie blasphemisch vor. Vielleicht sollte er weder an seine Großmutter noch an die anderen Familienmitglieder denken? Aber er war so überdreht und gleichzeitig fröstelte er so sehr, dass er kein Auge zumachen konnte. Abgesehen davon hatte er Angst davor, eine Spinne könnte im Schlaf auf ihm herumkrabbeln, so es bei dieser Kälte überhaupt noch lebendige Spinnen in der Kapelle gab. Anatol war sich jedoch sicher, dass, sollte es welche geben, sie seine Körperwärme suchen und finden würden. Er war ein lebendiges Spinnenheizkissen.

Alles, was er tun konnte, war demnach die Augen zu schließen, doch war dort, in ihm selbst, noch mehr Dunkelheit zu finden als irgendwo sonst auf der Welt. In ihm war alles voller Furcht, einer sehr, sehr dunklen Furcht. Das hier war so anders als sein Kinderzimmer bei Nacht. Hier lag er nun, auf einem Altar, im Winter, eingehüllt in etwas, das seine Großmutter allerhöchstens verbrannt, aber sicher nicht als Decke verwendet hätte, und neben ihm an der Wand lehnte ein gestohlener Chagall. Sehr viel weiter entfernt von sich selbst konnte er nicht mehr sein.

Gab es nicht irgendetwas Helles, das er zählen konnte? Sterne? Planeten? Monde? Sonnen? Glühbirnen im Supermarktregal? Anatol versuchte etwa zehn Sekunden lang, sich ein Supermarktregal angefüllt mit Glühbirnen vorzustellen, aber er konnte sich im Geiste nicht mit sich selbst darauf einigen, ob in diesem Regal nun Vierzig-Watt oder Sechzig-Watt-Glühbirnen liegen sollten. Sechzig-Watt-Birnen wären natürlich heller gewesen, aber wenn sie nur im Regal lagen, leuchteten sie ja nicht und dann war das ganze Bild sinnlos, oder nicht?

Los, denk nach, Anatol, es muss doch etwas geben, das leuchtet und … Da war sie. Der Grund, warum er jetzt hier lag und womöglich nie wieder nach Hause konnte. Der Grund für alles und für sehr viel mehr. Zwischen all den Menschen hatte sie geleuchtet. Jedes einzelne ihrer goldenen Haare hatte geleuchtet wie ein Sonnenstrahl, der auf ihn herabschien. Also begann er zu zählen, jedes ihrer einzelnen Haare, bis er durchdrungen war von ihrem Licht und der Gedanke an sie in ihm tausend und abertausend Sonnen angezündet hatte. Warm und behütet schlief er endlich ein.

Sie sind Gerhard Kirchschlager?«

»Ja.«

Der Polizeibeamte strich sich mit dem Zeigefinger unter der Nase lang. Es war kalt draußen und nun rann ihm der Rotz herunter, aber ein Taschentuch schien dieser Mann nicht zu besitzen.

»Wie gut kennen Sie Anatol Neuendorff?«

Offenbar hatten die Beamten eins und eins zusammengezählt. Und das sehr viel schneller als erwartet. Da half also nur noch dumm stellen.

»Anatol?« Gerhard räusperte sich. »Nun, es geht. Ich meine, wir sind halt Kollegen.«

»Würden Sie sagen, Sie sind befreundet?«

»Befreundet? Na, das würde ich nicht gerade behaupten.«

»Lieber Herr Kirchschlager, Sie sollen auch nichts behaupten, Sie sollen es nur sagen.«

Der Mann war offenbar nicht nur Polizeibeamter, sondern auch Komiker und sah dabei aus wie die billige Ausgabe von Columbo. Sogar der hässliche, verbeulte Trenchcoat fehlte nicht. Außerdem roch er stark nach einer Mischung aus Zigaretten und »Tabak Original«. Der Mann war also in- und auswendig in Tabak gehüllt.

»Wir sind nicht befreundet«, log Gerhard, »nur Kollegen.«

»Haben Sie eine Ahnung, wo sich Ihr Freund aufhalten könnte oder was er mit dem Chagall-Bild vorhat?« Offenbar ließ der Mann sich nicht davon überzeugen, dass Gerhard und Anatol keine Freunde waren. Sei es drum, so schnell gab Gerhard nicht auf.

»Nein, keine Ahnung.«

Der Mann notierte etwas in ein Notizbüchlein.

»Hat er mit Ihnen mal über Chagall gesprochen?«

»Wir arbeiten in einer Chagall-Ausstellung, also, nein, wir haben selbstverständlich nie über Chagall gesprochen«, sagte Gerhard.

Der Mann sah nicht einmal auf, als er antwortete: »Ihre Ironie können Sie sich sparen, Herr Kirchschlager.«

Dann klappte er das Notizbuch zu und sah Gerhard in die Augen und das mit einem Blick, der Gerhard frösteln ließ.

»Sollte sich Herr Neuendorff bei Ihnen melden, werden Sie mir Bescheid sagen. Sofort. Haben Sie das verstanden?«

»Ja«, antwortete Gerhard und merkte, wie seine Stimme vor Aufregung ganz heiser wurde. Dieser Mann hatte es geschafft, ihm von einer Sekunde auf die andere Angst einzujagen, nur mittels eines Blicks. So als wüsste er alles und noch viel mehr. Das rang sogar Gerhard einigen Respekt ab. Der Polizeibeamte reichte ihm seine Karte und Gerhard las, was darauf stand: Dr. Leander Pokorny.

»Das war's. Sie dürfen gehen«, sagte Doktor Pokorny.

Gerhard nickte, wandte sich zum Gehen, überlegte es sich jedoch in allerletzter Sekunde anders, nahm all seinen Mut zusammen und drehte sich noch einmal zu Doktor Pokorny um. Los, jetzt, Mann, lass dich nicht unterkriegen!

»Ich hätte da noch eine kurze Frage.«

»Bitte?«, sagte der Doktor leicht irritiert. Dass jemand die Rollen vertauschte, damit hatte Columbo Pokorny offenbar nicht gerechnet.

»Hier steht Doktor Pokorny. Darf ich fragen, was für ein Doktor Sie sind, so als Polizeibeamter?«

Der Mann nickte. »Warum wollen Sie das wissen?«

»Reine Neugier?«, sagte Gerhard.

Doktor Pokorny verzog keine Miene, als er antwortete: »Ich bin Psychologe.«

Nun war es an Gerhard, anerkennend zu nicken. »So etwas wie ein Profiler?«

»So etwas in der Art«, stimmte ihm Doktor Pokorny zu. Dann durchbrach der Mann mit einem ausfallenden Schritt jegliche Distanz und sein unrasiertes Gesicht erschien viel zu dicht vor dem Gerhards. »Ich bin Experte für Menschen, nicht für Diebesgut, Herr Kirchschlager.« Damit rückte er wieder von Gerhard ab, der von dem vielen Tabakgeruch plötzlich ganz benebelt war, und sagte: »Grüßen Sie Ihren Freund Anatol von mir, Herr Kirchschlager.« Und mit einem Fingerzeig auf Gerhards T-Shirt, auf dem Meister Yoda abgebildet war, fügte er im Gehen hinzu: »Die Wahrheit sagen wir müssen. Nacht gute ich wünsche.«

Dann verschwand er in den hinteren Räumen des Kunstforums, um mit der völlig aufgelösten Kuratorin zu reden und Gerhard spürte dem narkotisierenden Geruch Doktor Pokornys noch einen Augenblick lang nach, bis er ins Büro hinaufwankte, seine Jacke holte und schließlich davoneilte.

»Wenn das schon wieder die Polizei ist, dann schmeiß sie raus!«, befahl die Großmutter. Der Vater schüttelte missbilligend den Kopf, was so viel bedeutete wie: Was du wieder für Ideen hast! Dann ging er zur Wohnungstür. Die Frauen konnten hören, wie er die Tür öffnete, jemanden in die Wohnung ließ und mit der Person ein paar leise Worte wechselte. Kurz darauf stand der Vater mit dem nächtlichen Besucher im Wohnzimmer.

»Grüß Gott«, sagte Gerhard und sah in die Runde.

»Hallo«, sagten die anderen überrascht.

»Sie sind nicht von der Polizei!«, stellte die Großmutter nüchtern fest, nachdem sie ihn eingehend gemustert hatte, und fügte gleich hinzu: »Wer sind Sie?«

»Gerhard«, stellte er sich vor. »Wir hatten schon einmal das Vergnügen. Ich bin ein ...« Er überlegte, ob er Kollege sagen sollte, aber dann besann er sich eines Besseren und sagte stattdessen »... Freund von Anatol.«

»Anatol hat Freunde?«, stieß Elisabeth, Anatols älteste Schwester hervor.

»Na ja«, gab Gerhard zu, »eigentlich sind wir Kollegen.«

»Aha«, machte Elisabeth triumphierend.

»Aber eigentlich«, redete Gerhard weiter, »sind wir mehr als Kollegen.«

»Ich wusste es!«, sagte die Großmutter. »Das Kind ist schwul.«

»Anatol ist nicht schwul«, protestierte die Mutter.

»Genau«, bekräftigte Marie, »denk doch mal an Louise, Großmutter!«

»Das tu ich ja!«, hielt die Großmutter dagegen, während sie sich, vom Cognac schon ziemlich eingelullt, an der Sofalehne festhielt. »Auf so etwas steht doch kein normaler Mann! Der Meinrad, der hätte ...«

»Unsinn«, raunzte die Mutter. »Anatol hat überhaupt kein Liebesleben. Sonst wüssten wir ja wohl etwas davon.«

»So wie du etwas davon weißt, warum Anatol einfach einen Chagall stiehlt und damit nachts auf Nimmerwiedersehen verschwindet?«, fragte Helena sarkastisch.

»Also, eigentlich«, sagte Gerhard, »ist Anatol verliebt.«

Alle Augen der Familie richteten sich wieder auf den dicken Steirer und Gerhard fühlte sich bemüßigt zu sagen: »Nicht in mich. In eine Französin.«

»Eine Französin?«, fragte die Großmutter perplex. »Was will er denn mit einer Französin?«

»Ist das alles, was dir dazu einfällt?«, fragte die Mutter.

»Woher, bitteschön, kennt er diese Französin denn?«, wollte der Vater von Gerhard wissen.

»Aus der ARBEIT«, antwortete der. »Aber kennen ist wahrscheinlich zu viel gesagt. Er hat sie da ein paar Mal gesehen und kurz mit ihr gesprochen. Sie heißt Marcelline und kommt aus Nantes.«

»Und hat das irgendetwas mit Anatols Verschwinden zu tun?«, fragte die Großmutter mit durchdringender Stimme.

»Ich denke schon«, antwortete Gerhard. Und dann erläuterte er der Familie, was es mit Chagalls »Traum der Liebenden«, Marcelline und Anatol auf sich hatte.

»Also ist er auf dem Weg nach Nantes?«, fragte die Mutter, nur um noch einmal sicherzugehen, dass sie Gerhards Erklärung tatsächlich verstanden hatte.

»Ich glaube ja«, antwortete der.

»Haben Sie das auch der Polizei erzählt?«, fragte der Vater.

»Nein«, gab Gerhard zu. »Ich dachte, das wäre vielleicht besser so.«

Da ging die Großmutter auf Gerhard zu, nahm sein rundes Gesicht in ihre hageren Hände, sodass die rot lackierten Nägel wie zehn Feuerwanzen auf dessen Gesicht leuchteten, und küsste ihn schließlich auf die Stirn.

»Gut gemacht!«, lobte sie. Dann griff sie nach ihrer Handtasche und forderte im Kasernenton: »Lulu machen gehen, anziehen, raus mit euch!«

»Wo willst du denn jetzt mitten in der Nacht hin?«, fragte die Mutter, wohl wissend, dass jeder Widerstand zwecklos war.

»Na, was glaubst?« Die Großmutter schlüpfte in ihren Nerzmantel und griff dann in ihre Handtasche, um eine Pillenschachtel hervorzuholen, der sie etwas entnahm, das sich bei näherem Hinsehen als Koffeintabletten gegen Seekrankheit hätte entpuppen können. Bei noch genauerem Hinsehen war es etwas anderes. Sie schluckte schnell zwei Pillen und klimperte dann mit dem Autoschlüssel herum.

»Na los! Alle in den Wagen!«

Der Vater sah seine Schwiegermutter streng an.

»Was auch immer das war, ich fahre!«

Als Anatol nach ein paar Stunden auf dem Altar erwachte, schien ein schwaches Licht durchs Kirchenfenster und sein Blick fiel auf die gegenüberliegende Wand. Durch die neu aufgetragene Schicht weißer Farbe drang das Schwarz eines Graffitos durch und im schwachen Licht des neuen Tages las Anatol die Worte: »Jedes Mal wenn du onanierst, tötet Gott ein Katzenbaby!!!« Darunter hatte jemand mit Edding offenbar die Worte »Raspberry Beret forever« gekritzelt. Es würde noch einige Farbschichten brauchen, um das zu übertünchen.

Er konnte keinen Muskel rühren, ganz so, als wäre er in der Nacht tatsächlich erfroren und nur sein Geist wäre noch wach. Es kostete ihn unendlich viel Kraft, seine Füße auszustrecken, dann die Arme, dann den Kopf zu heben und sich schließlich auf dem Altar aufzusetzen. Wie spät war es jetzt? Anatol streckte seinen schmerzenden linken Arm vor, sodass Malerfilz und Ärmel das Handgelenk freigaben. Es war fünf Uhr Früh. Also hatte er vielleicht vier Stunden geschlafen.

Er sah auf das schwache Licht, das durch das Fenster drang. Konnte das wirklich schon der Tag sein? Es war doch Winter und um die Zeit eigentlich noch dunkel. Da fiel draußen eine Autotür zu und mit einem Mal war Anatol hellwach. Er schälte sich aus den zwei dicken Schichten Filz, die er in der Nacht um sich geschlungen hatte, und rollte sich vom Altar. Wie kam er hier raus, ohne gesehen zu werden? Und wer war das überhaupt um diese Uhrzeit? Waren das die Arbeiter, die die Kirche streichen wollten? Die Polizei?

Anatol griff nach dem Bild, das noch immer an der Wand

lehnte, und versuchte, aus dem aufgebrochenen Türschloss nach draußen zu spähen. Er konnte niemanden erkennen, aber er war sich sicher, dass dort jemand war. Wenn er hier drinnen bliebe, würden sie ihn finden, so viel stand fest. Davonschleichen kam nicht infrage, da hätte man ihn bestimmt bemerkt. Also blieb ihm nur der Überraschungsangriff.

Anatol holte tief Luft, brachte sich und den Chagall in Position und riss dann die Kapellentür auf. Mit ein paar Schritten war er draußen und lief los. Er hatte keine Zeit, sich umzusehen, er rannte einfach in den dunklen Wald hinein, so schnell das mit seinen steifen Gliedern und dem Chagall unterm Arm eben ging. Nach gut dreihundert Metern verfing er sich im Gestrüpp, fiel hin und blieb schließlich liegen. Er lauschte, ob ihm jemand gefolgt war. Dem war ganz offensichtlich nicht so, denn er konnte keine Schritte hören. Da war niemand in seiner Nähe.

Erst jetzt wurde ihm bewusst, dass er in die falsche Richtung gelaufen war. Er hätte zum Tor rennen müssen. So aber war er nun ein Gefangener zwischen den Mauern des Parks, ganz ähnlich den Tieren, die dort lebten. Er musste also einen anderen Weg aus dem Tiergarten finden als durch eines der Tore, wo man ihn sicher verhaftet hätte, sprich, er musste an irgendeiner Stelle ungesehen über die Mauer klettern. Das würde zweifellos schwierig werden.

Während Anatol noch überlegte, was er tun sollte, fiel plötzlich ein Schuss. Er begann vor Angst und Kälte so zu zittern, dass ihm der Chagall entglitt und in einen Strauch rutschte. Es folgte ein zweiter Schuss, dann ein dritter. Kein Zweifel – da draußen fand eine Jagd statt! Und früher oder später würde ihn eine Kugel treffen. Ihn oder den Chagall.

Es dauerte einige Sekunden, bis Anatol begriff, dass daran irgendetwas nicht stimmen konnte. Es mochte ja noch angehen, dass man ihn jagen und erschießen wollte, aber was war mit dem Chagall? Wenn da Löcher ins Bild gemacht würden, war es doch nur noch die Hälfte wert, wenn überhaupt. Wieso sollte man also das Risiko eingehen, frühmorgens nicht nur ihn, sondern auch das Bild zu erlegen? Wem nützte denn ein toter Chagall etwas?

In seine wirren Gedanken mischte sich plötzlich aufgeregtes Grunzen, und etwa zwanzig Meter von ihm entfernt brach etwas aus dem Unterholz hervor. Selbst in dem spärlichen Licht konnte Anatol erkennen, dass es sich um ein kleine Rotte von etwa zehn Wildschweinen handeln musste.

»Welcher Tag ist heute?«, murmelte Anatol. »Welcher Tag? Welcher Tag?« Die Ausstellung hatte gestern geschlossen, gestern war der 30. November gewesen und heute war dann … es war der … verdammt! Heute war der 1. Dezember und damit der erste Tag der Jagdsaison. Von heute an war es Besuchern einen Monat lang verboten, den Lainzer Tiergarten zu betreten. Die Stimmen, die er gehört hatte, und das spärliche Licht mussten von den Jägern stammen, die nun ausgerückt waren, den Bestand der Wildschweine, Rehe und Hirsche zu dezimieren. Außer dem Menschen besaßen die Tiere im Tiergarten ja keine natürlichen Feinde und vermehrten sich wie verrückt, wenn man den Bestand nicht jeden Winter wieder gewaltsam verkleinerte. Und genau das geschah gerade da draußen. Schuss! Quieken. Schuss.

Er musste hier weg, so schnell und unauffällig wie nur irgend möglich, dachte Anatol. Allerdings, sich jetzt aus dem Versteck zu wagen, während ein Haufen schießwillige Jäger durch den Wald schritten und auf alles feuerten, das größer als ein Eichkatzerl war, war wohl die schlechteste Idee seit Langem. Was tun? Rennen und womöglich sich erschießen lassen oder im Gebüsch bleiben, bis es wirklich hell wurde, mit dem Risiko, entdeckt zu werden?

Anatol entschied sich schließlich zu rennen. Er hoffte nur inständig, dass der Chagall nichts abbekommen würde. Die Noppenfolie, in die das Bild gewickelt war, war ganz bestimmt nicht kugelsicher. Für einen kurzen Moment horchte Anatol in die Dunkelheit hinein, ob er ausmachen konnte, wo sich Jäger und Schweine gerade befanden, aber sein Herz pochte so laut, dass es in seinen Ohren rauschte, als stünde er neben einem Wasserfall. Also los!

Bergab ging es natürlich sehr viel schneller als bergan, und es kostete Anatol keine zwei Minuten, bis er beim Nikolaitor war. Da fiel erneut ein Schuss und Anatol hatte das Gefühl, dass irgendetwas sein Ohr gestreift hatte. Hinter sich hörte er jemanden laut rufen, doch er drehte sich nicht um. Beim Gatter angekommen, warf er mit einem Schwung das Bild darüber und sprang selbst hinauf, wobei er glücklicherweise mit den Händen ganz oben zu hängen kam. Mit einem verzweifelten Stöhnen zog er sich hoch und ließ sich auf der anderen Seite wieder hinunterfallen, wobei er mit dem rechten Knie heftig auf den Asphalt aufschlug. Dann griff er nach dem Bild und rannte so schnell er konnte davon.

Bieg mal links ab«, forderte Elisabeth ihren Vater auf.

»Was soll das bringen?«, fragte der.

»Bieg einfach links ab.«

»Ich weiß wirklich nicht, was das bringen soll!«

»Zum Teufel, nun bieg einfach ab!«, rief die Großmutter vom Beifahrersitz aus.

Die Familie verfügte über zu viele Mitglieder, um sie standesgemäß in dem uralten Mercedes Cabrio unterzubringen, das der Großmutter gehörte. Warum das Auto immer noch fuhr, war ein allgemeines Rätsel. Warum die Großmutter noch immer fuhr, war keines.

»Wenn ihr mir das Autofahren verbietet, könnt ihr mich auch gleich in Grinzing auf den Friedhof schmeißen«, war ihre Standardantwort, wenn einer aus der Sippe mal wieder mit ihr über so etwas wie die Abgabe ihres Führerscheins zu sprechen versuchte. Immerhin ließ sie heute ihren Schwiegersohn ans Steuer, was sie nicht davon abhielt, vom Beifahrersitz aus hin und wieder ins Lenkrad zu greifen, wenn ihr seine Fahrweise nicht passte, so wie auch jetzt.

»Himmelherrgottnochamal!«, brüllte der Vater los. »Was machst du denn?«

»Links abbiegen«, sagte die Großmutter nur trocken.

Während Anatols Mutter mit Marie zu Hause weiter die Stellung hielt, für den unwahrscheinlichen Fall, dass Anatol plötzlich heimkehren sollte, waren der Vater, die Großmutter, Anatols Schwestern Elisabeth und Helena sowie Gerhard ins Cabrio gestiegen und durchkämmten nun die Straßen auf der Suche nach Anatol. Immerhin kannten sie ja sein Ziel, und da man Anatols Jacke samt Geldbörse im Kunstforum gefunden hatte, war davon auszugehen, dass er sich nur zu Fuß oder mittels Autostopp bewegen würde. Und da es schrecklich kalt war, war Autostoppen wohl das Wahrscheinlichste. Also bewegte sich das Cabriolet in Richtung Autobahnauffahrt, um die besten Plätze für Autostopper in Richtung Westen auszukundschaften.

»Nein, hier ist er sicher nicht«, konstatierte die Großmutter.

»Vielleicht«, sagte Gerhard, »geht er ja wirklich zu Fuß?«

»Bei der Kälte? Ohne Jacke?«, sagte Elisabeth zweifelnd. »Das sähe Anatol gar nicht ähnlich. Erinnert ihr euch noch an das eine Mal, als er in Ohnmacht gefallen ist?«

»Oh Gott, ja!«, rief Helena und fing an zu lachen. Dann wandte sie sich an Gerhard. »Wir waren am Vortag lange aufgeblieben und kamen erst nach Mitternacht ins Bett. Also hat Anatol das erste Mal nach Mitternacht die Zähne geputzt und dann wieder in der Früh, gleich nach dem Aufstehen. Und weil auf den Zahnputzbechern stand, man müsse zweimal am Tag putzen und ihm immer alle eingebläut hatten, man dürfe nach dem Zähneputzen nichts mehr essen, hat er den ganzen Tag nichts zu sich genommen. Am Abend hat er dann vor Hunger die Patschen gestreckt.«

»Das war in den Sommerferien am Attersee«, rief Elisabeth dazwischen. »Wie alt war er da? Sechs? Sieben?«

»Neun«, warf der Vater ein.

»Er ist einfach so nach hinten umgefallen, als wir Fußball gespielt haben. Zack! Da lag er auf der Wiese.« Helena kicherte. »Die Eltern sind dann mit ihm ins Krankenhaus gefahren und da hat man festgestellt, dass er total unterzuckert war. Es ist einfach keinem aufgefallen, dass er den ganzen Tag nichts gegessen hatte, um die goldenen Regeln des Zähneputzens nicht zu verletzen.«

»Wir haben ihm dann erklärt, dass man auch öfter als zweimal am Tag die Zähne putzen darf«, erklärte Elisabeth.

»Und was hat das mit der jetzigen Situation zu tun?«, fragte die Großmutter mit genervtem Unterton in der Stimme.

»Na, ist doch logisch!«, rief Helena aus. »Anatol würde niemals ohne warme Winterjacke hinausgehen. Eine weitere goldene Regel, die er nicht brechen würde. Also ist er sicher nicht zu Fuß unterwegs.«

»Du redest, als hättest du keinen Verstand«, fuhr sie die Großmutter an. »Er ist doch bereits hinausgegangen, ohne Winterjacke. Aus dem Kunstforum.«

»Und, wenn ich das anmerken darf, er hat dabei ein sehr teures Bild mitgehen lassen«, fügte Gerhard noch hinzu. Da herrschte auf einmal betretene Stille im Wagen. Der warme Atem der fünf Insassen rann in feinen Tröpfchen an den Scheiben hinunter und vernebelte die Sicht ins Draußen.

»Das ist nicht mehr der kleine, liebe, hilflose Anatol, wie wir ihn kennen«, sagte die Großmutter mit heiserer Stimme, während das alte Cabriolet sich seinen Weg hinaus aus der Stadt stotterte. Mittlerweile waren sie schon auf halbem Weg nach Hadersdorf. Es war halb drei Uhr Früh.

»Fahr doch noch einmal dort entlang«, schlug Elisabeth endlich von der Rückbank aus vor und der Vater bog diesmal rechts ab.

Ohne nachzudenken war Anatol die Auhofstraße entlanggelaufen und überquerte schließlich wieder den Hietzinger Kai in Richtung Penzing. Er lief, was das Zeug hielt, und seine Lungen brannten von der Kälte. Endlich kam er auf Höhe der Linzer Straße zu stehen, sann kurz darüber nach, in welche Richtung er gehen sollte, und wandte sich schließlich weiter stadtauswärts. Er fror erbärmlich. Bei der Bujattigasse kam er schließlich an einem Rot-Kreuz-Container vorbei und hatte eine Eingebung. Er stellte den Chagall ab und trat fest gegen das marode Schloss, mit dem der Container verriegelt war. Das Schloss brach sofort auf.

Anatol hatte Glück. Gleich der erste Sack, den er erwischte und den er herausziehen konnte, enthielt einen ziemlich zerfetzten Bundesheerparka. Er zog ihn über sein Jackett an. Dabei wischte er sich unabsichtlich am rechten Ohr entlang, und als er anschließend seine Hand im Laternenschein betrachtete, sah er, dass sie voller Blut war. Offensichtlich hatte ihn eine für die Wildschweine gedachte Kugel am Ohr gestreift. Anatol zog den Parka wieder aus und besah sich schließlich sein Jackett. Es war voller Blutflecken. Er knüllte es zusammen und stopfte es in einen der Abfalleimer, die neben dem Container hingen. Dann wühlte er weiter in dem Sackerl herum und hatte schließlich ein rosa verwaschenes Sweatshirt in der Hand sowie eine Damenwollmütze in Weinrot. Er schlüpfte zitternd in Sweatshirt und Parka und griff nach der alten Wollmütze. Der Kirchturm der St.-Andreas-Pfarre schlug halb sechs. Außer Anatol war niemand auf der Straße unterwegs um diese Zeit.

Er kam genau drei Meter weit, da bremste sich neben ihm ein großer Laster ein und das Seitenfenster wurde hinunter gelassen.

»Hey du, ich such die Autobahn«, rief der Lastwagenfahrer ihm zu.

»Die ist hier nicht«, antwortete Anatol.

»Das seh ich selber, du Scherzkeks! Deshalb frag ich dich ja.«

Anatol zeigte in die Richtung, aus der er vorhin gekommen war. »Da, weiter unten, auf der Hadikgasse, da geht es zum Autobahnzubringer.«

»Welche Gasse?«, rief der Fahrer. Der Lastwagen brummte ziemlich laut.

»Hadikgasse«, rief Anatol zurück.

»Und wie komm ich da jetzt hin?«

Es hatte wieder zu schneien begonnen, diesmal in satten, dicken Flocken, die sich weich auf den olivgrünen Parka setzten und dort zergingen, als hätte das Bundesheer sie ordnungsgemäß weggetaut.

»Am besten ist, Sie fahren geradeaus«, schlug Anatol vor.

Der Fahrer nickte. Und tat dann etwas Unglaubliches: Er bot Anatol einen Ausweg an.

»Soll ich dich ein Stück mitnehmen?«

»Wieso?«, war das Einzige, was Anatol zu sagen einfiel.

»Na, ich kann mich irren, aber es sieht ganz nach Schnee aus und du bist ja wohl kein Schneemann. Oder willst du einer werden?«

»Nein«, antwortete Anatol wahrheitsgetreu.

Da sprang die Beifahrertür des Lasters auf und Anatol warf einen kurzen Blick auf den Anhänger mit der Aufschrift »Böhmers Fruchtexpress, Köln«, bevor er den Chagall ins Fahrerhäuschen wuchtete, selbst einstieg und die Tür hinter sich zuzog.

»Wohin willst du denn um diese Uhrzeit?«, wollte der Fahrer wissen.

»Zur Autobahn«, antwortete Anatol, dem nichts besseres einfiel.

»Na, dann sind wir ja immerhin schon zu zweit«, meinte der Fahrer lachend. In der Kabine war es warm und Anatol hätte gerne den Parka ausgezogen, weil der schon ziemlich muffig roch, aber er traute sich nicht. Stattdessen saß er da mit seiner weinroten Wollmütze und der Bundesheerjacke und klammerte sich an das Bild. Vor ihm war eines dieser typischen Schilder montiert, auf denen Fahrer ihre Namen einstanzen ließen. »Michi« konnte Anatol spiegelverkehrt lesen.

»Wie heißt du denn?«, fragte Michi.

»Anatol«, murmelte er.

»Voll Österreichisch, ey! So heißt in Kölle kein Mensch. Ich bin Michi!«

»Ja, weiß ich«, sagte Anatol und deutete auf das Schild vor sich. Michi lachte und deutete nun seinerseits auf das Bild.

»Was schleppst du denn da mit dir herum?«

»Ein Bild?«, sagte Anatol etwas unsicher.

»Bist du Maler?«, fragte Michi auf einmal mal sehr interessiert.

Anatol war sich nicht sicher, was er darauf antworten sollte, also sagte er mal gar nichts. Das schien Michi aber nicht sonderlich zu stören.

»Ich mal selber auch!«, rief er begeistert aus. »Ich meine, man kann ja nicht immer nur Laster fahren. Man muss ja auch mal was tun, was gut für einen ist, nicht wahr? Ich meine, Laster fahren ist okay, ist ein guter Job und so weiter und ich beschwer mich sicher nicht. Geld ist Geld, oder? Kann ja froh sein, dass ich einen Job habe! Der Neue von meiner zweiten Ex, der ist arbeitslos und das zehrt an dir, wenn du so gar nichts bist in der Welt. Aber hallo! Nee, da ist Laster fahren schon voll in Ordnung. Aber im Herzen bin ich Maler. Echt jetzt! Hat meine Mutter schon immer gesagt. Michi, der ist ein Künstler. Alle haben immer gedacht, sie spinnt, aber sie hatte recht. Und wie! Ich sag das nicht gerne, weil meine Mutter und ich uns eigentlich nicht so gut verstehen, aber da hatte sie echt mal recht.«

Sie waren noch nicht mal am Auhof-Center vorbeigefahren, da hatte Michi schon sein halbes Leben vor Anatol ausgebreitet und ihn in eine Wortkaskade aus verpassten Träumen, Ex-Frauen und Ölfarben eingelullt. Offensichtlich hatte er schon ziemlich lange niemanden mehr zum Reden gehabt und Anatol bot die perfekte menschliche Wand, gegen die er anquatschen konnte. Michi schien nicht zu erwarten, dass er etwas anderes zur Antwort auf seine rhetorischen Fragen gab als ein gelegentliches Kopfnicken oder »hm«.

»Also Elfie, meine dritte Ex, die hat auch an mich geglaubt. Die hat immer gesagt: Michi, du bist im falschen Beruf, du bist ja ein Maler. So im Geiste, ne? Aber was sollst du machen? Ein Haus und ein Auto wollte sie trotzdem und nach Ibiza, und da musst du halt ran. Und mit Malen geht das nicht, das bringt ja nichts ein. Ich meine, ich bin ja nicht Neo Rauch, ne?«

Anatol machte zustimmend: »Hm.«

»Eben! Ich hab meine Frauen immer verwöhnt, sag ich dir! Hier mal ein Halstuch, da mal ne Kette – so was mögen Frauen! Michi, haben die immer gesagt, Michi du verwöhnst mich! Und ich immer so jaja, mach ich gerne und so weiter. Aber gehalten hat es trotzdem nie.«

»Hm.«

»Liegt aber an mir. Ich bin nun mal ein Zugvogel, sag ich immer. Ich brauch mein Nest, so mit Heim und Frau und Kindern, aber dann nach einer Weile ist es auch wieder gut und ich muss raus in die Welt. Dann setz ich mich in meinen Laster und bin on the road.«

»Hm.«

»Und irgendwann komm ich dann zurück und das Nest ist schon belegt und die Frau ist futsch. Bau ich eben wieder ein Nest – neue Frau, neues Haus, noch ein Kind.« Michi klappte seine Sonnenblende aus, auf deren Innenseite er mehrere Fotos geklebt hatte, die lauter stämmige rothaarige Kinder zeigten, die freundlich in die Kamera lächelten. »Ich hab fünf Kinder! Der Älteste, Julian, ist neunzehn. Kluger Bursche, macht gerade nächstes Jahr sein Abi. Dann kommen Tatjana und Alicia, meine großen Mädels aus zweiter Ehe, die sind gerade voll in der Pubertät. Da musst du gar nicht erst versuchen, mit denen zu reden. Zickig bis zum Gehtnichtmehr. Aber man liebt sie ja trotzdem, ne? Dann ist da der Thomas. Wir sagen Tommy, der ist zwölf. Den hat meine dritte Frau mit in die Ehe gebracht. Schwieriges Kind. Haut sich viel mit andern Kindern. Seine Mutter hat sich von ihrem Ex getrennt, weil der sie immer geschlagen hat. Totales Arschloch. Ist gut, dass sie von dem weg ist. Aber der Tommy hat natürlich alles mitgekriegt, obwohl er noch so klein war. Das prägt, sag ich immer. Und die kleinen Zuckermäuse«, er deutete auf ein anderes Foto, »sind Laureen und Marleen, zweieiige Zwillinge. Süß sind die, sag ich dir, so was von süß!«

Anatol besah sich mit müden Augen das Foto. Es zeigte zwei übergewichtige kleine Mädchen mit runden Kinderbrillen in rosa Polyacrylkleidchen, auf denen »Die Eiskönigin« stand.

»Zweieinhalb sind die jetzt. Waren nicht geplant, aber man nimmt was kommt, ne? Mit deren Mutter ist das nur so ne Geschichte. Wir sind mal zusammen und mal nicht. Sie will ja unbedingt heiraten, aber ich bin da nicht so von überzeugt. Zumal«, Michi machte eine gewichtige Pause, »es in der Kiste auch nicht mehr so richtig schnackelt. Ist ja normal, so mit zwei kleinen Kindern, da hat man nicht mehr so viel Lust. Aber für eine Ehe ist das dann doch zu wenig. Ich meine, versteh mich nicht falsch, ich liebe Sandra, so heißt ihre Mutter, und die Kinder sind mein Ein und Alles! Aber ich bin ein Mann, ne? Ich muss halt auch mal auf meine Kosten kommen und nicht immer nur hübsch das Geld ablegen und dann darf ich wieder abrauschen. So läuft das nicht in einer Ehe. Ab und zu muss das poppen, sonst ist das nix. Oder was sagst du?«

Anatol sagte nichts. Nicht einmal ein »ähm« kam ihm über die Lippen. Aber dieses eine Mal wollte Michi offenbar eine Bestätigung seiner Ehethesen haben und insistierte: »Sag doch mal! Ist doch so, oder?«

»Ähm«, brachte Anatol hervor.

Michi setzte nach: »Hast du eine Freundin?«

»Nein«, gestand Anatol.

»Aber du hattest schon mal eine, oder?«

»Ja«, sagte er und dachte an Louise, obwohl er nicht wusste, ob seine Beziehung zu Louise Michis Vorstellungen einer Freundin entsprach. »Das war aber was anderes«, fügte Anatol hinzu.

»Junge, hör mir mal zu, ich gebe dir jetzt einen guten Rat, so von Mann zu Mann. Wenn du mit einer Frau auf Dauer glücklich werden willst, muss es schnackeln in der Kiste! Du verstehst, was ich meine? Aber so richtig! So mit Feuerwerk und allem drum und dran. Gut, vielleicht nicht immer, manchmal will man ja auch nicht die ganze Performance abliefern, wenn du verstehst, da reicht dann auch ein Quickie. Ist ja auch mal schön. Aber hin und wieder muss man sich mal um den Verstand vögeln. Alles klar?«

»Ja«, antwortete Anatol, der keine Ahnung hatte, worauf Michi hinauswollte.

Für ein paar Minuten fuhren sie schweigend durch den fahlen Morgendunst der Autobahn, bis Anatol schließlich ein Gedanke kam.

»Warum haben Sie keine Bilder Ihrer Frauen hier aufgeklebt?«, fragte er und deutete auf die Sonnenblende.

Michi zog kurz durch die Nase hoch und schluckte dann lautstark den Rotz hinunter, so als würde ihm das Verdauen von Nasenschleim beim Denken helfen. Dann sagte er: »Frauen kommen und gehen, Kinder bleiben.«

Dann wechselte Michi das Thema und sprach über seine Bilder und seine Art zu malen. »Eine Weile lang hab ich mich mit Acrylfarbe eingepinselt und dann über die Leinwand gewälzt, aber auf Dauer war mir das doch zu wenig.« Dann sprach er über seine bevorzugte Ölfarbe. »Ich mag ja Magenta. Ist nur irrsinnig schwer, die richtige zu kriegen. Mit so einem Scheiß aus dem Bastelladen musst du mir jedenfalls nicht kommen. Aber ich hab da einen Kumpel, der fährt oft Touren nach Russland und der bringt mir dann immer …« Und zu guter Letzt vertraute Michi Anatol noch diverse gesundheitliche Sorgen an. »Mit Plastikzeugs hab ich aufgehört. Ich meine, ich will ja nicht sterben wie Niki de Saint Phalle!«

Anatol gab sich die größte Mühe, den perfekten Zuhörer zu mimen, aber auf der Höhe von Melk nickte er schließlich ein und begann zu träumen. Da war Louise, umgeben von einer Horde Wildschweinen, und irgendjemand schoss auf den Chagall, bis er ganz durchlöchert war. Louise sah ihn erschrocken an und sagte: »Du musst schon aufpassen! Oder bist du etwa blöd? Ich werd doch sonst schwanger.« Plötzlich legte ihm von hinten jemand die Hand auf die Schulter. Als er sich umdrehte, war es Gerhard, der offenbar auch eine Kugel abbekommen hatte. Er blutete aus einer Bauchwunde und rief seinen Namen: »Anatol. Anatol. Anatol!«

Irgendwann fuhr Anatol erschrocken hoch. Michi schüttelte ihn sanft an der Schulter.

»Anatol! Anatol, wach werden! Pinkelpause!«

»Wo sind wir?«

»Ansfelden«, antwortete Michi. »Du hast ein bisschen geschlafen. Ich muss Pause machen und außerdem brauch ich jetzt mal einen Kaffee.« Er sah kurz zu Anatol. »Willst du auch einen?«

»Ich hab k… k… kein Geld«, stotterte er.

»Kein Ding, ich lad dich ein, Junge!«

Sie stiegen aus dem Wagen und Anatol griff nach dem Bild.

»Das kannst du ruhig hier drin lassen«, sagte Michi. »Das klaut schon keiner.«

Anatol war viel zu müde, um zu widersprechen, also ließ er den Chagall im Führerhäuschen des Lastwagens und trottete hinter Michi zur Raststätte. Michi, der fast einen Kopf kleiner, aber dafür aufgrund seiner muskulären Oberarme ungefähr doppelt so breit wirkte, bestellte für sie beide Café au Lait und zwei Croissants dazu.

»Voll Französisch, ne?«, lachte Michi. »Ich mag Frankreich. Ist echt cool da. Und ich mag französische Kunst. Du auch?«

»Ja«, sagte Anatol und wärmte sich die Finger an seinem Kaffeebecher.

»Welcher ist dein Lieblingsmaler?«, wollte Michi wissen.

»Chagall«, sagte Anatol und hätte sich hinterher am liebsten auf die Zunge gebissen.

»Chagall rockt!«, fand auch Michi. »Den lieb ich sehr! Ich bin nicht so sehr der Impressionist. Also mit Monet und Konsorten komm ich nicht so zurande. Aber Chagall ist super. Da stecken in einem Bild hundert Details mit hundert Geschichten drin. Krass, ey.«

Anatol nickte zustimmend. Was Michi wohl sagen würde,

wenn er wüsste, dass in seinem Lastwagen gerade ein echter Chagall lag?

»Ich meine«, fuhr Michi fort, »es ist doch so: Wir sind alle nur die Summe unserer Geschichten. Sagt man doch so, ne? Aber Chagall, der ist mehr Geschichten als irgendwer sonst auf diesem Planeten. Der kann die Liebe tausendmal skizzieren und sie ist jedes Mal neu und anders und aufregend.«

Um sie herum begann sich das Restaurant langsam zu füllen. Trucker aus halb Europa die frühstückten, österreichische Geschäftsleute bei einem schnellen Kaffee und eine rumänische Familie mit quengelnden Zwillingen. Michi streckte seine müden Beine aus und gähnte.

Der Kaffee tat seine Wirkung. Anatol wurde langsam wacher und musste plötzlich dringend auf die Toilette. »Ich … äh …«, sagte Anatol und deutete auf das Schild mit dem männlichen und dem weiblichen Strichmännchen. Er stand vom Tisch auf.

»Oh, ja klar«, sagte Michi. »Ich warte dann beim Laster auf dich.«

»Danke für den Kaffee und das Croissant«, sagte Anatol artig.

»Keine Ursache!«, freute sich Michi.

Anatol ging hinunter ins Kellergeschoss und in Richtung der Herrentoilette. Er schwitzte. Hier unten waren es wahrscheinlich fünfundzwanzig Grad und Anatol zog sich die Wollmütze, die er immer noch auf hatte, vom Kopf. Er betrachtete sich im Spiegel. Das Ohr sah schlimm aus, so von Blut verkrustet. Er musste die Wunde irgendwie reinigen, doch ohne Waschlappen dürfte das schwierig werden. Anatol griff nach den Papiertüchern zum Händetrocknen und feuchtete sie unterm Wasserstrahl an, als mit einem Mal die Tür zum Waschraum auffolg und Michi eintrat. Der fiel fast rückwärts wieder aus der Herrentoilette, als er Anatols blutverkrusteten Kopf sah, und sog scharf die Luft ein.

»Heilige Scheiße!«, rief Michi aus. »Was hast du denn angestellt?«

Anatol wandte den Blick zum Spiegel und betrachtete sein eigenes Bild. Es sah wirklich ziemlich übel aus.

»Mann, Junge, du musst ja nicht gleich einen auf van Gogh machen!« Dann kam Leben in Michi und er griff einfach nach Anatols Kopf und besah sich die Verletzung. »Na ja, ist nicht so schlimm wie es ausschaut, aber da muss man was machen. Gehen wir beide mal pinkeln und dann verbinden wir dich. Ich hab ein Erste-Hilfe-Set im Laster.«

Anatol war dankbar, dass er sich für einen Augenblick nicht mehr verstellen musste. Michi war ganz offensichtlich in Ordnung. Sie verschwanden beide hinter je einer der Toilettentüren und pinkelten. Wie auf Raststationen üblich, dudelte über Lautsprecher ein Radiosender und lullte die Besucher vom Restaurant bis zur Tankstelle in einen Klangteppich aus Popmusik, Werbung und dem, was man gemeinhin als Kurznachrichten bezeichnete. Anatols Vater nannte das stets nur Schlagzeilen für akustische Analphabeten.

»… hat sich in Wien gestern Nacht ein spektakulärer Kunstraub ereignet. Aus dem Kunstforum wurde ein Chagall entwendet. Es handelt sich dabei um das bekannte Bild ›Traum der Liebenden‹, dessen Wert auf etwa …«

Anatol betätigte die Klospülung, griff nach der Wollmütze, zog sie tief über beide Ohren und rannte aus der Toilette, die Treppe hinauf, hinaus aus dem Raststättengebäude und über den Parkplatz bis zum Lastwagen. Erst als er verzweifelt versuchte, die Tür aufzubekommen, realisierte er, dass Michi den Laster ja abgeschlossen hatte und der Chagall somit für ihn unerreichbar war. Dennoch rüttelte er in seiner Verzweiflung wie verrückt am Griff zur Beifahrertür herum, bis er Michis Stimme hinter sich vernahm, der sagte: »Geh weg von der Tür.«

Irgendwann waren Elisabeth, Helena und Gerhard am Rücksitz eingeschlafen, was erstaunlich war, denn Gerhard sägte durch sein beharrliches Schnarchen eine steirische Eiche nach der anderen um. Die Großmutter hatte den Kopf an die Scheibe der Beifahrertür gelehnt und döste mit geschlossenen Augen vor sich hin. Nur der Vater hielt sich verbissen am Lenkrad fest und kurvte immer dieselbe Autobahnauffahrt rauf und runter und hielt Ausschau nach seinem Kind. Inzwischen hatte er alle Plätze, die infrage kamen, drei- bis viermal abgesucht, und natürlich dämmerte es auch dem Vater längst, dass sein Sohn, sollte er versucht haben, die Stadt per Anhalter zu verlassen, dies längst getan hatte. Also gab der Vater irgendwann seinem Impuls nach und steuerte den Mercedes auf der Autobahn hinaus aus Wien und hielt auf Westen zu. Das Dahinfahren tat ihm wohl. Er genoss es, endlich einmal Gas geben zu können, wohl wissend, wie sinnlos das war. Anatol konnte überall sein, und auch wenn er Gerhards Argumentation etwas abgewinnen konnte, war es natürlich nicht garantiert, dass sich Anatol wirklich auf dem Weg nach Nantes befand.

»Gott sei Dank«, ließ die Großmutter mit sonorer Stimme vom Beifahrersitz vernehmen, »ich dachte schon, du willst noch zehn Runden um Auhof drehen.«

»Wieso schläfst du nicht?«, wollte der Vater wissen.

»Hans«, sagte die Großmutter streng, »wie soll ich denn unter diesen Umständen schlafen?«

Der Vater nickte verständnisvoll. »Du machst dir Sorgen, das versteh ich natürlich, aber dennoch wäre es gut, wenn du …«

»Sorgen!«, protestierte die Großmutter. »Ich hab zwei Aufputschpillen eingeworfen! Wie soll ich da schlafen? Du könntest mich stattdessen mal ans Steuer lassen.«

»Unter keinen wie auch immer gearteten Umständen lass ich dich Auto fahren, wenn du so ein Zeug schluckst!«, sagte der Vater grimmig.

»Ach du!« Die Großmutter legte alles, was sie an Verachtung aufbringen konnte, in diese zwei kleinen Wörter und drehte sich dann theatralisch wieder zum Fenster hin, um den Vater die nächsten zwei Minuten zu ignorieren. Nach Verstreichen dieser zwei mal sechzig Sekunden richtete sie wieder das Wort an ihren Schwiegersohn.

»Und überhaupt: Ihr tut immer alle so, als wäre ich bereits senil. Und beim Anatol ist es dasselbe. Ihr bevormundet das Kind in einem fort. Kein Wunder, dass er euch irgendwann ausreißt! Musste ja so kommen.«

Da platzte dem Vater der Kragen. Um seine schlafenden Töchter jedoch nicht zu wecken, bemühte er sich, flüsternd zu schreien.

»Du bist doch diejenige, die immer alles bestimmen muss! Alles, aber wirklich alles, geht in dieser Familie nach deiner Schnauze!«

»Ich habe keine Schnauze«, knurrte die Großmutter.

»Von wegen. Du bist der Boxer unter den Theaterpudeln!«, raunzte der Vater.

»Also bitte!«

»Wann immer die Diva Neuendorff pfeift, soll die Familientruppe springen, und ansonsten können wir alle schön den Mund halten. Ich bin es so leid, hörst du? So leid!«

»Ihr seid doch diejenigen, die dem armen Kind nichts zutrauen!«, keifte die Großmutter. »Ihr kauft seine Anziehsachen, seine Schuhe, seine ...«

»Das machst du auch!«

»Unterbrich mich nicht! Ihr schreibt ihm vor, wohin er auf Urlaub fährt, wann er zum Arzt geht, wahrscheinlich sagt ihr ihm sogar, wann er pinkeln gehen muss! Und er lebt immer noch in seinem verdammten Kinderzimmer!«

»Er ist ja auch noch wie ein Kind«, rief der Vater.

»Kinder brauchen Platz zum Wachsen. Ihr erdrückt ihn doch mit eurer Überfürsorge!«

»Das Wort gibt es gar nicht«, protestierte der Vater. »Und du? Was machst du bitteschön? Schubst ihn herum, genauso wie du alle in dieser Familie immer herumgeschubst hast.«

»Ich schubse Anatol nicht. Ich helfe ihm zu wachsen und sich zu entwickeln!«, sagte die Großmutter.

Da lachte der Vater kurz und bitter auf.

»In deinem Schatten entwickelt sich nichts! Hörst du? Rein gar nichts! In deinem Schatten wächst nicht einmal ein kleiner Grashalm!«

»Das ist infam!«, schrie die Großmutter nun laut und weckte damit ihre Enkeltöchter auf dem Rücksitz. Nur Gerhard war durch nichts zu erschüttern. Sein Kopf kippte einfach nach hinten und er röhrte mit offenem Mund weiter.

»Das ist die Wahrheit!«, schrie der Vater zurück.

Die nächsten eineinhalb Stunden schwiegen sie einander an, ganz so, als hätte die Großmutter den eisernen Vorhang neben sich herabgelassen, und der Vater machte keine Anstalten, diesen zu durchdringen. Stattdessen konzentrierte er sich voll auf die Autobahn, während die Großmutter durchs angelaufene Fenster nach draußen blickte. Selbst als in der Ferne das Stift Melk zu sehen war, sagte sie nichts, obwohl sie das sonst immer getan hatte, und immer hatte sie gesagt: »Da! Da hat der Meinrad eigentlich hingehört. Nicht an die Burg!« Doch diesmal blieb die Großmutter den Hinweis auf den längst verstorbenen Freund mit dem ausgeprägten Hang zum Katholizismus schuldig und schwieg.

Irgendwann, da waren sie schon auf der Höhe von Linz, klingelte in die angespannte Stille hinein plötzlich das Handy des Vaters, der begann, hektisch in seiner Jackentasche nach dem Gerät zu suchen.

»Untersteh dich, da ranzugehen!«, rief die Großmutter. »Wir sind auf der Autobahn. Oder willst du uns alle umbringen?«

»Alle nicht«, murmelte der Vater. Offensichtlich hatten eineinhalb Stunden Schweigen nicht ausgereicht, seine Laune zu heben.

Er klopfte mit der rechten Hand die Jackentaschen ab, während er mit der linken das Steuerrad hielt. Endlich hatte er das Mobiltelefon gefunden, als es ihm die Großmutter entriss, es nach hinten auf die Rückbank warf und damit Gerhard am Kopf traf, der daraufhin aus dem Schlaf aufschreckte. »Hier«, sagte sie, »geh einer von euch an das Ding.«

Elisabeth angelte nach dem immer noch klingelnden Handy und nahm den Anruf entgegen.

»Hallo?«

»Wer ist dran?«, wollte die Großmutter wissen.

»Wenn du das wissen wolltest, hättest du selbst rangehen können«, knurrte der Vater.

»Hallo? Mama? Der Empfang ist so schlecht.«

»Sag Lore, ihr Mann ist ein ganz abscheuliches Wesen!«, rief die Großmutter nach hinten.

»Musst du gerade sagen«, raunzte der Vater zurück.

Da schrie Elisabeth plötzlich auf. »Er ist wo? In Ansfelden?«

In diesem Moment zog vor ihrer aller Augen das Schild »Ausfahrt Ansfelden« vorbei. Der Vater riss auf einmal das Steuer nach rechts, schnitt einen Lastwagen und einen VW-Bus und brachte den Wagen so auf die Ausfahrtspur.

»Na bravo«, sagte die Großmutter, als sie ihre Stimme wiedergefunden hatte. »Nun hast du es beinahe geschafft, uns umzubringen. Gratuliere.«

»Weißt du was, ich fahr gleich noch mal retour und probier es ein zweites Mal! Vielleicht klappt es dann!«, knurrte der Vater.

»Tu das«, empfahl ihm Elisabeth, »wir müssen nämlich zur Landzeit-Raststation und nicht in die City. Da finden wir angeblich Anatol. So ihn nicht zuvor die Polizei findet. Also nimm die nächste Auffahrt, Papa!«

Die Großmutter schnaufte verächtlich. »Wunderbar! Nun muss ich auf einer Autobahn mein Leben aushauchen, statt standesgemäß auf der Bühne! Danke, lieber Schwiegersohn, für diesen äußerst banalen und unangemessenen Tod. Ich sehe schon die Schlagzeile in der Krone vor mir: Burgtheaterdiva Neuendorff – Tod auf der Autobahn! Na bravo.«

»Das«, sagte der Vater, »wäre wieder einmal typisch für dich! Du würdest eher sterben, als jemand anderem in deiner Familie eine Schlagzeile in der Krone zu überlassen.«

»Und welche Schlagzeile sollte das wohl sein?«, wollte die Großmutter wissen.

Da schaltete sich Gerhard ein, sich die Stirn reibend. »Wie wäre es mit: Neuendorff-Enkel begeht spektakulären Kunstdiebstahl?«

»Fahr schneller«, befahl die Großmutter und der Vater trat aufs Gaspedal.

Es war weniger das rote Gesicht in Kombination mit den roten Haaren und dem wild wuchernden Bart, das Michi aus Köln diesen Ausdruck eines wilden Barbaren verlieh, es waren seine Augen. Anatol sah gewöhnlich nie in die Augen seiner Mitmenschen, wenn es nicht absolut notwendig war, aber dieses eine Mal konnte er sich dem Blick des Mannes, dessen Lastwagen er versuchte aufzubrechen, nicht entziehen. Es war so, als ob aus dem freundlichen Michi in Sekundenschnelle eine brandgefährliche Kampfmaschine geworden wäre, und so ließ Anatol kraftlos die Hand sinken und rückte von der Tür des Lastwagens ab.

»I… i… ich w… w… wollte n… n… nicht …«, stotterte sich Anatol durch seine wilden Gedanken.

»Was wolltest du nicht?«, fragte Michi ganz ruhig. »Mich verarschen? Oder den Chagall klauen? Ist doch der Chagall da drin, oder?«

»J… j… ja«, gab Anatol zu.

Michi bemühte sich sichtlich um Beherrschung. Jeder seiner Muskeln, und die meisten davon waren dank jahrelangen Krafttrainings ziemlich beeindruckend, schien angespannt zu sein. Doch auch wenn die Bestie jederzeit hätte zubeißen können, beschränkte sie sich vorerst nur aufs Bellen.

»Du hast ja wohl echt den Arsch offen!«, brüllte Michi. »Ich meine, du begehst einen der schlimmsten Kunstdiebstähle der Geschichte, steigst dann in meinen Truck, fährst seelenruhig mit mir durch die Landschaft und lässt mich dich auch noch zum Frühstück einladen. Tickst du noch ganz richtig?«

»N… n… nein.«

»Bist du blöd oder was?«

»I… i… ich bin nicht blöd!«

Anatol holte tief Luft. »Ich bin e… e… etwas anders als die anderen.« Er breitete die Arme aus. »N… n… nicht viel. Nur so viel. Ungefähr.« Anatol hielt die Hände etwa dreißig Zentimeter auseinander. »Aber das reicht schon.«

»Um einen Chagall zu klauen?«

»Ja.«

Michi zog erneut den Rotz die Nase hoch und schluckte ihn im Anschluss hinunter.

»W… w… würden Sie das bitte nicht tun?«, bat Anatol.

»Was?«, fragte Michi.

»Diese Sache m… m… mit dem Rotz. Das ist …«, er suchte nach dem richtigen Wort, »… widerlich.«

»Widerlich?«, echote Michi. »Du hast doch hier den Klopfer und du wagst es, mich widerlich zu nennen?«

»Es gibt Taschentücher«, sagte Anatol. »Sagt meine Großmutter immer.«

Michi begann mit einem Mal den Kopf zu schütteln, so als könnte er das alles gar nicht fassen, was da gerade geschah.

»Du hast eine Großmutter?«, fragte er.

»Ja«, antwortete Anatol. »Und eine Mutter und einen Vater und drei Schwestern.«

»Okay, das ist ja schon mal was. Und wie zur Hölle ist das mit deinem Ohr passiert?«, wollte Michi wissen.

Anatol war irritiert. »Was hat das mit meiner Familie zu tun?«

»Nichts«, sagte Michi, »ich wollte es nur wissen.«

»Wildschweinjäger«, erklärte Anatol daraufhin. »Lange Geschichte.«

Da ging Michi an Anatol vorbei, griff nach seinem Autoschlüssel, sperrte die Beifahrertür auf und deutete Anatol, dass er hineinklettern solle.

»Ich hab Zeit«, sagte Michi und sah dann auf seine Armbanduhr. »Na ja, sagen wir mal, ich hab genau dreiundvierzig Minuten. So lange muss ich noch pausieren. Reicht das für deine Geschichte?«

Es reichte. Obwohl Anatol vor Aufregung immer wieder ins Stottern geriet, erzählte er von seiner Familie, von Tante Mitzi und dem Jäger aus Kurpfalz, dass ihn alle für dumm hielten, aber niemand wahrhaben wollte, dass er einfach anders war. Er erzählte von Louise und dem Heizungskeller und wie er seinen Platz schließlich im Kunstforum gefunden hatte. Er erzählte von seinen Schwestern, die alle erfolgreich studiert hatten, erfolgreich ihren Jobs nachgingen und mit erfolgreichen Männern schliefen und welche Last es für ihn war, so anders zu sein. Dann kam er schließlich auf den Tag zu sprechen, an dem sich sein Leben abrupt verändert hatte, der Tag, an dem er Marcelline begegnet war und sich in sie verliebte, bevor er überhaupt nur ihr Gesicht gesehen hatte. Schließlich berichtete er von Gerhard, dem Chagall, ihrem Lieblingsbild, und wie er damit aus dem Kunstforum verschwunden war und wie ihn dann heute Morgen die Wildschweinjäger am Ohr erwischt hatten und er dann in den Lastwagen eingestiegen war.

»Das war's«, beendete Anatol seine Ausführungen und sah schließlich auf seine Füße.

Michi atmete einmal tief durch. »Eine Frau. Du stiehlst einen Chagall aus einem Museum wegen einer Frau!«

»Ja.«

Der Trucker schüttelte den Kopf. »Junge, du hast echt einen an der Waffel.«

»Nein«, widersprach ihm Anatol, »ich b… b… bin v… v… verliebt.«

Wie gut es tat, das endlich auszusprechen. Verliebt. Verliebt. Verliebt!!! Innerlich entzündete Anatol erneut eine Sonne und diesmal sprang der Funke über. Michi nickte. Er hatte verstanden.

»Das«, sagte er, »ist der einzige Grund, weshalb ich jetzt nicht die Polizei anrufen werde. Willst du wissen, was wir jetzt machen?«

»Ja?«

»Gib mir die Nummer deiner Mutter«, sagte Michi. Anatol zögerte kurz, aber auch ihm war in diesem Moment klar, dass ein Anruf bei seiner Mutter wohl immer noch um einiges besser war, als wenn Michi die Polizei alarmiert hätte.

Herr Doktor?«

Doktor Pokorny sah kurz von seinem Computerbildschirm auf, als der Beamte die Tür aufriss.

»Was?«, sagte er mit drohendem Unterton in der Stimme. Unwillkürlich zuckte der junge Beamte zusammen.

»Die Fangschaltung war erfolgreich.«

Doktor Pokorny nickte. Dann sagte er: »Wo?«

»Ansfelden, Autobahnraststätte. Offenbar fährt die Familie hin, um ihn und den Chagall einzusammeln. Wir haben die WEGA angefordert. Zugriff müsste in etwa fünf Minuten erfolgen. Soll ich Sie auf dem Laufenden halten?«

Wieder nickte Pokorny und der junge Mann schloss schnell die Tür, während der Doktor auf den Bildschirm mit dem Bericht sah, an dem er gerade noch gearbeitet hatte. Fünf Minuten sollte es noch dauern, bis man den Chagall und diesen seltsamen jungen Mann, der angeblich keine Freunde hatte, wieder da hatte, wo sie hingehörten. Nein, falsch, jetzt nur noch vier Minuten.

Doktor Pokorny pilgerte zu der vollautomatischen Kaffeemaschine, die ihm seine Kollegen zum letzten runden Geburtstag geschenkt hatten. Er hasste das Ding. Rot, verchromt, irrwitzig laut und der Kaffee kam nicht einmal annähernd an das heran, was einem im Kaffeehaus serviert wurde. Aber immerhin, er musste jetzt nicht mehr in die Gemeinschaftsküche gehen, um sich dort seine Koffeindosis abzuholen, und konnte es somit vermeiden, allzu viele Worte mit den Kollegen wechseln zu müssen. Womöglich war das auch der Grund, warum sie ihm diese Höllenmaschine geschenkt hatten – es hielt ihn auf Abstand.

Der Doktor brühte sich einen doppelten Espresso auf. Die WEGA – war das nicht etwas übertrieben? Es handelte sich ja immerhin um einen Einzeltäter, noch dazu war er vermutlich unbewaffnet. Da brauchte es doch nicht gleich eine Spezialeinheit. Die Kollegen mussten immer gleich so eine Riesensache daraus machen. Allerdings, das gab der Doktor zu, agierte so einer wie Anatol durchaus unberechenbar. Es war schwer zu ahnen, was der junge Mann tun würde, wenn er in die Enge getrieben wurde. Das konnte auch einmal schiefgehen.

Die Espressotasse legte auf halbem Weg zu seinem Mund einen Zwischenstopp ein und blieb quasi in der Luft stehen. Schiefgehen, dachte Doktor Pokorny, etwas konnte gänzlich anders als … Pokorny stutzte. Er hatte solche Momente. Selten, immerhin, aber sie kamen vor. Er war nicht stolz darauf, das konnte man wirklich nicht behaupten, denn sie standen dem entgegen, was sich Doktor Pokorny als Mischung aus Erfahrung, Pragmatismus und Fachkenntnis angeeignet hatte. Er war ein rationaler Mensch. Aber irgendwo in seinem Inneren hatte es gerade einen Schalter umgelegt, und der stand jetzt auf Intuition, und die besagte nichts Gutes.

Mit viel zu großem Schwung knallte er die Tasse auf den Tisch neben der Kaffeemaschine, sodass sich der Espresso halb über die Tischplatte und den Boden verteilte. Ein paar Spritzer landeten auch auf Doktor Pokornys Hose. Dieser stieß jetzt schwungvoll die Tür auf und rief: »Lohninger? Lohninger! Holen Sie mir den Einsatzleiter ans Telefon.«

Der junge Kollege steckte seinen Kopf aus der Tür und sagte: »Zu spät. Die Operation ist bereits in vollem Gang. Die WEGA-Einheit hat bereits grünes Licht!«

»Verdammt«, murmelte Doktor Pokorny.

»Soll ich es trotzdem versuchen, Herr Doktor?«

Er überlegte kurz, dann schüttelte er nur den Kopf.

»Wird schon alles passen. Sind doch unsere Profis. Die kriegen den sicher!«, verbreitete Lohninger Zweckoptimismus. Doktor Pokorny bedachte den jungen Kollegen mit einem strengen Blick und ließ ihn dann stehen, wo er war. Ohne einen Kommentar, aber mit einem flauen Gefühl im Magen ging er zurück in sein Büro.

»Scheiß Intuition«, raunzte Doktor Pokorny leise, bevor er die Schweinerei aufwischte und sich dann einen neuen Kaffee machte.

Das hier war kein Gefängnis. Eine Gefängniszelle hatte keine zwei Türen und, wenigstens in Anatols Vorstellung, ein Gitter vor dem Fenster. Die Fahrerkabine des Lastwagens war also in keiner Weise mit einem herkömmlichen Gefängnis zu vergleichen. Dennoch fühlte es sich für Anatol genauso an, als hätte man ihn hier eingesperrt, was, mehr oder weniger, auch den Fakten entsprach.

Nachdem Michi ihn genötigt hatte, seine Mutter anzurufen, die dann wiederum den Vater angerufen hatte, um dann wiederum Michi anzurufen und ihm mitzuteilen, dass die Familie in einem alten blau-weißen Mercedes Cabrio unterwegs sei, auf der Suche nach dem verlorenen Sohn, und man in wenigen Minuten bei ihnen sein und Anatol in Empfang nehmen könne, da hatte sich der bullige Lastwagenfahrer langsam entspannt. Nur ein paar Augenblicke noch, dann wäre er das Problem, sprich Anatol und seinen Chagall, wieder los. Bis es so weit war, würde er, Michi, dringend eine rauchen müssen, so auf den Schreck. Ob Anatol auch eine Zigarette haben wolle?

»Das verursacht Krebs«, hatte der geantwortet und gefragt, ob er bis zum Eintreffen seiner Familie im Laster bleiben könne. Ihm sei ohnehin schon kalt.

»Klar«, hatte Michi geantwortet, »bleib mal da. Ich leiste derweil dem Lungenkarzinom Vorschub.«

Und dort saß er nun und fühlte sich wie in einem gläsernen Gefängnis, den Chagall auf dem Schoß und seine Lage überdenkend. Was würde wohl passieren, wenn er wieder zu Hause war? Wie würde wohl die Reaktion der Familie bei einem Wiedersehen aussehen? Anatol war nicht gut darin, sich menschliche Reaktionen vorzustellen, aber ihn beschlich eine Ahnung, dass die Sache diesmal nicht besonders positiv für ihn ausfallen würde. Immerhin hatte er unerlaubt ein teures Gemälde an sich genommen und war nachts nicht nach Hause gekommen. Abgesehen davon würde er wahrscheinlich seinen Job verlieren, eine Aussicht, die ihn durchaus betrübte, denn er mochte seine Arbeit sehr.

Was Anatol aber wirklich zu schaffen machte, war die Tatsache, dass er mit seinem Plan, Marcelline wiederzufinden, gescheitert war. Und so dachte er in diesem Augenblick dort in dem Lastwagen nicht so sehr über seine Familie oder seine Arbeit nach als über sie. Dabei drückte er auf den kleinen Blasen der Noppenfolie herum, die den Chagall vor der Außenwelt schützten, und plötzlich, in die Stille hinein, platzte eine davon. Anatol schreckte auf.

Wieso saß er noch hier? Er hatte eine Mission, er hatte eine Aufgabe! Jeder im Leben hatte doch eine Aufgabe, oder nicht? Das sagten sie doch immer, die Großmutter, die Mutter, einfach alle. Immer haben sie ihm gepredigt, jeder sei für irgendetwas auf dieser Welt da, jedes Ding habe seine Zeit und jeder Mensch seine Aufgabe im Leben. Nun, hier war die Zeit und hier war die Aufgabe: Er musste sie finden und er musste sie lieben. Das war keine Frage des Willens oder der Möglichkeit, es war eine Frage des Handelns. Und je mehr Zeit er verstreichen ließ, desto unwahrscheinlicher wurde es, dass er dieser Aufgabe jemals würde nachkommen können. Dann, das war Anatol nun klar, hatte er versagt.

Durch die Windschutzscheibe beobachtete er, wie Michi nach dem Wagen seiner Familie Ausschau hielt. Hin und wieder drehte er sich um und schaute nach, was Anatol im Laster so trieb. Dass er einfach nur dasaß und sich nicht rührte, schien Michi zu beruhigen. Und als endlich der alte Mercedes der Großmutter weit hinten auf dem Parkplatz der Raststätte auftauchte, hob Michi zum Gruß die Hand und ging auf den Mercedes zu.

Das war er, der Moment, auf den Anatol gewartet hatte. Er griff nach dem Bild, schwang sich auf die Fahrerseite, die vom Parkplatz abgewandt lag, öffnete leise die Tür, schlüpfte hinaus und rannte. Er war sich ziemlich sicher, dass sie ihn nicht gesehen hatten, weder Michi noch seine Familie, aber es würde wohl nur Sekunden dauern, bis sie es taten.

Noch während Anatol lief, sah er etwa acht Stellplätze weiter einen Doppeldeckerreisebus stehen, in den gerade eine Gruppe lärmender Oberstufenschüler einstieg. Eine der Gepäckklappen des Busses stand offen, aber Anatol hielt das Bild fest in seinen Händen und mischte sich unter die Schüler, die gerade in den Bus stiegen. Da es so viele Leute waren, schien niemandem aufzufallen, dass Anatol eigentlich gar nicht dazugehörte, und das, obwohl er um einige Jahre älter war. Er zog einfach die Wollmütze noch tiefer ins Gesicht. Aber dann …

»Ey, du da!«

Anatol schreckte hoch. Es war der Busfahrer.

»Gepäckstücke hier hinein. Ich will nichts oben im Bus haben, verstanden?«

Er nahm Anatol einfach das Bild aus der Hand und stopfte es in das Gepäckfach. Anatol blieb nichts weiter übrig als in der Schlange der Schüler aufzurücken und sich dann oben im Bus einen Platz zu suchen. Zu seinem großen Glück war der Bus nicht voll besetzt.

Kurz darauf gab der Fahrer über Lautsprecher bekannt: »Das nächste Mal halten wir erst wieder in Passau. Und bis dahin will ich kein Gerenne auf den Gängen, keine Prügeleien und vor allem keine weiteren Limonadenschlachten auf den Sitzen. Verstanden?«

Es sah nicht so aus, als wäre die Botschaft bei den Jugendlichen angekommen, denn die Hälfte der Schüler hatte sich bereits die Stöpsel ihrer iPhones in die Ohren gesteckt, die andere Hälfte schrie einfach durch die Gegend oder bewarf sich mit Essensresten. Ein Bub hängte sich an die Hebel zum Öffnen der Dachluke und machte laute Affengeräusche. Dann setzte sich das Fahrzeug in Bewegung und Anatol beschloss, sich schlafend zu stellen. Als der Bus an Michis Lastwagen vorbeirollte, zog er die Mütze tief über die Augen und verkroch sich in seinem Sitz. Dennoch hatte Anatol unter dem dichten Wollgestrick einen Sekundenbruchteil hinausschauen können und bemerkt, wie Michi, Gerhard und sein Vater gerade mit fassungslosen Gesichtern von einer Gruppe vermummter Polizisten gegen die Lastwagenfront gedrückt wurden. Einer der Schüler, der die Szene ebenfalls beobachtet hatte, rief plötzlich: »Schaut mal, da! Voll krass ey! Sind bestimmt Drogendealer oder so was!«

Wenige Augenblicke später fuhr der Bus schon auf der Autobahn in Richtung deutscher Grenze davon.

Sie haben WAS?«, rief die Mutter ins Telefon.

»Ich sag es dir nun schon zum dritten Mal«, raunzte die Großmutter. »Sie haben Hans, den dicken jungen Mann und diesen Lastwagenfahrer verhaftet. Die Mädchen und ich sind okay. Obwohl ich sagen muss, dass ich erotische Erfahrungen in meinem Leben gemacht habe, die weniger intensiv waren als die Leibesvisitation, der sie mich unterzogen haben.«

»Und wo ist Anatol?«, fragte die Mutter schluchzend.

»Kindchen, wenn wir das wüssten, wären wir alle klüger!«

Die WEGA hatte Anatol um Sekundenbruchteile verpasst. Als Ersatz hatten sie sich daher genau auf diejenigen gestürzt, die greifbar waren, und das waren nun einmal der absolut schuldlose Michi, Gerhard und Anatols Vater.

»Aber ich sag Ihnen doch, ich muss weiter! Mensch, ich hab einen Laster voll mit Gemüse! Was glauben Sie denn, was mein Chef sagt, wenn ich dem mit einer Wagenladung fauler Paprika nach Hause komme?«

Michis Verzweiflung schien die Beamten wenig zu interessieren. Stattdessen befragten sie die Männer gute hundertmal danach, wo sich Anatol jetzt aufhalte.

»Ich weiß es nicht«, versicherte der Vater. »Ich weiß es wirklich nicht.«

Die Einvernahme der Schwestern sowie der Großmutter hatte nur kurz gedauert, einerseits weil die Schwestern offensichtlich nichts zu berichten hatten, andererseits weil die Großmutter den Beamten recht viel Furcht eingeflößt hatte, als sie sich binnen Sekunden von einer liebenswürdigen älteren Dame in eine Lady Macbeth verwandelte. In dieser Rolle hatte sie einst ihren größten Erfolg gefeiert.

Den armen Gerhard ließen die Beamten allerdings schmoren. Der saß nun seit bald drei Stunden in einem nahezu leeren Raum einer Linzer Polizeistation und wartete. Worauf er wartete, das konnte ihm leider keiner der dortigen Beamten sagen. Er durfte auf die Toilette und er durfte ein Glas Wasser trinken, woraufhin er eine Stunde später noch einmal zur Toilette musste, was er dann wiederum nicht durfte.

Nach zwei Stunden und vierundfünfzig Minuten öffnete sich die Tür und Doktor Pokorny trat ein. Mit einem kleinen Seufzer ließ er sich Gerhard gegenüber auf einem der Stühle nieder.

»Hallo«, sagte der Doktor.

»Hallo«, antwortete Gerhard. »Schön, Sie wiederzusehen. Kann ich jetzt gehen?«

»Sie können jederzeit gehen«, sagte der Doktor. »Das hier ist kein Gefängnis.«

»Ach«, machte Gerhard und schnaufte wütend, »für mich fühlte es sich die letzten drei Stunden aber sehr danach an.«

Er stand ruckartig auf und stieß dabei seinen Stuhl um, was in dem leeren Raum ein überaus lautes Geräusch erzeugte.

»Sorry«, murmelte Gerhard und stellte den Stuhl wieder auf.

»Auf Wiedersehen, Herr Kirchschlager«, sagte Doktor Pokorny, als Gerhard nach der Türklinke griff. »Und falls sich Ihr Freund Anatol noch einmal bei Ihnen melden sollte – Sie haben ja meine Karte.«

Gerhard hielt kurz inne, dann wandte er sich um.

»Ich hab Ihnen schon gesagt, dass er nicht mein Freund ist.«

»Ja, sicher«, sagte Doktor Pokorny und zündete sich eine Zigarette an. »Das haben Sie gesagt. Aber, Herr Kirchschlager, dann erklären Sie mir doch bitte einmal, warum Sie in einem

Auto mit der Familie Neuendorff unterwegs sind, um ihn zu suchen? Das würde mich dann doch interessieren.«

»Ähm …«, machte Gerhard, der darauf auch keine Antwort wusste, aber er dachte, es wäre vielleicht gut zum Gegenangriff überzugehen. »Und Sie? Was machen Sie in Linz? Ist es nicht eher ungewöhnlich, dass ein Psychologe von Wien aus anreist?«

»Nein«, antwortete Doktor Pokorny.

»Nein?«, fragte Gerhard unsicher.

»Nein. So jemanden wie mich haben die hier in Linz nicht. Und ich bin mit dem Fall bestens vertraut. Also hat man mich hierherbeordert, um Sie alle einzuvernehmen.«

Darauf wusste Gerhard nichts mehr zu sagen, als: »Kann ich dann jetzt gehen?«

»Sie können«, sagte der Doktor. »Ich glaube ohnehin nicht, dass Sie mir die Wahrheit sagen würden. Egal was ich Sie frage.«

Leider gingen dann die Pferde mit Gerhard durch. »Ja, aber ist das nicht Ihre Aufgabe? Ich meine, wozu verhört man sonst jemanden, wenn man nicht versucht, die Wahrheit herauszufinden?«, wollte er wissen. Drei Sekunden später bereute er schon wieder, diese Frage gestellt zu haben.

»Dann geben Sie also zu, dass Sie mich anlügen?«

»Nein«, sagte Gerhard unsicher.

»Doch«, entgegnete Doktor Pokorny.

»Ähm«, machte Gerhard erneut. Warum nur war er nicht einfach gegangen? Irgendetwas musste dieser merkwürdige Kerl in seinem zerknitterten Trenchcoat richtig machen, wenn er ihn so durcheinanderbrachte.

Über Doktor Pokornys Gesicht glitt in diesem Moment so etwas wie ein Lächeln, aber es war kein nettes, freundliches Lächeln. So lächelten Frauenmörder, bevor sie ihre Opfer aufschlitzten oder ihnen irgendwelche Gliedmaßen abtrennten.

Gerhard hatte einmal eine Filmdoku über die Französische Revolution gesehen, in der die Henker genauso lächelten, bevor sie die Leute guillotinierten. Das war im Geschichtsunterricht gewesen und der Lehrer hatte das Bildung durch Anschauung genannt. Ihn hatten danach monatelang Albträume gequält. Und nun lächelte dieser Mann ihn an und seine Hand, die noch immer auf der Türklinke lag, begann zu zittern.

»Auf Wiedersehen«, sagte Gerhard.

»Ich freue mich schon darauf«, antwortete der Doktor.

»Worauf?«, fragte Gerhard unsicher.

»Auf unser Wiedersehen«, erwiderte der Doktor mit rauer Stimme, während er gleichzeitig seine Zigarette in einem großen, gläsernen Aschenbecher ausdämpfte. Beim Hinausgehen hätte Gerhard schwören können, dass der Doktor sich anhörte wie eine Wiener Version von Darth Vader. Offensichtlich hatte die dunkle Seite der Macht gerade einen Punkt gutgemacht.

Sechshundertdreiundvierzig, sechshundertvierundvierzig, sechshundertfünf… Anatol zählte, als ginge es um sein Leben, aber wie viele Zahlen er auch vor sich hin betete, es beruhigte ihn nicht ein kleines bisschen.

Nach gut zehn Minuten in einem Bus mit etwa fünfzig Personen einer katholischen Jugendgruppe aus der bayerischen Provinz war er so weit, dass er es bereute, sich nicht von den Beamten der WEGA verhaften haben zu lassen.

In der ersten Minute im Bus hatte ihn niemand beachtet. In der zweiten Minute fiel ein schlaksiger Junge, der mit einem Mädchen in pinkem Top raufte, auf Anatol drauf. In der dritten Minute führte ein Mädchen namens Shakira eine Art Lapdance auf dem Schoß eines Jungen auf Anatols Nebensitz auf, wobei der Junge dem Mädchen an die Brüste griff, was diese wiederum mit einer Ohrfeige bedachte, was diesen zu dem Ausspruch »Ey, fick dich doch, Shakira!« veranlasste, was Shakira wiederum mit »Fick dich doch selber, du Wichser!« beantwortete. Danach zog sie ihm ihr T-Shirt über seinen Kopf und der Junge begann lustvoll zu stöhnen. In der vierten, fünften und sechsten Minute machten mehrere der Jugendlichen um ihn herum nicht weniger als achtunddreißig Selfies, auf denen er mit posieren musste. In der siebten Minute wurde Anatols Parka mit Red Bull vollgespritzt, als ein Junge eine Dose zuerst schüttelte und sie dann öffnete. In der neunten Minute gaben zwei Mädchen mit Stöpseln im Ohr, die direkt hinter ihm saßen, gemeinsam eine sehr schräge Version von Adeles »Hello!« zum Besten, und in der zehnten Minute kotzte ein Junge, der bislang reglos in einer Ecke auf der Rückbank gesessen hatte, in den Gang, direkt neben Anatols Sitz.

Da rief eines der singenden Adele-Mädchen hinter Anatol nach vorne: »Frau Lumberg? Der Yannick hat gekotzt!«

Drei Minuten später hielten sie an einem kleinen Rastplatz mit Picknickbank an und der Fahrer (»Keiner verlässt den Bus!«) stürmte wutentbrannt nach oben. Das war der Moment, in dem sich Anatol von seinem Sitz schwang und versuchte, über die Treppe nach unten zu gelangen. Aber dem aufgebrachten Busfahrer entging nichts.

»Setz dich hin!«, schrie er Anatol an.

»Dem ist bestimmt auch schlecht«, bemerkte Shakira, »hoffentlich kotzt er nicht auch noch.« Der Busfahrer zögerte kurz, dann ging er mit Anatol wieder nach unten, öffnete kurz entschlossen die Vordertür des Busses und sagte: »Hau ab nach draußen und reiher dich da aus.«

Anatol nickte kurz und schlüpfte durch die Tür ins Freie. Als er sichergehen konnte, dass der Busfahrer wieder nach oben entschwunden war, einen Eimer und einen Wischlappen unterm Arm, ging er zum Gepäckfach, öffnete es, zog sein Bild heraus und schloss es wieder ganz leise. Dann rannte er zu einem kleinen Wäldchen hinüber, das an die Autobahn grenzte. Die gefrorenen Blätter unter seinen Füßen gaben ein raschelndes Geräusch von sich, so als liefe Anatol in einen Wald aus Papier hinein und schriebe mit jedem seiner Fußtritte ein Stück seiner eigenen Geschichte auf den Boden. Schließlich war er außer Sichtweite des Busses.

Er hätte ewig durch den Wald laufen können. Gut, vielleicht nicht unbedingt neben einer Autobahn, während er auf der Flucht vor der Polizei war, aber Anatol wusste die Ästhetik der mit Raureif überzogenen, kahlen Bäume und Sträucher, die sich über einem Teppich aus Abfall, Klopapierfetzen und

Essensresten erhoben, sehr wohl zu schätzen. Die gefrorenen Blätter erinnerten ihn an die Butzenfenster der Loggia im Haus der Großmutter, die die Eigenschaft besaßen, im tiefen Winter auch innen mit Eisblumen zu überwuchern. Als er klein gewesen war, konnte er stundenlang dort sitzen und in die Mitte der zugefrorenen Fensterscheiben hinein kleine Gucklöcher in die Welt hauchen. Danach wartete er, bis das Loch erst beschlug und dann, nach Stunden, wieder mit Eisblumen bedeckt war. Auf diese Weise hatte er sich jeden Winter aufs Neue schwerste Erkältungen eingehandelt sowie eine Mittelohrentzündung, zwei Mandelentzündungen und, ganz exotisch, leichte Erfrierungserscheinungen an den Zehen sowie Anzeichen von Unterkühlung, als er einmal in den frühen Morgenstunden barfuß und im Pyjama sein Eisblumenspiel betrieb, während alle anderen noch schliefen. Bis man ihn vermisste, hatte er bereits zwei Stunden in der Loggia verbracht, bei geschätzten null Grad Raumtemperatur. Es war ein Wunder, dass nichts Schlimmeres geschehen war.

Als Folge von Anatols Unterkühlung und den Erfrierungen an den Zehen wurde die Loggia im Winter nunmehr fest verschlossen. Anatols Vater hatte darauf bestanden, weil er, wie er sagte, nicht eines Morgens aufwachen wollte und sein erfrorenes Kind betrauern musste, nur weil die Villa seiner Schwiegermutter über so etwas wie einen vorsintflutlichen Wintergarten verfügte.

Sein Atem raste in schnell vorbeiziehenden Wölkchen dahin, und nach ein paar Augenblicken war er schon wieder am Ende des kleinen Waldstückchens angelangt. Dahinter lag die Traun. Anatol überlegte kurz, ob es möglich war, die Traun, die Niedrigwasser führte, zu Fuß zu überqueren, aber er fürchtete um die Sicherheit des Bildes. Würde er ausrutschen und ins Wasser fallen, dann wäre es um den »Traum der Liebenden« wohl geschehen. Anatol nahm seine Arbeit sehr ernst und es war ihm sehr daran gelegen, dass die Werke, die ihm anvertraut wurden, nicht zu Schaden kamen. Also schlug er den Weg traunaufwärts ein und entdeckte wenige Minuten später, dass es eine Brücke über den Fluss gab.

Hinter der Brücke führte ein Weg durch ein schier endloses Industriegebiet ins tiefe Nirwana Oberösterreichs.

Anatol machte einen großen Bogen um alle menschlichen Ansiedlungen und gelangte nach Stunden des Wanderns über Feldwege und mit Frost überzogene Forststraßen an ein Ortsschild mit der Aufschrift »Buchkirchen«. Da war es schon Nachmittag und Anatol verspürte immer größeren Hunger, ganz zu schweigen vom Durst. Außer ein wenig Schnee, den er zusammenkratzte und in seinen Mund schob, hatte er seit dem Kaffee in der Früh, den Michi ihm spendiert hatte, nichts mehr getrunken.

Das war das Ärgerliche am Menschsein: Man wurde ständig daran erinnert. Trinken, essen, pissen, scheißen, Sauberkeit und schlafen – und dann ging das Ganze wieder von vorne los. Man entkam seinem Dasein nicht. Das war einfach erniedrigend. Um es in den Worten seiner Großmutter zu sagen: »Sogar ein Meinrad musste hin und wieder aufs Klo.« Sie hatte natürlich nicht Meinrad gesagt sondern Goethe, aber in Gedanken hatte Anatol jeden großen Geist stets durch den allergrößten ersetzt und das war nun einmal der …

»Na, Holla die Waldfee, hast du mich jetzt erschreckt!«

DRITTER TEIL

Anatol stand an einer Waldlichtung, wo zwei Forstwege aufeinandertrafen, einer Person gegenüber, die ihn um gut einen Kopf überragte und selbst wie eine Waldfee aussah, eine hundert Kilogramm schwere Waldfee in lila Paillettenrock, Netzstrümpfen in gefütterten lila Gummistiefeln und einem lila Kunstnerzmantel, bestickt mit lila Glitzersteinen und mit passender Nerzmütze.

»Was? Hat es dir die Sprache verschlagen?«

»J... j... ja«, sagte Anatol.

Angesichts einer lila Dragqueen inmitten eines oberösterreichischen Waldes war das nicht weiter verwunderlich.

»Ach, Jungchen, krieg die Klappe wieder zu. Ich geh hier nur mit dem Hund spazieren. Ich fress dich schon nicht!«

Darauf fiel Anatol nichts weiter ein als zu sagen: »Und w... w... wo ist der Hund?«

Wie aufs Stichwort raste jetzt ein lila gefärbter Pudel auf sie zu, der allerdings nicht mehr durchgehend lila aussah, nachdem er sich offenbar im Dreck gewälzt hatte.

»Ach, verdammt, Conchita! Wie siehst du denn wieder aus?«

Der dreckige Pudel sprang an Anatol hoch. Der hielt, völlig überrumpelt von dem Tier, den Chagall in die Höhe und rief: »A... A... Achtung! D... d... d...as ist wertvoll.«

»Achtung«, rief die lila Waldfee, »die ist läufig.«

Sie kicherte.

»Conchita, komm her, du Irre! Komm! Sorry, Mann, mit dir hatten wir jetzt wirklich nicht gerechnet. Ich geh mit ihr im Moment immer nur weitab von jedem möglichen Sexualpartner spazieren, sonst macht das Mädel noch für den erstbesten Chihuahua die Beine breit.«

Dann besah sich die Dragqueen in Gummistiefeln den verzweifelt blickenden Anatol, von dem ihr Hund partout nicht abließ, genauer.

»Wolltest du zu uns?«

»Uns?«, fragte Anatol, immer noch den Chagall von Conchita fernhaltend.

»Na ja, normalerweise verirren sich hier keine einsamen Junggesellen her, wenn sie nicht ins »Rosie« wollen.«

Anatol verstand kein Wort. Das lag vornehmlich daran, dass er nicht gleichzeitig mit Hund und Mensch kommunizieren konnte, aber ein bisschen lag es wohl auch an dem vielen Lila, denn das lenkte doch ziemlich stark von jedem klaren Gedanken ab.

»Nein«, sagte Anatol irgendwann, »nein, ich wollte nicht ins …?«

»Rosie«, wiederholte sein Gegenüber. »Das bin übrigens ich. Ich weiß, es ist albern, einen Puff nach sich selbst zu benennen, aber so bin ich nun mal. Mein Geld, mein Haus, meine Regeln, also auch mein Name: Rosie. Und du bist?«

»Anatol.«

»Ach, wie süß! Wie der von Schnitzler?«

Anatol machte wohl ein ziemlich überraschtes Gesicht, weil die Dragwaldfee zu lachen anfing.

»Ja, ich weiß, ich seh nicht so aus, aber ich hab mal Germanistik studiert. Das war allerdings in einem anderen Leben.« Sie räusperte sich. »Also, stehen wir jetzt den Rest des Tages hier herum oder kommst du mit? Ich zeig dir den Weg, Sweetheart.«

Er zögerte kurz, aber dann brachte er nicht die Kraft auf, sich gegen diese Lila-Laune-Maschine zu wehren. Es war geradezu so, als hätten ihn die Glitzersteine und Pailletten hypnotisiert, also folgte er dem Wunderwesen. Und im Übrigen war der Pudel keinen Meter von seiner Seite gewichen, und Anatol hatte eigentlich Angst vor Hunden. Nur dieser hier war irgendwie anders, weil, nun ja, er war eben lila. Damit hatte Conchita weit mehr Ähnlichkeit mit einem Stofftier als mit einem echten Hund.

Nachdem sie etwa dreihundert Meter auf dem rechten Pfad entlangspaziert waren, kam eine alte Villa in Sichtweite. Es war eine ganz gewöhnliche, wenn auch zartlila getünchte Villa, mit Türmchen, Balkonen und Holzgiebel, der einzige Unterschied zu den Villen, die Anatol kannte, war der, dass über der Eingangstür ein gigantisches, rosa erleuchtetes Schild prangte, auf dem »Villa Rosie«, stand. Rechts neben dem Schild blinkten ihm die Worte »Girls, Girls, Girls« entgegen, links die noch sehr viel eindeutigeren »Make Love«.

»Herzlich willkommen in meinem bescheidenen Heim!«, sagte Rosie, die Waldfee, und öffnete die Tür. »Conchita, ab in die Waschküche! Baden!« Dann rief sie mit lauter Stimme durchs Haus: »Girls, Mama ist wieder da. Ich hab einen Gast mitgebracht. Und kann bitte irgendjemand diesen Hund säubern? Jetzt!«

Sofort ging eine der hinteren Türen auf und eine sehr schlanke, sehr schwarz gewandete asiatische Lack-und-Leder-Prinzessin kam ihnen entgegen.

»Ich komm schon. Hat Conchita wieder im Dreck gewühlt?«

»Und wie, Darling.« Dann stellte sie die Lederprinzessin und Anatol einander vor. »Kim, dass ist Anatol, Anatol, das ist Kim, Bondage, Dominaspiele, SM, kurz gesagt Spanking aller Art.«

»Hi«, sagte Kim lächelnd und zog dann die dreckige Conchita hinter sich her in Richtung Küche. »Ich mach das schon. Evelyn und Hannah haben gerade Besuch.«

»Ach, der dicke Hofrat?«, fragte Rosie.

»Ja. Und der Herr Kaplan.«

»Na so was, lässt der sich auch mal wieder blicken. Was will er denn?«

»Nur normal, wie immer«, antwortete Kim, dann waren sie und Conchita in der Küche verschwunden.

»Normal, ts!«, schnaufte Rosie und hängte ihren lila Kunstnerz an einen Kleiderbügel. »Da frag ich mich doch, warum kommt er dann zu uns? Wir bieten hier alles, was der Schwanz begehrt, aber der Mann kasteit sich wie üblich und bestellt normal. Das passt doch gar nicht zu ihm – viel zu protestantisch!« Dann begann sie Anatol zu mustern. »Und du? Was bist du für einer?«

»I… i… ich weiß nicht«, antwortete Anatol wahrheitsgemäß. Seinen üblichen Spruch »Ich heiße Anatol und bin Aufsicht im Kunstforum Wien« behielt er wohl besser für sich. Außerdem hatte Anatol seinen Namen ja schon gesagt und es beschlich ihn eine Ahnung, dass die Frage nicht seiner Herkunft, sondern eher seinen sexuellen Vorlieben galt.

»Weiß nicht gibt's nicht«, sagte Rosie. »Magst du es französisch, asiatisch, oral, anal, mit Haue, ohne Haue, schwul, Dreier, Vierer kriegen wir zur Not auch noch hin, aber du siehst ehrlich gesagt nicht so aus, als ob du das bezahlen könntest. Und wir machen es nur safe! Da bestehe ich drauf. Wer ohne Kondom bumsen will, ist hier an der falschen Adresse. Ist ja schließlich für alle gesünder so, oder nicht?«

Anatol wusste nicht, wo er hinschauen sollte, also starrte er auf Rosies lila Pantoffel.

Und da dämmerte es ihr. »Sag jetzt nicht, du hattest dich da im Wald tatsächlich nur verlaufen?!«

»Doch.« Anatol nickte. Verlaufen klang in seinen Ohren als Ausrede recht vernünftig.

»Guter Gott, Jungchen, dass musst du mir doch sagen!«, stöhnte Rosie. »Jetzt schlepp ich dich hier in unsere Lasterhöhle.« Sie rollte mit den stark geschminkten Augen. »In Ordnung. Kann ich dir etwas zu trinken anbieten?«

»Ja, danke«, antwortete Anatol höflich und fügte hinzu: »Ich hab allerdings kein Geld.«

Rosie atmete hörbar ein und aus, überlegte kurz und schnalzte dann mit der Zunge. »Hunger?«

»Ja, sehr.«

Sie nickte. »Dann komm mal mit, du einsamer Wanderer. Hier ist ein Bügel für deine Jacke und dein komisches Etwas, das du da mit dir herumträgst, kannst du in der Garderobe abstellen. Keine Sorge, hier kommt nichts weg. Und dann mach ich uns eine Jause. Isst du Fleisch? Wir haben da einen Jäger, der bringt uns immer eine selbst gemachte Rauchwurst mit. Ich sage dir, so etwas Gutes hast du in deinem Leben noch nie gegessen.«

Erschöpft war nicht das richtige Wort, auch müde hätte als Zustandsbeschreibung nicht ausgereicht. Komplett ausgelaugt traf es wohl eher, aber eigentlich waren sie vor allem eines: enttäuscht.

Dass selbst die Großmutter kein Wort sagte, war ein schlechtes Zeichen. Sogar in ihren dunkelsten Stunden hatte sie immer noch etwas zu sagen, wenigstens zu kritisieren. Diesmal aber schloss sie einfach nur die Augen und blieb stumm. Das war besorgniserregend und führte dazu, dass Elisabeth ihre Großmutter nach einer Stunde des reglosen Dasitzens und Augenschließens im Warteraum der Linzer Polizeistation mit einer Haarklammer in den Arm piekste.

»Autsch!«, fluchte die Großmutter und schreckte schließlich auf. »Was zur Hölle soll das, Kind?«

»Ich dachte nur …«, sagte Elisabeth und hielt dann wieder den Mund.

»Denk nicht so viel, Kind«, antwortete die Großmutter, »es macht das Leben nicht leichter.«

Man hatte sie nacheinander befragt. Erst die Schwestern, dann die Großmutter und schließlich Gerhard. Zuerst war es ein strenger Polizeibeamter, dann ein weit mürrischerer Kollege und am Ende der eigens aus Wien angereiste Doktor Pokorny. Als alle fertig waren, bat man sie, auf der Bank im Warteraum Platz zu nehmen, und gab ihnen ihre Handys und Wertsachen zurück. Der Einzige, der noch fehlte, war Anatols Vater, den man seit Stunden in einem der Nebenräume verhörte. Natürlich konnte ihnen keiner der Beamten sagen, wie lange das dauern würde. Oder wann sie hier wegkonnten. Oder überhaupt irgendwelche Auskünfte geben. Also warteten sie. Und warteten. Und warteten.

»Ich kann es nicht fassen, dass er uns entwischt ist«, stammelte Gerhard plötzlich.

»Wieso uns?«, rief Helena aus. »Ich kann nicht fassen, dass er denen entwischt ist!« Woraufhin die Großmutter zustimmend mit den Augen rollte. Das konnte auch nur eine Johanna Neuendorff, gleichzeitig mit den Augen rollen und damit etwas bejahen. Dann kramte sie in ihrer Handtasche nach dem kleinen Schminkspiegel, der ihr einen spöttischen Blick zurückwarf, und es ärgerte sie maßlos, dass sie in diesem Augenblick wie eine sorgenvolle Großmutter und nicht wie ein mondäner Schauspielstar aussah. Wütend griff sie zu einem ihrer blutroten Kriegsutensilien, um sich etwas Farbe zu verpassen. Nach getanem Werk musste sie jedoch feststellen, dass sie immer noch nicht wirkte wie die große Johanna Neuendorff, sondern wie eine müde Oma mit zu knalligem Lippenstift.

»Da hilft nicht einmal Chanel«, stöhnte sie leise und schloss wieder die Augen.

Die nächste Stunde verbrachten sie überwiegend schweigend, schlafend oder aus dem Fenster sehend. Oder sie ergingen sich in Rachefantasien. Letzteres galt allerdings nur für Gerhard, der noch eine ganze Weile brauchen würde, um seine erneute Begegnung mit Doktor Pokorny zu verkraften.

Wie aufs Stichwort und als könnte der Mann Gedanken lesen, klingelte in diesem Augenblick Gerhards Handy.

»Ja?«

»Eine Sache würde ich doch gerne von Ihnen wissen«, rauchte Doktor Pokorny ins Telefon.

»Die wäre?«, fragte Gerhard mit vor Schreck quäkender Stimme. War der Doktor nicht immer noch im selben Gebäude wie sie? Warum rief er ihn an? Was sollte das? Seine Finger zitterten so sehr, dass er Angst hatte, das Handy fallen zu lassen.

»Was hat es mit der Holzkohle auf sich?«, fragte Doktor Pokorny.

»Bitte was?« Gerhard zog verwirrt die runde Stirn in Falten.

»Gute Nacht, Herr Kirchschlager!«

Dann legte er auf.

»Wer war das?«, fragte Elisabeth.

»Der Doktor«, antwortete Gerhard.

»Und? Was wollte der von dir?«

Gerhard starrte sein Mobiltelefon an, als würde es gleich explodieren.

»Er hat mich etwas gefragt.«

»Was denn?«

Gerhard sah zu Elisabeth. »Hat eure Familie irgendein besonderes Verhältnis zu Holzkohle?«

Plötzlich standen sie vor der Tür. Warum sie bis zum Mittag gewartet hatten, konnte sich hinterher niemand erklären. Vielleicht hatte es so lange gedauert, den Durchsuchungsbefehl zu erwirken. In jedem Fall machten sie sich nicht die Mühe anzuklopfen. Es war ganz erstaunlich, wie schnell die Einsatztruppe eine mit Sicherheitsschlössern verriegelte Tür öffnen konnte.

Die Mutter hatte eine gute Stunde gebraucht, um in dem Chaos, das die Ermittler angerichtet hatte, die Packung mit den Kopfschmerztabletten wiederzufinden. Erst als sie sie weinend und schluchzend in der Hand hielt, fiel ihr ein, dass es vermutlich schneller gewesen wäre, sich unten in der Apotheke eine neue Packung zu kaufen.

In der Neuendorff'schen Wohnung lag kein Stein mehr auf dem anderen, stand kein Buch mehr im Regal und kein Kleidungsstück hing mehr im Schrank. Sie hatten alles durchwühlt, abgetastet und aufgebrochen, was ihnen in die Finger kam. Am schlimmsten jedoch hatten sie in Anatols Zimmer gewütet, wo sie selbst den Spannteppich herausgerissen und den darunter liegenden Blindboden herausgestemmt hatten. Es lag demnach nicht mehr nur kein Stein auf dem anderen – es lag auch kein Brett mehr da, wo es zuvor gewesen war.

Irgendwann war in diesem Chaos, dem Marie und die Mutter tatenlos zusehen mussten, ein Ermittler vor ihnen gestanden und hatte ihnen eine Schachtel unter die Nase gehalten. Was das sei, hatte er gefragt. Es tue ihr leid, hatte die Mutter geantwortet, diese Schachtel kenne sie nicht. Sie könne es ihm also nicht sagen. Daraufhin hatte der Beamte die Schachtel geöffnet und darin lag, fein säuberlich verpackt, eine sehr eigenartige Ansammlung von Dingen, auf die sich Lore Neuendorff keinen Reim machen konnte.

Stück für Stück hatte der Ermittler ihr den Inhalt unter die Nase gehalten, aber zu keinem der Dinge war ihr oder Marie etwas eingefallen. Am Ende lagen vor ihr: ein zerbrochenes Matchboxauto, das leere Etui einer Blockflöte, ein kaputter brauner Plastikbecher aus einem Kaffeeautomaten, eine leere Ginflasche und ein Stück Holzkohle.

Nein, sie könne sich keinen Reim darauf machen, erklärte Lore Neuendorff daraufhin.

»Dieses Zeug hier muss Ihrem Sohn aber sehr wichtig gewesen sein. Er hatte es unter dem Teppich im Blindboden versteckt.«

Anatols Mutter warf einen fast verzweifelten Blick in die Schachtel, genauer gesagt war es ein Schuhkarton, offenbar für Kinderturnschuhe in Größe dreiunddreißig. Anatol trug Größe vierundvierzig. Sollten das einmal seine Sportschuhe gewesen sein, musste er diesen Karton schon vor sehr, sehr langer Zeit dort versteckt haben.

»Darf ich?«, fragte sie den Beamten.

»Bitte!«

Die Mutter griff in die Schachtel und zog wahllos das leere Blockflötenfutteral heraus. Sie besah es sich von allen Seiten und schließlich entdeckte sie eine kleine Inschrift: H. Gebauer. Das musste die ehemalige Flötenlehrerin von Anatol gewesen sein. Herlinde Gebauer, ja, so hatte sie geheißen.

»Was entdeckt?«, fragte der Beamte. Die Mutter schüttelte den Kopf und legte das Futteral zurück in die Schachtel. Bis es sie wie ein Blitz durchzuckte. Das war es! Herlinde Gebauer – dass sie nicht gleich daran gedacht hatte! Vor ihr nahm eine dickliche Frau in wild gemusterten Kleidern Gestalt an, die ein breites Lächeln und einen noch viel breiteren Busen hatte. An den Busen erinnerte sie sich genau und auch an den Vorfall, der sich eines Tages ereignete, als Anatol die Flötenstunde besucht hatte.

Als sie ihren Sohn nach der Stunde wie üblich abholen wollte, zog eine etwas verlegene Frau Gebauer sie beiseite und sagte, sie müsse kurz mit ihr reden.

»Gerne. Worum geht es denn?«, hatte sie gefragt.

»Nun«, hatte Frau Gebauer gesagt, »es gab da während der Stunde einen kleinen Vorfall.«

Anatol habe mitten in der Stunde die anderen gebeten, leise zu sein und dann aus heiterem Himmel den Hochzeitsmarsch angestimmt.

»Ich sage Ihnen, das war ja sooo süß!«, quietschte die dicke Frau Gebauer. »Als er fertig war, ist er dann vor mir auf die Knie und hat mich formvollendet um meine Hand gebeten. Ich sag Ihnen, ich war so gerührt!«

»Kann ich mir denken«, murmelte die Mutter.

»Aber Sie wissen ja, ich bin glücklich verheiratet, Mutter von drei Kindern, also sag ich das auch Anatol und als er kapiert, dass ich quasi Nein gesagt habe, nun, da zuckt er völlig aus, tobt herum, schmeißt die Notenständer um und verkriecht sich dann unter dem Tisch.«

Sie zeigte auf einen der alten Schultische, und als sie sich hinunterbeugte, konnte Lore Neuendorff ihren Sohn immer noch dort hocken sehen. Es dauerte eine halbe Stunde, bis sie ihn so weit hatte, dass er mit ihr kam. Daheim hatte sie dann ihr völlig aufgelöstes Kind ins Bett gebracht, sich anschließend zu ihm gesetzt und ihn gefragt, ob er denn in Frau Gebauer verliebt sei.

»Natürlich nicht«, hatte Anatol da geantwortet. »Sie ist ja viel zu alt für mich.«

»Ja, Kind, warum willst du sie denn dann unbedingt heiraten?«, wollte seine Mutter wissen.

»Damit ich ihren Busen anfassen kann«, hatte Anatol geantwortet. »Opa hat gesagt, das geht nur, wenn man verheiratet ist.«

Jetzt verstand sie plötzlich, was Anatol in dieser Schachtel aufbewahrt hatte. Vor ihr lag, sauber in Papier verpackt, das Liebesleben ihres Sohnes.

»Ich glaube, dazu kann ich Ihnen beim besten Willen nichts sagen«, bekräftigte Lore Neuendorff ihre Aussage, drehte sich auf dem Absatz um, ließ den Beamten einfach stehen und ging in die verwüstete Küche, um dort nach einem sauberen Glas und der Flasche Gin zu suchen. Sie hatte gerade den ersten Schluck genommen, als ihr Handy läutete.

Oh, gibt es Rauchwurst?«

Blondes, lockiges Haar, voller Busen, Bademantel.

Rosie streckte die Hand aus und stellte sie einander vor.

»Anatol, das ist Hannah, Hannah, das ist Anatol. Kein Kunde, weil kein Geld. Also stopf deine Titten zurück in den Bademantel.«

Lachend setzte sich Hannah neben Anatol, faltete den Bademantel extra auf, sodass er ihren großen Busen bewundern konnte, und griff nach einem Stück Brot und einer Scheibe Wurst.

»Kassierst du den Hofrat ab, Rosie?«

Die wuchtete sich von ihrem Küchenstuhl hoch und schritt zur Tür. Anatol war immer noch beeindruckt, wie groß sie war: eine zwei Meter hohe Gestalt mit lilafarbener Aura.

»Was hatte er denn?«

»Das Übliche«, antwortete Hannah und biss ins Brot. »Gibt es auch was zu trinken?«

»Wie lange war er bei dir?«

»Fast eine Stunde!«, antwortete Hannah mit vollem Mund.

»Warum das denn?«, fragte Rosie.

Hannah machte ein Peacezeichen mit den Fingern und erst nach kurzem Nachdenken begriff Anatol, dass der Hofrat damit heute wohl gleich zweimal seinen Frieden gefunden hatte. Rosie nickte und verschwand aus der Küche.

»Und du?«, musterte Hannah Anatol. »Was bist du für einer, dass du im Puff herumsitzt und kein Geld hast?« Sie biss erneut vom Brot ab und fügte kauend hinzu: »Willst du hier anheuern?«

»Anheuern?«, fragte Anatol, der wie paralysiert auf Hannahs Brüste starrte.

»Rosie sucht schon ewig nach einem guten Callboy. Und du bist ziemlich niedlich. Bis auf das da.«

Sie deutete auf Anatols verbundenes Ohr. »Was hast du da denn angestellt?«

»Verletzt«, sagte Anatol und kaute ein Stück Rauchwurst.

»Also?«, wollte Hannah wissen.

»Also was?«, fragte Anatol verwirrt.

»Willst du hier arbeiten?«

Er schüttelte den Kopf. Hoffentlich hatte Rosie nicht im Sinn, ihn deswegen hierzubehalten. Der Gedanke, dass er dieses Essen womöglich mit Sex bezahlen musste, machte Anatol augenblicklich so nervös, dass er sich an der Wurst verschluckte und kräftig zu husten begann.

»Aber, aber«, sagte Hannah und klopfte ihm auf den Rücken, bis Anatol wieder Luft bekam.

»Danke«, keuchte der.

»Keine Ursache«, sagte Hannah lachend, »geht aufs Haus.«

»Und du?«, fragte Anatol, als er wieder sprechen konnte.

»Was, und ich?« Hannah stopfte sich noch eine Scheibe Wurst in den Mund. »Ich arbeite hier, falls du das meinst.«

Da ging die Tür wieder auf und Rosie kam herein.

»Arbeiten würde ich das nicht nennen, wenn du dich hier mit Essen vollstopfst. Putz die Zähne, wasch die Hände, du hast Kundschaft.«

»Schon wieder? Wer ist es denn?«, wollte Hannah wissen.

»Harald.«

Da sprang Hannah von ihrem Stuhl auf und hielt die Hand zum militärischen Gruß an die Schläfe. »Jawohl! Zu Befehl!« Dann verschwand sie aus der Küche.

»Gutes Mädchen«, sagte Rosie. »Hat bei uns die meisten

Stammkunden. Äußerst zuverlässig. Und die Männer stehen auf ihre Titten.«

»Sie sind sehr groß«, stimmte Anatol ihr zu.

Da lachte Rosie auf und ließ sich mit einem gewaltigen Kracher auf einen der Küchenstühle fallen. »Schön, dass dir das aufgefallen ist. Sind natürlich nicht echt, aber gut gemacht. So etwas können die in Düsseldorf.«

»Düsseldorf?«, fragte Anatol.

»Da war sie vorher, unsere Hannah. Kommt eigentlich aus Moldawien. Hat da Familie, denen sie immer ihr ganzes Geld schickt. Ist schwer, wenn man die Kinder zurücklassen muss, aber, hey, das hier ist keine Wellnessfarm, sag ich immer.«

»Nein, das ist ein Bordell«, stimmte ihr Anatol zu.

»Richtig, und ich bin die Puffmutter. Es sei denn, jemand bezahlt mich dafür, das hier abzulegen!« Sie wedelte mit ihrem Paillettentop. »Aber das mach ich nur mehr selten. Die meiste Zeit schau ich, dass der Laden rennt und die Girls nicht zu Schaden kommen. Es gibt ja Typen, da denkst du, die gibt's gar nicht! Die wollen eigentlich ein Stück Fleisch bumsen. Ziemlich krank. Ich sag dann immer, geh zum Fleischhauer und bastel dir deine Traumfrau. An meine Mädels lass ich solche nicht ran. Aber die allermeisten sind in Ordnung. Weil, wenn man was zum Vögeln braucht, wo soll man hier in der Umgebung hingehen? Da musst du schon bis Linz fahren. Wir machen es safe und sauber und die Mädels sind alle ordentlich versichert. Wenn schon Puff, dann gut, sag ich immer.«

Anatol nickte, so als hätte er verstanden.

»Du hast keine Ahnung, wovon ich rede, gell?«, sagte Rosie.

Anatol schüttelte gehorsam den Kopf, so als hätte er nicht verstanden.

»Ist schon gut. Passt schon. Ich bin ja aus Nürnberg. So ursprünglich. Bin aber schon seit achtzehn Jahren da. Ich war mal Lehrer, ganz bürgerlich mit Frau und Haus und Hund und zwei Kindern. Aber irgendwann brach dann mal das hier durch. Eine Woge aus Lila. Da bin ich weg und hab mich durch halb Europa gevögelt. Dass ich noch da bin, ist ein Wunder. Irgendwann hat es mich dann hierher verschlagen und ich hab den Puff von einem Bekannten übernommen. War ein versoffenes Arschloch, der Andi. Wollte ich es halt besser machen als er und nun schau dich um – ist doch nett geworden!«

Anatol nickte wieder, dann sah er sich gehorsam um, weil er das sichere Gefühl hatte, Rosie erwarte dies von ihm. Also drehte er den Kopf erst nach rechts, dann nach links, jeweils um exakt siebzehn Grad, und verweilte in der Position für gute dreieinhalb Sekunden. Das wiederholte er zweimal. Dann nickte er erneut. Als er einen weiteren Blick auf Rosie riskierte, schien diese jedoch immer noch etwas zu erwarten, und so fühlte sich Anatol bemüßigt zu sagen: »Ja.«

»Das ist alles?«, fragte Rosie und griff nach einem Weinglas.

»Ja?«

Der Großvater hatte ihm einst beigebracht, dass, wenn er nichts Nettes sagen konnte, er besser gar nichts sagte – eine Regel, an die sich Anatol für gewöhnlich hielt. Da aber dennoch erwartet wurde, dass er die Lilarosaplastikpuffästhetik zu würdigen wusste, insbesondere die schwummrigen Kunststoffmuranokronleuchter, die Pudelfotos in den rosafarbenen Rahmen und nicht zuletzt die Gazevorhänge mit Glitzerapplikationen in Herzchenform, wechselte er ganz einfach das Thema.

»Wie machen Sie das logistisch?«

»Bitte?«, fragte Rosie. »Welche Form von Logistik meinst du?«

»Nun«, führte Anatol den Gedanken aus, »was passiert, wenn zu viele Kunden gleichzeitig auftauchen und zu wenige Frauen vorhanden sind, um sie abzufertigen? Ich kann mir vorstellen, dass das zu Problemen führt.«

Rosie stellte ihr Weinglas auf dem Küchentisch ab, beugte sich vor und antwortete dann: »Zunächst mal fertigen wir unsere Kunden nicht ab, denn wir sind ja nicht bei VW am Fließband.«

»VW macht aber gute Autos. Bis auf die Abgaswerte natürlich«, gab Anatol zu.

»Okay«, sagte Rosie amüsiert, »also wir befriedigen unsere Kunden, und wenn wirklich mal alle Girls beschäftigt sein sollten, muss der eine oder andere halt kurz warten.«

»Ja, aber wäre es nicht günstiger, man würde dann zwei Kunden gleichzeitig abfertigen, Verzeihung, befriedigen? Dann könnte man Engpässe besser überbrücken.«

»Schon möglich«, antwortete Rosie, »aber die meisten Kunden stehen nicht unbedingt auf Hardcore oder einen Dreier mit nur einer Frau.«

»Ach so«, gab sich Anatol mit dieser Erklärung zufrieden und hatte das Gefühl, er habe jetzt eindeutig genug Konversation betrieben. Rosie sah das offensichtlich anders.

»Jungchen, ich weiß nicht, wie viel Erfahrung du schon mit Prostituierten hattest, aber lass dir sagen: Auch wir brauchen Arbeitspausen, geregelte Mahlzeiten, Schlaf und ein sicheres Arbeitsumfeld, ganz gleich, wie viele Engpässe es zu überbrücken gilt. Das hier ist ein Job, ja, und die Girls machen ihre Beine und so einiges andere breit für den, der bezahlt. Aber ich mute meinen Mädels nicht zu, Tag und Nacht durchzuarbeiten. Das geht schon allein physisch nicht lange gut, es sei denn, sie schmeißen was, und ich will mein Haus weitgehend von Drogen freihalten. Klappt nicht immer, aber meistens. Und, ganz nebenbei bemerkt, auch Prostituierte haben mal schlechte Tage. Das ist bei uns nicht so viel anders als in anderen Berufen, zum Beispiel beim Pflegepersonal in einem Krankenhaus. Ab und zu hast du mal Phasen, da hältst du es nicht gut aus, wenn dich jemand anfasst oder du jemanden anfassen musst, und wenn es nicht allzu oft vorkommt, dann gebe ich den Girls an so einem Tag auch mal frei, wenn sie ansonsten ihre Arbeit gut machen. Wir sind keine Maschinen. Wer so etwas braucht, ist mit einer Plastikpussy besser beraten. Wir liefern gute Qualität zu guten Preisen und wir nehmen uns Zeit für unsere Kunden. Alles klar?«

»Alles klar«, sagte Anatol. »Zeit ist ja auch Geld.«

»Mehr oder weniger«, stimmte ihm Rosie zu. »Wir verschaffen unseren Kunden für einen Augenblick lang ein gewisses Maß an Befriedigung und Nähe. Dazu machen wir uns genauso nackt, wie der Kunde sich nackt machen muss. Das ist ein gegenseitiges Vertrauensverhältnis. Man muss einander nicht mögen, nicht einmal sonderlich attraktiv finden, aber auf der Ebene muss es stimmen. Ich zieh mich aus und du ziehst dich aus. Ich gebe dir das, was du brauchst, und du gibst mir das, was ich brauche. Das ist der Deal. So funktioniert das hier.«

Dann lehnte sich Rosie wieder auf ihrem Stuhl zurück und musterte Anatol unter ihren zwei Lagen falscher Wimpern hindurch, garniert mit lila Mascara, als könnte sie gar nicht glauben, was ihr da für ein komischer Vogel ins Netz gegangen war. Und weil Anatol Rosies musternden Blick nur schwerlich aushielt, fühlte er sich bemüßigt zu sagen: »Die Wurst schmeckt übrigens ausgezeichnet.«

»Na, sag ich doch!«, stimmte ihm Rosie zu und begann, weitere Scheiben abzuschneiden, während sie »Ein Jäger aus Kurpfalz« pfiff.

»Du darfst hierbleiben, weil ich heute einmal ein großes Herz und nicht besonders viel Kundschaft habe und weil du diesen Bambiblick hast.« Sie klimperte mit den Wimpern. »Ich zeig dir nachher dein Zimmer. Es sei denn, du willst mein Zimmer sehen.«

Er hatte einen Ohrwurm. In seinem Kopf spielte es dasselbe Lied, immer und immer wieder, als wäre seine innere Schallplattennadel darauf hängen geblieben: Des Jägers seine Lust den großen Herren ist bewusst, jawohl, jawohl bewusst. Wie man das Wildpret schuss.

»Keine Sorge«, sagte Rosie, »ich beiß nicht.«

Juja, juja, gar lustig ist die Jägerei, allhier auf grüner Heid', allhier auf grüner Heid' …

Es war eindeutig komfortabler als das Gefängnis und sehr viel ordentlicher als ihr von der Polizei verwüstetes Zuhause. Dennoch schenkte kein Mitglied der Familie Neuendorff dem Interieur der Hotelsuite besondere Beachtung. Stattdessen hockten alle auf den teuren Möbeln, edlen Teppichen und überflüssigen Zierkissen herum, als befänden sie sich auf einem Pfadfinderlager.

»Wieso Holzkohle?«, fragte Elisabeth, die sich müde aufs Sofa geworfen hatte.

»Es muss irgendetwas mit einer Frau zu tun haben«, sagte der Vater, der seinerseits erschöpft im Ohrensessel döste.

»Anatol hat nichts mit Frauen zu tun!«, rief die Mutter schrill.

»Abgesehen von der Zahnarztschlampe«, sagte Helena.

»Und der Flötenlehrerin mit den dicken Brüsten«, fügte Elisabeth hinzu.

»Und der heißen Französin mit dem Chagall«, ergänzte Gerhard.

»Und einer Kohlenhändlerin«, sagte die Großmutter.

»Johanna, es gibt seit gut vierzig Jahren keine Kohlenhändlerinnen mehr in Wien«, warf der Vater ein. »Jedenfalls nicht solche.«

»Umso bedenklicher!«, rief die Großmutter aus.

»Oh Gott!« Die Mutter hielt sich die Hand vor Augen. »Das halt ich nicht mehr aus!«

Keiner in der Familie war bereit schlafen zu gehen, obwohl alle todmüde waren, insbesondere der Vater, der mehrere

Stunden verhört worden war, bis Lore allein, also ohne Marie, in Linz auftauchte und eine riesengroße Szene hinlegte, die ihrer eigenen Mutter Respekt einflößte. Endlich ließ man sie gehen. Sie setzen sich alle ins Auto und fuhren ins Zentrum von Linz, mieteten dort drei große Zimmer im Hotel am Domplatz, versorgten sich mit billigem asiatischem Essen vom Imbiss und räuberten nun gemeinsam die Minibar, insbesondere die harten Getränke, was einerseits der psychischen Anspannung, andererseits dem fetten Essen geschuldet war.

»Trinkt, Kinder«, sagte die Großmutter. »Jetzt ist eh schon alles wurscht. Los, versaufen wir euer Erbe.«

»Mutter!« Lore hatte das Bedürfnis, sich ihrer Mutter gegenüber zu behaupten, wenn schon alles andere in ihrem Leben gerade schieflief. Alkohol, das war kein Geheimnis, bekam der Burgtheaterdiva für gewöhnlich schlecht, und eine auf dem Tisch tanzende über Achtzigjährige war so ziemlich das Letzte, was sie heute noch brauchte. Deshalb sagte sie: »Denk bitte an Karlsbad.«

»Ach, hör schon auf«, antwortete die Großmutter nur beleidigt.

Es war der einzige schwache Augenblick in der Beziehung zwischen Johanna Neuendorff und Josef Meinrad gewesen. Ein Gastspiel, ein Abend voller Champagner und ein heftiger Flirt. Der Großvater, der von der Karlsbader Episode wusste, sagte später einmal in einem sentimentalen Augenblick zu seiner Tochter, nach Karlsbad hätte Johanna Neuendorf ihr Können perfektioniert, denn so zu tun, als ob nie etwas vorgefallen wäre, und dieses Spiel für die nächsten dreißig Jahre aufrechtzuerhalten, das war echte Schauspielkunst. Danach wischte er sich eine Träne aus dem Auge und begann, das Beet mit den verwässerten Begonien umzugraben. Karlsbad hat er seiner Tochter gegenüber nie wieder erwähnt. Aber seitdem sie davon wusste, benutzte Lore es hin und wieder als Argument gegen die Mutter, um sie mundtot zu machen und wenn sie das Gefühl hatte, sie müsse sich gegen sie durchsetzen, was ihr diese stets übel nahm. So auch jetzt.

»Ein einziges Mal nur leistet man sich einen Fehltritt und der wird einem ein ganzes Leben lang …« Den Rest des Satzes spülte die Großmutter mit Fernet-Branca hinunter.

»Musst du jetzt unbedingt saufen?«, regte sich Lore auf.

»Ja, Kind, das muss ich!«, rief die Großmutter da, gar nicht mundtot. »Und du solltest es auch tun! Nach einem Tag voller Bangen, Hoffen und Verzagen, einer gehetzten Reise ins schrecklich provinzielle Oberösterreich und schließlich unser aller Verhaftung bleibt nämlich immer noch die Sorge um das Kind! Wir haben drei Grad unter null da draußen und Anatol ist auf der Flucht vor der Polizei. Wenn ich nicht saufe, müsste ich weinen, so krank macht mich die Sorge um ihn!«

Da begann Lore zu schluchzen. Die Stimmung in der Suite sank binnen eines Sekundenbruchteils auf denselben Kältegrad hinab wie vor der Tür des Hotels und alle schauten betreten in ihre Gläser.

»Wo mag er wohl sein?«, murmelte die Großmutter leise und kippte den Rest Fernet hinunter. »Wo schläfst du heute Nacht, Anatol?«

Es war lilafarben und es war rund.

»Na? Ist das nichts? Das ist doch mal ein Bett, oder? Ist unser Elvis-Presley-Zimmer.« Rosie begann zu singen. »Love me tender, love me sweet …« Sie seufzte. »Na ja, es hat nichts mit Elvis zu tun, aber es ist so im Rockabilly-Schick eingerichtet, also passt der Name doch ganz gut.«

Nichts in diesem Raum erinnerte an Rockabilly oder Elvis oder überhaupt an irgendetwas, das Anatol wiedererkannt hätte. Ja, es gab ein Bett, aber dieses Bett war eindeutig nicht dazu gedacht, darin zu schlafen. Und ja, es gab auch Kissen und Laken und eine Lampe und weiche Teppiche, aber keines der Kissen und Laken und auch keiner der Teppiche war annähernd für die Funktion gedacht, die den Dingen eigentlich zukamen. Alles war pink oder lila oder fliederfarben und in Herzerlform, und wer bitteschön schlief denn in lilafarbenen Seidenlaken mit Kissen in Herzerlform – auf einem rosafarbenen, runden Bett mit Latexüberzug? Selbst die Teppiche waren wie Herzerln geschnitten. Und zu allem Überfluss gab es dieses ganze Zeug auch noch doppelt, denn über dem runden Bett hing ein gigantischer runder Spiegel an der Decke und warf Anatol ein Bild seiner selbst zurück, als er nach oben sah: ein sehr verstörter junger Mann mit einem Gemälde in der Hand.

»Na dann, träum schön und gute Nacht!«, sagte Rosie und schloss die verspiegelte Tür hinter sich.

Anatol starrte auf das Bett im Spiegel. Er starrte ziemlich lange, was er daran merkte, dass er zu zählen begann. Bei vierundzwanzigtausenddreihundertfünfundfünfzig war er so weit, dass er den Chagall, den er nach dem Jagdwurstexzess wieder an sich genommen hatte, hinter einen der Stühle stellte und damit begann, sich die Hose auszuziehen, dann den Pullover und schließlich den Rest. Er konnte sich einfach nicht vorstellen, in einem mit Latex bezogenen Bett anders zu schlafen als nackt. Dazu war dieses Bett ja schließlich gemacht worden, um darin nackt zu sein. Anatol lag also nackt unter lilafarbenen Seidenlaken auf rosa Latex, den Kopf gebettet auf ein Herzkissen und zählte, was das Zeug hielt. Niemand schläft, wenn er nackt auf Latex liegt und zählt. Er schwitzte und irgendwann juckte alles wie verrückt, also zog er zunächst sein T-Shirt wieder an und nach einer weiteren halben Stunde seine Unterhose. Da war er bereits bei hundertdreiundzwanzigtausendundsieben angelangt und langsam hörte das Jucken wieder auf. Schließlich knipste er die rote Deckenlampe aus und zählte weiter.

Er musste geschlafen haben, wer weiß wie lange. Stunden? Minuten? Offenbar hatte er im Traum weitergezählt, denn als er bei hundertsiebenundzwanzigtausendfünfhundertsiebenundsechzig angelangt war, begannen seltsame Geräusche in sein Unbewusstes vorzudringen. Es war zunächst nur ein leises Kratzen, weiter oben in den Zimmern der Villa Rosie. Aber es war ein gleichmäßiges Kratzen, so als schabte eine Katze sich ihren Weg durch den Holzfußboden. Nach einer Weile gesellte sich ein Wummern dazu, ebenfalls gleichmäßig, aber nicht synchron zu dem vorangegangenen Kratzen. Gut, es wummerte und es kratzte. Das war an und für sich nichts Beängstigendes, damit konnte man leben. Ob man dabei schlafen konnte, war etwas anderes, aber wenn er sich weiter aufs Zählen konzentrierte, dann würde …

»Jaaaa!«

Oh Gott. Was war das? Da schrie doch jemand.

»Ja, ja, ja! Boah. Ja!«

Da schrie wirklich jemand. Und er schrie ziemlich laut. Auch das Wummern und das Kratzen nahmen an Lautstärke zu und wurden zudem immer schneller und immer arrhythmischer. Eine weitere Stimme begann zu keuchen, eine dritte zu schnaufen, eine vierte zu jaulen, eine fünfte Stimme klang schließlich gar nicht mehr menschlich. Es war eher ein Brummen, wie aus der Kehle eines sehr großen Tieres. Am Ende war es ein ganzes Orchester, bestehend aus »Ja!«, wumm, kratz, schnauf, jaul, brumm und schließlich einem besorgniserregenden Hecheln. Und es hörte nicht auf! Das ganze Haus schien zu einem Leben erwacht zu sein, das jenseits all dessen lag, was Anatol sich vorstellen konnte oder wollte. Die Deckenlampe, die immer noch ausgeschaltet war, begann plötzlich im Schein der Neonreklame von draußen deutlich sichtbar zu schwingen, die Wände fanden ihren eigenen Takt und die Stimmen vermengten sich zu einem irrwitzigen finalen Crescendo. Gerade als Anatol befürchtete, verrückt zu werden, klopfte es an der Tür.

Anatol war zu überrascht, um darauf zu reagieren, aber das war offensichtlich auch gar nicht nötig, denn im nächsten Moment ging die Tür auf und Hannah mit den großen Brüsten schlüpfte herein.

»Los, zieh dich aus. Wir haben eine Razzia im Haus und Rosie meinte, es wäre zu spät, dich zu verstecken. Also tun wir so, als ob du ein normaler Kunde wärst.« Dann kroch sie zu ihm unter die Seidenlaken.

»Razzia?«, frage Anatol, während er sich in seinem T-Shirt verfing.

»Ja«, sagte Hannah, die Anatol nunmehr von seiner Kleidung befreite. »Kommt vor, hin und wieder. Eigentlich kündigen die sich immer an, aber heute offenbar nicht. Los, Hose runter!«

Anatol starrte Hannah an.

»Hose runter!«, befahl sie. Auf der Treppe waren bereits Schritte zu hören, so als bahnte sich eine ganze Truppe von Footballspielern den Weg in den Himmel nach Memphis. Doch Anatol reagierte nicht. Da zog ihn Hannah schließlich mit zwei sehr geübten Handgriffen aus, schmiss die Unterhose in eine Zimmerecke und schwang sich auf ihn. In dem Moment, als sie ganz einfach auf ihm zu sitzen kam und völlig grundlos zu stöhnen begann, grundlos deshalb, weil sein Penis hier gar nicht involviert war, riss jemand die Tür auf und schaltete das Licht ein.

Es war, als ob jemand einen Scheinwerfer auf Hannahs Brüste gerichtet hätte und vor Anatols Augen begann ein Schauspiel mit zwei Hauptdarstellern. Dass drei Beamte in Zivil den Raum geentert hatten und Hannah und ihn lautstark aufforderten, mit dem aufzuhören, was Hannah vorgab zu tun, störte ihn nicht. Nein, er hatte die drei nicht einmal wahrgenommen. Anatols Welt war nunmehr bevölkert von dem, was ebendiese zu einem besseren Ort machte. Es gab nur eine wirklich perfekte Zahl in diesem Universum, das begriff er nun, und nur bis hierhin wollte er zählen und dann alles andere vergessen, als gäbe es keine Mathematik und kein Geheimnis hinter allem, was sich zusammenzählen und trennen ließ. Zwei Brüste. Er zählte, ja, wirklich, er zählte in einem fort die Zahlen eins und zwei und geriet in eine Art Trancezustand, der ihn hinwegspülte aus der Realität. Das hier war die Wahrheit, das hier war alles, was er wissen musste.

Und während Anatol nichts mehr vermochte, als Hannahs eifrig auf und ab wippende Brüste hypnotisiert anzustarren, gab diese derweil alles, um den noch immer im Zimmer stehenden Beamten ein Schauspiel zu bieten, das keinen Zweifel daran aufkommen ließ, dass Anatol ein ganz normaler Kunde war.

»Uuh, ja, du gibst es mir! Uuh, ja, fester, härter, uuh, ja, dein Penis ist soooo groß, uuh, ja …!« Sie stöhnte und schrie und ritt auf ihm herum, als müsste sie jedes pornografische Drehbuch umsetzen, das sie jemals in einem kleinen Filmstudio in Chișinău in ihre mit rosa Plastiknägeln beklebten Finger bekommen hatte, und die Beamten, die die ganze Zeit dabei zusahen, schienen das Schauspiel zu genießen.

»Gib's ihm, Hannah! Mach ihn fertig!«, rief einer der drei.

Da befand Hannah, dass es an der Zeit war, die verärgerte Hure zu mimen, und hörte abrupt damit auf, auf Anatol herumzuwippen und zu stöhnen. Stattdessen begann sie zu schimpfen und sehr vieles davon war weit weniger jugendfrei als das, was sie zuvor getan und gesagt hatte. Letztlich endete sie mit den Worten: »Hinaus, ihr Arschlöcher! Raus, raus, raus! Wird's bald? Man wird ja wohl noch seine Arbeit in Ruhe zu Ende bringen dürfen. Verdammt!«

»Komm«, sagte da der eine Beamte zu seinen Kollegen, »gönnen wir den zweien ihre Privatsphäre.« Und an Hannah richtete er die Worte: »Nichts für ungut. Wir wollten nicht stören. Macht halt weiter und wenn ihr fertig seid, dann nehmen wir eure Personalien auf.«

»Ich werd dir gleich meine Personalien in den Hintern schieben!«, donnerte Hannah los. »Als wüsstest du nicht, wer ich bin.«

»Geh, Hannah«, sagte der Polizist, zuckte dann aber ergeben mit den Achseln und nickte schließlich zustimmend. »Na gut, dann belassen wir es heute dabei. Aber nächstes Mal dann wieder richtig, okay? Viel Spaß bei der Arbeit, wünsch ich.«

Und schon waren die drei wieder aus dem Raum verschwunden.

Kannst du auch nicht schlafen?«, fragte Lore Neuendorff in die Dunkelheit hinein.

»Bis eben schon«, antwortete ihr Mann.

»Wieso um alles in der Welt kannst du schlafen?«

»Wodka. Drei Gläser.«

»Du weißt schon, was die Getränke aus der Minibar kosten, oder?«

Es war halb drei in der Früh und er hatte vielleicht eine halbe Stunde geruht. Nicht sehr tief, nein, aber immerhin war er am Rande der Erschöpfung in eine Art von Dämmerzustand hinübergeglitten, der nicht allzu weit von dem entfernt war, was man als Schlaf bezeichnen konnte. Aber was tat das schon zur Sache, wenn sie nicht schlief?

»Lore, bitte, es ist mitten in der Nacht. Es war ein beschissener Tag. Ich würde wirklich gerne nur ein paar Minuten …«

»Ich hatte auch einen beschissenen Tag!«

Brauchte er das, jetzt, um halb drei?

»Lore«, bat er sie, »Lore, bitte nicht jetzt.«

»Lore, bitte nicht jetzt!«, äffte sie ihn nach. »Wann dann?«, fügte sie wütend hinzu.

Sie hatte eine Ausbildung zur Familienbegleiterin, er selbst hatte Kurse zu internationalem Konfliktmanagement abgehalten, aber was nützte ihnen beiden das um halb drei in der Nacht, wenn der Sohn verschwunden war und sie den Tag auf einer Polizeiwache verbracht hatten, noch dazu in Linz?

»Lore, hältst du das für einen guten Zeitpunkt, um zu streiten?«

»Ja, Hans«, sagte sie bockig, »ja, das halte ich für den perfekten Zeitpunkt. Was sollte man auch sonst um halb drei in der Nacht tun?«

Warum nur fand ihre ganze Ehe in der Nacht statt? Sie stritten in der Nacht, sie liebten sich in der Nacht, früher schmiedeten sie gemeinsam Pläne in der Nacht. Selbst ihre Kinder waren alle in der Nacht gezeugt und geboren worden. Die Nacht, da war er sich sicher, war ein merkwürdiger Zeitpunkt für die Ehe, denn die Ehe war ein ruheloser Raum voller Ereignisse und die Nacht war ihr genaues Gegenteil. Nachts, so dachte er, kam alles zum Erliegen. Nachts schlief die Welt und ihr Inneres und was die Liebe zusammenhielt. Es blieben doch die langen Tage für alles, lang genug für Sex am Nachmittag und große Mittagessen im Familienkreis und frühe, weite Spaziergänge am Morgen. Er liebte das. Und er liebte sie am Morgen stets mehr als am Abend, denn am Beginn der Nacht hatten sie schon so viel Schuld und Kränkungen des Tages auf sich geladen, dass sie ihre Köpfe in den Staub drückten. Der Morgen dagegen war unberührtes, verzeihendes Neuland.

Er hatte lange gebraucht, bis er verstanden hatte, dass die gesamte Familie Neuendorff, Vampiren gleich, erst in der Nacht wirklich zum Leben erwachte. Der gesamte Rhythmus aller war stets darauf ausgerichtet gewesen, sich dem Theaterleben seiner Schwiegermutter anzupassen. Die Nächte waren lang bei den Neuendorffs, und wichtige Gespräche zwischen Großvater und Großmutter sowie zwischen Mutter und Tochter fanden stets nach den Vorstellungen statt und dauerten nicht selten bis zum Morgengrauen. Als er Lore kennenlernte, hatte er diese frühen Morgenstunden mit ihr geliebt, aufgeheizt von der nächtlichen Stimmung im Hause Neuendorff hatten sie sich nicht selten um sechs Uhr Früh zu einem Morgenspaziergang aufgemacht und dabei miteinander geredet. Nur war Lore danach schlafen gegangen, während er auf die Uni fuhr. Er fand das exotisch, aufregend, fremd, faszinierend. Geblieben war das Fremdsein.

Dann kamen die ersten Jobs und wenig später die Kinder und es spielte sich weiterhin alles in der Nacht ab, das ganze Theater seines Lebens. Er lebte also entgegen seinem Rhythmus, nämlich immer im Takt der anderen. Und in seinen dunklen Momenten wurde ihm bewusst, dass er das Leben seiner Schwiegereltern lebte. Er hatte ja sogar ihren Namen angenommen, ganz entgegen der Tradition. Dazu hatte es extra einer behördlichen Genehmigung bedurft. Aber da es damals der Wunsch seiner Schwiegereltern war, dass der Name Neuendorff nicht aussterben sollte, nun, da hatte er sich breitschlagen lassen. Folglich fühlte er sich nicht nur fremd in seinem eigenen Leben, er fühlte sich fremd bei sich selbst. Er hatte ja nicht einmal mehr einen eigenen Namen. Und jetzt schoss ihm durch den Kopf, dass seine alles überschattende Schwiegermutter nur eine Wand entfernt von ihnen vermutlich tief und fest schlief – was er ebenfalls gerne getan hätte.

»Ich bin müde«, sagte er.

»Ich auch«, gab sie zurück.

»Fein.«

»Fein.«

»Dann schlafen wir doch.«

»Gut. Dann schlaf du halt.«

Halb drei Uhr. Das war eindeutig zu früh oder zu spät für das, was da jetzt von seiner Seite kommen sollte, und nach zweiunddreißig Jahren Ehe wusste er sehr gut, was Lore nun von ihm erwartete. Aber tief in sich drin spürte er weder einen verständnisvollen noch einen zuhörwilligen noch einen diplomatisch agierenden Ehemann. Krieg oder Frieden – was sollte er spielen?

Da kam ihm eine absurde Idee. Sie war deshalb so absurd, weil sie zwar dem Klischee entsprach, jedoch nicht ihm. Und ganz abgesehen davon, bekam er den Gedanken nicht ganz aus dem Kopf, dass die Diva Neuendorff nebenan lag. Aber die war ja zum Glück schwerhörig. Wenn sie wollte.

Er setzte sich im Bett auf, nahm das Gesicht seiner Frau sanft in seine Hände und begann sie leidenschaftlich zu küssen. Und dazwischen murmelte er Worte wie »Alles gut, Lore, es wird alles gut« und »Ich liebe dich!«. Je öfter er es sagte, umso wahrer wurde es, auch wenn es Nacht war. Und dann – beendete sie es abrupt, indem sie seine Hände von sich schob und sagte: »Ich will jetzt schlafen.«

Sie drehte sich um und schloss die Augen und er fragte sich den Rest der Nacht, wann er damit aufhören würde sich zu fragen, was er schon wieder falsch gemacht hatte.

Hannah schwang ihr linkes Bein über Anatol hinweg und kam neben ihm auf dem runden Bett zu sitzen.

»Puh«, machte sie, »was für eine Show!«

Dann blickte sie an Anatol hinunter, der wie gekreuzigt auf dem Bett lag, und runzelte die Stirn.

»Weißt du, ich würde dich ja davon erlösen«, sie deutete auf seine Erektion, »aber so ohne Geld … Aber ich will nicht so streng sein. Wenn du willst, kann ich dir einen runterholen. Und wenn du ganz lieb fragst, darfst du vielleicht auch zwischen meinen Brüsten kommen, aber nur wenn du bitte, bitte sagst.« Sie grinste.

»Schon gut«, krächzte Anatol heiser. »Danke.«

»Was heißt das?«, fragte Hannah irritiert. »Willst du kommen oder nicht? Schatzi, das mach ich hier nur aus Freundlichkeit. Wenn du willst, ja, wenn nicht – auch wurscht. Also?« Sie saß da und kratze die Haut ihrer Freier von dieser Nacht unter ihren rosa lackierten Fingernägeln hervor. Sie kratze lange. Der Rücken des Geheimrats musste nach seiner Stunde mit Hannah von Striemen übersät sein.

Anatol atmete schwer. Natürlich wollte er. Er wollte so sehr, dass es ihm wehtat. Aber dann spürte er das schwitzige Gummilaken unter sich, sah selbst durch die geschlossenen Augenlider das fahle Licht aus dem Plastikkronleuchter, roch den Schweiß der vielen Arbeitsstunden, die Hannah und ihre Kolleginnen hier drinnen verbracht hatten, und hörte schließlich die vielen lauten Stimmen im Haus, die nach Pässen und Aufenthaltsgenehmigungen verlangten, und mit einem Schlag war er wieder in der lilafarbenen Realität angekommen. Anatol schlug die Augen auf und wuchtete sich aus dem Bett heraus, in sicherem Abstand zu Hannah und ihren Brüsten.

»Ich m… m… muss los«, sagte er.

»Geht's noch?«, fragte sie. »Da draußen sind jede Menge Polizisten, die dich sofort festnehmen würden. Warum, glaubst du, bin ich hier so auf dir herumgeritten?«

Ja, warum eigentlich? Erst jetzt wurde er sich bewusst, dass Hannah gar nicht wissen konnte, wer er war oder was er getan hatte oder warum er hier war – oder was er bei sich hatte. Panisch begann er, den Raum nach dem Chagall abzusuchen. Er war fort.

»Da!«, sagte er und deutete auf die Stelle, wo er den Chagall einige Stunden zuvor abgestellt hatte.

»Du meinst dein Bild?«, fragte Hannah. »Ach das.« Sie strich sich eine Haarsträhne aus dem Gesicht. »Das hat Rosie versteckt.«

Ohne auch nur ein weiteres Wort abzuwarten, griff Anatol nach seiner Unterhose, schlüpfte hektisch hinein, rannte zur Zimmertür und eilte, zwei Stufen auf einmal nehmend, hinunter. Er quetschte sich an der asiatischen Lederprinzessin vorbei, die mit einem der Polizisten über die Gültigkeit ihres Gesundheitszeugnisses verhandelte, und stolperte am Fuß der Treppe über Conchita, die einen Freier ankläffte, der ziemlich panisch wirkte. Ob das an Conchitas Gebell oder an den Polizisten lag, konnte Anatol auf die Schnelle nicht feststellen. Er stürmte in die Küche vor, fand aber keine Rosie. Stattdessen saßen hier der Herr Kaplan, vollständig bekleidet, und zwei von Rosies Mädchen traut zu dritt beieinander und verzehrten die Reste des Nachtmahls.

»Grüß Gott«, sagte der Herr Kaplan.

»Rosie?«, fragte Anatol panisch.

»Nicht hier«, informierte ihn der Geistliche.

Anatol rannte zurück in den Flur. Dort traf er wieder auf die drei Beamten, die ihn vorhin im vermeintlichen Liebesspiel mit Hannah angefeuert hatten.

»Na? Fertig geworden?«, wollte der eine wissen.

Anatol schüttelte verwirrt den Kopf.

»Na, Herrschaftszeiten«, schimpfte ein anderer. »Der arme Kerl. Tut uns echt leid, dass wir die Nummer vermasselt haben.« Dann lachten die drei und wandten sich ihrem Kollegen zu, der trotz Conchitas Gebell versuchte, den Freier bei der Treppe nach seinen Daten auszufragen.

Anatol nickte und lief, immer noch in Unterhose, rechts an der Treppe vorbei in den hinteren Teil des Hauses. Dort saß im Wohnzimmer, das sehr nach Rosies Privaträumen aussah, ein Polizist in Uniform und nahm die Personalien von zwei weiteren Freiern auf. Er blickte nicht einmal auf, als Anatol in seiner Unterhose durch den Raum schlüpfte und so schließlich ins Badezimmer gelangte. Das war zum Glück frei. Anatol drehte den Schlüssel hinter sich im Schloss um und setzte sich auf den mit lila Flokati überzogenen Toilettendeckel. Er atmete schwer, und trotz seines flauschigen Sitzes war ihm plötzlich sehr, sehr kalt. Anatol zitterte. Er bekam weder seinen Atem noch sein Herz noch seine Gedanken unter Kontrolle. Zähl, dachte er, zähl einfach. Eins, zwei … Er konnte es nicht. Es ging nicht mehr. Alle Zahlen waren aus seinem Kopf verschwunden, als hätte kein Grieche je am Strand gestanden und sich den Kopf über die Berechnung der Welt zerbrochen, als hätte kein Deutscher je versucht, eine intelligente Rechenmaschine zu bauen, als gäbe es keine komplexen Zahlen, keine elliptischen Funktionen, keine Summenformeln. Die Welt war weder vollständig noch unvollständig. Sie war einfach gar nicht. Da war nichts. In seinem Kopf war alles leer, jede Zahl gelöscht. Er bestand nur noch aus Zittern und Kälte und Angst und Übelkeit.

Er sprang auf, klappte den Toilettendeckel hoch und würgte. Das tat er lang und voller Panik und im Dunkeln, weil er große Angst hatte, das Licht einzuschalten und so auf sich aufmerksam zu machen, völlig ausblendend, dass er auch so schon genügend Lärm verursachte, um gefunden zu werden.

Irgendwann wurde das Würgen weniger und Anatol ließ sich erschöpft auf den kalten Fliesenboden sinken, den Kopf auf den nunmehr geschlossenen Toilettendeckel gebettet. Die Übelkeit verschwand, aber das Zittern wurde stärker. Und weil er nicht mehr zählen konnte, fing Anatol an zu stöhnen und mit der Faust auf den Boden zu schlagen, fester und immer fester, bis es so schmerzte, dass er wieder zu sich kam, wenn auch nur für ein paar Augenblicke.

Irgendwann schaffte er es, trotz der Erschöpfung mit der Hand bis zum Kippschalter hochzugreifen und das Badezimmerlicht einzuschalten. Die Polizei war ihm mittlerweile egal. Ihm war einfach alles egal. Sollten sie ihn doch finden und seine Reise beenden und Marcelline würde nie erfahren, was er für sie getan hatte und alles würde vorbei sein. Wenn er nicht jetzt, hier und heute, an Unterkühlung starb, dann würde er es eben morgen an gebrochenem Herzen tun. Allerdings wollte er nicht im Dunkeln sterben müssen. Wenn er schon auf dem kalten Fliesenboden eines oberösterreichischen Bordellbadezimmers sein Leben aushauchte, dann wollte er dies bei guten fünfundsiebzig Watt Bestrahlung tun. Die Ewigkeit war dunkel genug. Als Anatol einen vermeintlich letzten Blick nach oben richtete, sah er, dass über ihm an der Badezimmerwand Chagalls »Traum der Liebenden« hing. Doch er war zu verwirrt und schwach, um sich darüber zu wundern. Mit einem Seufzer legte er den Kopf wieder auf den Flokatideckel und überantwortete sich einer gnädigen Ohnmacht.

Er lag nicht mehr auf dem Fliesenboden, denn sein Rücken presste sich gegen eine weiche, warme Matratze, sein Kopf ruhte auf einem verschwitzten Kissen und irgendjemand hatte ihn mit einer Bettdecke zugedeckt. Dies war also nicht das Badezimmer. Anatol schlug die Augen auf. Wo war er? Wie lange hatte er geschlafen? Was war das für ein Zimmer? Und hatte er es nur geträumt oder war er unter dem Chagall zusammengebrochen, willig und bereit zu sterben?

Vom Tod war er weit entfernt, das wurde ihm nun klar, und er begriff auch, dass er immer noch in der Villa Rosie sein musste, denn welches Gefängnis hatte schon lilafarbene Bettwäsche, auf der kleine Katzenbabys abgebildet waren, die in einem geflochtenen Körbchen schliefen?

Durch die zugezogenen Vorhänge fiel kein Licht und es war Anatol unmöglich, eine ungefähre Tageszeit zu erahnen. War es Morgen? Abend? Mühevoll richtete er sich auf. Neben dem Bett stand ein Nachttisch und auf dem ein Glas Wasser, das er nun gierig an die Lippen setzte und austrank. Als er es wieder abstellte, gewahrte er in einer dunklen Ecke des Zimmers einen großen Ohrensessel und in diesem Sessel saß ein ihm unbekannter Mann.

»Wie ich sehe, bist du aufgewacht«, sagte der Mann. Er hatte eine sehr weiche Stimme.

»Wie lang habe ich geschlafen?«, fragte Anatol.

»Lange«, sagte der Mann. »Sehr lange.« Er schaute auf die Uhr. »Es ist jetzt sieben Uhr Früh, also waren das gute sechsundzwanzig Stunden.«

Irgendetwas an diesem Herrn kam Anatol bekannt vor, aber er konnte beim besten Willen nicht sagen woher.

»Ich muss heute in die Ambulanz nach Linz und ein Attest für Hannah abholen. Soll ich dich mitnehmen?«

Er hätte Ja sagen können, aber er war nicht sicher, ob das

gescheit war. Man ging ja nicht mit Fremden mit. Vielleicht wäre es daher sinnvoll, überlegte Anatol, sich vorzustellen?

»Ich bin Anatol«, sagte er, »und wer sind Sie?«

Da fing der Mann an zu kichern. Es war ein sehr befreites Kichern, gerade so, als hätte er einen sehr gelungenen Scherz gemacht und Anatol wäre nun darauf hereingefallen.

»Helmut«, sagte der Mann.

»Angenehm«, sagte Anatol höflich, der in diesem Moment realisierte, dass er unter der Katzenbettwäsche nackt war.

»Kommst du dann in die Küche? Es gibt Frühstück.« Und damit verschwand der Mann, der sich Helmut nannte, aus dem Raum. Er hatte schon die Tür hinter sich zugezogen, als Anatol es wagte zu sagen: »Aber ich habe gar nichts anzuziehen.«

Das aber stellte sich als Irrtum heraus. Anatols Kleidung lag, sauber gefaltet, neben dem Bett auf dem Fußboden. Sie war offensichtlich von fremder Hand gewaschen worden und duftete nun, als er in sie hineinschlüpfte, nach Weichspüler mit Lavendelblüten.

Die Angst, erneut mit Jagdwurst konfrontiert zu werden, stellte sich als unbegründet heraus. Auf dem Küchentisch standen aufgebackene Semmeln, Butter, Marmelade und zwei hart gekochte Eier in lilafarbenen Bechern. Zögerlich ließ Anatol sich auf die Küchenbank nieder, während Helmut sich an der Kaffeemaschine zu schaffen machte.

»Trinkst du deinen Kaffee schwarz oder mit Milch und Zucker?«, wollte er von Anatol wissen.

Der Mann war außergewöhnlich groß. Sehr groß und sehr muskulös, dachte Anatol, und er roch nach einem sehr herben Rasierwasser. Über den muskulösen Oberkörper spannte sich ein weißes, frisch gebügeltes Hemd. Dazu trug er Jeans und, das war der einzige Stilbruch, lila Plüschpantoffeln.

»Ich bin ja nicht so der Kaffeetrinker, aber morgens um sieben

Uhr hilft halt auch bei mir nichts anderes. Ich hab es eine Zeit lang mit Red Bull Cola in der Früh versucht, aber da landest du schneller beim Kardiologen als du das Wort Koffein aussprechen kannst und, na ja, wer will das schon, gell? Prösterchen.« Damit stellte er eine Tasse heißen, frischen Kaffees vor Anatol ab. Den überkam nun endlich die Erkenntnis, mit wem er es zu tun hatte.

»Rosie?«, fragte er unsicher.

»Die hat heute Morgen Sendepause«, sagte Helmut und ließ sich mit seiner Tasse Anatol gegenüber am Frühstückstisch nieder. »Ist auch besser so. Wenn man mit Ämtern, Behörden oder, so wie heute, Ärzten zu tun hat, dann kommt Rosie leider nicht ganz so gut an. Wenn ich was von offizieller Stelle brauche, dann macht das immer Helmut. Ist einfach effektiver. Willst du Marillen- oder Weichselmarmelade?«

»Marille«, antwortete Anatol.

Doch statt der Marmelade knallte ihm Helmut unvermittelt die Kronen Zeitung auf den Frühstücksteller. Die Zeitung war vom 2. Dezember. Auf dem Cover war der Chagall abgebildet und die Schlagzeile lautete:

»Kunstraub: Mitarbeiter stiehlt Chagall.«

»Oh«, machte Anatol nur.

»Es hat ein bisschen gedauert, bis wir eins und eins zusammengezählt hatten, weil die Krone interessanterweise kein Foto von dir abgebildet hatte und, bei aller Liebe, wie ein Dieb siehst du nicht gerade aus. Ich sag's ja immer, der Boulevard ist heute auch nicht mehr das, was er mal war.«

Helmut griff hinter sich und warf die Ausgabe der Kronen Zeitung vom 3. Dezember auf Anatols Frühstücksteller. Diesmal prangte sein Foto ganz groß auf der Titelseite.

»Et voilà! Aber ich finde, es wird dir nicht gerecht. Du siehst in Wirklichkeit viel älter aus«, kommentierte Helmut das Bild, während er an seinem Kaffee nippte.

»Das Foto ist fünf Jahre alt«, antwortete Anatol mit tonloser Stimme. Es war das Bild von seinem Dienstausweis. Er trug das weinrote Jackett und seine Haare waren länger.

»Nun, das erklärt manches.« Helmut stellte die Kaffeetasse ab und schaute ihm direkt ins Gesicht.

Anatol holte tief Luft. »Wo ist der Chagall?«

»Wieder verpackt. Steht im Vorzimmer.«

»Wieso war er ...?« Er brach mitten im Satz ab.

»Wieso ich ihn im Bad aufgehängt habe?« Helmut lächelte. »Wenn man etwas verstecken will, ist es oft am besten, wenn man es offen herzeigt. Niemand vermutet einen echten Chagall an der Badezimmerwand eines Bordells. Drogen ja, Kunst eher nicht. Also suchen sie in Schubladen, Tresoren, Kellerabteilen. Aber an der Badezimmerwand? Unwahrscheinlich.«

Da war sie, die Frage, die er nicht zu stellen wagte, weder sich selbst noch seinem Gegenüber. Aber er konnte ja nicht für immer und ewig in der Küche eines oberösterreichischen Puffs sitzen und Kaffee trinken. Er würde sie stellen müssen, diese eine Frage, und er zögerte, weil er sich nicht selbst die Antwort darauf geben konnte. Das konnte nur er. Oder sie.

»Was passiert jetzt?«, fragte Anatol.

Helmut griff nach der Kronen Zeitung und begann darin zu blättern. »Was soll passieren?«, fragte er leichthin. »Ich fahre heute in die Klinik und hole die Genehmigung dafür ein, dass Hannah am Wochenende wieder ganz offiziell den Herrn Hofrat und Konsorten beglücken darf.«

»Und ich?«

»Soweit ich das begriffen habe, bist du auf dem Weg nach wo auch immer.«

»Nantes.«

»Egal.«

Anatol zögerte, aber dann wagte er es doch, ihn zu fragen.

»Und die Polizei?«

Ohne von der Kronen Zeitung aufzuschauen antwortete Helmut: »Du glaubst nicht, was man alles für Scherereien hat, wenn man ein neues Gesundheitszeugnis vorweisen muss. Was meinst du, was passiert, wenn ich zur Polizei marschiere und denen erzähle, dass der freundliche junge Mann mit dem Chagall zwei Tage in der Villa Rosie verbracht hat? Du warst nie hier, verstanden?!«

»Ja.«

»Sehr gut. Braver Bub. Wenn es dir recht ist, schmeiß ich dich unterwegs raus, irgendwo in der Einsamkeit Oberösterreichs. In deinem Fall wäre es wahrscheinlich gut, du meidest in nächster Zeit die Zivilisation. Ach, und bevor ich es vergesse, hier noch ein weiser Rat fürs Leben: Das nächste Mal, wenn sich eine nackte Frau auf dich draufschmeißt – steck ihn rein.«

»Versprochen«, sagte Anatol.

Was auch immer man ihm über Luxushotels erzählt hatte, das hier übertraf alle seine Erwartungen.

»Drei Sorten Nutella!«, freute sich Gerhard. »Und ich rede noch gar nicht über die verschiedenen Omeletts, die sie hier anbieten! So und nicht anders soll das sein.«

Gerhards Wangen hatten vor Freude zu glühen begonnen. Dagegen legte die Großmutter eine vornehme Blässe an den Tag und rührte leise, aber doch hörbar, in ihrer Tasse mit grünem Tee herum.

Es war acht Uhr Früh und der Rest der Familie Neuendorff lag noch im Koma. Lediglich Gerhard, den der Hunger aus dem Bett getrieben hatte, und die Großmutter, die ihre Schlaftabletten in Wien vergessen hatte und daher erstaunlicherweise immer noch wach war, saßen bereits beim Frühstück. Wobei Frühstück für das, was auf Gerhards Teller lag, vielleicht das falsche Wort war. Es war eine Mischung aus allem, was das Buffet zu bieten hatte und umfasste daher sowohl ein Frühstück als auch ein Mittagessen und ein Abendessen sowie diverse Arten von Snacks für zwischendurch.

Die Großmutter, schon immer eine schlechte Esserin, musterte den Berg, der sich vor Gerhard türmte, und sagte trocken: »Junger Mann, noch ein weiteres Spiegelei und ich fürchte um die Stabilität des Tisches.«

Aber nach einer Nacht in einem luxuriösen Bett mit Hightech-Latexmatratze und Netflix sowie einer dritten Portion geröstetem Speck hatte Gerhard für den Missmut der Großmutter nur ein vor Bratlfett strahlendes Lächeln übrig.

»Sie sollten die Spiegeleier probieren«, sagte er kauend, »die sind großartig!«

»Danke, nein.«

Sie hatte das geprobt. Tagelang hatte sie dagesessen und unter Anweisungen eines egomanischen Regisseurs in ihrer Teetasse gerührt, bis es endlich dieses großen Russen würdig war. »Ja«, hatte der Regisseur gerufen, »Johanna, genau so! Rühr weiter! Das ist Tschechow!« Seitdem machte ihr niemand etwas vor. Sie rührte wie keine andere, mit der richtigen Mischung aus Lässigkeit und Verachtung, die um sie herum alle etwas kleiner werden ließ. Man durfte dabei nicht mit dem Löffel klappern, noch durfte man den Tee vorzeitig an die Lippen führen. Die Kunst, so hatte es ihr der Regisseur, sie kam nicht auf den Namen, beigebracht, war es, den Tee gar nicht zu beachten. Er war nur Mittel zum Zweck und seit dieser Aufführung war es Johanna Neuendorff ein Leichtes, ihre Umwelt mittels einer Tasse und eines kleinen Löffels zu demütigen. Allein aufgrund ihrer Art zu rühren hatte man ihr später eine Filmrolle in einer Literaturverfilmung angeboten, keine große Rolle, das nicht, aber immerhin war es Visconti. Natürlich hatte sie abgelehnt. Zu wissen, dass sie besetzt worden wäre, war ihr Triumph genug. Eine Neuendorff verließ niemals die Bühne. Sie war ja kein Filmflittchen, sie war am Burgtheater. Wenn man den Gipfel schon erreicht hatte, blieb man besser oben und begab sich nicht mehr in die Niederungen der banalen Unterhaltungsindustrie. Visconti hin oder her.

»Heiß?«, fragte Gerhard und deutete mit einem speckigen Zeigefinger auf die Tasse. Dass die Großmutter nicht daraus trank, irritierte ihn.

Allerdings, das musste sich Johanna Neuendorff eingestehen, war es sinnlos, große Kunst an die Ahnungslosen zu verschwenden, also sagte sie: »Nein.«

Sicher, er war ein freundlicher Mensch, dieser dicke junge Steirer, und soweit sie das begriffen hatte, war er der einzige Freund ihres geliebten Enkelsohnes, aber, und das musste doch einmal gesagt werden, sie hätte es sehr begrüßt, wenn ihr Enkelsohn, immerhin ein Neuendorff, seine Sympathien in etwas niveauvolleren Boden gepflanzt hätte. Weiß der Himmel, was in das Kind gefahren war, sich dem Proletariat anzubiedern.

Es war also an der Zeit, Position zu beziehen. Und wenn ihre Tochter das schon nicht tat, oder, Gott im Himmel, ihr Schwiegersohn, dann war es an ihr, diesen Schritt zu setzen und die Schranken des Anstands herunterzulassen. Also stellte sie ihre Tasse ab und musterte Gerhard mit einem Blick, der jeden Geysir zum Gefrieren gebracht hätte, und sagte so verächtlich wie möglich: »Guten Appetit.«

Gerhards Hand, mit einer Gabel voller Speck beladen, blieb auf halbem Weg zum Mund in der Luft hängen. Irgendetwas hatte er gerade falsch gemacht. Nur – was war es? Die Neuendorffs waren keine Juden, also konnte es nicht am Speck liegen. Hatte er etwas im Gesicht hängen? Hatte er unbemerkt gefurzt? Was? Was war es, was er getan hatte? Und dann fiel es ihm endlich ein. Mein Gott, was für ein Fauxpas! Wie konnte er nur! Hier saß er und schaufelte sich das Luxusessen in den Schlund und die Großmutter seines verschwundenen Freundes saß bei einer Tasse Tee. Tee! Verdammt.

Gerhard ließ geräuschvoll die Gabel fallen und sprang von seinem Sitz auf. Fassungslos stammelte er: »Es tut mir leid, Frau Neuendorff, es tut mir wirklich so, so leid!«

Na bitte, hatte es dieser tumbe steirische Bauernlümmel, der mit Sicherheit auf einem Apfelhof aufgewachsen war, irgendwo zwischen mehr oder weniger glücklichen Schweinen und Hühnern, doch verstanden. Dennoch war es nicht nötig, einen solchen Wirbel zu veranstalten, dachte die Großmutter. Die

Leute im Frühstücksraum des Hotels begannen ja schon, sich nach ihnen umzudrehen. Es galt also, zu kalmieren.

»Schon gut«, sagte sie befriedigt ob der Einsicht ihres Gegenübers.

»Nein, wirklich!«, sagte Gerhard betroffen. »Ich meine, ich sitze hier und esse und Sie … Ich bitte vielmals um Verzeihung. Aber«, nun stand er wirklich vom Tisch auf, »das haben wir gleich.«

Unter dem verständnislosen Blick von Johanna Neuendorff eilte er zum Buffet, griff sich einen großen Teller und begann dort alles aufzuschichten, was die Fünf-Sterne-Küche hergab: Camembert, Zwiebelbrot, Obst, Eierspeise spanischer Art, gelbe Paradeiser, Marillenmarmelade, Croissants, Topfenkuchen, Minisemmeln, Bio-Lachs und Butterröllchen. Am Ende garnierte er das Ganze mit einigen kross gebratenen Speckstreifen und trug es mit strahlendem Lächeln zurück zu ihrem Tisch, wo er es mit stolzgeschwellter Brust, als hätte er das dazugehörige Schwein gerade selbst erlegt, vor Anatols Großmutter abstellte.

»Hier«, sagte er, »ein bisschen was von allem. Und bitte verzeihen Sie, dass ich nicht gleich kapiert habe, was los war. Ich hab sonst nicht so oft mit alten Leuten zu tun. Meine Großeltern sind schon lange tot. Aber Sie können mir gerne Bescheid geben, wenn Sie noch etwas brauchen. Ist ja auch schwierig, in Ihrem Alter ist man ja auch nicht mehr so gut zu Fuß. Und mit einem vollen Teller zum Tisch wanken, das ist … Na egal.«

Noch nie, das musste sich Johanna Neuendorff in diesem Moment eingestehen, war sie jemals auf einer Bühne so gescheitert. Nicht einmal unter der Regie von Claus Peymann, und das sollte etwas heißen. Aber jetzt, das musste sie unumwunden zugeben, war sie an ihre Grenzen gelangt. Hier saß sie nun und alle Mauern des Anstands und der Würde, die sie so mühevoll errichtet hatte, brachen in sich zusammen. Dieser überbordende Teller war eine Kapitulationserklärung, und wenn man sich dem Feind ergab, nun, dann ergab man sich richtig. Also setzte die Diva Neuendorff an und langte mit spitzen Fingern nach einer der fettigen, beinahe schwarzen Speckkrusten vor sich und schob diese mit formvollendeter Geste in den Mund.

Es war wärmer geworden. Die Bäume, die vor zwei Tagen noch Raureif getragen hatten, ließen den Winter nunmehr in dicken Tropfen zu Boden fallen und gaben sich der Sonne hin. Um Anatol leuchtete eine Welt aus flüssigem Kristall und schleuderte in Tausenden gebrochenen Strahlen Schönheit um sich. Aber was half das?

Er trug es mit sich. Überallhin trug er es mit sich, gleich wohin er sich wandte. Schlug er den rechten Weg ein, war es bei ihm, schlug er den linken Weg ein, ließ es gleichfalls keinen Zentimeter von ihm ab. Wählte er die Gerade, dann warf es schon einen Schatten auf seinen Weg voraus. Wie einsam um ihn herum die Welt auch wurde, er war immer in Begleitung seiner selbst und diesem Selbst war nicht zu entkommen.

Manchmal sang es, meistens einen Popsong in Dauerschleife, was sehr enervierend werden konnte, manchmal zeigte es ihm einen Stummfilm in A-8-Aufnahme, zuweilen kombinierte sein Inneres auch Bild und Ton, dann passten allerdings die Figuren nicht dazu oder es wiederholten sich Sätze bis zur Unendlichkeit. Filmsätze, Buchsätze, Muttersätze, Vatersätze, Großmuttersätze. Er hatte einmal zwei Tage mit dem Satz »Mary, haben Sie Wechselgeld?« im Kopf verbracht. Da hatte ihn Elisabeth dazu überredet, mit ihm »Zimmer mit Aussicht« anzuschauen. Von allen Sätzen dieses Films blieb ausgerechnet dieser in seinem Kopf hängen. »Kein Geistlicher hat ihn begleitet«, begleitete Anatol gar einen ganzen Monat lang, zu jeder unpassenden Gelegenheit. »Wie viele Semmeln dürfen es denn sein?« – »Kein Geistlicher hat ihn begleitet.« »Bitte?« »Acht Semmeln, danke.«

Aber was ihn wirklich immer, immer, immer begleitete, war seine Familie, seine große, wahnsinnige Familie, und selbst hier, in diesem Winterparadies aus Tropfen, Licht und einsamer Ruhe, stotterten sie ihren Weg in seinen Kopf und blieben dort hängen.

»Hast du etwas gefrühstückt?«

»Binde dir die Schuhe, Kind.«

»Ach komm, jeder mag Ballspiele.«

»Das Wasser ist doch gar nicht so kalt.«

»Was hast du denn da gemalt? Soll das ein Hund sein? Es sieht nicht aus wie ein Hund.«

Was war er ohne sie? Wer war er ohne sie? Ein junger Mann mit verschwitzten Haaren in einer alten Bundesheerjacke, ein Bild auf den Rücken geschnallt und ein Sackerl voller Jagdwurstbrote in den Taschen? Wenn niemand da war, der einem sagte, wer man war, wer war man dann?

Noch war es so kalt, dass sein Atem sich in feinen Nebeltropfen in der Luft verfing. Er atmete, also war er am Leben. Er spürte den Schweiß an seinen Schläfen hinabrinnen und wie sein Rücken krumm wurde, weil er das, was er mit sich trug, kaum noch schultern konnte. Man hatte ihm geraten, die Einsamkeit zu suchen. Nun suchte die Einsamkeit ihn, aber was sie fand, war ein wildes Knäuel aus inneren Stimmen und Befindlichkeiten, die ihn nicht mehr losließen, egal wie schnell oder langsam er durch die Welt lief.

Schließlich machte er bei einem Baumstumpf halt, löste das Bündel von seinem Rücken, stellte das Bild dort ab und sah sich um. Da war nur Wald und Schnee und etwas, das man mit Fug und Recht als Idylle bezeichnen konnte. Es war der perfekte Fotopostkartenblick in die Natur.

»Ist das nicht wunderschön?«, hatte die Mutter ausgerufen, als sie endlich alle auf einem Aussichtspunkt dicht unter der Spitze des Schobersteins standen, den Attersee zu ihren Füßen. »Genießt doch mal diesen Blick.«

»Ich hab Hunger.«

»Ich mag nicht mehr gehen. Mir tun die Füße weh.«

»Stellt euch doch mal auf für ein Foto!«, bat der Vater.

»NEIN!«

»Nein.«

»Nein!«

Seine Schwestern streikten. Aber er …

»Anatol? Anatol stellst du dich einmal dorthin?« Der Vater winkte ihn nach hinten. Noch ein Schritt, noch ein Schritt und halt. Er setzte die Kamera ans Auge und in diesem Moment flog ein Vogel hoch, wahrscheinlich eine Krähe. Anatol erschrak heftig und stürzte ab, gute zwei Meter schlitterte er über den kleinen Hügelvorsprung hinunter. Die Knie waren blutig, die Hände, mit denen er versucht hatte, sich an den Felsen und Gräsern festzuhalten, waren blutig, die Unterarme, ebenso das Kinn.

»Anatol!« Seine Mutter schrie, panisch, hysterisch, weinend. »ANATOL!«

Hände hoben ihn auf, putzten ihn ab, wischten Tränen aus den Winkeln seiner Augen und wickelten Halstücher über blutige Haut. Vergebens. Mit einem Schritt nach hinten war er aus der fotogenen Geborgenheit seiner Familie hinausgefallen.

Auch jetzt trat Anatol einen Schritt zurück, dann noch einen und noch einen. In den perfekten Blick hinein ragte plötzlich das an den Baumstumpf gelehnte Bild. Die Postkartenidylle wurde durch ein einziges Objekt empfindlich gestört. Es war ein Unfall in der Optik und gleichzeitig ein Lebenszeichen.

Die Stimmen im Kopf ebbten langsam ab und in Anatol

wurde es immer leiser. Hin und wieder tropften noch ein paar Worte in seine Gedankenwelt hinein, aber irgendwann war alles still. Er atmete tief durch, schaute auf die schneebedeckte Landschaft, schulterte sein Gepäck und blieb doch wie angewurzelt stehen. Friedvoll war es hier, unberührt, einsam. Vielleicht, so dachte Anatol, sollte er bleiben, gleich hier, an Ort und Stelle, allein. Vielleicht war er gar nicht dafür gemacht, mit anderen zusammen zu sein, nicht mit seiner Familie, nicht mit Freunden, nicht mit ... Vielleicht war er als Einzelgänger besser dran, unberührt und einsam. Wenn man nirgendwo dazupasste, passte man am besten zu sich selbst.

Ein Vogel stieg in diesem Moment auf, irgendwo aus einem der umstehenden Sträucher, flog hoch in den wolkenlosen Himmel und schrie. Ein heiserer Laut nur, aber er klang wie der schönste Name der Welt, und Anatol wusste plötzlich, dass er nicht bleiben konnte.

»Ist schon gut«, sagte er zu sich selbst, »ich geh ja schon.« Dann setzte er einen Fuß vor den anderen.

Das war nicht gut. So hätte das Ganze nicht laufen sollen. Er hatte einen Plan, er hatte seine Erfahrung, er hatte Mitarbeiter. Es war ja nicht so, dass er den Jungen ganz allein auf weiter Flur finden und verhaften musste. Aber dass der Kerl nun schon seit vier Tagen mit dem Chagall unterm Arm in der Welt herumspazierte, ohne dass sie im Augenblick auch nur eine Spur von ihm hatten, das war schlicht und ergreifend unerträglich.

»Das ist ein Skandal!«, hatte sein Chef gerufen. »Was machen Sie hier eigentlich den ganzen Tag? Und was ist da in Linz passiert? Finden Sie den Mann, Pokorny, und zwar schnell! Bevor ich den nächsten Anruf aus dem Kanzleramt bekomme und ich dem Herrn Staatssekretär erklären muss, was es mit der Sicherheit von Kulturgütern in unserem Lande auf sich hat!«

Doktor Pokorny fiel daraufhin nicht viel mehr ein als zu sagen: »Ach, der Herr Staatssekretär?«

»Ja, verdammt!«, brüllte sein Chef durchs Telefon, obwohl er nur vier Büros weiter saß. »Und er hat eine Pressekonferenz angesetzt, wo er mich auf silbernem Tablett der Meute opfern wird. Tun Sie was, Pokorny. Ich verlass mich auf Sie.«

»Wann …«, wollte der Doktor noch fragen, aber da hatte sein Chef bereits aufgelegt, und so musste er tatsächlich selbst hinüberschlurfen zu seinen Kollegen und erfragen, wann denn diese ominöse Pressekonferenz stattfinden sollte.

»Heute Nachmittag, um drei Uhr«, informierte ihn Lohninger und Doktor Pokorny konnte einen Schweißrand auf seiner Oberlippe wahrnehmen. Offensichtlich war er nicht der Einzige, den sein Chef unter Druck zu setzen versuchte.

»Aha«, machte Doktor Pokorny nur und ging wieder zurück in sein Büro, um dort nach einer sauberen Krawatte zu suchen, die er bei der Pressekonferenz tragen konnte. Er fand jedoch keine. Also würde er sich eine kaufen müssen. Er hasste einkaufen. Aber unter diesen Umständen …

»Ich bin kurz weg«, rief er im Hinausgehen in Richtung der anderen Büros. Er ging nicht davon aus, dass ihn jemand gehört hatte, aber es war ohnehin unwahrscheinlich, dass ihn jemand vermissen würde.

Kaum war er an der frischen Luft, ging es ihm besser. Das war bei ihm immer schon so gewesen. Er musste nur ein paar Sonnenstrahlen auf sich spüren und schon hob sich seine Laune, ein Phänomen, das sich zwar biologisch ganz leicht erklären ließ, das er aber mit großer Skepsis betrachtete. Wer nahm schon einen gut gelaunten Polizeipsychologen ernst? Er hatte oft genug mit Menschen zu tun, die irgendjemanden oder irgendetwas zerstückelt hatten. Da war gute Laune eher verdächtig. Dennoch, die Sonne tat ihm wohl, und so beschloss er, diesmal zu Fuß zur Mariahilfer Straße zu gehen.

Im Gerngross war nicht viel los an diesem Morgen. Er stöberte kurz in der Abteilung für Herrenmoden und griff dann, recht wahllos, nach einer weinroten Krawatte mit Karomuster. Sie würde sich nahtlos einreihen in die Sammlung der anderen weinroten Krawatten, die daheim in seinem Schrank hingen. Ein Stück, das man kaufte und von dem man sofort wieder vergaß, dass man es hatte. Leidenschaftslos legte er die Krawatte bei der Kassa auf die Theke und kramte in seiner Hosentasche nach der Geldbörse. Von einer Verkäuferin war jedoch weit und breit nichts zu sehen.

Nach gut fünf Sekunden hatte ihn die schlechte Laune, mit der er zuvor das Büro verlassen hatte, wieder fest im Griff und er rief laut »Kassa!« und ließ dabei das »Bitte!« weg. Aus irgendeiner Ecke des Kaufhauses trippelten zwei Verkäuferinnen herbei, von denen die eine beherzt nach der Krawatte griff und dann zu stöhnen begann.

»Da ist kein Preisschild dran«, sagte sie vorwurfsvoll.

»Ist das ein Problem?«, fragte Doktor Pokorny. Er erntete ein Augenrollen.

»Sandra, kannst du einmal nachschauen, was die kostet?«

Die andere Verkäuferin griff nach der Krawatte und sagte: »Da ist kein Preisschild dran.«

»Kannst du einmal nachschauen? Bitte.«

Noch mehr Stöhnen, noch mehr Augenrollen und dann machte sich die mit Sandra Angesprochene auf den Weg zurück zum Krawattenstand, während die andere Bügel von einem Karton hinter der Kassa in ein Sackerl neben der Kassa zu schlichten begann. Aus dem Kaufhausradio drängte sich Weihnachtsmusik auf und als der Doktor sich umsah, bemerkte er zu seinem Erstaunen, dass der ganze Laden voller Weihnachtsbäume und Lichterketten war.

»Ist bald Weihnachten«, sagte er mehr zu sich selbst als zur Verkäuferin.

»Bitte?«

»Ich sagte, es ist bald Weihnachten.«

»Wollen Sie die Krawatte als Geschenk verpackt haben?«

Er überlegte kurz, ob er sich den Spaß erlauben sollte, sich die Krawatte selbst zu schenken, mit roter Glitzerschleife obendrauf, aber er verwarf den Gedanken schnell wieder, weil ihn die Musik im Kaufhaus störte und er nicht unbedingt länger verweilen wollte als nötig.

»Nein, danke.«

Da kam die andere Verkäuferin zurück und verkündete: »Die Krawatte kostet neun neunundneunzig.«

Doktor Pokorny nickte. Das war ein angemessener Preis.

»Die Krawatte kostet neun neunundneunzig«, echote jetzt die andere Verkäuferin.

»Hab ich gehört«, sagte Doktor Pokorny.

Während die eine der beiden Frauen nun sinnlose Zahlenkombinationen in ihre Kassa tippte, schlichtete die andere weiter Kleiderbügel um. Das Radio dröhnte unbarmherzig vor sich hin, einen entsetzlichen Popklassiker nach dem nächsten. Inzwischen war man bei Wham! angelangt.

»Hast du's schon gehört?«, fragte die eine Verkäuferin, während sie einen Schwung Bügel ins Sackerl pfefferte.

»Was denn?«

»Der Strache sagt, wenn die Kuverts bei der Präsidentenwahl wieder nicht picken, dann ficht er die Wahl noch einmal an.«

»Na geh, bitte nicht schon wieder!«, raunzte die Kassiererin. Doktor Pokorny hatte sie komplett vergessen, obgleich er direkt vor ihr stand und sie die Krawatte immer noch in der Hand hielt. Stattdessen tippte sie mit ihren künstlichen Fingernägeln den Takt von »Last Christmas« mit.

»Ja, wenn ich's dir doch sage!«

… I gave you my heart. But the very next day …

»A Schaas is des! Ich meine, wozu brauchen wir überhaupt einen Bundespräsidenten?«

… you gave it away …

»Na, so halt.«

Diese Weihnachtsdudelei war nicht auszuhalten. Doktor Pokornys Blutdruck schoss in die Höhe und ihm wurde heiß. Auf seinen Handflächen bildete sich ein unangenehmer Schweißfilm. Er hasste Kaufhäuser und am meisten hasste er sie vor Weihnachten. Pressekonferenz hin oder her, er musste hier raus.

This year, to save me from tears …

»Also«, sagte die Verkäuferin gerade, »ich geh eh nicht wählen. Sollen die da oben doch machen, was sie wollen.«

… I'll give it to someone special …

Er steckte sein Portemonnaie wieder in die Hosentasche, drehte sich auf dem Absatz um und ging.

»He, Sie!«, rief ihm die Verkäuferin plötzlich hinterher. »Was ist mit Ihrer Krawatte?« Offenbar hatte sie ihn doch noch nicht ganz vergessen.

»Danke, die brauch ich nicht mehr«, antwortete der Doktor und ging aus dem Kaufhaus.

Als er nach einer halben Stunde wieder ins Büro kam, lief ihm Lohninger aufgeregt entgegen. »Die Pressekonferenz ist abgesagt«, verkündete er. »Wegen der Bundespräsidentenwahl. Das internationale Interesse ist wohl so groß, dass derzeit alle Journalisten auf dem Weg zum Innenminister sind und sich keine Sau mehr für unsern Bilderdieb interessiert, ergo keine Pressekonferenz.«

»Erzählen Sie mir was Neues«, erwiderte der Doktor und machte dabei ein sehr zufriedenes, für seine Verhältnisse erstaunlich entspanntes Gesicht. Dann zog er die Bürotür hinter sich zu, machte sich einen Kaffee, stellte sich ans Fenster und sah in aller Seelenruhe dem Schnee beim Schmelzen zu.

Die Einsamkeit zu suchen war eine gute Idee gewesen – für etwa zwei Stunden. Dann begriff Anatol, dass man mit Einsamkeit schlecht umzugehen lernt, wenn man zwei Eltern und drei Schwestern und eine Großmutter hat. Familie macht Einsamkeit zu genießen quasi unmöglich, selbst wenn es eine Familie wie die seine war, denn er war es einfach nicht gewohnt, allein zu sein. Und wer gewöhnte sich schon binnen eines zweistündigen Marsches durch eine feuchtkalte Schneelandschaft daran, wenn er nasse Turnschuhe trug und ihm allein beim Gedanken an einen einzigen Bissen Jagdwurst übel wurde?

Nie würde er das Gesicht seines Vaters vergessen, als die WEGA ihn verhaftete. Das, da war sich Anatol ziemlich sicher, würde er sich selbst niemals verzeihen. Sein Vater schon, denn Eltern verziehen einem ja beinahe alles, aber er würde noch lange mit diesem fassungslosen Entsetzen in den Augen des Vaters leben müssen, womöglich bis zu seinem Tod, und wenn er noch lange durch diese nasskalte Landschaft stapfte, dann würde es bis dahin vielleicht gar nicht mehr so lange dauern. Er konnte jetzt schon spüren, dass er einen Schnupfen bekam.

Nach drei Stunden waren seine Füße zu Eisklumpen gefroren, umwickelt von feuchten Lappen, die entfernt an Sportsocken erinnerten.

Nach vier Stunden war er bereit, barfuß zu gehen, was er nach fünf Stunden schließlich tat, nur um nach fünf Stunden und fünf Minuten seine völlig durchnässten Schuhe wieder anzuziehen. Abgesehen davon hatte sich der morgens noch strahlend blaue Himmel vor sich selbst zurückgezogen und machte Platz für das, was man als Schnürlregen bezeichnet, und in Folge dessen hatte Anatol eine ganz neue Bedeutung der Phrase »in den Kleidern schwimmen« für sich entdeckt. Es musste schon Nachmittag sein und er stand inmitten eines grün-weißen Ozeans, durchsetzt von Inseln aus halb gefrorenem Schlamm. Wenn er sich jetzt also zitternd seiner Kleidung entledigte, dann war das einerseits seinen Nerven und andererseits seiner Wut geschuldet, und obwohl er wusste, dass er gerade etwas Sinnloses tat, hatte es etwas unglaublich Befriedigendes, die dem Regen in feindlicher Übernahme unterworfene Kleidung von der Gänsehaut zu ziehen und auf die dreckige Wiese zu schleudern. Hinfort ihr Schuhe – Verräter! Hemd und Hose, ihr lächerlichen Beschützer! Weg mit euch! Nur die Socken behielt Anatol an, weil es zu viel Mühe bereitete, sich die nassen Fetzen erneut von den Füßen zu zerren.

Das Gute am Nacktsein war, dass es Hemmungen abbaute. Nicht sofort natürlich, auch Anatol brauchte einen Augenblick, um sich daran zu gewöhnen, dass er gänzlich bloß und unbedeckt auf einer oberösterreichischen Viehweide stand, aber nach einer Weile, als die Information des Ungeschützten überging in einen Geisteszustand des Freiseins, da begann es mit ihm durchzugehen. Es war beinahe so wie damals, als er Franziska kennenlernte.

Das geschah an einem freundlich belanglosen Sommertag, und das sind die besten aller Tage. Nachdem Anatol ohne großes Aufsehen im Juni die Matura bestanden hatte und nun darauf wartete, dass man ihm sagte, was er mit seinem Leben anzufangen hatte, begegnete er im Hause seiner Großmutter Franziska.

Die Großmutter unterrichtete hin und wieder Schauspielschüler, die es an den großen Schulen noch nicht geschafft hatten oder womöglich auch nie schaffen würden, privat. Die meisten dieser ambitionierten Wesen bereiteten sich auf eine Aufnahmeprüfung vor. Und genau das tat auch Franziska.

Es war viertel vor elf an diesem Sommertag, als es an der Tür klingelte und die Großmutter durch drei Räume ihrem Enkel zurief, er solle bitte die Tür öffnen und die Schülerin, WarumzurHölleistdieauchschonsofrühda, hereinbitten.

Anatol schlurfte also zur Eingangstür und öffnete. Und starrte. Lange.

»Darf ich auch reinkommen oder muss ich den Rest des Tages hier draußen warten?«

Schwarze Haare, schwarze Augen. Sie hatte nicht die geringste Ähnlichkeit mit Louise, aber irgendetwas war da.

»Ja«, sagte Anatol.

»Ja, was?«

»Ja, Sie können reinkommen.«

Anatol rührte sich keinen Millimeter. Da zwängte sich die Schwarzhaarige an ihm vorbei ins Innere des Hauses, nicht ohne ihm einen vorwurfsvollen Blick zu schenken.

»Tschuldigung«, murmelte er und schloss die Tür.

»Will ich auch meinen«, antwortete das Mädchen. »Hier, nimm mal meine Tasche.«

Sie reichte Anatol eine Lastwagenplanentasche weiter und nahm vor dem Spiegel im Flur Aufstellung. An ihrem T-Shirt hing eine Spange, mit der sie jetzt kunstvoll ihre langen schwarzen Haare auftürmte und hinter ihrem Kopf verknotete.

»So, fertig. Wo ist sie denn?«, wollte das Mädchen von ihm wissen.

»Wer?«, fragte er.

»Johanna Neuendorff«, sagte sie und musterte Anatol erneut.

»Sie ist oben«, erklärte dieser mit heiserer Stimme. »Kommt gleich runter.«

»Gut«, sagte das Mädchen, »dann warte ich hier auf sie.«

Sie setzte sich auf einen der mit grüner Seide bezogenen Rokokostühle und blies sich eine letzte kleine Haarsträhne aus dem Gesicht.

»Aaaaanatol«, kreischte seine Großmutter von oben, »es dauert noch. Gib dem Mädchen was zu trinken, bitte.«

»Du bist also …?«, fragte das Mädchen.

»Der Enkel«, antwortete Anatol knapp. Und wie mechanisch wanderte er ins Wohnzimmer zur gut bestückten Bar der Großmutter und mixte in Trance zwei Gin Tonics zusammen. Dann wanderte er damit zurück in den Flur.

»Hier«, sagte er und reichte das Glas an das Mädchen weiter. Die nahm wortlos einen Schluck und sah ihn erstaunt an.

»Gin Tonic? Um elf Uhr Früh?«, fragte sie.

»Es ist zehn Uhr und fünfzig Minuten.«

»Richtig, das ist natürlich etwas anderes.« Das Mädchen lachte. Anatol war irritiert.

»Aber ich sollte dir doch etwas zu trinken geben«, sagte er.

»Ich glaube, deine Großmutter dachte da eher an Wasser oder so was Ähnliches.« Dann nahm das Mädchen einen großen Schluck und musterte Anatol. »Ich bin Franziska«, sagte sie schließlich.

»Anatol.«

»Das ist wirklich ulkig. Ich probe gerade eine Szene aus Schnitzlers ›Anatol‹ mit deiner Großmutter. Fürs Reinhardt Seminar. Bin durchgefallen dieses Jahr. Gleich in der ersten Runde. Aber nächstes Jahr schaff ich es. Und du?«

»Matura«, antwortete Anatol einsilbig.

Dann tranken sie schweigend weiter und musterten einander. Anatol war das eher unangenehm, und so sah er bald auf den Fußboden und zählte die Fliesen im Flur, was ganz und gar unnötig war, denn er kannte ihre Anzahl längst: hundertsechsundzwanzig.

»So, da bin ich endlich«, rief die Großmutter vom oberen Ende der Treppe. »Komm gleich mit in den Salon, Franziska. Und du, Anatol, kommst auch. Wir brauchen dich heute bei der Probe.«

»Ach«, sagte Franziska nur und grinste. Dann drückte sie Anatol das leere Glas in die Hand und stolzierte hinter der Großmutter her. Anatol trottete den beiden einfach nach.

»Kind, stell die Gläser ab und komm mal her«, befahl die Großmutter.

Anatol stellte also die beiden schweren Kristallgläser auf der Häkeldecke oben auf der Kommode ab. Dann zögerte er. Unsicher blickte er zunächst auf seine Großmutter, dann auf Franziska.

»Wir beginnen mit den Lockerungsübungen«, gab die Großmutter vor. Franziska machte ihr gehorsam alles nach. Hals dehnen, Hals kreisen lassen, Arme kreisen lassen, vorwärts, rückwärts, Zungenmuskulatur dehnen, zum Schluss eine Figur, die die Großmutter »Blume« nannte. Dabei beugten sich beide immer weiter vor, bis ihre Fingerspitzen den Boden berührten, ganz locker. Anatol war beeindruckt, wie gelenkig seine immerhin bald achtzigjährige Großmutter noch war. Ihre Finger gelangten fast bis zum Boden. Und dann ging es daran, sich Stück für Stück aufzurichten, wie eine Blume, bis alle Organe und alle Extremitäten wieder an ihrem richtigen Platz saßen. Anatol schluckte, als er auf Franziskas nunmehr völlig entspannten Rücken sah, die Hüften, die Schultern. Selbst von hinten betrachtet strahlte sie ein unglaubliches Selbstbewusstsein aus.

Dann ging die Großmutter über zu Sprechübungen. Lippen vibrieren lassen, Räume öffnen, Töne aus der Stirn hinunter ziehen bis in den Nacken – Anatol lauschte. Je merkwürdiger die Anweisungen der Großmutter waren, umso präziser führte Franziska sie aus. Bis alles saß, Stimme und Körper.

»Hierher«, befahl die Großmutter nun.

Anatol fuhr erschrocken zusammen.

»Ich?«

»Ja, du. Ich rede ja nicht mit der Kommode! Steh nicht dumm herum, stell dich vor Franziska. So!«

Anatol stellte sich vor Franziska hin.

»Näher!«, sagte die Großmutter.

Er rückte näher.

»Noch näher!«

Jetzt berührten sich ihrer beider Fußspitzen und Anatol bekam Herzrasen. Er konnte Franziska jetzt riechen. Sie duftete umwerfend, eine Mischung aus Apfelshampoo und Gin Tonic. Anatol war wie benebelt.

»Gut, gut. Liebes, wir setzen bei der Szene ein, wo Cora wieder erwacht ist. Leg doch mal deine Arme um Anatol und schmachte ihn an, so wie das richtig dumme Weiber machen.«

Franziska schlang die Arme um seinen Hals, wobei ihre Brüste sein T-Shirt streiften. Anatol hielt die Luft an.

»Dichter ran!«, befahl die Großmutter weiter. »Du musst ihn nicht nur mit den Armen umarmen. Du tust es mit deinem ganzen Körrrrrper. Hüften, Augen und so weiter. Gaaaanz wichtig! Die Augen nicht vergessen. Schmieg dich an ihn wie eine rollige Katze!«

Franziska wurde zur rolligen Katze. Und in Anatols Kopf setzte etwas aus. Brüste, Apfelduft, Gin, Franziskas Hände auf seinem Hals. Noch einen Augenblick länger, und er …

Da klingelte das Telefon. Es war ein sehr, sehr lauter Klingelton, weil die Großmutter bereits etwas schlechter hörte, und er durchschnitt die Szene wie ein äußerst ungnädiger Regisseur. Unglaublich, dass sich ein Anrufer traute, seine Großmutter bei der Arbeit zu unterbrechen, schoss es Anatol durch den Kopf.

»Himmelherrgottnocheinmal!«, schimpfte die. »Bleibt so!

Bleibt ja so stehen! Das ist wunderbar! Ich komme gleich wieder!«

Und dann rauschte sie ab in Richtung Telefon und Anatol blieb mit Franziska alias der rolligen Vorstadtkatze Cora zurück. Die starrte ihn aus großen dunklen Augen an und fand offensichtlich Gefallen daran, wie Anatol von Sekunde zu Sekunde immer angespannter wurde. Sein Rücken war ein hartes Brett, seine Arme fühlten sich an wie zwei Eisenstangen und sein Kopf war mit Beton gefüllt. Ein Wunder, dass er überhaupt noch atmete, und tatsächlich hatte Anatol das Gefühl, viel mehr zu keuchen als wirklich zu atmen.

Plötzlich löste sich Franziska aus ihrer Haltung und presste sich so eng es nur ging an Anatol. Beinahe wäre er wie ein gefällter Baum nach hinten gekippt, doch zum Glück hielt ihn Franziska fest. Er spürte ihre Wärme. Da gab es keinen Raum mehr zwischen ihm und ihr. Es war ihm, als wären sie beide bereits nackt. Nie hatte er sich jemandem so nahe gefühlt, jede Distanz hatte sich aufgelöst. Sie zog seinen Kopf zu sich herunter und ließ ganz sanft ihre Zunge in sein rechtes Ohr gleiten. Anatol begann lautlos zu stöhnen.

»So, ihr Lieben, das hat ja ewig gedauert! Da bin ich wieder. Wo waren wir …? Ach, ja.«

Sobald sich die Großmutter vor sich hin plaudernd den Weg zurück ins Wohnzimmer bahnte, ließen Anatol und Franziska voneinander ab, um nicht zu sagen Franziska stieß Anatol von sich. Dann strich sie sich ihr Haar glatt und warf einen spöttischen Blick auf den ziemlich verwirrten Anatol.

»Kinder, was macht's ihr denn? Ihr solltet doch in eurer Haltung verharren. Na, dann eben noch einmal von vorne. Und denkt dran – ein gutes Schauspiel ist wie ein Tanz. Ihr müsst nur denselben Takt finden, dann kommt der Rest schon von ganz alleine. Los geht's!«

Takt. Jeder Mensch trägt einen Rhythmus in sich. Wir schlafen, wir essen, wir tun Dinge um des Lebens und Überlebens willen, nach dem immer gleichen Muster. Unser Herz gibt den Rhythmus vor. Erst wenn dieser Takt sich extrem beschleunigt, besteht die Chance, aus uns hinauszutreten in einen anderen Zustand des Seins. Deshalb, dachte Anatol, lieben so viele Menschen Sport – sie sind müde von sich selbst und suchen eine andere Daseinsform.

Anatol hatte Sport nie geliebt. Und er hatte immer schon große Mühe damit gehabt, er selbst zu sein. Wie sich herausstellte, war sein Selbst nicht sehr gefragt, denn es kollidierte zu oft mit dem, was andere Taktgefühl nannten. Wenn man aber nackt allein auf einer triefend nassen, schlammigen Kuhweide stand, dann zählte das alles plötzlich nicht mehr, denn nichts gab hier den Takt vor als er selbst. Und dieses Selbst wollte tanzen.

Anatol hatte noch nie getanzt, jedenfalls nie freiwillig. Aber jetzt bewegten sich seine Glieder von allein, mühelos, schwerelos und zu einer Musik, die nur sein Körper hören konnte. Tausend kleine Tropfen schlugen auf seiner Haut auf und gaben vor, was Beine, Füße, Arme, Hände, ja sogar Zehen und Finger zu tun hatten. Er tanzte!

Was von außen betrachtet wie ein Nervenzusammenbruch wirkte, war in Wirklichkeit ein Aufbruch in die Freiheit. Und wer frei sein wollte, der brauchte nichts und niemanden mehr. Nichts bedeutete keine Kleidung und niemanden bedeutete keine Familie mehr, keine Freunde, keine Freundin …

»Was tust denn du da?«, fragte eine Stimme.

Abrupt hörte Anatol auf sich zu drehen. Seine Arme fielen schlaff an ihm hinab, ganz so, als hätten sie in diesem Moment verlernt zu fliegen.

»Hey!«

Ein olivgrüner Jeep hielt auf der schmalen Straße neben der Weide und darin erblickte er ein ihm bekanntes Gesicht.

»Grüß Gott, Herr Kaplan«, grüßte Anatol höflich.

»Was tust denn du da? Nackt?«

»Ich bin nicht nackt, Herr Kaplan, ich trage Socken.«

Die Beifahrertür wurde geöffnet, aber Anatol rührte sich nicht.

»Willst du da Wurzeln schlagen? Pack deine Sachen und komm halt.«

Er zögerte. Ein Großmuttersatz geisterte in seinem Kopf herum: »Man geht nicht Fremden mit, Anatol. Verstanden?« »Ja, Großmutter.« Doch wie die Tropfen auf seiner Stirn wischte er einfach die Großmutterstimme weg. Dann griff er nach seinen auf dem Boden zerstreuten Kleidern und dem Bild, ging zum Jeep, kletterte hinein und zog die Tür hinter sich zu.

»Na dann«, sagte der Herr Kaplan nur und der Jeep fuhr los.

An der Windschutzscheibe bildete sich ein feiner Nebel, sodass das Land dahinter in Schwaden aus Atemluft verschwand. Die Ausdünstungen des Herrn Kaplan rochen minzfrisch, denn er kaute unentwegt Kaugummi, den er Anatol jedoch nicht anbot. Anatol dagegen schämte sich ein wenig dafür, dass er selbst seit Tagen die Zähne nicht geputzt hatte, und die Jagdwurstbrote hatten einen Gutteil dazu beigetragen, den Zustand seiner Atemluft zu verschlimmern. Da hatte es auch nur wenig geholfen, dass er im Badezimmer der Villa Rosie heute Früh in aller Schnelle das Perlweiß mit dem Zeigefinger über seine Zähne verteilt hatte und das Faktum, dass er aus dem Mund roch, war ihm unendlich peinlich, weit mehr als der Umstand, dass er nackt war, bis auf die Socken natürlich.

Den Herrn Kaplan schien es nicht sonderlich zu stören, dass Anatol nackt war. Er steuerte seinen Jeep mit lässig angewinkeltem Arm und lediglich zwei Fingern seiner rechten Hand am Steuerrad. Das allerdings machte Anatol nervös, denn wie schon in seiner frühesten Jugend seine Großmutter immer betont hatte, gehörten die Hände ans Steuer und nirgendwo anders hin. Auf die Frage, was das denn zu bedeuten habe, hatte sie immer nur ihr weiß getöntes, perfekt gewelltes Haar geschüttelt und geantwortet, ach, das werde er schon noch begreifen, wenn er groß sei. Und überhaupt – sogar der Meinrad habe das irgendwann verstanden.

»Ist was?«, fragte der Herr Kaplan.

»Die Hände«, antwortete Anatol. »Sie sollten die Hände ans Steuer legen, aus Sicherheitsgründen.«

Da lachte der Mann nur, schaltete einen Gang hoch und sie brausten weiter über die Landstraßen Oberösterreichs dahin. Oder waren sie gar nicht mehr in Oberösterreich? Vielleicht waren sie schon auf halbem Weg nach Salzburg. Oder Marokko. Man konnte ja nie wissen. Ganz offensichtlich hatte der Herr Kaplan ein Ziel.

»Wohin fahren wir denn?«, wollte Anatol wissen.

Doch statt einer Antwort bekam Anatol nur ein Schulterklopfen. Dann sagte der Herr Kaplan: »Vielleicht ziehst du dir mal was an.«

»Oh, Sie meinen, weil ich nackt bin und Sie sind ein Geistlicher und nackt neben Ihnen in einem Auto zu sitzen wäre unangemessen?«

»Nein, weil du dich furchtbar erkälten wirst«, sagte der Herr Kaplan. Womit er vermutlich recht hatte. »Und weil ich ein Geistlicher bin und nackt neben mir zu sitzen ist tatsächlich unangemessen«, fügte er hinzu.

»Ich verstehe«, sagte Anatol und versuchte, sich in seine komplett durchweichte, nasse und darüber hinaus vor Dreck starrende Hose zu zwängen. Den Zustand seiner Unterhose konnte er eindeutig nur als indiskutabel bezeichnen, daher versuchte er gar nicht erst, sie anzuziehen.

»Guter Gott«, sagte der Herr Kaplan, als er einen Seitenblick auf Anatol riskierte, »die Sachen sind ja vollkommen verdreckt.«

»Und nass«, informierte ihn Anatol.

Ohne die Geschwindigkeit des Wagens zu reduzieren oder gar anzuhalten, griff der Geistliche nach einer Reisetasche, die auf dem Hintersitz lag, und warf sie mit einem kräftigen Ruck auf Anatols Schoß.

»Zieh das an«, befahl er.

Anatol zog gehorsam an dem Reißverschluss der Tasche und besah sich deren Inhalt.

»Sind Sie sicher?«, fragte er.

»In Ewigkeit, Amen«, antwortete der Herr Kaplan.

Drei Minuten später hockte Anatol in einem Talar auf dem Beifahrersitz des Jeeps, während er seine schmutzigen und nassen Sachen auf Geheiß des Kaplans in die Reisetasche stopfte. Er war zufrieden, denn nun war ihm nicht mehr kalt, und auch wenn das hier vielleicht als blasphemischer Akt gelten konnte, so genoss er doch die wohlige Wärme des Priestergewands. Außerdem hatte er am Boden der Reisetasche noch eine alte Packung Orbits entdeckt, was hieß, er sah nicht nur aus wie ein Priester, er roch jetzt auch genauso minzfrisch wie sein Nachbar.

»Wie gut, dass ich zufällig vorbeikam«, bemerkte der Geistliche, nachdem sie schon eine gute halbe Stunde durchs Land gefahren waren.

»Ja«, antwortete Anatol.

»Wie geht es dem Chagall?«, fragte der Herr Kaplan, mit einem Blick in den Rückspiegel.

Darauf wusste Anatol keine Antwort.

»Rosie und ich haben ihn gut verpackt, keine Sorge«, sagte der Mann und lächelte. »Ich kenn mich aus mit Kunst. In unser Diözese bin ich unter anderem für die Digitalisierung der Kunstgegenstände in unseren Gotteshäusern zuständig. Ab und zu muss ich auch mal ein Bild oder eine Statue zu einem Händler fahren, um sie schätzen zu lassen, wegen der Versicherung. Da schnappt man so einiges auf, zum Beispiel wie man einen Chagall verpackt. Allerdings«, fügte er hinzu, »hättest du damit nicht unbedingt bei diesem Wetter draußen herumlaufen müssen.«

»Nein«, gab Anatol zu.

»Was hast du da eigentlich gemacht, so nackt und allein im Regen?« Aber statt eine Antwort abzuwarten, redete er einfach weiter. »Ich muss heute nach Großgmain, hab dort die nächsten Tage beruflich zu tun. Wenn du willst, nehme ich dich bis dorthin mit. Und dann schauen wir weiter.«

»Großgmain?«, entfuhr es Anatol.

»Ja, warst du schon mal da?«

»Ja«, antwortete Anatol, »aber das ist lange her. Meine Großmutter hatte eine recht enge Beziehung zu … Großgmain.«

»War sie auf Wallfahrt dort?«

»So etwas in der Art«, murmelte er.

»Na, dann fühlst du dich da sicher wie daheim.«

Anatol nickte stumm. Möglicherweise, so dachte er, sollte er einmal den Friedhof besuchen, wenn er schon da war, und eine Kerze anzünden. Ein bisschen Beistand konnte nicht schaden.

Oh, du heiliger Meinrad!«, fluchte Lore Neuendorff.

»Sag so etwas nicht«, bat sie Anatols Vater. »Das regt sie nur noch mehr auf.«

Sie hatten sich in sicherer Entfernung zum Bett der Großmutter platziert, der Vater, die Mutter, Elisabeth, Helena und Gerhard, der allerdings ganz an die Wand gerückt war, denn er fühlte sich, nicht ganz zu unrecht, schuldig am Zustand der Großmutter, immerhin war er es gewesen, der ihr die dritte Portion Speck gebracht hatte, nachdem sie bereits zwei große Teller mit lauter fetten, süßen Köstlichkeiten vom Frühstücksbuffet verschlungen hatte. Diese dritte Portion Speck war zu viel gewesen. Mit den Worten »Mir ist nicht gut« war die Großmutter danach schwankend vom Tisch aufgestanden, in die Hotellobby hinausgewankt und, ehe Gerhard sie hätte auffangen können, der Länge nach auf dem blauen Teppichboden der Lobby hingeschlagen. Zum Glück war es ein sehr weicher, sehr dicker Teppichboden und der Arzt, der in aller Schnelle herbeigerufen wurde, konnte außer extrem hohen Zuckerwerten und einer leichten Prellung des rechten Schultergelenks nichts Gravierendes feststellen. Er verordnete ein Magenmittel und Bettruhe. Der Schock saß bei allen noch sehr tief. Der Ärger saß tiefer, zumindest bei Lore Neuendorff.

»Drei Portionen Speck! Da darf man doch wohl fluchen! Die Frau hat Gallensteine, verdammter Meinrad noch einmal.«

»Du sollst den Josef nicht verfluchen«, stöhnte die Großmutter vom Bett aus.

»Sehr richtig«, stimmte Elisabeth zu. »Verfluche lieber den da.« Sie zeigte auf Gerhard.

»Ach«, rief der, »geht es jetzt etwa um mich?«

»Nein, es geht um Anatol!«, rief Lore aus und begann dann zu schluchzen. Sie schlug die Hände vor die Augen und ließ sich weinend auf einen Sessel nieder. Schockiert standen die anderen drei um sie herum, während ihre eigene Mutter, Anatols Großmutter, sich trotz ihrer schmerzenden Schulter beim Anblick ihres weinenden Kindes wegdrehte.

Das hatte sie schon immer getan. Trost war eine Währung, mit der die Großmutter nicht zahlte. Anregung ja, Aufmunterung im besten Fall, aber ein weinendes Kind in den Arm zu nehmen, das war ihr im echten Leben nicht gelungen. Auf der Bühne spielte sie seit ihren Dreißigern Mütterrollen mit einer Verve wie kaum eine andere. Das begann bei Ibsens Nora, ging über in Medea und endete bei Hamlets Mutter, und wenn man es recht bedachte, dann waren diese Frauen wohl auch keine guten Lehrmeisterinnen in Sachen Mutterdasein. Was wäre wohl aus Hamlet geworden, wenn seine Mutter ihn einmal zum Trost in den Arm genommen hätte? Nichtsdestotrotz konnte sie eine gute Mutter *spielen* und genau das war es dann auch, was sie von der Bühne ins echte Leben übertrug: Sie spielte Mutter. Doch die Neuendorff spielte nur, wenn Publikum anwesend war, was dazu führte, dass sie das Kind, wenn es sich beim Hinfallen auf einem Gehsteig im ersten Wiener Gemeindebezirk ein Knie aufschlug, mit Küssen überdeckte, geschah dasselbe aber in den eigenen vier Wänden, wies sie einfach nur das Dienstmädchen an, dem Kind ein Pflaster aufzukleben und verließ den Raum. Und nun drehte sie schlicht ihren silbergrauen Kopf zur Wand. Familie gab ein schlechtes Publikum ab.

Helena kniete sich zu ihrer Mutter und begann, deren Rücken zu streicheln, während der Vater und Elisabeth gleichzeitig und auf frappierend ähnliche Weise die Augen rollten. Nur Gerhard, der dem Familiendrama schutzlos ausgeliefert war, räusperte sich und sagte: »Es ist alles meine Schuld, ich weiß. Ohne mich hätte Anatol das französische Mädchen nie angesprochen und Frau Neuendorff hätte keinen Speck gegessen und wir stünden jetzt nicht hier, wo wir sind.« Er seufzte tief. »In Linz.«

»Und genau das ist das Problem«, konstatierte der Vater. »Wir sind immer noch in Linz. Was tun wir hier eigentlich noch?«

Lore hob ihr von Tränen zerlaufenes Gesicht und sah verständnislos zu ihrem Mann auf.

»Wir wissen doch, wohin Anatol will. Also fahren wir jetzt auch dorthin.«

»Nach Nantes?«, fragte Elisabeth. »Du willst allen Ernstes nach Nantes fahren?«

»Ich dachte, das war von Anfang an der Plan«, warf Helena ein, »oder nicht?«

»Ich komme mit«, sagte die Mutter, wischte sich die Mascara unter den Augen weg und griff zu ihrer Handtasche.

»Ich auch«, schloss sich Elisabeth an und Helena nickte zustimmend. Man war sich schnell einig, dass Marie weiter die Stellung in Wien halten sollte.

Es war eine leise Revolution, aber sie zeigte Wirkung, denn nach wenigen Sekunden des Schweigens drehte sich der silberhelle Kopf der Großmutter auf dem Kissen und sie sagte: »Wenn ich auf dieser Reise sterben sollte, dann ist das zweifelsohne eure Schuld und ihr werdet damit leben müssen.«

»Heißt das, du kommst mit?«, fragte Helena vorsichtig.

»Oh, du heiliger Meinrad, ja, verdammt! Wo sind meine Schuhe?«

Sie waren blau. Die Säulen waren blau. Nicht nur war dieser Altar grotesk überdimensioniert, er war auch noch von blauen Säulen umrahmt. Die Tatsache, dass er in einem Talar vor einem Marienaltar stand und keine Unterwäsche trug, irritierte ihn nicht halb so sehr wie das Blau der Säulen. Marienverehrung hin oder her, aber dieses Blau passte überhaupt nicht zum Rest des Altars und er konnte ein unangenehmes Ziehen bis in seine unbekleideten Hoden nicht unterdrücken. Was für ein Ausbund an Geschmacklosigkeit.

»Josef Meinrad hat diese Kirche sehr geliebt!«, informierte ihn der Pfarrer. »Ganz besonders liebte er unseren schönen Marienaltar.«

Anatol kam nicht umhin, ein leises, anerkennendes »Hm!« von sich zu geben, aber im Geiste hätte er seine Großmutter gerne geschüttelt und sie gefragt, was zur Hölle sie sich nur dabei gedacht hatte, einen Mann verführen zu wollen, der ein Faible für Affen und blaue Marienaltäre besaß.

»Was denken Sie, junger Freund?«, fragte der Herr Pfarrer.

»Karlsbad«, antwortete Anatol wahrheitsgetreu, »ich denke an Karlsbad.«

Auch wenn der Altar hässlich war, so war es ihm doch unmöglich, in Anwesenheit eines Priesters und noch dazu in einer Kirche zu lügen.

»In der Tat!«, rief der Priester aus. »Mir wurde schon öfter zugetragen, dass unser schöner Marienaltar eine gewisse Ähnlichkeit mit dem in der Maria-Magdalenen-Kirche in Karlsbad habe. Junger Freund, ich bin beeindruckt.«

Anatol dachte kurz darüber nach, ob er den Priester aufklären sollte über die verquere Beziehung seiner Großmutter zum Ortsheiligen, aber dann unterließ er es.

»Komm«, sagte der Herr Kaplan zu Anatol so leise, dass es der Priester nicht hören konnte, »cruisen wir durch Meinrad-City. Und danach zeige ich dir dein Quartier.«

Der Geistliche steuerte den Jeep durch Großgmain und zeigte Anatol die Hotspots des Meinrad-Glaubens. Es gab eine Josef-Meinrad-Straße, das Josef-Meinrad-Haus, das besagte Josef-Meinrad-Grab, dazu, so informierte der Kaplan Anatol, wurde einmal im Jahr ein Josef-Meinrad-Tag in Großgmain begangen sowie jährlich eine Messe für den großen Schauspieler gelesen.

»Dann wird er wohl im Himmel sein«, sagte Anatol leichthin.

»Bitte?«, fragte der Herr Kaplan.

»Na, wegen der Messen.«

Der Kaplan schüttelte den Kopf. »Glaubst du überhaupt an Gott?«

Da war er wieder im Garten der Döblinger Villa, ein heißer Spätsommertag, das Gras des englischen Rasens schon im Übergangsstadium zu Heu, mit dem seine Schwestern für gewöhnlich ihre weißen Kaninchen fütterten. Klopfte man mit der flachen Hand auf den Boden, so stiegen Wolken in die flirrende Nachmittagsluft und man befand sich inmitten einer Galaxie aus Staubkörnern. In dieses perfekte Universum gesellte sich eines Tages, kurz vor dem Ende der Sommerferien, der prominente Hausgast seiner Großmutter zu ihm und sprach ihn an.

»Was spielst du da, Anatol?«

»Gott«, war seine Antwort.

Meinrad sah etwas irritiert drein und fragte nach. »Du spielst Gott?«

»Ja«, antwortete Anatol, während er mit dem Zeigefinger auf

einen einzelnen Abschnitt der Staubkornwolke deutete. »Ich erschaffe das Universum. Und das hier ist die Milchstraße.«

Meinrad hatte sich daraufhin zu ihm auf den verdorrten Rasen gesetzt und war mit seinem Blick Anatols Zeigefinger gefolgt. »Das ist wunderbar«, hatte er gesagt, und schweigend hatten sie das Auseinanderdriften der Wolke im Sonnenschein beobachtet, während sich das Universum immer weiter ausdehnte und schließlich im Nichts verschwand.

»So muss es Gott auch gemacht haben«, flüsterte Meinrad und legte väterlich seine warme Hand auf Anatols Schulter.

Es war das einzige Mal, dass er mit dem berühmten Mann allein gesprochen hatte, und er war entsprechend stolz und glücklich darüber. Als er am Abend, lange nachdem der Gast aufgebrochen war, der Großmutter davon erzählte und sie zu der Stelle führte, auf der er und Josef Meinrad im Gras gelegen und den Dingen des Universums auf den Grund gegangen waren, hatte sie mit einem missbilligendem Zischen ihre Zigarette auf den Boden geworfen, sie zielgenau mit dem schmalen Absatz ihrer maßgefertigten Schuhe an der Stelle ausgetreten, an der die Sonne entstanden war, und gesagt: »Gott ist tot. Genau wie unser Rasen.«

Dann hatte sie sich umgedreht und war ins Haus gegangen und Anatol hatte noch lange auf den schwarzen Brandfleck im Boden gestarrt, den ihre Zigarette, Marke Salem gelb, dort hinterlassen hatte, sowie auf ihre Spuren im Gras, die der spitze Absatz ihrer Schuhe in der harten Erde zurückließ, eine kleine, kaum zu sehende Schrittfolge von verbrannter Großmuttererde.

»Ich glaube an Josef Meinrad«, lautete Anatols Antwort auf die Frage des Kaplans.

»Auch recht«, sagte er, »jedenfalls hier in Großgmain.«

Der Jeep fuhr auf einen Parkplatz und hielt an.

»Wir sind da«, sagte der Herr Kaplan.

Überraschenderweise war er nicht müde. Statt sich in sein Gästezimmer zurückzuziehen und »Gott zu begegnen«, wie es ihm einer der Gemeindepfarrer wohlwollend empfohlen hatte, begegnete er beim Durchstreifen des Pfarrhauses niemandem, was Anatol wenig erstaunte. Das hier war ein funktionales Gebäude, keines, in den man einander auf dem Gang begegnete, um Nettigkeiten über dem blank gewienerten, zitrusfrischen Boden hinweg auszutauschen. Es war beinahe ein steriler Ort, kein Haus Gottes, und das hatte er bereits gesehen und für hässlich befunden. Aber es gab einen Ort, an dem er seinem Gott begegnen konnte.

Nachdem er seine vom Tanz im Schneematsch vollkommen verdreckten und nassen Kleider einer schweigsamen Haushälterin übergeben hatte und den Chagall sicher im Schrank seines Zimmers verwahrt hatte, stapfte Anatol mit einem geliehenen Mantel und im Talar in Richtung Friedhof. Eigentlich hatte er den Mantel nicht geliehen, sondern ihn, streng genommen, entwendet. Doch wer ließ schon seinen warmen Wintermantel an einem kalten Abend an einer Garderobe hängen und erwartete ernsthaft, dass er dort hängen blieb? Und außerdem war es ja nur für eine Stunde.

Es war nicht schwer, den Weg zum Friedhof zu finden, auch wenn es inzwischen dunkel und ziemlich kalt geworden war. Das Grab Josef Meinrads zu finden war dagegen ein größeres Problem, eben weil es bereits so dunkel und die einzige Laterne am Eingang zum Friedhof kaputt war. Nur von den weiter entfernten Straßenlaternen drang etwas Licht bis zur Friedhofsmauer. Aber zum Glück stand dort, genau neben dem eisernen Tor, ein Grabkerzenautomat. Anatols Herz machte einen Sprung.

Er liebte Automaten. Anatol konnte sich an keine Reise mit seiner Großmutter erinnern, auf der er seine Eltern nicht um ein paar Münzen angebettelt hätte, um etwas aus einem Automaten zu ziehen. Bahnhöfe, Flughäfen, Straßenbahnhaltestellen, selbst der Honigautomat im Schönbrunner Zoo – es gab beinahe nichts, was ihn glücklicher machte als das Drehen an einer Automatenschraube und der Klang dessen, was als verpackte Ware in seine Welt hinausfiel. Es gab keine Verkäufer, mit denen man reden musste, keine Hand berührte die andere, um das Wechselgeld herauszugeben, man sprach keine andere Sprache als die harter Münzen. Es war Konsumrausch in seiner Vollendung.

Anatol griff in die Taschen des fremden Mantels, aber außer ein paar alten Taschentüchern war darin nichts zu finden. Er schlug mit der Faust gegen den Automaten, nicht stark, nur ein wenig, woraufhin es mit einem Mal im Inneren des Automaten rappelte und eine Grabkerze in rotem Plastikbehälter und mit einer Abbildung der Jungfrau Maria darauf hinausfiel. Daran klebte, Meinrad sei Dank, ein Zündholzstreifen mit vier langen, flachen Streichhölzern.

Nun musste er nur noch über die Friedhofsmauer gelangen, die gar nicht mal so hoch war, und gerade als Anatol überlegte, wie er in seinem Priestergewand darübersteigen sollte, schob ein kleines Weiblein die eiserne Gittertür zum Friedhof ein Stück weit auf und schlurfte hindurch.

»Grüß Gott, Herr Pfarrer«, sagte die alte Frau leise, als sie dicht an Anatol vorbei durch das Gittertor schlüpfte, »besuchen Sie unsere Toten?«

»Den Meinrad«, fühlte sich Anatol verpflichtet zu sagen.

»So, so, den Meinrad«, krächzte das Weiblein. »Ein großer Mann.«

»Ja, das war er wohl«, antwortete Anatol und wollte schon weitergehen, als die alte Frau hinzufügte: »Und ein glücklicher Mann! Das größte Glück im Leben ist der Tod.«

Anatol hielt inne.

»Bitte, was?«, fragte er.

»Der Tod, Herr Pfarrer. Wir erleben ihn alle zum ersten Mal. Was für eine Premiere!« Selbst im spärlichen Licht des Friedhofseingangs konnte Anatol erkennen, dass das Weiblein lächelte, ein zahnloses Lächeln. »Ein einziger Vorhang nach einer banalen Vorstellung und alles ist vorbei.«

Er stockte. Sollte er darauf etwas erwidern? Oder besser schweigend weitergehen? Und gerade als er sich entschieden hatte, nichts zu sagen, sprudelten die Worte unabsichtlich aus seinem Mund: »Was, wenn es ein gutes Stück war?«

»Nennen Sie mir ein gutes Stück!«, forderte ihn das Weiblein auf.

Ohne zu überlegen antwortete Anatol: »Romeo und Julia.«

Die runzelige Alte nickte. »Shakespeare. Wer auch sonst.« Sie seufzte. »Zwei junge Menschen vergeuden ihr Leben an einen frühen, tragischen Tod. Ein grausames Stück. Gefallen Ihnen grausame Stücke, Herr Pfarrer?«

»Nein«, gestand Anatol.

»Dann lassen Sie Ihres nicht so enden«, empfahl ihm die Alte, drehte sich auf dem Absatz um und verschwand schlurfend im Dunkel der kaputten Straßenlaterne.

Er wünschte sehr, er hätte die Toilette in der Hotellobby vor der Abreise nicht mehr aufgesucht, denn aus nicht näher ersichtlichen Gründen erfreute man dort die Gäste über Lautsprecher mit Radio Oberösterreich und nun war sie nicht mehr aus seinem Kopf zu kriegen: Céline Dion informierte ihn leider in Dauerschleife darüber, dass sie die ganze Nacht hätte fahren können, um zu ihm zu gelangen, und das tat, nachdem er es sicher zum hundertsten Mal im Kopf abspulte, mittlerweile physisch weh. Darum fahndete Gerhard dringend nach einem anderen Lied in sich, mit dem er sein Unbewusstes füttern konnte, fand aber keines.

»Könntest du das Radio anstellen?«, bat er Anatols Schwester Elisabeth, die am Steuer saß.

Die drehte daraufhin am Einschaltknopf und stellte Ö1 ein. Beethovens Neunte füllte das Innere des Wagens aus.

»Vielleicht irgendetwas mit Text?«, bat Gerhard.

»Banause«, schnaubte die Großmutter leise, die zuvor so getan hatte, als ob sie schliefe. »Das ist Beethovens Neunte!«

»Und?«

Da richtete sich die Großmutter kerzengerade auf und rief: »Ist ›Freude, schöner Götterfunken‹ etwa nicht genug Text für einen steirischen Bauernbuben?«

In Gerhards Kopf vermischten sich nunmehr Céline Dions Stimme und Beethovens Musik. Es war eine unheilige Allianz. Beethoven hätte die kanadische Röhre vermutlich umgebracht, wenn er sie gehört hätte. Gott, hat der ein Glück gehabt, dass er taub war!

»Wieso machen wir nicht eine Pause?«, schlug Elisabeth vor.

»Pause? Ich brauche keine Pause«, sagte die Großmutter.

»Ich schon«, mahnte Elisabeth, »immerhin sitze ich seit zwei Stunden am Steuer.«

»Kindchen, nimm dir ein Beispiel an deiner Großmutter. Ich kann stundenlang fahren, ohne anzuhalten! Aber man lässt mich ja nicht ans Steuer meines eigenen Wagens.«

»Zu Recht«, murmelte Elisabeth.

»Nun, wenn deine Lebenszeit einmal knapp wird, verzichtest du auch freiwillig auf Pausen. Also fahr gefälligst weiter. Ich will noch in diesem Leben in Nantes ankommen.«

Gerhard bereute jetzt, nicht in das andere Auto eingestiegen zu sein, in dem Anatols Vater, Mutter und Helena saßen. Er schob sein grünes T-Shirt mit dem Aufdruck »See you later, Alligator!« hoch, griff in die Hosentasche und zog sein Handy hervor. Er hatte eine SMS erhalten.

Guten Tag, mein Freund. Genießen Sie die Reise?

Gerhard starrte auf sein Display. Das war doch nicht möglich! Dieser Mensch konnte unmöglich wissen, dass sie schon wieder unterwegs waren. Oder ließ der Doktor sie etwa beschatten?

Verstohlen schaute er aus dem Heckfenster des Mercedes, um etwaige Verfolger zu entdecken. Was war das für ein VW Polo mit Wiener Kennzeichen? Konnte das die Polizei sein? Sie würden sicher ein unauffälliges Auto benutzen und was war unauffälliger als ein VW Polo? Oder würden sie im Großraumwagen anrücken, bereit, gleich alle auf einmal zu verhaften? Dann konnte es der Ford dort hinten sein, der sich anschickte, sie zu überholen. Warum nur saß er in diesem Cabrio? Es konnte um diese Uhrzeit auf dieser Autobahn wohl kaum ein auffälligeres Auto geben! Da, noch ein Piepsen des Handys.

Bevor ich es vergesse: Grün steht Ihnen. Passt gut zu Ihren Haaren.

Gerhard begann zu schwitzen, auch wenn das Verdeck des Cabrios ziemlich zugig war. So würde er sich erkälten und eine Mittelohrentzündung bekommen. Und dann sah er es. Es war ein bläuliches Licht, das immer näher kam, und kurz darauf war auch schon die Sirene zu hören! Sie kamen, um ihn zu holen. Jetzt, da war er sich sicher, würde er endgültig ins Gefängnis wandern, als Helfershelfer der Familie Neuendorff und ihres Chagall-affinen Sohnes. Panik stieg in Gerhard auf und er schrie, ohne jede Vorwarnung: »Köpfe runter!«

Elisabeth verriss beinahe das Steuer und die Großmutter, soeben erst wieder eingeschlummert, ließ ein erschrockenes Quieken vernehmen, gefolgt von einigen sehr deftigen Flüchen. Dann fuhr ein Rettungswagen an ihnen vorbei und Gerhard wusste, dass er langsam aber sicher paranoid wurde.

»Was sollte das?«, rief Elisabeth empört.

»Entschuldigung«, sagte Gerhard leise. »Ich weiß auch nicht, was da in mich … Tut mir wirklich leid.«

»Das sollte es auch, junger Mann«, raunzte die Großmutter. »Wagen Sie es ja nie wieder, mich zu wecken!«

Dann drehte sie sich mit dem Kopf zur Seite und begann binnen weniger Sekunden wenig damenhaft zu schnarchen.

Gut vierzig Meter hinter dem Mercedes hielt ein silberfarbener Golf unauffällig dessen Spur und schloss bis auf ein Auto immer wieder auf. Doch das bemerkte Gerhard, der sich mittlerweile mit zitternden Fingern einer Packung Mentos widmete, nicht mehr. Das Handy hatte er vorsichtshalber ausgeschaltet.

Das hier war es: Meinrads Grab. Darauf stand ein Kreuz mit dem Abbild des heiligen Josef. Anatol hielt sein Grablicht ganz nah an die Abbildung und konnte im flackernden Schein der Kerze deutlich sehen, wie der freundliche Riese den kleinen Christus auf seinen starken Armen trug. Nur war das nicht der heilige Josef und er trug auch nicht das Jesuskind über den Jordan. Es waren Josef Meinrad und seine Großmutter, die er über einen kleinen Nebenarm der Teplá hievte.

Es war ein Sommergastspiel des Burgtheaters in Karlsbad gewesen und ihre erste Saison als Luise Miller. Sie war jung und hübsch, ungünstigerweise frisch liiert und ziemlich beeindruckt von dem großen Kollegen mit der unnahbaren Ausstrahlung. Und obwohl sie von den männlichen Kollegen stark hofiert wurde, hatte sie sich ausgerechnet den Pepi Meinrad in den Kopf gesetzt. Ob es an seiner höflichen Art lag oder daran, dass er ihr in einer der Probenpausen wohlwollend zugenickt hatte, was als höchstes Lob galt, sie konnte es nicht genau sagen. Doch der Moment, in dem sie sich unsterblich verliebte, der ließ sich sehr genau benennen. Es war ein lauer Julinachmittag und die ganze Partie war an diesem Tage außerhalb von Karlsbad wandern gewesen. Nun galt es, zeitig zurückzukehren, aber keiner fand den richtigen Weg. Die Zeit drängte und schließlich deutete einer der Ensemblekollegen geradeaus und sagte: »Wir müssten eigentlich nur über das Bacherl hinüber, dann wären wir auf dem richtigen Weg.« Brücke war keine in der Nähe, was tut also ein Mann von Welt? Während alle voranstürmten, das seichte Wasser zu durchwaten (schließlich mussten sie dringend zurück zum Theater, damit die Vorstellung rechtzeitig beginnen konnte), da griff plötzlich der Meinrad nach Johannas Arm, legte ihn sich über die Schulter, hob ihre Beine auf und trug die Großmutter so über das Fließgewässer.

»Bravo!«, applaudierten die Kollegen, während Meinrad Johanna am anderen Ufer absetzte.

»Bitte sehr, schönes Fräulein«, sagte er galant und hauchte zu guter Letzt noch einen Kuss auf ihre rechte Hand. Dann drehte er sich zu den anderen um, lachte und sagte: »Schaut's! So macht man das.«

Johanna spürte noch Stunden später, wo die Arme des großen Mimen sie an Rücken und Beinen berührt hatten. Es war so, als hätte sie sich verbrannt, ohne dabei Schmerzen zu empfinden. Folglich schwärmte und flirtete sie die verbleibenden sechs Tage in Karlsbad, was das Zeug hielt, ohne den Meinrad jedoch zu mehr überreden zu können als ein paar tiefen Blicken und einem Kuss auf die Stirn.

Am letzten Abend vor der Heimreise wollte es Johanna also wissen und stahl sich spätnachts heimlich in das Hotelzimmer Josef Meinrads. Dabei wurde sie leider von dem Darsteller des Ferdinand beobachtet, der seinerseits dabei war, das Hotelzimmer von Lady Milford zu stürmen. Eins führte zum anderen und am nächsten Morgen wusste es bereits das gesamte Ensemble, dass Josef Meinrad in Karlsbad einen schwachen Moment erlebt hatte.

Was die anderen Schauspieler nicht wussten, war, dass Meinrad Johanna mit den Worten »Geh, Puppi, ich bin verheiratet. Nun husch mal hübsch in dein Bett und lass mich in Frieden schlafen!« aus dem Zimmer hinauskomplimentierte, kaum zwei Minuten nachdem sie es betreten hatte.

Meinrad war Gentleman genug, über diese Episode zu schweigen, dennoch drang das Ganze schnell zu Johannas Freund, Anatols späterem Großvater, durch. Eine auf Johanna neidische Kollegin ließ ein paar gezielte Bemerkungen fallen, die ihm zwangsläufig zu Ohren kommen mussten.

»Aber ich schwör doch, es war gar nichts!«, hatte Johanna dem Großvater immer wieder beteuert, doch der gekränkte zukünftige Ehemann glaubte ihr nicht. Bis endlich der Meinrad ihn in einer stillen Minute beiseite nahm und ihm versicherte, dass das ganze nur ein Missverständnis war und er ganz beruhigt sein könne. Am Ende stand eine Schwangerschaft und ein halbes Jahr später wurde tatsächlich geheiratet. Doch der Zweifel nagte am Großvater, all die vielen Jahre ihrer Ehe und immer wieder quälte er sich mit ein und derselben Frage: Warum nur war Johanna in jener Nacht in Meinrads Zimmer gegangen? Und obwohl er die Antwort kannte, gab er sich mit dem zufrieden, was Johanna ihm als Information zuwarf, wie Brotkrumen für die Vögel. Allerdings wandelten sich ihre Erklärungsversuche im Verlauf der Jahre:

»Ich hatte mich verlaufen und mein Zimmer nicht mehr gefunden.«

»Ich bin schlafgewandelt.«

»Wir wollen doch nur die Sterbeszene aus ›Kabale und Liebe‹ proben.« – »Um ein Uhr nachts?« – »Gestorben wird immer.«

»Ich hatte gedacht, es wäre das Badezimmer/ die Toilette/ der Wandschrank/ das Nähzimmer.«

»Ich wurde von einem Einbrecher bedroht und hatte Todesangst! Wohin sollte ich fliehen?«

»Ich hatte gedacht, es wäre die Küche/ die Speisekammer/ der Probensaal.«

»Ich habe dieses Zimmer niemals betreten!«

»Er hat sich in der Nummer geirrt. Das war eigentlich mein Zimmer, nicht seines.«

Das eigentlich Erstaunliche an der Geschichte war, dass der Großvater seiner Frau die ganze Sache irgendwann verziehen hatte, nicht jedoch Josef Meinrad, der deshalb stets die Villa in Döbling verließ, bevor der Großvater aus dem Ministerium zurück war, immer unter dem Vorwand, er habe am Abend noch Vorstellung, selbst als er schon der Bühne Adieu gesagt hatte. Die Vorstellung Meinrad/Neuendorff durfte nie enden. Aber dann starb der Meinrad und die Großmutter gab die letzte Vorstellung, genau hier, an seinem Grab, beinahe allein. Da waren alle anderen schon fort, die Beerdigung längst erledigt und das Grab noch offen, als sie sich eine Zigarette anzündete und auf den Sarg hinunterschaute, still rauchend, still trauernd und Anatol, den sie damals mitgenommen hatte, stand da, neben den ganzen Blumenkränzen, musste dringend Lulu und fror in seinem dünnen schwarzen Wollmantel, denn es war Februar.

»Können wir jetzt gehen, Oma?«

Keine Reaktion, nur der Rauch der Zigarette stieg steil gerade nach oben und dann, in Zeitlupe, rann eine mascaraschwarze Träne an ihrer Wange herab und spülte einen Graben in all das vergeblich aufgelegte Rouge. Unter all der Maske war die Großmutter seltsam blass.

»Oma?« Er begann zu tänzeln. Wenn sie nicht gleich gingen, würde er aufs Nebengrab pinkeln müssen.

Johanna Neuendorff zuckte kurz, als hätte er sie geweckt, und schnipste dann die noch brennende Zigarette ins Grab hinunter. Es war ein letzter Akt des Zorns, weil er stets ihr Freund geblieben war – nicht mehr und nicht weniger. Dann hatte sie sich wortlos umgedreht und war zum Auto zurückgegangen, auf ihren hohen schwarzen Bleistiftabsätzen und Anatol war seiner Großmutter hinterhergerannt wie ein Lämmchen, das noch nichts vom Schlachten wusste.

Nun stand er beinahe an derselben Stelle, an der er gut zwanzig Jahre zuvor gestanden hatte, und zitterte leicht vor Kälte in seinem Talar und dem gestohlenen Mantel. Mit unsicheren Fingern stellte er das Grablicht ab. Außerdem musste er auch jetzt zur Toilette, war sich aber sicher, dass das offizielle Friedhofs-WC geschlossen war, und somit vollendete er das, was er zwanzig Jahre zuvor erst auf den Sitzen des Mercedes Cabrio seiner Großmutter hatte vollenden können, wofür sie den Eltern eine gesalzene Rechnung der Polsterreinigung präsentiert hatte, und pinkelte gegen die Friedhofsmauer.

Und weil er der unerfüllten Liebe seiner Großmutter etwas zu sagen hatte, strich er danach den Talar glatt, baute sich vor dem Grab auf und räusperte sich.

»Heiliger Meinrad, ich bitte dich: Mach, dass ich bis Nantes komme, dort Marcelline finde und dass sie sich in mich verliebt. Bitte!« Und weil es ein Gebet war, fügte er noch »Amen« hinzu.

Anschließend drehte er sich um und ging durch das Tor hinaus, den Weg zurück ins Pfarrhaus.

Es war fast wie früher, nur dass sie die Rückbank nicht mit ihren Geschwistern teilen musste. Vier Kinder und einen Koffer auf den Rücksitz des Kombis zu zwängen, war der traditionelle Auftakt jedes Neuendorff'schen Ferienvergnügens, und auch wenn das hier wesentlich komfortabler war – es weckte die Erinnerung an alte Zeiten.

Helena hatte die Jacken ihrer Eltern sauber zusammengefaltet und benutzte sie nun als Kopfkissen, während sie den Sicherheitsgurt irgendwo um die Hüften herumgeschlungen hatte und so, mehr oder weniger bequem, im hinteren Teil des Wagens zu liegen kam. Von hier aus schrumpfte die Welt zusammen auf eine schwarz-grau verschalte Plastikkugel, in deren Mitte man fast unsichtbar von einem Ort zum anderen glitt, nur einen Ausschnitt schwarzen Himmels hinter Glas über und die Hände der Eltern vor sich, die sich nie berührten.

Mamas Hände mit den rot lackierten Nägeln, die Papa nicht leiden konnte, kratzten an Wasserflaschen herum, zogen Gummibärchen und Pixibücher aus viel zu großen Handtaschen, die ihr durch den mütterlichen Versorgungstick die Beinfreiheit raubten, eine Fußfessel aus kalorienreichem Entertainment für die Kinder.

Der Vater ernst, die raue Hand auf der Kupplung und ohne ein Wort oder ein Lächeln für die andere Seite stets darauf bedacht, sie alle heil und unversehrt an ihren Urlaubsort zu fahren. Eine Herkulesaufgabe, schenkte man den kaum hörbar dahingemurmelten Flüchen Glauben. Ein verlässliches Nebeneinander von Mutter und Vater, ein stetig dahinfließender Strom Familienleben in einem Bachbett aus ehelicher Sicherheit, in dem sie sich als Kinder so geborgen fühlten. Es war für die Geschwister jedes Mal wieder ein Schock, wenn ein falsches Wort den Damm brechen ließ und man den Rest der Reise in angespanntem Schweigen verbrachte, weil man als Kind auf der Rückbank nicht in die reißenden Fluten zwischen Fahrer- und Beifahrersitz geraten wollte. Das Ganze hörte erst auf, als Anatol geboren wurde. Anatol war der Grund, warum sie einen Waffenstillstand schlossen, einen väterlich-mütterlichen Nichtangriffspakt im Dienste der Familiengesundheit, weil die Gefahr zu groß war, in den Gegenverkehr des Lebens zu geraten oder die Pillendose mit den Zuckerln zu verwechseln. Helena hatte so einmal den längsten Schlafzyklus ihres Lebens durchgemacht. Die Dragees der Mutter versetzten das Kind für ganze vierundzwanzig Stunden in Tiefschlaf, etwas, das sich tunlichst nicht wiederholen sollte. Die Gefahr, nie wieder zu erwachen, war einfach zu groß.

Es war ja nicht so, dass nur Anatol die Gefahr anzog wie das Licht die Motten. Auch seine Schwestern hatten ein Faible für Schrecken und Untergang. Sie vergifteten, verletzten und verliebten sich nicht nur einmal lebensgefährlich, und dass sie es jeden Sommer aufs Neue schafften, alle zueinanderzufinden, ganz gleich, wie weit sie auseinander lagen und wie vielen Ungeheuern sie auf den sieben Weltmeeren ihres Alltags begegneten, war schon mehr als erstaunlich. Es war etwas Großes. Es war Familie. Und es gab keinen Ort, an dem mehr Familie stattfand als hier an Bord dieses Wagens, zwischen den Händen von Vater und Mutter, die sich erst finden würden, wenn sie angekommen waren.

Anatol hängte den gestohlenen Mantel heimlich wieder zurück an die Garderobe. Niemand schien den Mantel vermisst zu haben und das Haus lag still und von allen menschlichen Erscheinungen und Entäußerungen frei vor ihm. Leise machte sich Anatol auf den Weg in sein Zimmer. Zu seiner großen Freude lagen auf dem Bett seine Kleider, reinlich und nach Wäschetrockner duftend. Sogar die Wollmütze hatte eine gesunde rubinrote Farbgebung erhalten. Die Sachen sahen zwar immer noch schäbig aus, aber so sauber und ordentlich drapiert hatten sie beinahe etwas von Hipsterstyle. Vielleicht sollte er sich einen Bart wachsen lassen?

Eigentlich war ja schon Bettzeit, aber nach seinem sechsundzwanzigstündigen Schlafmarathon in Rosies Villa fühlte er sich alles andere als müde. Außerdem hatte ihn die kalte Luft erfrischt. Also zog er sich aus, sprang kurz unter die Dusche, schlüpfte dann in die lavendelblütenfrischen Kleider hinein und legte sich angezogen aufs Bett. An dessen Fußende hing ein schlichtes Holzkreuz an der Wand, darauf der Schmerzenssohn mit Dornenkrone.

Das ganze Interieur des Gästezimmers wurde abgerundet durch erbsengrüne Vorhänge, einen taubengrauen Linoleumboden, eine fahlgelbe Neonröhrenlampe und eine beige Wanduhr, die sehr laut tickte und gut zwanzig Minuten vorging. Auf dem Ziffernblatt konnte Anatol eine sixtinische Madonna erkennen. Der Raum roch stark nach dem Putzmittel, mit dem der Boden behandelt worden war. Außer dem Ticken der Uhr war kein Geräusch zu hören. Es war totenstill im Haus.

Er schaltete die Neonröhre aus und knipste seine Erinnerung an. Es brauchte eine Weile, aber dann kamen ein paar Bruchstücke in ihm zum Vorschein, irgendetwas Grünes, Helles, Nasses. Ein Regenschirm.

»Das ist nicht meiner.«

»Jetzt schon.«

Er konnte im Schein einer Straßenlaterne die Regentropfen an der Fensterscheibe des Zimmers hinunterrinnen sehen. Sie warfen schattendunkle Schlangenmuster auf das Eichenfurnier der Schranktür. Darin lag, in taufrische Noppenfolie verpackt, der »Traum der Liebenden« und Anatol überkam das seltsame Gefühl, dass es nicht gut für ihn war, seine Träume im Schrank zu verschließen. Also knipste er das Neonlicht wieder an und schloss den Schrank auf.

Er starrte auf das große, eckige Ungetüm, das sich dort im Schrank verbarg, unter seiner durchsichtigen Schutzhülle aus Luftblasen und Holzverschalung. Der Herr Kaplan hatte ganze Arbeit geleistet und den Chagall so verpackt, dass man schon grobe Gewalt hätte anwenden müssen, um ihm zu schaden. Allerdings, stellte Anatol nun fest, hatte er auch eine so unglaubliche Menge an Klebeband und Verpackungsmaterial benutzt, dass es nahezu unmöglich schien, das Bild jemals wieder aus seinem sicheren Plastikgefängnis freizubekommen, was Anatol zu einem sehr beunruhigenden Gedanken führte: Was, wenn das gar nicht sein Chagall war? Was, wenn darin etwas ganz anderes eingepackt war?

Anatol widerstand dem Impuls, die Verpackung zu zerreißen und nachzusehen, ob es sich um seinen Chagall handelte. Der Mann war ein Mann Gottes! Wem sollte er vertrauen, wenn nicht ihm? Allerdings, gestand sich Anatol leise ein, glaubte er selbst gar nicht an Gott. Was machte also der Beruf des Herrn Kaplan für einen Unterschied?

Beruhig dich, Anatol, beruhig dich. Was hatte der Mann noch gesagt? Er sei Experte für Kunstgegenstände. Ab und zu muss ich auch mal ein Bild oder eine Statue zu einem Händler bringen, um sie schätzen zu lassen, wegen der Versicherung. Da schnappt man so einiges auf. Ein böser Verdacht begann in Anatol aufzukeimen und in Gedanken sah er sich auf dieser schlammigen Wiese im Nirgendwo stehen, nackt, tanzend und in Begleitung eines überaus teuren Bildes. Und ausgerechnet hier hatte der Herr Kaplan ihn rein zufällig gefunden? Wer war dieser Mann, der offensichtlich beste Kontakte zum Rotlichtmilieu pflegte und der selbst nicht an das zu glauben schien, was er eigentlich repräsentierte?

Einem drängenden Impuls folgend zog Anatol das Bild aus dem Schrank, legte es vorsichtig aufs Bett und begann, die Verpackung zu zerlegen. Es dauerte lange, bis er alle Klebestreifen gelöst hatte und Schicht für Schicht zum Bild vordrang. Aber da war er – der »Traum der Liebenden«, blau und zart, und Anatol ließ sich erleichtert auf dem Boden vor dem Gästebett nieder, in einem wahren Meer aus Noppenfolie, und betrachtete kniend das, was sie die perfekte Vereinigung von Mann und Frau genannt hatte, einen Honigmond.

Er sah es lange an und je länger er dies tat, um so deutlicher erschienen ihm ihre Stimme, ihr Lächeln, der Glanz ihrer Haare vor Augen. Ein Gefühl größter Dankbarkeit durchströmte ihn, denn er wusste nun, dass er dazugehörte, zu den Tausenden und Abertausenden Liebenden dieser Welt.

Draußen am Gang schaltete sich das Licht ein und Anatol hörte Schritte, die von einem leisen Lachen begleitet wurden. Es waren zwei Personen dort am Gang und sie unterhielten sich unweit seiner Zimmertür. Zuerst verstand er nur einzelne Wortfetzen, als er aber aufstand und sein Ohr an die Zimmertür legte, konnte er jedes einzelne Wort deutlich ausmachen.

Es waren zwei Männer und einer davon hörte sich an wie der Herr Kaplan.

»Wahnsinn!«, sagte die eine Männerstimme. »Der Kerl hat überhaupt keine Ahnung?«

»Ich sagte dir doch, er ist dumm! Ein Vollidiot, wie er im Buche steht.«

Anatol zuckte unwillkürlich zusammen.

»Dumm? Inwiefern?«, wollte der andere wissen.

»Er vertraut jedem, der ein bisschen nett zu ihm ist. Als ich ihn aufgespürt habe, tanzte er gerade nackt auf einer Wiese herum.«

»Also ist er nicht nur dumm, sondern auch verrückt?«

»Ziemlich sicher«, antwortete der Kaplan. »Eine gefährliche Mischung, wenn man mit einem gestohlenen Bild unterwegs ist, das Millionen Euro wert ist. Er könnte es verlieren.«

»Und du findest es zufällig?«

»Und bringe es meinem Klienten in München. Der handelt mit allem, auch mit heißer Ware. Du wirst nicht glauben, was ich dem schon alles angedreht habe! Die Madonna aus dem fünfzehnten Jahrhundert aus dem Stift Melk? Verkauft! Das Altarbild von dem Caravaggio-Epigonen? Verkauft.«

»Aber Chagall ist nicht ganz sein Revier«, gab die andere Stimme zu bedenken.

»Hey, ganz ruhig, der macht das schon«, antwortete der Kaplan. »Und wir kriegen sechzig Prozent vom Erlös.«

Anatol konnte leises Gelächter hören. Es klang fast so, als wären die beiden betrunken.

»Wann holst du dir das Bild?«

»Morgen Früh, während der Morgenandacht. Der Pfarrer soll ja auch nichts davon mitkriegen, was wir hier so treiben.«

»Warum nicht jetzt? Der Idiot schläft doch bestimmt«, schlug der andere vor.

»Nein, morgen Früh reicht aus«, sagte der Kaplan. »Und bis dahin hätten wir noch ein bisschen Zeit für uns.«

Leisen Schrittes entfernten sich die beiden Männer und ein paar Sekunden später vernahm Anatol das Klicken einer Tür. Er wandte sich um, sah zum Bett, betrachtete den Chagall, der dort lag, seine Jacke, die Haube, die Schuhe. Im Kopf hallten die gerade gehörten Worte nach, eines davon immer wieder und lauter als die anderen: Vollidiot. Aber, wie hatte das alte Weiblein richtig gesagt? Sein Stück war noch lange nicht vorbei. Es war also an der Zeit, dass er endlich seine Rolle ausfüllte und Anatol war sich wenigstens in diesem einen Punkt ganz sicher: Er war in seinem eigenen Stück nicht als Hofnarr besetzt worden.

Sie waren alle müde. Aber niemand wäre auf die Idee gekommen, ein Hotel aufzusuchen, wenn es nicht die Großmutter angeordnet hätte. Sie wären bis nach Nantes durchgefahren, alle Erschöpfung ausblendend, stur geradeaus fahrend und stets nur das Ziel vor Augen, Anatol zu finden. Sie nicht. Sie sah nicht nur das Ziel, sie sah die anderen. Es war ihre beste Eigenschaft, zu sehen was sie sehen sollte. Es auszusprechen, das stand schon wieder auf einem gänzlich anderen Blatt. Dennoch – wenn sie nicht entschieden hätte, dass Luzern der Ort war, an dem sie alle die Nacht verbringen sollten, wer weiß, ob sich nicht irgendwo auf der Reise ein Baum gefunden hätte, eine Leitplanke oder schlichtweg ein anderer Wagen, der ebendiese Reise vorzeitig beendet hätte.

Zu beobachten und zuzuhören waren zwei der Grundvoraussetzungen jedes guten Schauspielers. Und selbstverständlich hatte sie sich diese Gabe erhalten, all die Jahre lang. Sie hörte und sie sah, was um sie herum geschah. Es war nicht so, dass sie daraus stets die richtigen Schlüsse gezogen hätte. Nein, eigentlich hatte sie sogar erstaunlich oft danebengelegen. Aber sie sah und hörte dennoch mehr als alle anderen. Und als das Schild mit der Ausfahrt Luzern vor ihren Augen auftauchte, befahl sie Elisabeth, den Wagen dorthin zu lenken. Sie sah den See und die Uferpromenade, sie sah die Berge und die Ruhe. Sie sah glücklichere Tage. Und dort wollte sie hin, genau dorthin zurück, wo sie alles gesehen und gehört und dennoch nichts gewusst hatte.

Das Grand Hotel war die einzig logische Wahl. Eine Neuendorff steigt in Luzern nun einmal nicht in irgendeiner x-beliebigen Pension ab. Also lotsten sie auch den Wagen des Vaters dorthin. Der Portier parkte die Wagen und zog nur kurz die rechte Augenbraue in die Höhe, als er auf die Nachfrage nach Gepäck lediglich ein Kopfschütteln erntete und die Auskunft: »Wir reisen ohne Gepäck.« Dann bezogen sie alle ihre Zimmer. Der Vater und die Mutter ein gemeinsames, die Mädchen ein weiteres, Gerhard brachte man in Einzelbelegung unter und die Großmutter bekam eine Suite mit Seeblick. Man wünschte einander gute Nacht und verabschiedete sich.

»Bis morgen.«

»Ja, bis dann.«

»Träum gut.«

»Ihr auch.«

Selbst Marie hatte eine WhatsApp-Nachricht an alle geschickt: »Schlaft schön in euren Luxusbetten, während ich weiter das Chaos aufräumen darf.«

Sie hatte ganze zehn Teufelsemojis hinzugefügt.

Als ob irgendjemand von ihnen gut schlafen hätte können in dieser Nacht. Aber das war auch nicht das Ziel. Schlaf war nur eine Etappe auf dem Weg, der sich irgendwo zwischen den schneeweißen Laken ihres Hotelbettes hinaufschlängelte, hoch in die schneeweißen Berge, die sie alle einrahmten, die Menschen und den See.

»Gute Nacht, Anatol«, flüsterte die Großmutter, in der Hoffnung, ihre Worte mögen ihn beschützen.

VIERTER TEIL

Es war immer noch kalt und es war immer noch dunkel. Das hier war sein Weg und der führte ihn hinaus in eine neue Welt, und ja, es war eine verdammt kalte Welt, eine beängstigend große, raue und unwirtliche Welt. Sei es drum. Er war hier und er würde es schaffen! Ja, er würde das Kunststück fertigbringen und seine Mission erfüllen, denn er war der Mann der Stunde und nur er würde diesen Auftrag, den das Leben an ihn richtete, ausführen können! Er allein war derjenige, auf den es jetzt ankam. Also reiß dich zusammen, Anatol, und tue, was du tun musst! Und, ja, diese Motivations-CDs, die sein Vater ihm gegeben hatte, um ihn zum Studium zu animieren, waren eingängiger gewesen, als er es vermutet hatte. Sie hießen: »Auch du kannst es schaffen«, »Erfolg – du bist der Mann der Stunde!« und »Gehe deinen Weg in fünf Schritten«. Er hatte das nie verstanden. Welcher Weg dauerte denn nur fünf Schritte? Ins Bett? Zum Kühlschrank?

Es war drei Uhr Früh und er war auf einem gottverlassenen Waldweg unterwegs. Dauernd stolperte er über Steine oder Baumwurzeln, ihm war kalt und sein Rücken tat weh, weil er das Bild mit sich trug und dabei eine unnatürliche Haltung einnahm.

Mann der Stunde. Er fühlte keine Stunde und noch weniger fühlte er sich als Mann. Er war so verloren wie noch nie in seinem Leben. Um ihn herum war nur Dunkelheit und Kälte und er war ganz allein auf dieser Welt. Das hier war keine Mission und er suchte auch nach keinem Erfolg, er suchte noch nicht einmal nach sich selbst. Er war sich abhanden gekommen, als hätte ihn die Dunkelheit aufgefressen. Die Umrisse seiner selbst und seiner Umgebung schienen zu verschmelzen. Er war Nacht geworden und als Nacht bewegte er sich vorwärts, ohne anzuhalten.

Ein Idiot. Ein Vollidiot. Einer, mit dem man alles machen konnte, der keinen Widerstand leistete, einer, den man treten konnte und dessen Blut die Milchstraße auf den Linoleumboden zeichnete. Ein nackter Mann im Schnee, ein Sohn, der aus dem Bild fiel, ein ungenügender Enkel. Und der einzige Grund, warum er hier war und nicht auf einer Polizeiwache, war der, dass er schlichtweg nicht daran gedacht hatte, aufzugeben. Ertrinken war sehr leicht, wenn man nicht mehr dagegen ankämpfte. Aber nicht dagegen anzukämpfen war dem Menschen fast unmöglich. Stattdessen zappelte er Schritt für Schritt um sein kleines bisschen Würde. Er hätte doch auch aufgeben können. Das hätte es so viel leichter gemacht, so viel weniger schmerzhaft, so viel weniger beängstigend. Doch das kam Anatol Marcellines wegen schlicht nicht in den Sinn. Alles, was er denken konnte, war dieses eine, hässliche Wort: Idiot.

Das trug er mit sich und trug es frühmorgens durch eine halb gefrorene Welt voller Tannen und schlammiger Lacken am Weg, auf denen sich blinde Spiegel aus Eiskristallen gebildet hatten. Er trug das Wort bis über die Grenze, ohne zu wissen, dass er Österreich den Rücken gekehrt hatte und bereits in Deutschland war. Er trug es in sich und er stieß es vor sich her.

»Idiot«, flüsterte er, »Idiot.«

Als er müde war, ruhte er sich auf einem Holzstapel aus, und als es wieder dunkel wurde, fand er eine alte Hütte, die zur Lagerung von Forstgeräten diente. Er brach sie auf und schlief dort, im Sitzen, auf einem alten Traktor. Nach ein paar Stunden ging er weiter. Wenn er durstig wurde, stopfte er sich Schnee in den Mund. Den Hunger versuchte er so gut es ging zu ignorieren, bis er so mächtig wurde, dass er das Moos von den Bäumen hätte kratzen können, um es zu essen. Glücklicherweise kam er an einer Futterkrippe vorbei, verscheuchte das Rotwild durch gellende Schreie und verschlang die alten, halb gefrorenen Karotten aus der Krippe dutzendweise. Eine Hirschkuh mit ihrem Jungen beobachteten ihn dabei aus sicherer Entfernung. In ihren dunklen Augen lag so etwas wie Mitleid.

Tag und Nacht ging er, Schmerz spürend, als sich Blasen an seinen Füßen bildeten; keinen Schmerz mehr spürend, als die Blasen aufsprangen und er mit geschundenen, blutigen Füßen weiter zwischen Tannen stolperte, auf Wegen, die nirgendwo verzeichnet waren, alle Menschensiedlungen meidend, die Taschen voller vergammelter Karotten.

Er vergaß die Stunde, den Tag, das Jahr. Es war ihm unmöglich zu sagen, wie lange er schon unterwegs war. Eine Nacht und einen Tag oder waren es drei Tage und drei Nächte? Wo hatte er geschlafen, was hatte er gegessen? Wen hatte er geliebt, woran hatte er gedacht?

Er war stets ziellos durchs Leben geirrt, bis zu dem Tag, an dem er beschloss, im Kunstforum anzuheuern. Und selbst dann, als er schon wusste, was er tun und wohin er gehören wollte, war er dank der Überredungskünste seiner Mutter noch vom Weg abgekommen.

Obwohl er nicht die Absicht hatte, sein Jus-Studium wirklich aufzunehmen, hatte die Mutter darauf bestanden, dass er weiter inskribiert blieb. Wahrscheinlich war es ihr ein Trost gewesen, gegenüber den Freunden und weitläufigeren Verwandten sagen zu können, Anatol sei Student und nicht nur Museumsaufsicht, obgleich er die Universität nie von innen gesehen hatte.

Und dann kam der eine Sommer, in dem ihm alles zu lang wurde, die Abwesenheit vom Kunstforum, die Liste der Toten, die in diesem Sommer im Attersee ertrunken waren, die Pausen der Menschen, bevor sie auf die Antwort, er sei Aufsicht, mit einem wertenden »Ach …!« reagierten. Da witterte Lore Neuendorff ihre Chance und fing sanft aber nachhaltig an, ihren Sohn zu bearbeiten. Und ehe er es sich versah, stand Anatol an einem Oktobermorgen im Wiener Juridicum vor einem Hörsaal und wartete auf Einlass, als ihn von hinten eine zarte Stimme ansprach.

»Ist hier Hörsaal zweiunddreißig?«

»Nein«, sagte Anatol, »das ist der Hörsaal zwei.«

»Oh. Shit. Wie komm ich denn dann zum Hörsaal zweiunddreißig?«

»Ich g… g… glaube, da geht es dort entlang«, sagte Anatol und deutete in eine bestimmte Richtung.

»Aber von dort komme ich ja gerade«, antwortete sie.

»Dann waren Sie dort richtig«, sagte er.

»Wie kann ich dort richtig sein, wenn dort kein Hörsaal zweiunddreißig ist?«

»Nun«, Anatol kratzte sich am Kopf, »s… s… soll ich Sie dorthin begleiten?«

»Aber dort ist kein Hörsaal zweiunddreißig!«

So kamen sie nicht weiter. Das konnte ja noch stundenlang gehen. Also …

»Dann … dann haben Sie vermutlich recht«, antwortete Anatol.

»Man kann nicht vermutlich recht haben. Es gibt nur eine Wahrheit«, antwortete das Mädchen.

»Ja«, sagte Anatol. »Aber«, und er zuckte kurz mit der Schulter, »es gibt auch nur einen Hörsaal zweiunddreißig.«

»Das«, sagte das Mädchen, »ist wahr.«

»Das«, antwortete Anatol stotternd, »i… i… ist ein Paradoxon.«

»Kaffee«, sagte sie.

Anatol sah sie fragend an.

»Da.« Sie deutete auf einen Kaffeeautomaten im Hintergrund, der neben einer verstaubten Zimmerpalme stand und dessen Lichter leise surrten.

»W… w… wollen Sie einen?«

»Gerne. Und hör auf, mich zu siezen.«

Anatol kramte umständlich ein paar Euromünzen aus seiner Geldbörse und ließ zwei kleine Becher mit etwas füllen, das annähernd einer Melange ähnelte. Einen der kleinen braunen Becher reichte er an das Mädchen weiter.

»Danke.«

Um sie herum begann der Gang sich allmählich zu leeren. Die Studenten gingen in ihre Lehrveranstaltungen, Türen schnappten zu, es wurde immer stiller. Irgendwann waren sie die beiden einzigen Personen, die noch am Gang herumstanden und Kaffee tranken.

»Warum studierst du Jus?«, fragte sie plötzlich.

»Meine Großmutter hat es vorgeschlagen«, sagte Anatol wahrheitsgemäß. »Und meine Mutter würde es sehr freuen.«

»Bei mir war es mein Vater«, antwortete sie.

Es war dies der Augenblick, in dem Anatol zum ersten Mal das Gefühl hatte, vor jemandem zu stehen, der ihm auf eine etwas verquere Art und Weise ähnlich war.

»Noch einen Kaffee?«

Es war ganz anders als bei Louise oder Franziska. Diese hier, dachte Anatol, ist mehr wie ich. Mit zwei Armlängen Abstand und über fünf Kaffees hinweg gelang es ihnen, den gesamten Vormittag wegzureden, ebenso die Mittagszeit, dort auf den unbequemen Sesseln vor dem Hörsaal, in den keiner von ihnen beiden hineinging. Es wurde ein Uhr, es wurde zwei Uhr. Es wurde Zeit zu gehen. Aber sie redeten und redeten und hin und wieder, das fand Anatol ganz besonders schön, schwiegen sie gemeinsam. Sie redeten weder über Gott noch über die Welt, aber ein kleines bisschen über ihrer beider Leben und sehr viel über ihre Familien. Gut, die meiste Zeit redete sie und Anatol hörte zu, aber was machte das schon? Sie erzählte von ihrem herrischen Vater, einem Wirtschaftsanwalt, von ihrer Mutter, die sich nie auch nur einen Deut für ihre Tochter zu interessieren schien, solange sie adrett gekleidet gute Schulnoten nach Hause brachte. Von verkorksten Beziehungen mit Buben, die schon mit sechzehn Button-down-Hemden trugen und wussten, dass sie Ärzte und Anwälte werden würden. Wie sehr sie dazugehören und gleichzeitig aus dieser Welt herausfallen wollte. Also fiel sie. Aus dem oberen Stock eines Hauses, bei der Party einer Freundin. Es war halb Unfall, halb Selbstmordversuch und sie überstand es mit einigen Knochenbrüchen und einer Therapie, die nun schon ins dritte Jahr ging.

»Aber die Therapie mach ich jetzt mehr wegen der Essstörung, das hat mit dem Selbstmordversuch nichts zu tun. Na ja, fast nichts.«

»Ach so«, hatte Anatol nur geantwortet und dieses fragile Wunderwesen vor sich angestarrt, das einen Automatenkaffee nach dem nächsten hinunterkippte.

»Mit dir kann man echt toll reden«, schloss sie ihre Ausführungen.

»D… d… danke.«

Dann sah sie auf die große Uhr, die im Flur hing, und stellte fest, dass sie jetzt leider losmüsse.

»Aber wir sehen uns wieder, ganz bald«, versprach sie.

»Ja«, antwortete Anatol.

Sie schnappte sich ihre Tasche, warf den leeren Plastikbecher in den Mülleimer, winkte ihm noch einmal zu und verschwand. Anatol stand noch gute zehn Sekunden da und starrte auf die

Tür, durch die sie gegangen war, ganz so, als könnte er sie immer noch sehen, und hielt seine rechte Hand zum Gruß emporgehoben. Dann ließ er die sinnlos grüßende Hand langsam sinken, ging zum Mülleimer und zog verschämt um sich blickend den Plastikbecher heraus, den sie gerade eben weggeschmissen hatte. Vorsichtig ließ er ihn in seine Jackentasche gleiten. Als die Türen zu den Hörsälen aufgingen, war Anatol schon fort.

Den Rest der Woche verbrachte er mit dem Warten darauf, sie wiederzusehen. Anatol lungerte also im Eingang des Juridicums auf dem Gang herum, beim Kaffeeautomaten und zuletzt auch immer mal wieder vor Hörsaal zweiunddreißig, in der Hoffnung, sie zu treffen. Sie kam nicht. Nicht heute, nicht morgen, nicht den gesamten Rest der Woche. Immer wieder steckte Anatol während der Stunden, die er wartend verbrachte, die Hand in seine Jacke, um nach dem Plastikbecher zu tasten und sich zu vergewissern, dass dies alles kein Traum gewesen war. Er hatte tatsächlich mit einer jungen Frau gesprochen, stundenlang, und dabei Kaffee getrunken, so wie es ganz normale Leute taten. Und nun hoffte er darauf, das zu wiederholen. Aber – er sah sie nie wieder. Es blieb bei dieser einen kurzen Episode.

Nach einer Woche des Wartens und Herumlungerns beschloss Anatol, sein Studium zu beenden, ohne je einen Hörsaal von innen gesehen zu haben, und wieder auf dem von ihm gewählten Pfad zu wandeln. Er kehrte ins Kunstforum zurück, wo er blieb, bis ihn die Begegnung mit Marcelline endgültig aus der Bahn warf. Oder auf den richtigen Weg brachte. Das war Ansichtssache. Und nun stand er hier, inmitten eines Waldes, hungrig und zitternd vor Kälte und musste sich entscheiden.

Sterben war einfach. Man musste nur loslassen. Wenn man erst einmal aufhörte zu kämpfen, dann war alles ganz leicht. Und Anatol war keine Kämpfernatur. Es sollte ihm nicht schwerfallen loszulassen, sein kleines bisschen Leben einer höheren Macht zu überantworten, sei es Gott oder die Liebe oder der Meinrad. Das spielte keine Rolle. Er musste nur Ja sagen. Dann konnte er still und leise entschwinden.

Er schloss die Augen und richtete den Kopf genau gegen die Sonne. Durch seine Lider sickerte es Rotgelb in ihn hinein. Je länger er mit geschlossenen Augen ins Licht sah, desto stärker fing es an zu brennen, bis es schließlich in ihm explodierte und er in einem Schauer aus goldenen Funken stand. Seine Lippen formten stumm ihren Namen: »Marcelline.«

Anatol öffnete die Lider und das helle Blau stach ihm in die Augen, während über ihm die Krähen stritten. Ihm wurde bewusst, dass, wenn er nicht hier sterben wollte, er aus diesem Wald herausmusste, einen Weg zurück in die Welt finden.

Mühsam setzte er einen Fuß vor den anderen. Er war unendlich müde, aber er hatte sich entschieden. Er begann nach Schildern zu suchen, nach Wegweisern hinaus aus dem Wald. Kaum eine Stunde später erreichte er eine Lichtung. Kurz darauf stand er auf einem asphaltierten Parkplatz mit einer Bushaltestelle. Er stellte sich neben das Schild und wartete. Irgendwann, da war er sicher, würde der Bus schon kommen. Und er hatte ja Zeit, ein ganzes Leben lang.

Dieser Spiegel war entsetzlich. Dieser Tisch war entsetzlich. Diese Lampen, dieses riesige Bett – überhaupt alles in diesem Zimmer war entsetzlich, weil von so einer zielsicheren, geschmackvollen Art, dass es einen schaudern machte. Gold. Wer, bitteschön, schlief denn gerne unter einer goldgemusterten Tapete? Sie nicht, jedenfalls nicht freiwillig. Sie schlief ohnehin wenig. Stattdessen knipste sie das Nachtlicht an, entschwand aus den goldenen Kissen und Laken ihres Queen-Size-Bettes und glitt in einen Morgenmantel, der gut zwei Nummern zu groß für sie war. Nun saß sie da und betrachtete die Linien um ihre Augen, auf ihrer Stirn und ihren Wangen. Alles an ihr war grau und sie dachte, dass sie nicht im Entferntesten farblich zu ihrer Umgebung passte. Doch genau das war es ja, was sie ihr Leben lang hatte vermeiden wollen – zu passen.

Johanna Neuendorff war so vieles in ihrem Leben gewesen, sie hatte so viele Rollen verkörpert, aber die Rolle der Johanna Neuendorff war ihr Meisterstück geworden. Sie spielte sich selbst mit einer so unerschütterlichen Hingabe, dass sie ganz hinter ihrer Rolle der Diva, Ehefrau und Mutter verschwunden war. Es gab Tage, an denen sie als sie aufwachte, die andere sie. Und es gab Tage, an denen konnte sie fast vergessen, dass es sie gab. Aber dann reichte ein Blick in den Spiegel eines gold ausgeschlagenen Hotelzimmers und alles war wieder da. Weil es kein falsches Spiel im richtigen Leben gab.

Sie wusste, dass jedes Spiel erst dann gut wurde, wenn man den Bruch in der Fassade erkennen konnte. Perfektion war für sich genommen unendlich langweilig. Erst der Makel verlieh allem Schönheit, etwas, woran man sich festhalten konnte, um an der polierten Oberfläche nicht abzurutschen. Dieses Zimmer jedoch hatte keinen Makel.

Johanna Neuendorff hatte sich durchaus hin und wieder erlaubt, Brüche zu zeigen: Wut und Trauer, Eifersucht und Zorn. Es verlieh der Rolle der Diva etwas Authentisches. Aber was darunterlag, das zeigte sie niemandem. Es reichte zu ahnen, dass es da noch etwas gab. Doch die letzten Tage forderten ihren Tribut. Die Risse wurden größer und es fehlte nicht mehr viel, und die Fassade würde in sich zusammenbrechen. Ein ganzes Lebenswerk zunichtegemacht in wenigen Tagen.

Es gab außer ihrem Beruf nicht viel, das Johanna Neuendorff wirklich etwas bedeutete. Da war die Familie. Und die, das stand wohl außer Frage, war kein Ersatz. Als Mitspieler eigneten sie sich nicht, weil sie sich weigerten, Teil der Performance zu sein. Als Publikum waren sie lausig, weil sie einem ständig mit ihren eigenen Sorgen in den Ohren lagen. Und niemand, der bei Verstand war, bestellte ein Familienmitglied zum Regisseur des eigenen Lebens – mit einer kleinen Ausnahme: den Ehemann.

Wo du hingehst, da will auch ich hingehen, dein Leid sei auch mein Leid, in guten wie in schlechten Tagen und an den ganz besonders miesen Tagen notfalls auch. So hatten sie es immer gehalten. Das waren die Regeln. Und dann – hatte er sie verletzt. Da lag die Sache mit Meinrad schon Jahrzehnte zurück.

Sie hatte versucht, keine große Sache daraus zu machen. Nein, das war nicht richtig. Zunächst hatte sie sehr wohl versucht, die Diva Neuendorff darauf anzusetzen und den Umstand, dass ihr Mann sie betrogen hatte, weidlich auszukosten. Von Scheidung bis Selbstmordversuch hatte sie in ihren Gedanken alles durchgespielt und war zum Äußersten bereit gewesen. Aber dann hatte er nur dagesessen und geweint und sie um Verzeihung gebeten. Sie – nicht die Burgtheater-Neuendorff. Er war einfach nur ein Mann, der seine Frau liebte, und er bat sie darum zu vergessen, was er getan hatte. Das war der Moment, in dem die Fassade einen großen Riss bekam und die echte Johanna Neuendorff hindurchschimmerte. Eigentlich rann sie hindurch, denn die Tränen, die seine Bitte kostete, wollten so gar nicht mehr versiegen. Und sie sagte, gut, es sei vergessen, aber natürlich war es das nie. Er hatte nur die Rechnung beglichen und ihr mit gleicher Münze heimgezahlt, was sie ihn mit ihren Meinradiaden gekostet hatte. Und so saßen sie einander gegenüber, in dem goldbrokaten Wiener Hotelzimmer im Empirestil, in das sie ihn verfolgt und in das er seine junge Kanzleigehilfin bestellt hatte, die sie bei deren Eintreffen hochkant hinausschmiss. Sie saßen einander gegenüber, er weinend, sie schweigend, und hatten sich beide um ihre Ehe betrogen, weil sie nicht zurückfinden konnten in ihre Rollen als treu sorgender Ehemann und exzentrische, aber liebende Ehefrau. Es fühlte sich an wie der Anfang vom Ende, ein goldgelber Albtraum, so wie dieser hier, mit einem gigantischen goldgelb bezogenen Bett in der Mitte. Gott, war das ein obszön großes Bett! Dabei war er doch ein so kleiner Mann gewesen.

Johanna Neuendorff blickte in den Spiegel. Grau war sie geworden über ihrer beider Kummer. Und jedes Mal, wenn sie ihre grauen Haare und ihr graues Gesicht beim Schminken betrachtete, dann wusste sie, was diesen Bruch erzeugt hatte, den Bruch, der ihr Spiel erst so vollkommen gemacht hatte.

Der Busfahrer verzog das Gesicht. Das hier war definitiv nicht die Art von Fahrgast, die er gerne beförderte. Der junge Mann sah komplett verwahrlost aus, ganz so, als hätte er im Wald übernachtet.

»Wo wollen Sie denn hin?«, fragte er skeptisch.

»Bis zum nächsten Dorf«, bat Anatol. »Wie weit wäre das denn?«

Dass er kein Geld hatte, um ein Ticket zu bezahlen, hatte er dem Busfahrer als Erstes mitgeteilt – vielleicht ein Fehler, denn der Mann sah nicht so aus, als würde er sich dazu überreden lassen, ihn ein Stück weit gratis mitzunehmen.

»Das sind fünf Kilometer. Aber da ist nichts, das ist nur eine kleine Siedlung. Da gibt es nur einen Gasthof und ein paar Häuser.«

»Können Sie mich bis dorthin mitnehmen?«

Anatol konnte sehen, wie es in dem Mann arbeitete. Er erwartete nicht viel, aber dann …

»Na gut. Steig ein.«

Er setzte sich auf einen Platz in der achten Reihe, weit genug entfernt vom Fahrer, sodass er keinerlei Konversation würde betreiben müssen. Im Bus war es warm und Anatol öffnete den Reißverschluss seiner Jacke. Dann zog er die Haube vom Kopf und lehnte seine Stirn für ein paar Augenblicke an die kühle Fensterscheibe, die alles widerspiegelte, was sich im Innenraum des Busses befand. Es war das erste Mal seit Tagen, dass er sein Gesicht sah. Er hatte einen Bart bekommen und unter seinen Augen hatten sich dunkle Ringe gebildet. Das sollte er sein? Dieser ausgemergelte Mensch mit den Stoppeln im Gesicht, den ungewaschenen Haaren und diesem merkwürdig traurigem Zug um den Mund? Besser nicht hinsehen, dachte er und schloss die Augen.

Er musste für ein paar Minuten eingeschlafen sein, denn plötzlich fuhr er erschrocken hoch, als der Busfahrer ihm zurief: »Wir sind da. Aussteigen bitte.«

Der Mann hatte nicht übertrieben. Das hier war wirklich das Ende der Welt. Ein paar hässliche Einfamilienhäuser und ein hell erleuchtetes Gasthaus, »Zum goldenen Fasan«. Anatol steuerte also auf den Fasan zu und spähte vorsichtig durch die Fensterscheibe. In der Gaststube saßen nur drei junge Männer, die offensichtlich stark betrunken waren. Ansonsten schien der Raum leer.

Wäre er nicht so unfassbar hungrig gewesen, er hätte es kaum gewagt, das Gasthaus zu betreten, aber da es langsam wieder Abend wurde und er kurz davor war, zusammenzubrechen, griff er zögerlich nach der Eingangstür und trat ein. Von drinnen kam ihm ein abgestandener Geruch nach Suppe und Maggiwürze entgegen. Für jemanden, der tagelang kaum etwas gegessen hat, war das definitiv zu viel. Anatol wurde schlagartig übel und so strebte er der Bar entgegen. Und dort saß sie.

Immer wenn etwas in seinem Leben nicht so lief, wie er es sich wünschte, hatte der Großvater ein etwas bekümmertes Lächeln aufgesetzt und gesagt: »Da kann nur noch ein Engel helfen.« Angefangen bei kleinen Störungen des alltäglichen Lebens wie einem kaputten Gartenschlauch, oder großen Dingen wie dem Prostatakrebs, an dem der Großvater erkrankte, ohne an ihm zu sterben, immer bat er das Schicksal um einen Engel. Als Anatol ihn eines Tages darauf ansprach, dass er, der Großvater, doch die Großmutter habe, wozu er also einen Engel an seiner Seite brauche, hatte dieser geantwortet: »Ja, aber sie trägt so ungern Weiß.«

Das stimmte. Anatol kannte das Hochzeitsfoto seiner Großeltern und darauf hatte die Großmutter ein smaragdgrünes

Kostüm an. Das sah zwar ausgesprochen elegant aus, kam jedoch dem Bild eines Rauschgoldengels, wie Anatol ihn als Christbaumschmuck kannte und liebte, nicht einmal ansatzweise nahe. Aber hier war er nun, der Engel. Und soweit Anatol das beurteilen konnte, trug dieser Engel eine Menge Weiß, um nicht zu sagen: Sie sah aus wie ein, zugegeben, schwarzhaariger Rauschgoldengel. Es fehlten nur die Flügel.

»Was?«, fragte der Wirt, der eine Packung kleiner Schnapsflaschen hinter der Theke einsortierte.

Anatol räusperte sich, öffnete den Mund und krächzte. »Wasser?«

»Hast du Geld?«, fragte der Wirt.

Anatol schüttelte den Kopf.

»Dann schleich dich.«

Das war ihr Moment. Langsam drehte sich der Engel zu ihm um und musterte ihn aus dunklen Augen.

»Wo kommst du denn her?«, fragte sie ihn mit rauer Stimme.

Er verstand sie nicht.

»Sprichst du Deutsch?«, wollte sie wissen.

Er sah sie nur schweigend an.

»Kurti, das muss einer von den Flüchtlingen sein. Nun gib ihm schon ein Glas Wasser.«

Der Wirt brummte missbilligend, aber dann griff er zu einem Glas, füllte es voll und knallte es anschließend auf den Tresen, sodass ein paar Tropfen überschwappten und einen Rand auf der polierten Theke hinterließen.

Anatol kam zögernd näher, griff das Glas und trank es in einem Zug aus.

»Danke«, hauchte er.

Der Engel musterte ihn. »Du siehst aus, als hättest du die Nacht im Freien verbracht«, stellte sie fest. Wieder nickte er zustimmend.

»Kurti«, befahl der Engel jetzt, »mach ihm was zu essen.«

»Geh, Sandra, Schatzi, du weißt, ich hab dich schrecklich gern, aber ich kann doch hier nicht jeden dahergelaufenen Syrer abfüttern, nur weil …«

»Essen! Jetzt!«

Kurti schnaufte missmutig und kniff die Augen zusammen.

»Setz es halt auf die Rechnung«, fügte der Engel hinzu. Und obwohl er seine Missbilligung deutlich vor sich hertrug, setzte sich Kurti daraufhin gemächlich in Bewegung und schlurfte in Richtung Küche. Kurz bevor er hinter einer weißen Schwenktür verschwand, rief er ihr über die Schulter zu: »Ob das dem René gefällt?«

»Der kann mich mal«, sagte der Engel leise. Dann starrte sie in ihr Proseccoglas und tat so, als hätte sie Anatol von einer Sekunde auf die nächste vergessen. Der lehnte das Bild ganz sachte an die Bar und setzte sich auf einen der Barhocker. Aus der Gaststube nebenan kam ein kontinuierlicher Klangteppich aus unverständlichem Gegröle und dem Klingen aneinander geschlagener Bierflaschen.

Anatol wagte es kaum, den Kopf zu heben, aber sie nicht anzusehen, fiel ihm noch schwerer. Da war diese unglaubliche Menge an Tüll, Rüschen, Bändern, Spitze, Taft und Seide, die ihre zierliche Person um etwa das dreifache Volumen aufplusterte. Da waren diese dunklen Augen, die ihn für einen kurzen Moment mitleidig und zugleich von eigener Not umschattet angesehen hatten.

Und da war ihr Palisanderhaar, das ihr über den weißen Rücken fiel und das genau dieselbe Farbe hatte wie der kleine Telefontisch seiner Großmutter im Vorraum der Döblinger Villa, über dessen Oberfläche er früher so gerne seine Finger hatte gleiten lassen, weil das Holz gleichzeitig so glatt und so warm war.

Er hätte zu gern die Hand ausgestreckt und ihr Haar berührt

und er hatte Mühe, noch weiter zu atmen, als sie sich leicht bewegte und er sah, wie eine dunkle Welle über ihr halb entblößtes Schulterblatt strich. Sie war mit Abstand die schönste Braut, die er je gesehen hatte. Was tat sie hier? Sollte eine Braut nicht immer in Begleitung sein? Wo war ihr Mann? War sie allein? Und wenn ja, warum war sie allein?

Weil er sie nicht unentwegt anstarren konnte, richtete er den Blick verlegen auf seine eigenen Finger und bemerkte mit einem Mal, wie schmutzig sie waren. Das sollten seine Hände sein? Scham kroch in Anatol hoch und mit einem dezenten Kopfnicken erhob er sich wieder von seinem Barhocker und suchte kurz darauf die Waschräume des Lokals auf. Er schloss die Tür zum Herrenklo und sah sich um. Dort gab es ein kleines Waschbecken, echte, kleine Frotteehandtücher, Seife, ein Handtrocknergebläse und, das war das Wichtigste, einen großen Spiegel. Anatol zog sich eilig aus und begann sich zu waschen. Er wusch den Schmutz und die Verzweiflung der letzten Tage von seinem Körper, hielt seinen Kopf unter den Wasserhahn, seifte und rieb sich, spülte alles ab und stellte sich letztlich unter den Handföhn. Er tat dies voller Eile und Furcht, entdeckt zu werden, und er tat es deshalb mehr oder weniger geräuschlos. Am Ende stopfte er sein dreckiges T-Shirt und die Unterhose in den Mülleimer und schlüpfte nackt in seine Hose und den Wollpullover, dessen Kratzen ihm das wohlige Gefühl vermittelte, wieder am Leben zu sein. Zuletzt spülte er sich den Mund aus und steckte seine Wollhaube in eine der Taschen seines alten Parkas. Dann schloss er die Tür wieder auf, atmete tief durch und kehrte zur Bar zurück.

Auf der Theke wartete schon ein kleiner Suppentopf, aus dem geisterhaft wohltuender Dampf aufstieg.

»Deine Suppe ist da«, sagte sie und zeigte auf den Topf.

Wieder nickte er und griff, kaum dass er Platz genommen

hatte, zum Löffel. Das Essen tat ihm wohl und benebelte ihn zugleich. Ein paar Augenblicke später hatte er alles aufgelöffelt. Die Übelkeit, die ihn nicht verlassen hatte, wurde kleiner. Da schob sie ihm einen Brotkorb hinüber.

»Da«, sagte sie.

Er nahm das Brot und biss ab, gierig, hastig. Als auch der Korb leer war sah er sie an und hauchte wieder ein »Danke.«

»Keine Ursache.«

Schließlich nahm er all seinen Mut zusammen und sagte den einen Satz, der dem Abend eine ganz neue Richtung geben würde: »Sie sollten nicht allein sein.«

Erstaunt zog sie eine Augenbraue in die Höhe.

»Du sprichst also Deutsch«, stellte sie fest.

»Ich bin aus Wien«, antwortete Anatol.

»Ja, aber du sprichst Deutsch«, wiederholte sie.

»Tut mir leid.«

»Aber du hast gesagt, du hättest im Wald geschlafen.«

»Ja, leider.«

»Du bist kein Flüchtling?«

»Kommt darauf an.«

»Worauf?«

»Darauf, wovor man flieht.«

»Nun, wie wäre es mit Baschar al-Assad?«

»Nein.«

»Dem Islamischen Staat?«

»Nein.«

»Der Polizei?«

»Schon eher.«

»Mord?«

»Bitte?«

»Hast du jemanden ermordet? Zerstückelt? Vergraben?«

»Nein.«

»Was zur Hölle macht man sonst bei dem Wetter nachts draußen im Wald?«

Da war etwas in ihren Augen, als hätte jemand ein Licht angeknipst, und von der Traurigkeit war plötzlich nur noch ein Schatten am äußeren Rand der Iris zu sehen. Jetzt glühte alles an ihr vor Neugierde. Selbst ihre Wangen leuchteten rosarot unter all der Hochzeitsschminke. Unwillkürlich leckte sie sich über die Lippen. Anatol starrte auf das verwischte Rosarot und wünschte sich für eine Sekunde nichts mehr, als sie zu küssen.

Das hier war nicht der Ort, an dem sie hätte sein sollen und er war auch nicht der Mann, mit dem sie hätte sein sollen. Aber, Gott, er wünschte in diesem Moment, er wäre dieser Mann.

»Was macht eine Braut am Abend allein in so einem Lokal?«, fragte er.

»Oh, ich bin entführt worden«, erklärte sie.

Anatols Herz setzte kurzzeitig aus. »Entführt?«

»Brautentführung. Kennst du das gar nicht? Na, vielleicht machen sie das bei euch in Wien nicht.«

Anatol deutete zum Gastraum hinüber. »Dann sind die drei Männer da drinnen deine Entführer?«

»Ja«, bestätigte sie. »Joey, Hannes und Poldi. Poldi ist mein Cousin. Das Lokal hier gehört einem Freund meines Vaters.«

»Und wie lange sitzt du schon hier?«, wollte Anatol wissen.

»Zwei Stunden und ...«, sie sah auf die Uhr über der Schank, »... fünfunddreißig Minuten.«

»Sollte dein Mann dich nicht holen kommen?«, fragte Anatol und musste bei dem Wort »Mann« schlucken.

»Schon, aber der René ist keiner von den Schnellen. Und wir haben uns gestritten, gestern, beim Poltern. Außerdem hat er sich bestimmt versoffen. Der hat wahrscheinlich noch gar nicht mitgekriegt, dass ich fort bin.« Sie legte den Kopf schief. »Und? Was hast du angestellt?«

Die Versuchung es ihr zu sagen war groß. Aber dann wäre womöglich alles, was er bisher getan und ausgehalten hatte, umsonst gewesen. Er kannte diese Frau ja gar nicht.

»Das … das kann ich dir leider nicht sagen«, zögerte Anatol.

»Aber einen Namen hast du schon, oder?«

»Anatol«, sagte er ohne nachzudenken. Verdammt, nun hatte er sich verraten. Anatol forschte in ihrem Gesicht nach einem Anzeichen des Erkennens, aber anscheinend hatte sie noch nichts von Anatol Neuendorff, dem Bilderdieb aus Wien, gehört, denn sie streckte einfach die Hand aus und sagte: »Sandra. Freut mich.«

»Mich auch.«

Aus der Küche kam plötzlich ein schepperndes Geräusch, gefolgt von einem lauten Fluchen.

»Dem Kurti verraten wir besser nicht, dass du kein Flüchtling bist«, sagte sie grinsend. »Sonst schmeißt er dich sicher sofort raus. Ist eigentlich ein ganz Lieber, der Kurti, aber eigen ist er halt. Und streiten tut er gerne. Da geht er schnell in die Luft.« Sie ahmte eine Explosion nach, indem sie die Arme ausbreitete und die Wangen aufblies, um sie dann eine Sekunde später ruckartig auszulassen. Sie sah dabei aus wie ein Schwan, der versuchte zu fliegen, dabei aber nicht vom Boden loskam.

»Du bist wunderschön«, stellte Anatol überwältigt fest.

»Danke«, sagte sie leise. »Ist ja auch mein Hochzeitstag. Wann, wenn nicht heute?«

»Du bist sicher auch ohne all das hier«, er zeigte auf das Brautkleid, »wunderschön.«

Da fing sie an zu lachen, rau, kehlig, dreckig. »Du meinst nackt.«

Aus der Gaststube kam mit einem Mal so etwas wie Gesang, nur war es lauter und weit weniger melodisch, als man hätte hoffen können. Und »Zwanzig Zentimeter« war vielleicht auch nicht ganz der passende Soundtrack zu einer Hochzeit. Aber die fand ja auch, das musste man den drei Herren zugestehen, nicht hier statt, sondern in irgendeinem Lokal drei Dörfer weiter.

»Bist du traurig, weil du deine eigene Hochzeit verpasst?«, fragte Anatol unvermittelt und wechselte so das Thema.

»Nein. Doch. Vielleicht«, sagte sie.

»Warum nimmst du dir nicht einfach ein Taxi?«, wollte Anatol wissen.

»Ein Taxi? In dieser Gegend? Um diese Uhrzeit? Das kannst du ja gerne mal versuchen. Ich fürchte nur, da kannst du lange warten. Außerdem würde der René dann so richtig sauer. Ist ja immerhin seine Aufgabe, mich zu finden. Und wenn ich jetzt allein zurückkäme, wie stünde er dann da? Dann sieht es ja so aus, als ob …«

Sie ließ die Aussage im Raum stehen.

»… als ob er dich gar nicht finden wollte?«, fragte Anatol.

»René ist schon okay«, widersprach sie. »Er würde mich nie … also, wir haben gerade eine schwere Zeit. Aber er würde mich hier nicht extra schmoren lassen. Denke ich.«

Anatol hatte verstanden. »Es tut mir leid«, sagte er. »Ich wollte niemanden beleidigen.«

»Hast du nicht«, versicherte sie ihm.

»Gut.«

Sie schauten beide in ihre Gläser, die mit unangenehmem Schweigen angefüllt waren. Vielleicht, dachte Anatol, wäre es besser, wenn er jetzt ginge. Aber dann griff sie mit einer schwungvollen Handbewegung über den Tresen und zog eine angebrochene Proseccoflasche hervor. Ohne ihn zu fragen, goss sie Anatols Glas randvoll, danach schenkte sie sich selbst ein, stellte die Flasche ab und trank im Anschluss das halbe Glas leer.

»René und ich, wir sind vielleicht nicht das ideale Paar, aber immerhin hat er mich gefragt, ob ich ihn heiraten möchte. Das zählt doch etwas, oder nicht? Und wir kennen uns schon so lange. Noch aus der Schulzeit. Er war in meiner Parallelklasse. Da hab ich halt Ja gesagt. Er hat das auch ganz süß gemacht. Mit Rosenblüten und einem Ring und auf die Knie ist er gegangen. Er hatte sogar extra dafür einen neuen Anzug gekauft! So etwas macht man doch nur, wenn man sich liebt, richtig?

Wir haben immer schon viel gestritten. Er ist ein Scheidungskind, ich bin ein Scheidungskind, da kommt halt einiges zusammen. Es bringt ja jeder seine Geschichte mit. Und unsere Jobs sind auch manchmal ganz schön anstrengend. Er ist Zimmermann, weißt du? Und die Auftragslage war nicht so besonders gut in letzter Zeit. Das hat ihn ziemlich gestresst. Und ich hab mich ja auch wirklich gefreut, als er mich gefragt hat. Nein, wirklich! Ich fand das sehr süß. Welche Frau will denn nicht hören, dass sie die Einzige ist?«

Sie blickte zu Anatol, aber der schwieg. Also redete sie weiter.

»Ich wusste schon, dass er auch auf andere steht. Und ja, er ist einmal fremdgegangen, aber das ist drei Jahre her. War eine Kollegin von der Buchhaltung und die ist auch gar nicht mehr in der Firma, also spielt das keine Rolle mehr, richtig? Ich meine, wir kennen uns wirklich schon unser ganzes Leben und wir sind eine Ewigkeit zusammen. Da ist der Sex halt irgendwann nicht mehr so aufregend. Obwohl er echt ein attraktiver Mann ist. Aber ich hab einfach nicht immer Lust, mit ihm zu schlafen. Ist doch normal. Manchmal will man sich auch einfach nur in Ruhe einen Film anschauen. Aber er macht eine riesengroße Sache daraus.«

»Woraus?«, fragte Anatol.

Sie trank den Rest ihres Glases leer.

»Der Paul ist überhaupt nicht mein Typ, aber bitte, ich war betrunken und er auch und mehr als dass wir ein bisschen rumgemacht haben, ist nicht passiert. Aber René hat es so richtig kalt erwischt und dann hat er herumgebrüllt, dass er die

Hochzeit platzen lässt und so weiter und ich hab zurückgebrüllt. Gut, vielleicht hätte ich ihn nicht ins Gesicht schlagen sollen, als er mich Hure genannt hat, aber ich finde, so etwas sagt man nicht, zu keiner Frau! Und schon gar nicht schlägt man dann zurück. Ich hab ja jetzt noch Ohrenschmerzen von der Watschn, die er mir gegeben hat. Der Standesbeamte heute hat so leise genuschelt, dass ich ihn fast nicht verstanden habe.«

Sie deutete mit dem Zeigefinger auf ihr linkes Ohr.

»Das kann echt böse Folgen haben! Ich kenn mich da aus, immerhin arbeite ich im Gesundheitssektor.«

»Was machst du denn?«, fragte Anatol.

»Zahnarzthelferin«, antwortete sie. »Ist okay. Nicht mein Traumjob, aber okay.«

»Was wäre denn dein Traumjob?«, wollte er wissen.

»Ach, ich weiß nicht«, druckste sie herum. Aber dann wurde sie ernst und ehrlich und sagte feierlich: »Schauspielerin. Ich würde gerne Schauspielerin werden.«

Er nickte. Das war ein Beruf, mit dem er etwas anfangen konnte. »Man brennt besser für Shakespeare als für Mundhygiene«, sagte er.

Sandra sah ihn fragend an.

»Meine Großmutter ist Schauspielerin«, erklärte Anatol.

»Was? Wirklich? Kenn ich sie? Wie heißt sie denn?«

»Das möchte ich lieber nicht sagen«, antwortete er.

»Oh. Okay«, sagte sie etwas enttäuscht, während sie mit der feuchten Unterseite ihres Proseccoglases kleine Kreise auf dem Thekenholz zeichnete. Es erinnerte Anatol an die Zirkelzeichnungen seiner Schwestern, die sie damals an verregneten Sommernachmittagen am Attersee gemacht hatten, während er unter dem Tisch saß und dem kratzenden Geräusch des Zirkels zugehört und versucht hatte am Klang zu erraten, wie das Bild aussehen würde.

»Aber irgendwann mach ich's. Irgendwann geh ich zu so einem Casting und probier's einfach. René sagt, das sei Zeitverschwendung, aber man muss es doch wenigstens probieren im Leben, richtig? Ich meine, wenn ich das doch so sehr will, dann sollte ich es auch versuchen.«

»Ja«, antwortete Anatol. »Ich glaube schon.« Er atmete tief durch. Dann fügte er hinzu: »Es zu versuchen ist alles, was wir können.«

Sie hob den Kopf und sah ihn lange an.

»Mein Opa hat das immer gesagt. Er ist tot. Aber er hat es immer versucht.«

Ihr Haar fiel dabei über ihre nackte Schulter.

»Was hat er versucht?«, fragte sie leise.

»Zu leben«, antwortete er und verbesserte sich dann: »Zu lieben.«

Sandra lächelte. »Komm«, sagte sie und ergriff Anatols Hand.

»Wohin?«

Doch sie legte nur den Zeigefinger auf ihre Lippen, stand auf und griff einmal über die Theke zu einem Brettchen, von dem sie einen kleinen Schlüssel mit einem roten Anhänger entwendete, auf dem »Hütte« geschrieben stand. Dann zog sie ihn mit sich.

»Warte«, flüsterte Anatol, »was, wenn sie uns suchen kommen? Was, wenn sie uns nachgehen und …«

Doch sie lächelte alles weg.

»Komm!«, forderte sie ihn auf und griff schnell nach Anatols Parka, der über einem der Barhocker hing. »Und vergiss dein Paket nicht.«

Anatol griff schnell nach seinem Chagall, während Sandra eine kleine weiße Pelzstola umlegte, die an der Garderobe hing. Dann schlüpften sie leise durch die Eingangstür nach draußen.

Das hier war nicht übel, nein, ganz und gar nicht. Er konnte sich gut vorstellen, hier einige Tage zu verbringen. Es gab ein großes Bett, einen Schreibtisch, ein italienisches Bad mit Badewanne und vermutlich auch einen schönen Ausblick in die Berge, den er in der Dunkelheit jedoch nur erahnen konnte. Lediglich die Minibar in seinem Hotelzimmer ließ etwas zu wünschen übrig. Deren Inhalt würde ganz sicher kein vollwertiges Nachtmahl ersetzen. Dazu würde er sich wohl hinunter in eines der Restaurants begeben müssen und dort etwas bestellen – etwas Billiges. Die Preise für den Zimmerservice lagen jedenfalls fernab seiner finanziellen Möglichkeiten und Gerhard hoffte sehr, dass das »1871« etwas mehr seinem Budget entsprach.

Nach einem kurzen Blick in die Speisekarte musste er feststellen, dass dem nicht so war. Wer bezahlte denn bitte freiwillig vierunddreißig Schweizer Franken für ein Stück Kuh? Das konnte unmöglich deren Ernst sein! Gerhard durchkämmte die Karte nach irgendeiner Mahlzeit unter zehn Franken, aber dafür bekam er lediglich eingelegte Kumquats – was auch immer das war.

»Haben Sie gewählt?«, fragte eine männliche Stimme neben ihm.

Er würde es wohl bei einem Bier belassen müssen. Obwohl …

»Ich schau noch ein bisschen«, antwortete er ausweichend und ohne von der Speisekarte aufzublicken.

»Tun Sie das. Und wenn Sie zwischen den Zeilen ein paar Hinweise für den Verbleib eines gewissen Gemäldes finden sollten, dann geben Sie mir doch bitte Bescheid.«

Gerhard schreckte hoch und sah direkt in das Gesicht Doktor Pokornys.

»Und, nebenbei bemerkt, ich habe gehört, das Rindfleisch hier sei ausgezeichnet«, fügte Doktor Pokorny hinzu. »Obwohl ich zugeben muss, dass mir vierunddreißig Schweizer Franken für ein dünnes Filetsteak etwas überteuert erscheinen. Darf ich?«

Der Doktor ließ sich schwerfällig auf den Platz gegenüber fallen. Gerhard kam nicht umhin zu bemerken, dass er sich seit ihrem letzten Treffen verändert hatte. Er wirkte noch zerfurchter und unausgeschlafener als je zuvor, und auf seinem Kinn hatte sich der Schatten eines Dreitagebarts ausgebreitet.

»Nun?«, fragte der Doktor.

»Bitte?« Gerhard versuchte, Zeit zu schinden.

»Haben Sie sich für etwas entschieden?«

Tief durchatmen, nicht unterkriegen lassen. Irgendwann wird der Mann wieder gehen. Hoffentlich.

»Ich nehme nur ein Bier«, antwortete er mit einem kaum hörbaren Zittern in der Stimme.

Doktor Pokorny fing an zu grinsen. »Flüssignahrung. Interessant. Passt gar nicht zu Ihnen.«

Bevor Gerhard etwas darauf erwidern konnte, trat die Kellnerin an ihren Tisch.

»Was kann ich für die Herren tun?«, fragte sie.

»Zwei große Bier«, orderte der Doktor.

»Gerne, kommen sofort.«

Die Kellnerin stakste davon und Gerhard atmete tief durch. Los, dachte er, Angriff ist die beste Verteidigung.

»Ich mag mich irren«, hob Gerhard an, die Stimme nun schon fast wieder unter Kontrolle, »aber wir sind in der Schweiz, richtig?«

»Richtig«, bestätigte Doktor Pokorny.

Gerhard räusperte sich. »Was tun Sie dann hier? Man sollte meinen, die Schweizer hätten eigene Polizeipsychologen. Oder kurieren Sie die Leute jetzt international von ihren Leiden?«

»Sie irren«, sagte Doktor Pokorny, »wenn Sie glauben, ich wüsste nicht, was Sie vorhaben.«

»So? Was hab ich denn vor?«, fragte Gerhard.

Die Kellnerin kam zurück, stellte zwei Gläser Bier vor Ihnen ab und servierte dazu eine winzige Schale mit grünen Oliven.

»Bitte schön, die Herren.«

Doktor Pokorny hob sein Bierglas und fixierte dann Gerhard.

»Sie wollen zu ihm. Und Sie wissen auch, wo er sich aufhält.«

»Blödsinn«, sagte Gerhard, »wir machen hier Urlaub.«

»Schön für Sie«, sagte der Doktor und trank einen Schluck.

»Ja, wunderschön«, bestätigte Gerhard.

»Wie lange werden Sie denn bleiben?«

»Das kann ich noch nicht sagen.«

Der Doktor lehnte sich nun weit nach vorne und hatte sein freundlichstes Lächeln aufgesetzt, als er Gerhard tief in die Augen blickte und sagte: »Burschi, ich lass mich ungern verarschen. Aber ich kann dir eines versprechen: Ich bleibe an euch dran. Du und die Neuendorffs macht keinen Schritt mehr, ohne dass ich es weiß. Am besten, ihr macht überhaupt keine Schritte mehr, nirgendwohin. Und wenn ihr es doch tut, kriege ich es raus und auch das, was ihr im Schilde führt. Und wenn ich es herausbekommen habe, dann bringe ich euch alle hinter Gitter. Verstanden?«

Gerhard griff nun seinerseits zum Bierglas, trank einen großen Schluck und antwortete: »Verstanden. Sonst noch etwas?«

»Ja«, antwortete der Doktor, bereits im Aufstehen begriffen, »bestellen Sie ja nicht die eingelegten Kumquats. Schmecken furchtbar.«

»Okey dokey«, erwiderte Gerhard.

Erst als der Doktor gegangen war, ließ er sein Glas wieder los und starrte auf seine nervös zitternde Hand. Der Doktor hatte recht. Er brauchte eindeutig etwas Stärkeres als Bier und Oliven. Gerhard räusperte sich und gab der Kellnerin ein Zeichen.

»Kann ich bitte etwas zu essen bestellen?«

Die Kellnerin nickte ihm zu. Erleichtert ließ sich Gerhard in seinen Sessel zurückfallen. Er verspürte ein flaues Gefühl im Magen, und etwas Fleisch zwischen den Zähnen würde ganz sicher helfen. Er atmete tief durch.

»Eins noch«, sagte eine vertraute Stimme ganz dicht an seinem linken Ohr.

Gerhards Atem stockte. »Ja?«

»Du bist eingeladen«, sagte Doktor Pokorny, dessen grinsendes Gesicht nur ein paar Zentimeter von Gerhards entfernt war. Dann küsste er ihn der Schweizer Sitte entsprechend dreimal auf die Wangen und gab ihm am Ende noch einen kameradschaftlichen Klaps auf die Schulter, bevor er die Hotelbar endgültig verließ, und Gerhard konnte noch über Stunden die Berührung von Doktor Pokornys Dreitagebart auf seiner Wange nachspüren.

Sie hatten kaum das Lokal verlassen, als Anatols Lungen zu schmerzen begannen, so kalt war es heute Nacht. Um sie herum glitzerte alles, weil der Schnee das Licht aus den Fenstern des Gasthauses reflektierte.

»Kurti hat eine Hütte, etwas weiter oben am Hang, die vermietet er hin und wieder«, erläuterte Sandra ihm ihren Plan.

Anatol sah sie fragend und mit einer Mischung aus Skepsis und Neugierde an.

»Na, da schläfst du heute Nacht!«, sagte sie grinsend und zog ihn einfach weiter, einen verschneiten Bergweg hinauf. Nach ein paar Metern änderten sie die Reihenfolge, denn ihre kleine Tanzschuhe gaben ihr auf dem gefrorenen Untergrund kaum Halt. Also zog jetzt Anatol sie mit sich, in der einen Hand das Bild, in der anderen ihre Hand. Ihr Brautkleid schleifte dabei im Schnee und verwischte alle Spuren. Ihm war heiß und kalt zugleich. Er konnte ihre Hand in seiner spüren und tausend Gedanken explodierten in seinem Kopf. Weiter, immer weiter arbeiteten sie sich den Hang hinauf. Nach einer Viertelstunde standen sie schließlich vor einer kleinen Berghütte. Sandra reichte ihm den Schlüssel, aber seine Finger zitterten zu sehr. Also schob sie ihn sanft beiseite und schloss die Tür auf.

»Mach kein Licht!«, sagte sie. »Das könnte man von unten sehen.«

Es war eiskalt in dem Raum. Sie sahen sich um.

»Den Ofen können wir auch nicht anheizen, das würde auffallen. Aber es gab mal einen Elektrostrahler, falls ich den jetzt im Dunklen finde. Ich glaube, der war da hinten im Schrank.«

»Welcher Schrank?«, fragte Anatol und stieß schon mit seinem Kopf gegen einen Balken. Er fluchte und stöhnte vor Schmerz.

»Oh Gott, hast du dich verletzt?«, fragte sie.

»Ja. Nein. Es ist zu dunkel«, antwortete er.

Da war sie wieder, ihre Hand. Diesmal legte sie sich auf seine Stirn.

»Ich hol dir Schnee von draußen. Warte hier! Nicht bewegen!«

Er stand ganz ruhig da und bemühte sich, aufs Atmen nicht zu vergessen. Dann war sie wieder an seiner Seite und presste etwas Schnee auf sein Gesicht.

»Hilft das?«

»Ja.«

Er konnte spüren, wie sie zitterte. Oder war das er selbst?

»Mir ist kalt«, sagte sie.

»Mir auch«, gestand er.

»Wahnsinnig kalt«, sagte sie, ließ ihre Hand mit dem halb geschmolzenen Schnee sinken, sodass sich ein Rinnsal auf dem Dielenboden bildete, lehnte sich vor, griff nach seiner Hand, zog ihn zu sich und küsste ihn. Und er griff mit klammen Fingern in ihr volles braunes Haar und küsste sie wieder.

Es war nicht eben einfach, sich mit vor Aufregung und Kälte zitternden Fingern auszuziehen. Ihr Brautkleid schien nur aus Tausenden und Abertausenden Haken, Ösen und Knöpfen unter Unmengen von Petticoats zu bestehen, so als wollte es der Schneider dem Ehemann besonders schwer machen, seiner Braut nahe zu kommen. Mit jedem Häkchen, das sie lösten, wurde Anatol bewusst, dass dies hier nicht sein Augenblick war, sondern dass ein anderer hier an seiner Stelle hätte stehen sollen. So sehr er sich wünschte, mit ihr zu schlafen, so sehr war ihm auch bewusst, dass sie etwas taten, das ihre Heirat ad absurdum führte.

»Ich kann das nicht«, flüsterte er ihr zu.

»Was kannst du nicht?«, fragte sie ihn.

»Die Braut eines anderen entkleiden.«

»Dann lass es«, sagte sie sanft.

Er sah sie fragend an und sie nahm seinen Kopf in beide Hände und küsste ihn wieder, küsste alles weg, was nicht hätte sein sollen. Es spielte keine Rolle mehr, mit wem sie zuvor zusammen waren, wen sie liebten, wen sie lieben würden. Alles, was sie in diesem Augenblick brauchten, war einander.

Sie behielt das Kleid an. Was sie löste, war ihr Haar und das kleine Diadem, und Anatol versenkte mit geschlossenen Augen seinen Kopf in den weichen Fluten, während er sie am Rücken stützte, damit sie nicht von seinem Schoß fiel. Sie hatten sich weder aufs Bett noch auf den Fußboden legen wollen. Stattdessen zog sie Anatol zu einem der Sessel, hieß ihn sich setzen, öffnete seinen Reißverschluss und schwang sich anschließend über ihn. Nun glitt sie langsam auf und ab und küsste ihn dabei mit geschlossenen Augen, während er sich in ihrer Halsbeuge vergrub, um seinen Mund mit ihrer Haut zu verschließen, damit er keinen Laut von sich gab. Immer schneller wurde sie und er hielt sie fester und fester, ihr den Halt gebend, den sie brauchte und der Bewegung nachspürend, die er brauchte.

Sie waren so leise, dass man deutlich das leise Knarzen des Stuhls hören konnte, auf dem sie saßen. Erst als sie zum Höhepunkt kam, ließ sie ein leises Schnaufen vernehmen. Das Klatschen ihrer Hand auf seiner Schulter durchschnitt die Stille so unerwartet, dass er vor Schreck aufsah. Anatol biss sich auf die Lippen und hielt sie noch fester. Dann war auch er so weit.

Irgendwann öffnete sie die Augen wieder, sah ihn lächelnd an und sagte: »Ich wünschte wirklich, ich hätte Zeit, dich kennenzulernen.«

Sie erhob sich von ihm, stellte sich auf die Füße, schüttelte die Petticoats aus und strich ihr Brautkleid darüber glatt.

»Aber jetzt muss ich zurück zu meiner Hochzeit.«

Er schluckte. Seine Mund war ganz trocken und er verspürte plötzlich großen Durst. Mühsam richtete er sich auf, knöpfte seine Hose zu und vermied es, ihr dabei in die Augen zu schauen, obwohl sie ihn von der Seite aufmerksam musterte. Schließlich brachte er mit krächzender Stimme hervor: »Soll ich dich begleiten?«

Sie schien kurz darüber nachzudenken, dann erwiderte sie: »Warum eigentlich nicht? Hier ist es eh zu kalt zum Übernachten. Da erfrierst du mir sonst noch. Und das wäre doch zu schade, weil du nämlich wirklich ziemlich …«

Sie pfiff leise durch die Zähne, dann stellte sie sich vor einen Spiegel, der neben der Eingangstür hing, und begann, im Halbdunkeln ihr Haar zu richten, während Anatol ihr schweigend dabei zusah.

»Fertig«, sagte sie schließlich, schnappte sich ihre kleine Pelzstola, legte sie um und sah dann zu Anatol. »Gehen wir?«

Die drei Brautentführer hatten ihr Verschwinden nicht bemerkt. Nur Kurti, der Wirt, schaute verdutzt aus der Küche, als Sandra und Anatol plötzlich wieder am Tresen standen.

»Wo warst denn?«, wollte er wissen.

»Spazieren«, antwortete sie nur knapp. »Kann ich dein Auto haben?«

Der Wirt schaute kurz über die linke Schulter zum Gastraum, wo die Brautentführer auf ihren Stühlen hockten und mittlerweile nur noch unverständliches Gelalle von sich gaben. Dann nickte er.

»Soll ich dich nicht fahren?«

»Nein, mach ich schon«, antwortete Sandra. Dann wies sie mit dem Kopf in Richtung des Gastraums. »Und die da hatten genug. Verstanden?«

»Schon gut«, antwortete Kurti.

»Bist a Schatz«, sagte sie, beugte sich über den Tresen, gab ihm einen Kuss auf die Wange und griff nach dem Autoschlüssel. Dann zog sie Anatol wieder mit sich hinaus in die Kälte, ließ ihn in einen anthrazitfarbenen Jeep einsteigen. Es dauerte eine Weile, bis sie das Kleid um sich herum so arrangiert hatte, dass sie in der Lage war, an die Pedale und die Kupplung heranzukommen. Dann drehte sie den Zündschlüssel.

»Auf geht's«, sagte sie.

Schweigend fuhren sie die drei Dörfer weiter bis zu dem Gasthaus, in dem die Hochzeitsfeier stattfand. Sie parkte in zweiter Reihe und schaltete den Motor aus.

»Alles okay?«, fragte sie.

Anatol nickte.

»Wirklich?«, wollte Sandra wissen.

Er war außerstande, auch nur einen Ton herauszubringen. Also bemühte er sich zu lächeln. Da beugte sie sich zu ihm hinüber und küsste ihn sanft auf die Wange.

»Danke«, flüsterte sie, »für alles.«

Sie öffnete die Fahrertür des Wagens und stieg aus. Den Schlüssel ließ sie stecken. Anatol tat es ihr gleich, obwohl er sicher war, seine Beine würden jeden Moment unter ihm wegsacken. Er holte das Bild aus dem Kofferraum und schaffte es gerade so bis zur Tür des Gasthauses. Mit einigem Abstand folgte er ihr bis zum großen Saal, wo die Feier in vollem Gang war.

Der Raum dampfte vor Menschen in mäßig gut sitzenden Anzügen und Abendkleidern von der Stange. Der Alkoholpegel war mittlerweile so angestiegen, das auch der anständigste Mensch gerne in das mit Glitzerpailletten bestückte Fleisch seiner Partnerin griff oder sie sich ohne Umschweife an seine Bierflasche festklammerte, bis sich Besseres ergab. Die Musik wummerte, gesteuert von einem DJ, im gleichbleibenden Rhythmus der Beliebigkeit dahin und die Tanzfläche war halb voll von jungen Frauen, knapp dem Teenageralter entwachsen, die so taten, als würden sie sich selbst genügen, jedoch hin und wieder Blicke auf die Männer an den Tischen warfen, die sie wiederum ignorierten, weil sie entweder noch nicht genug oder schon zu viel getrunken hatten.

Der Bräutigam fiel in letztere Kategorie. Er hatte größte Mühe, sich von seinem Stuhl zu erheben, als sie den Raum betraten, und erst als ein Freund ihn darauf aufmerksam machte, dass seine verschwundene Braut wieder da war, wandte er sich Sandra zu. Anatol, der sie bis zum Saaleingang begleitet hatte, sah zu, wie sie auf den sichtlich betrunkenen René zuschritt und er sich, nachdem er sich endlich hochgewunden hatte, an seiner zarten Braut festhalten musste, um nicht umzufallen.

»Schatzi, wo hast du gesteckt? Hab dich überall gesucht!«

Das hämische Gelächter der umstehenden Männer machte deutlich, dass die Suche nach seiner Braut nicht allzu lang gedauert haben konnte.

Sandra stellte sich auf ihre Zehenspitzen und flüsterte ihrem neu angetrauten Ehemann etwas ins Ohr. Dann zog sie ihn mit sich zur Tanzfläche, wo sie sich sofort im Engtanz, sie ihn stützend, zu bewegen begannen. René stammelte offensichtlich weitere Entschuldigungen in ihr Ohr und die umherstehenden Gäste applaudierten dem tanzenden Brautpaar. Die Ordnung schien wiederhergestellt. Alle waren wieder dort, wo sie sein sollten.

Er lehnte sich an den Türstock und sah ihr zu. Jetzt war sie die schönste Frau, die er je gesehen hatte. Ihre Wangen leuchteten rot vor Kälte und Aufregung. Noch während sie sich mit René im Arm zu drehen begann, schaffte sie es, das Pelzcape auszuziehen und es auf einen der umherstehenden Stühle zu werfen. Ihr Haar fiel satt und weich auf ihre nackten Schultern. Er konnte nicht fassen, dass noch vor keiner halben Stunde er eben diese Schultern hatte küssen dürfen, dieses Haar berühren und sie genau so und fester im Arm gehalten hatte.

Er suchte ihren Blick, doch sie hatte den Kopf an Renés Schulter gelegt und hielt die Augen geschlossen. Was hätte er für ein einziges Kopfnicken, einen kurzen Abschiedsgruß gegeben. Nun würde er ohne ein letztes Wort gehen müssen. Doch er blieb einfach stehen, unfähig, auch nur einen Fuß vor den anderen zu setzen,

»Sind Sie der Taxifahrer?«

Anatol schreckte auf.

»Bitte?«

»Haben Sie die Sandra hergefahren?«, wollte ein älterer grau melierter Herr mit ansehnlichem Bauchumfang von ihm wissen.

»Ja.«

»Darf ich die Fahrt begleichen?«, fragte der Mann. »Ich bin nämlich der Vater der Braut.«

»Ja«, sagte Anatol tonlos.

»Was macht das denn?«

Anatol sah den Mann an, als hätte er die Frage nicht verstanden.

»Welchen Betrag schulde ich Ihnen?«, wollte der Herr wissen.

»Zwanzig Euro«, brachte Anatol hervor.

Der Herr drückte ihm einen blauen Geldschein in die Hand und schlug ihm kräftig auf den Rücken.

»Nichts für ungut!«, sagte er, nur um mit verschwörerischer Miene zu fragen: »Und? Wo war sie denn? Ich meine, die muss ja gut versteckt gewesen sein, dass der René sie nicht gefunden hat.«

»Fasan«, antwortete Anatol matt.

»Beim Kurti?« Der Brautvater rollte die Augen, so als wollte er sagen, dass er da wohl zuerst nachgeschaut hätte, und fügte dann mit einem kritischen Blick auf das tanzende Brautpaar leise hinzu: »Der Idiot. Warum sie den nur genommen hat?«

Und mit einem weiteren Klaps auf die Schulter ließ der Vater der Braut Anatol einfach stehen.

Erst als die Musik abbrach und der DJ verkündete, dass nun bald die Torte angeschnitten werden sollte, wachte er aus seinem Trancezustand auf und starrte auf den Zwanzig-Euro-Schein in seiner Hand. Dann fasste er einen Plan. Er würde sich betrinken, zum allerersten Mal in seinem Leben würde er sich gezielt betrinken. Also drehte er sich auf dem Absatz um, ging hinüber zur Bar, die dem großen Festsaal gegenüberlag, und bestellte einen doppelten Cognac.

»Gehören Sie zur Hochzeitsgesellschaft?«, fragte ihn der Barkeeper.

»Nein«, sagte Anatol entschieden.

»Sonst hätte ich es auf die Rechnung gesetzt«, informierte ihn der Mann, während er ihm ein bauchiges Glas mit einer braunen Flüssigkeit servierte. »Ansonsten macht das acht Euro und fünfzig Cent.«

Anatol reichte den Zwanziger weiter, griff zum Glas und stürzte den Inhalt hinunter.

»Noch einen«, forderte er hustend.

Das zweite Glas tat die gewünschte Wirkung. Es dauerte nicht lange und er fühlte sich ausreichend betrunken, denn Anatol vertrug Alkohol generell eher schlecht und es setzte bei ihm rasch das Gefühl von Enthemmung ein, nicht selten gefolgt von allen unerwünschten Nebenwirkungen, die zwei doppelte Cognac mit sich brachten.

»Sonst noch einen Wunsch?«, wollte der Barkeeper wissen.

»Nein.«

Er glitt langsam und etwas unsicher von seinem Barhocker hinunter und bahnte sich den Weg zur Tür, als ihn, bereits am Ausgang, plötzlich eine Hand sanft zurückhielt.

»Gehst du schon?«, fragte Sandra.

»Wie du siehst!«

Sie nickte kurz, gab ihm einen verstohlenen Kuss auf die Wange und drückte ihm dann ein paar Umschläge in die Hand.

»Hier.« Er konnte das Aftershave des Bräutigams riechen. Sie trug es auf ihren Wangen und hatte es nun auf ihn übertragen. Der Abschied duftete nach billigem Nivea-Aftershave. »Nimm die. Das kannst du bestimmt gut gebrauchen.«

Dann drückte sie noch einmal kurz seinen Arm, wandte sich um und flüchtete wieder in den Trubel des Festsaals. Anatol starrte ihr verwundert nach, bevor er einen Blick auf die Umschläge warf. »Für Sandra und René« stand auf den meisten, auf einem auch »An das Brautpaar«. Es waren sechs Geldumschläge vom Gabentisch.

Verwundert schob Anatol sie in eine der Taschen seines Parkas und wankte aus der Tür. Er sog die kalte Nachtluft ein und sah seinem Atem dabei zu, wie er sich in Wolken geformt wie Petticoats den Weg in Richtung Parkplatz bahnte.

Der Jeep, mit dem sie hergekommen waren, stand immer noch dort und es steckte auch immer noch der Schlüssel im Zündschloss. Durch Anatols Kopf waberte der Cognac. Hatte er nicht etwas Wichtiges vergessen? Schließlich fasste er sich ein Herz und stieg ein.

Es hatte ihn nicht weiter verwundert, dass die Fahrt an einem Baum endete. Aber dass sie so lange dauerte, bis sich ein zuvorkommender Baum fand, der Anatols Weg durchkreuzte, das nahm ihn durchaus Wunder, hinterher.

Er hatte es ganze fünfundvierzig Kilometer über schneebedeckte, vereiste Straßen geschafft – nicht schlecht für einen, der keinen Führerschein besaß und außerdem betrunken war. Dann war der Wagen schließlich in einer scharfen Kurve seiner Kontrolle entglitten, so als hätte das Auto beschlossen, dass es jetzt genug wäre und es hier und jetzt stehen bleiben sollte. Es hatte sich einen gut vier bis fünf Meter von der Fahrbahn entfernten Apfelbaum ausgesucht und war daran hängen geblieben, nicht ohne ein kleines Feuerwerk abzubrennen aus Funken, Hupen und dem gewaltigen Knall des Airbags, als dieser sich öffnete und Anatols Cognacschädel sanft in Obhut nahm. Dann war alles ganz still.

Er hatte beschlossen, vorerst einfach sitzen zu bleiben. Draußen war es kalt und dunkel, und abgesehen davon, dass die Airbags aufgegangen waren, war das Innere des Wagens unversehrt, was nicht für die Karosserie galt – oder den Apfelbaum. Er selbst war nicht sicher, was an ihm noch ganz war. Er atmete noch, was ein gutes Zeichen war, aber der Rest war ungewiss. Also lehnte er einfach den Kopf zurück und schloss die Augen.

Etwa drei Stunden später machte er sie wieder auf. Es war eiskalt im Wagen und es wurde langsam hell am Horizont. Es gelang ihm, das Licht über der Fahrertür anzuknipsen. Erst da realisierte er, dass er immer noch angeschnallt war. Heiliger Meinrad, dass er daran tatsächlich gedacht hatte, bevor er losgefahren war, hatte ihm wahrscheinlich das Leben gerettet. Und ja, der Hals war da, wo er hingehörte, und auch der Rest seiner Gliedmaßen wirkte unversehrt. Aber irgendetwas fehlte. Und da ging es ihm durch Mark und Bein: der Chagall. Wo war der Chagall noch einmal?

Anatol setzte sich ruckartig auf und löste den Gurt. Wo war das Bild? Hatte er es gestern mit ins Lokal genommen? Hatte er es im Cognacrausch an der Bar gelassen? Wo war er gewesen? Mit wem hatte er geredet? Was hatte er getan? Was?

Er sah sich im Wageninneren um, konnte aber nichts entdecken. Also riss er wie ein Verrückter an den erschlafften Airbags herum, aber weder am Beifahrersitz noch auf der Rückbank kam das Bild zum Vorschein. Schließlich krabbelte er wie benommen nach hinten und quetschte seinen Arm durch das Absperrgitter des Kofferraums. Transportierte der Mann etwa Hunde in diesem Auto? Wozu brauchte man ein solches Gitter? Und während er noch darüber nachdachte, warum Kurti, der Wirt, ein solches Gitter im Wagen hatte, berührten seine Fingerspitzen die Noppenfolie, in die der Chagall eingewickelt war, und ein Strom der Erleichterung floss durch ihn hindurch. Bis er die Finger wieder zurückzog und dabei die Haut von Zeigefinger, Mittelfinger und Ringfinger aufritzte. Es dauerte keine zwei Sekunden und seine Hand war voller Blut.

Er tastete seinen Parka ab und, tatsächlich, in einer der Taschen fand er eine Serviette aus Kurtis Lokal, mit der er das Blut auffing. Was er noch fand, waren sechs Umschläge, die in der Tasche steckten. Es waren die Briefe, die ihm Sandra gegeben hatte. Er zog sie hervor, öffnete einen nach dem anderen, wobei er das weiße Papier mit Blutspuren überzog, und besah sich im spärlichen Licht der kleinen Lampe des Wagens ihren Inhalt. Fünf der Umschläge enthielten größere Geldsummen, die von hundert Euro bis zu dreihundert Euro reichten, sodass er, alles in allem, plötzlich mit neunhundert Euro in der Hand dasaß. Der letzte Umschlag aber barg eine Überraschung. Darin befand sich kein Bargeld, sondern ein Gutschein für einen Wochenendaufenthalt im Grand Hotel National Luzern in der Schweiz, für zwei Personen, inklusive eines Käseverkostungsseminars mit Weinprobe.

Vor seinem inneren Auge erschienen riesige Laibe von Emmentaler und Appenzeller und ein Käsefräulein, das ihn mit kratziger Stimme darauf hinwies, dass es etwa dreihundert Varianten davon gebe und er diese im Zuge des Seminars alle verkosten müsse. Er fragte sich, was wohl Menschen dazu veranlasste, solche Veranstaltungen zu besuchen und, noch viel seltsamer, Gutscheine dafür zu verschenken. Er dachte an Sandras schmale Taille und dass fetter Käse wohl das Letzte war, was er mit ihr in Verbindung brachte. Dann las er den Gutscheintext noch einmal genauer durch. »Käse- und Weinverkostung«, stand da. Das passte schon eher. Aber was wusste er schon?

Sein Kopf war erfüllt von einem konstanten Dröhnen und mit Mühe steckte er das Geld und den Gutschein wieder in seine Taschen, leckte das Blut von den Händen, stieß die linke hintere Tür des Wagens auf und stieg aus. Die Luft war noch immer klar und klirrend kalt. Der Morgen schlich sich gerade erst über den Gipfeln der umliegenden Berge an, die Dunkelheit lauerte noch zwischen den Hängen und man konnte sich nicht sicher sein, ob sie das erste Tageslicht nicht doch zurückbeißen würde. Aber die Frischluft tat ihm wohl und in einiger Entfernung konnte er Lichter ausmachen. Er ging um den Wagen herum, öffnete den Kofferraum, holte den Chagall hervor, knallte den Kofferraum wieder zu und ließ den Wagen einfach stehen, wo er war, sein Ziel fest vor Augen.

Der Kriegsrat tagte beim Frühstücksbuffet.

»Was genau hat er gesagt?«, wollte Hans Neuendorff von Gerhard wissen.

»Er schlug vor, wir sollten vorerst hierbleiben«, sagte Gerhard.

»Das hat er gesagt?«, fragte der Vater ungläubig.

»Mehr oder weniger. Er hat außerdem angedroht, uns alle zu verhaften, wenn wir es wagen sollten, diesen Ort zu verlassen.« Gerhard blickte betreten zu Boden. Seine gestrige Begegnung mit dem Doktor hing ihm noch nach und er fühlte sich sichtlich unwohl in seiner Haut.

»Was für ein Unsinn!«, protestierte die Großmutter. »Was sollen wir denn die ganze Zeit hier tun?«

»Was weiß ich!«, rief die Mutter aus. »Was du halt immer tust: Shakespeare lesen, Massagen nehmen, deine Familie und alle anderen terrorisieren.«

Elisabeth tippte geistesabwesend auf ihrem Handy herum. Marie hatte ihr ein Foto geschickt, eine Aufnahme von Elisabeths Zimmer. Es sah aus, als ob ein Zara-Geschäft explodiert wäre. Der Text dazu lautete: »Willst du das noch oder kann ich es wegschmeißen?«

Helena blätterte derweil in einem Prospekt des Hotels herum. »Du könntest an einer Käse- und Weinverkostung teilnehmen. Hier steht, die findet jeden Sonntag statt.«

»Käseverkostung? Das ist nicht dein Ernst, Kind. Ich bin vielleicht vierundachtzig Jahre alt, möglicherweise auch sechsundachtzig, aber ich bin Schauspielerin, was bedeutet: Ich achte auf meine Figur! Ich kann einen Camembert spielen, aber ich esse keinen!«

»Oh, Mama, du redest wirklich einen Unsinn daher – es ist nicht zum Aushalten!«, sagte Lore Neuendorff so laut, dass sich bereits einige der Gäste zu ihrem Tisch umdrehten. Sie hatte offenbar den Punkt erreicht, an dem eine Szene in aller Öffentlichkeit ihr nichts mehr auszumachen schien, solange sie den Zweck heiligte, die eigene Mutter in Verlegenheit zu bringen.

»Glaubst du etwa, ich kann das nicht? Ich habe Shakespeares Julia gespielt, da schaffe ich es wohl noch, einen Weichkäse darzustellen!«

»Was wäre mit Parmesan?«, fragte der Vater feixend. »Schaffst du auch einen Parmesan?«

»Nun, wie du weißt, lieber Schwiegersohn, hatte ich schon immer ein Faible für alles Italienische.«

»Wir sind aber in der Schweiz, Mutter!«, schrie Lore. »Und Anatol ist auf dem Weg nach …«

Der Vater schaffte es gerade noch aufzuspringen und ihr die Hand auf den Mund zu legen, bevor sie das Wort »Frankreich« hätte aussprechen können.

»Seid ihr wahnsinnig? Wenn uns jemand hört!«

»Was?«, fragte die Großmutter. »Glaubst du, der Schweizer Geheimdienst ist hinter uns her?«

»Wäre doch möglich«, gab Elisabeth zu bedenken.

»Ich bezweifle, dass die Schweizer überhaupt einen Geheimdienst besitzen«, antwortete die Großmutter. »In diesem Land kann man doch gar nichts geheim halten. Was immer man sagt, es schallt ja gleich wieder alles von den Bergen zurück.«

»NDB«, brachte sich Gerhard ein, »Nachrichtendienst des Bundes. So heißt der Geheimdienst hier.«

Die Großmutter bedachte ihn mit einem giftigen Blick.

»Hat dir wer geflüstert – der Geißenpeter?«

»Oh bitte, das ist kein Wettbewerb! Wer kennt mehr Klischees über die Schweiz als alle anderen?«, sagte Anatols Vater.

»Nein, es ist kein Wettbewerb«, stimmte ihm die Großmutter zu, »es ist ein Buñuel-Film und ihr weigert euch, das zu erkennen.«

»Welcher Film?«, fragte Gerhard.

Lore schüttelte nur zornig den Kopf. »Du musst aber auch alles dramatisieren!«

»Ach, tue ich das?«, fragte die Großmutter kühl. »Nun, das könnte daran liegen, dass dies alles hier ein einziges, großes Drama ist! Und, ganz nebenbei bemerkt, Schatzerl, ich bin nicht diejenige, die hier herumbrüllt.«

»Welcher Film?«, flüsterte Gerhard dem Vater zu, der ihn geflissentlich ignorierte.

»Wer sagt überhaupt, dass wir hier nicht wegkönnen? Dieser lächerliche Herr Doktor Irgendwas? Glaubst du, ich lasse mich von so einem Hansl daran hindern, meinen Sohn zu finden?«, fuhr Anatols Mutter unbeirrt laut fort.

»Wir sitzen doch ganz offensichtlich in der Falle!«, sagte die Großmutter. »Siehst du das denn nicht ein, mein Kind?!«

Gerhard wandte sich jetzt an Helena. »Welchen Film meinen die?«

»Buñuels ›Der Würgeengel‹«, erläuterte sie ihm mit einem Augenrollen und fügte hinzu: »Du sprichst wirklich kein Neuendorffisch.«

»Nein«, gab er zu.

»Nun denn«, sagte der Vater und ließ sich in einen der Sessel fallen. »Was tun wir also?«

»Die Zeit bringt Rat. Erwartet's in Geduld. Man muß dem Augenblick auch was vertrauen«, zitierte die Großmutter.

»Ist das Buñuel?«, fragte Gerhard leise und sah dabei erneut flehend zu Helena. Doch die schüttelte nur stumm den Kopf.

»Schiller, Wilhelm Tell«, sagte die Großmutter mit schneidender Stimme und strengem Blick auf Gerhard, der daraufhin betreten den Saum seines T-Shirts betrachtete. Offensichtlich hatten sie recht. Er sprach wirklich kein Neuendorffisch.

Da war ein Bahnhof, gar nicht weit entfernt von den Lichtern, die er vom Berg aus hatte beobachten können. Es war eine Möglichkeit und Anatol liebte Züge. Er hatte sie immer geliebt. Nichts gab ihm neben dem Zählen so ein beruhigendes Gefühl wie das Herunterbeten von Zugverbindungen.

»Anatol, sag mir doch mal, wann kommt der Frühzug aus Villach montags in Hütteldorf an?«

»Sieben Uhr fünfunddreißig, Großvater.«

»Welcher Bahnsteig?«

»Eins, Gleis eins.«

»Brav, mein Kind.«

Wenn die Schwestern sich für den Sommerurlaub am Attersee mit Tonnen von Mädchenliteratur eindeckten, auf deren Buchcovern in der Regel Pferdeschwanz tragende Teenager selig von frisch gesattelten Pferderücken herablächelten, dann brauchte es für Anatol nicht mehr als ein einziges Buch, um ihn den gesamten Sommer bestens zu unterhalten: Das Kursbuch der Österreichischen Bundesbahnen. In das vertiefte sich das Kind stundenlang, ohne auch nur ein einziges Mal aufzublicken. Es war seine Bibel und der Großvater war sein Prophet. Wenn irgendjemand in der Neuendorff-Familie Anatols Leidenschaft für absurde Provinzbahnhöfe und noch absurdere Abfahrtszeiten von Regionalbahnen in Österreich verstehen konnte, dann war es der Großvater, der als Jurist die umfängliche Planung der genau aufeinander abgestimmten Anschlüsse in ihrer unfassbaren Präzision der Berechnungen tatsächlich zu schätzen wusste, denn er liebte Genauigkeit.

»Da ist ein Bahnhof, Großvater«, flüsterte Anatol leise.

»So?«, fragte der Großvater. »Welcher ist es?«

»Ich weiß es nicht, Großvater. Wir sind nicht mehr in Österreich.«

»Dann, mein Kind, ist es ein wirkliches Abenteuer!«

»Was, wenn mich jemand erkennt?«

Doch der Großvater, der in Gedanken neben ihm durch den Schnee schritt, schien sich darüber keine Sorgen zu machen.

»Sie schauen doch alle nur auf ihre Telefone. Wer sollte dich da schon bemerken?«

»Aber was ist mir dir?«, fragte Anatol.

Da blieb der Großvater stehen und sah ihn freundlich an. »Ich will dich ja nicht kränken, Bub, aber ich bin seit mehr als fünfzehn Jahren tot und du hattest heute einen Autounfall. Vielleicht bist du mit dem Kopf gegen die Fensterscheibe gedonnert?«

»Ich … ich denke nicht«, antwortete Anatol verunsichert.

»Dann mach dir keine Gedanken. Außer dir sieht mich kein Mensch.«

Sie gingen eine Weile schweigend nebeneinander die Straße entlang und Anatol tat es wohl, jetzt nicht allein zu sein. Nach einigen Minuten wurde jedoch das Drängen, dem Großvater eine bestimmte Frage zu stellen, die ihn schon lange beschäftigte, zu groß, und wer wusste schon, wann wieder so eine Gelegenheit kommen würde? Darum fragte er in die Stille des Morgens hinein: »Hast du es eigentlich bereut?«

Der Großvater blieb stehen. »Was bereut?«

Anatol zögerte. »Dass du Großmutter betrogen hast.«

Der Großvater schien kurz nachzudenken, dann sagte er: »Nein.«

Das war nicht unbedingt die Antwort, die Anatol erwartet hatte. »Warum nicht?«

Der Großvater setzte sich wieder in Bewegung. Dann antwortete er langsam und bedächtig: »Es war nur Sex. Das, was deine Großmutter und ich hatten, war viel mehr. Ich hab sie sehr geliebt.«

»Ja, aber wenn es nur Sex war – warum hatte es dann für sie eine so große Bedeutung?«, wollte Anatol wissen.

Der Großvater räusperte sich. »Geht es hier um deine Großmutter und mich oder um dich und die Braut von gestern Nacht?«

Anatol zögerte. »Ich weiß es nicht.« Sein Atem wölkte sich in den Morgenhimmel, während der Großvater gar nicht zu atmen schien.

»Anatol«, setzte der Großvater an, »hättest du denn mehr gewollt?«

»Mehr wovon?«, fragte er.

»Mehr von ihr«, fuhr der Großvater fort, »der Braut.«

Wünschte er sich, Sandra wiederzusehen? Und wenn es dazu käme, würde er dann mehr wollen als das, was sie ohnehin schon miteinander geteilt haben? Der Großvater deutete auf den Chagall in Anatols klammen Fingern.

»Ich mag mich irren, aber ist dein Herz nicht schon anderweitig gebunden? Denn wenn dem so ist, dann wird dich so leicht auch nichts von deinem Weg abbringen.«

»Nicht einmal ein Engel«, sagte Anatol leise.

»Nicht einmal der«, wiederholte der Großvater.

Anatol schaute in Richtung der Lichter des Bahnhofs. Es waren noch gut drei oder vier Kilometer bis dahin.

»Um wie viel Uhr fährt wohl der Frühzug nach München, Großvater?«

Doch als er sich umdrehte, stand er ganz allein am Rande an einer schmalen Landstraße und die Sonne ging gerade erst über den nahe gelegenen Berggipfeln auf.

Der Zug war fast menschenleer. Außer zwei Japanerinnen mit gigantischen Schalenkoffern, in denen sie selbst, sauber gefaltet, tot oder lebendig, ohne Weiteres Platz gefunden hätten, saß nur noch ein älterer Herr im Großraumwagen, der die ganze Fahrt über seinen Filzhut nicht aus der Hand legte, sich unentwegt den Schnurrbart glatt strich und dabei aus dem Fenster starrte. Ein Schaffner stieg erst drei Stationen später zu und der war so vollauf damit beschäftigt, seinen mobilen Kartenautomaten in Gang zu setzen, wobei er immerfort leise abwechselnd auf Bayerisch und Türkisch fluchte, dass Anatol begann, sich sicher zu fühlen. Er nickte ein.

Als er erwachte, saß ihm gegenüber ein ältere Dame. Sie trug einen grauen Wollmantel, eine graue Wollmütze, graue Lederhandschuhe, einen dunkelgrauen Rock und eine unauffällige Lederhandtasche, die sie neben sich gestellt hatte.

»Gut geschlafen?«, fragte sie Anatol.

»Danke, ja«, antwortete er.

»Aber kurz«, stellte die Dame fest.

»Bitte?«

Sie wiederholte ihre Worte, nunmehr etwas lauter. »Etwas kurz.«

»Ja, kann sein«, murmelte Anatol.

»Wohin geht denn die Reise?«, fragte die graue Dame interessiert.

Anatol starrte auf die Anzeige im Zug und sagte: »Rosenheim.«

»Nein, das geht sie nicht«, antwortete die graue Dame entschieden.

»Nein?«

»Nein. Sie fahren nicht nach Rosenheim.«

Es sah nicht so aus, als könnte er einem Gespräch mit der grauen Dame entgehen, auch wenn er lieber noch ein bisschen geschlafen hätte. Also gab er sich geschlagen. »Danach wollte ich weiter nach München.«

»Oh, wie wundervoll! Ich war schon lange nicht mehr in München. Zu schade, dass wir dort auch nicht bleiben werden.«

»Werden wir nicht?«, fragte Anatol unsicher.

»Nein, werden wir nicht, denn München ist nicht das eigentliche Ziel.«

»Wie bitte?« Jetzt hatte sie es tatsächlich geschafft, ihn zu verunsichern.

»Schweiz«, sagte die graue Dame. »Da bin ich mir ziemlich sicher.«

»Nein«, sagte Anatol entschieden.

»Ach, wie aufregend«, stellte die graue Dame fest. »Und wo geht es tatsächlich hin?«

»Ähm«, murmelte Anatol. Er konnte hier unmöglich anfangen, seine wahren Reisepläne auszubreiten.

»Ähm ist kein Ort. Ähm ist gar nichts, nicht einmal eine Antwort.«

Er musste also ein anderes Ziel nennen, damit sie ihn möglichst bald wieder in Ruhe ließ.

»Spanien?«, sagte er vorsichtig.

Da lachte die graue Dame kurz auf.

»Spanien? Nein, mein Kleiner, du fährst sicher nicht nach Spanien.«

»Nein?«

»Geh bitte, keiner fährt mit dem Zug nach Spanien.«

Das klang jetzt Wienerisch. Eine Wienerin in einem bayerischen Provinzzug, Samstagmorgen um sechs Uhr dreißig? Er musste sich verhört haben.

»Ich bin immer von gerade dort, woher du kommst«, erklärte ihm die graue Frau. »Also, jetzt bin ich mal aus Wien. Morgen kann es aber auch Singapur sein.«

»Morgen?«, fragte Anatol.

»Wenn du tot bist, Schatzerl«, erläuterte sie.

Das konnte nur ein dummer Traum sein. Vielleicht hatte der Großvater ja recht gehabt und er hatte sich bei seinem Autounfall tatsächlich am Kopf verletzt?

Der Zug hielt gerade auf freier Strecke. Sie mussten irgendwo kurz vor Rosenheim sein. Wenn er jetzt aus dem Zug sprang, würde ihm die Irre sicher nicht nachfolgen. Sie war immerhin einige Jahre älter und bestimmt nicht so schnell wie er. Vielleicht würde es auch ausreichen, wenn er einen Waggon weiter ging? Aber dann würde er vermutlich auffallen und das galt es ja zu vermeiden. Unschlüssig blieb Anatol auf seinem Platz sitzen.

»Ich sehe ein, dass das verwirrend für dich ist«, gab die graue Dame zu.

»Schon«, sagte Anatol.

Unter seinen niedergeschlagenen Wimpern guckte er dezent nach vorne und versuchte, sich ein Bild von seinem Gegenüber zu machen. Ihr Gesicht war irgendwie alterslos, dasselbe galt für die Hände, ja sogar die Stimme. Selbst wenn er sie eine Stunde am Stück anstarren würde, es fiele ihm dennoch schwer, ein Phantombild der grauen Dame zu erstellen. Und dass dies im Bereich des Möglichen war, dafür sprach immerhin sein in Bälde in Aussicht gestellter Tod. Oder war das dann eigentlich egal? Immerhin war er dann ja schon tot und die graue Dame in Singapur, wenn er das richtig verstanden hatte. Was ihn zu der Frage brachte: »Warum bin ich morgen tot?«

»Oh, das war metaphorisch gemeint. Ich meinte nicht wirklich morgen, als ich morgen sagte. Ich meinte eher in Zukunft.«

»Warum bin ich in Zukunft tot?«, wagte Anatol zu fragen. Sein Herz raste.

»Jeder stirbt doch einmal. Aber dafür bin ich ja da«, erklärte die Dame in Grau und klopfte ihm aufmunternd aufs Knie.

»Um was zu tun?« Er konnte spüren, wie sein Herz gleich explodieren würde.

»Na, ich bin doch dein Schutzengel!«

»Ah.«

Die graue Dame lachte.

»Das klang jetzt nicht sonderlich beeindruckt. Na ja, bin ich gewohnt. Man übersieht mich ja auch leicht. Liegt wohl an dem vielen Grau.«

Anatol nickte zustimmend.

»Das ist halt die Berufskleidung. Was soll man da machen?« Sie seufzte.

Sie schwiegen ein paar Minuten, in denen Anatol darüber nachdachte, ob sie ihn wohl in Ruhe ließ, wenn er die Augen wieder schloss. Andererseits traute er sich nicht so recht, die Augen zu schließen, aus, nun ja, ganz offensichtlichen Gründen. Zum Glück rollte der Zug wenig später in den Bahnhof von Rosenheim.

»Ich muss dann«, sagte Anatol, sprang hoch, griff nach dem Bild und drängte aus dem Zug. Der Anschluss nach München stand schon bereit. Er stieg ein und suchte sich einen Platz möglichst weit hinten. Was für eine merkwürdige Irre. Er schloss für einen Moment die Augen. Durchatmen. Gehen lassen. Alles gut. Nichts passiert.

»Ich war ja wirklich lange nicht mehr in München«, hörte er plötzlich die graue Dame sagen. »Auch schön, mal wieder da hinzukommen, wo man lange nicht war.«

Er schlug die Augen auf. Da war sie wieder – grauer Mantel, Hut, Handtasche.

»Wie?«

»Ach, Kind, du hast doch nicht geglaubt, dass du mich so schnell loswirst.«

»Ähm …«

»Ich hab doch schon gesagt, ähm ist keine Antwort. Schau, ich weiß, dass das jetzt eine schwierige Phase für dich ist. Du bist hier allein unterwegs und wer ist schon gern alleine? Und dann noch mit Gepäck. Ich meine, es hat ja jeder sein Gepäck zu tragen, aber du trägst da schon was Besonderes mit dir herum.« Sie deutete mit dem Finger ihrer grau behandschuhten Hand auf den verpackten Chagall.

Die Türen waren verriegelt, der Zug rollte los. Wenn er jetzt die Notbremse ziehen würde, was würde das wohl bewirken? Vorsichtig schielte er in Richtung des roten Alarmhebels mit der Gegensprechanlage.

»Ach, Kind, das vergiss schnell wieder. Und entspanne dich. Ich bin ja da und bringe dich dahin, wo du hinwillst.«

Die graue Dame klappte ihre Handtasche auf und kramte darin herum. Dann zog sie ein Hustenzuckerl hervor.

»Auch eines?«, fragte sie.

Anatol schüttelte nur stumm den Kopf.

»Schlaf ein wenig«, schlug die Dame in Grau vor. »Ich wecke dich, wenn wir in München sind.«

Er musste es sagen. Jetzt. »Ich … ich reise allein«, stellte Anatol klar.

»Gute Nacht«, sagte die Dame und lächelte. Und als hätte er keine Macht mehr über seine Augenlider, fielen diese einfach herunter und er in einen kurzen, aber tiefen und traumlosen Schlaf.

»Also, seid ihr dabei?«

Elisabeth sah ihre Mutter und Helena erwartungsvoll an und wedelte mit dem Prospekt in der Hand.

»Ich weiß nicht«, zierte sich die kleine Schwester. »Fango ist so zwanzigstes Jahrhundert!«

Angesichts der Tatsache, dass sie eine ganze Weile in Luzern verbringen würden, hatte sich Elisabeth prompt auf das Beautyangebot des Hotels gestürzt und sich gleich für einen Massagetermin sowie zur Maniküre, zur Aromabehandlung und nicht zuletzt zu einer Fangokur im Spa angemeldet. Im Fitnessraum war sie bereits am Morgen gewesen und am Nachmittag wollte sie die Sauna testen.

»Das ist fast schon wieder retro!«, behauptete Elisabeth.

»Dann bist du eben retro«, erklärte Helena.

Es war immer dasselbe Spiel. Die eine fing an, die andere folgte und am Ende stieg der Stimmpegel in Höhen, die ein menschliches Ohr kaum noch wahrzunehmen imstande war – ein mütterliches allerdings schon. Lore hasste es, wenn ihre Kinder miteinander stritten. Es erinnerte sie an ihre eigenen Eltern. Also warf sie sich dazwischen, als familieninternes Kanonenfutter.

»Schluss jetzt!«

Als hätte das jemals gewirkt. Wie oft hatte sie sich zwischen Mutter und Vater gestellt und hatte doch jedes Mal wenigstens einen Blattschuss davongetragen. An guten Tagen waren es nur kleine Scharmützel gewesen, hie und da ein paar Blicke und ein gewisses Schweigen, das jedes böse Wort überflüssig machte. Es war nicht so, dass es dabei nicht hin und wieder zu Verletzungen kam. Das war nichts Neues in Döbling. Selbst in den ruhigsten Augenblicken reichte mitunter ein einzelnes Kopfnicken der Diva bei Tisch und schon gab es Tote.

Manchmal aber fuhren die Eltern auch das volle Arsenal auf, nicht selten nur zu dem Zweck, es zu testen und zu sehen, ob es noch funktionierte. Es funktionierte jedes Mal. Dann flogen Blicke, Wörter und schließlich auch das Inventar. Da zog man besser den Kopf ein. Und es war in all den Jahren nur ein einziges Mal vorgekommen, dass Lore, die ein sehr aufmerksames Kind war, dies nicht rechtzeitig getan hatte. Ein Sammeltassenteller traf sie am Kopf. Dem Arzt, einem Freund der Familie, erzählte man etwas von Bubenstreichen, während er ihr fünf Stiche auf dem Hinterkopf verpasste, der zu diesem Zwecke natürlich teilweise rasiert werden musste. Mit der kahlen Stelle am Hinterkopf, notdürftig kaschiert durch die quer geflochtenen Zöpfe, sah sie aus wie ein Mönch. Ihr Vater nannte sie daraufhin eine ganze Weile lang »meine kleine Tibeterin«.

Es war das einzige Mal, an das Lore sich erinnern konnte, dass die eigene Mutter sich bei ihr für etwas entschuldigte, was sie getan oder gesagt hatte. Sie tat es natürlich auf ihre ganz spezielle Art und Weise: Sie kaufte ihr ein Pony. Das Tier stand vier Wochen lang im Garten der Döblinger Villa, bis es ohne Vorankündigung wieder verkauft und durch einen Goldhamster ersetzt wurde, weil die Nachbarn sich über den Gestank aufgeregt hatten. Lore, traurig über den doppelten Verlust von Haar und Tier, hatte den Hamster »Fury« getauft.

Es war nur eine Episode in Lore Neuendorffs langem Scheitern als Diplomatin der Familie. Weder die Konflikte zwischen Vater und Mutter noch die zwischen ihren Kindern konnte sie beilegen, von ihrer eigenen Ehe ganz zu schweigen. Sie besaß, da machte sie sich selbst nichts vor, keinerlei Autorität. Deshalb hatte sie sich auf die Behandlung von Wehrlosen verlegt. Neugeborene Babys und ihre sich im Wochenbett befindlichen Mütter waren ein dankbares Publikum. Die Säuglinge protestierten selten gegen ihre Stillanweisungen, solange diese für sie Nahrung bedeuteten. Und die Mütter waren in der Regel äußerst dankbar dafür, dass sich überhaupt jemand um sie kümmerte, nachdem es scheinbar Usus geworden war, direkt von der Entbindungsstation zurück auf die Laufstege dieser Welt zu wechseln. Den Müttern diesen Druck zu nehmen, war Lores Aufgabe, und sie erfüllte sie mit großer Hingabe. In ihrer Praxis reduzierte sich die Welt auf ein Miniversum. Folglich hieß ihre Stillberatung auch »Kleine Milchstraße« und sie, Lore Neuendorff, war die Sonne, um die alles kreiste. In ihrer Familie kreiste alles um die Diva – und um Anatol. Er war der Einzige, der sie wirklich brauchte. Und in ihren seltenen, ehrlichen Momenten wusste sie, dass sie ihn ebenso brauchte.

»Mama?«

Sie sah auf. Ihre Töchter starrten sie entgeistert an.

»Mama, heulst du?«

Mehrere dicke Tränen liefen über Lore Neuendorffs Wangen. Beschämt wischte sie sie weg. Sie hatte bis eben nicht einmal bemerkt, dass sie weinte.

»Ist schon gut«, beeilte sie sich zu sagen. »Alles bestens.«

Sie hatte noch nie besonders begabt gelogen, so auch jetzt nicht. Aber wenn sie ihren Kindern in irgendetwas ein Vorbild gewesen war, dann war es Fürsorge. Und so unausweichlich, wie die Tränen kamen, war auch das Ritual, das sie wieder versiegen ließ. Ein Tochterarm nach dem anderen legte sich um die Mutter, bis sie eng umschlungen alle beieinander standen und ein kleines Bollwerk gegen die Welt da draußen bildeten. Und letztlich war es das, worauf es ankam.

Sie hielt Wort. Als sie in den Münchner Hauptbahnhof einfuhren, legte die Dame Anatol ihre grau behandschuhte Hand aufs Knie und sagte sanft: »Aufwachen, mein Kleiner. Wir sind da.«

Er war schlagartig wach. Um sie herum begannen die wenigen Fahrgäste damit, ihre Sachen zusammenzupacken und sich zum Aussteigen bereit zu machen. Der alte Mann mit dem Filzhut, der genauso wie die Japanerinnen in Rosenheim den Zug gewechselt hatte, machte zuerst eine abfällige Bemerkung über die Schrankkoffer der beiden jungen Frauen, die ihm den Weg versperrten, und dann über sie selbst. Die Japanerinnen, die seine dahingemurmelten Flüche nicht verstanden, lächelten entschuldigend und versuchten dann, den Zug samt Koffer zu verlassen, ohne sich oder jemand anderen zu verletzen, was ihnen deshalb misslang, weil der alte Herr mit dem Hut wedelnd und seine staksigen Beine über den Koffer hebend an ihnen vorbeidrängelte. Dabei verlor er beim Aussteigen zunächst seinen Hut, dann stolperte er auf dem Bahnsteig bei dem Versuch, ihn wieder aufzuheben, und stürzte unter vielen bayerischen Flüchen auf sein linkes Knie. Anatol wollte sich schon hinunterbeugen und ihm aufhelfen, als die graue Dame ihn zurückhielt.

»Nicht unser Problem«, sagte sie.

Und als Anatol im Namen des Anstands und der Mitmenschlichkeit protestieren wollte, fügte sie hinzu: »Nein, wirklich, das ist ein anderer Zuständigkeitsbereich. Soll sich sein eigener Schutzengel um ihn kümmern.«

»Aber was ist mit …«, wollte er einwenden und kam nicht weit.

»Nächstenliebe?«, fragte sie. »Die ist schön, jaja, und überaus wichtig. Ich verstehe, dass du sie jetzt erwähnst. Wäre ja auch eine Gelegenheit dafür, einem alten, unfreundlichen Nazi zu zeigen, was sie bedeutet.« Sie blickte kurz auf den Mann auf dem Boden und zog Anatol am rechten Arm mit sich. »Aber leider, leider haben wir keine Zeit dafür, denn in wenigen Augenblicken wird ein Polizist hier auftauchen und der alte Mann wird beginnen, mit bösen Worten um sich zu schmeißen. Ich will da nicht ins Detail gehen, aber es sind ein paar sehr hässliche Äußerungen über asiatische Mitbürgerinnen dabei. Und weder sollte dich ein Polizist hier sehen noch sollte man eingreifen, wenn die ausgleichende Gerechtigkeit waltet. Also komm jetzt.«

Anatol brachte nicht den Mut auf, ihr zu widersprechen, und konnte nur noch aus dem Augenwinkel beobachten, wie die zwei Japanerinnen die Schalenkoffer an dem fluchenden Alten vorbeihievten, der daraufhin ein Vokabular auspackte, das wunderbar in das Jahr 1938 gepasst hätte. Als kurz darauf ein Polizist an ihnen vorbeilief, verspürte Anatol den brennenden Wunsch, er möge, statt ihm zu helfen, den alten Mann verhaften. Aber dieses Gefühl verging zum Glück schnell wieder und er folgte der grauen Dame widerstandslos bis zum Zug nach Bern.

Das war nicht gut. Nein, ganz und gar nicht gut. Wenn sein eigener Supervisor sich bei ihm meldete, um sich nach seinem Befinden zu erkunden, musste etwas im Busch sein. Wer hatte den Mann wohl alarmiert? Lohninger? Aber woher sollte Lohninger wissen, bei wem er in Supervision war? Andererseits – er arbeitete für die Polizei. Die sollten so etwas doch herausfinden können, oder? Er ließ das Handy einfach klingeln.

»Geh, bitte«, murmelte Doktor Pokorny und leerte den Rest seiner Espressotasse in einem Zug. Er mochte Lohninger, soweit er dazu imstande war, seine Kollegen zu mögen, aber das traute er ihm dann doch nicht zu. Sein Chef allerdings … Da klingelte sein Handy erneut.

»Ja?«

»Doktor Pokorny, ich grüße Sie! Doktor Freund spricht. Wie geht es Ihnen?«

Wenn der Supervisor einen fragt, wie es einem geht, was soll man da antworten?

»Wenn Sie es nicht wissen, wer dann?«

»Na, wenn Sie noch Scherze machen können, ist ja alles bestens.« Der Mann klang erleichtert. »Oder?«

Etwas an diesem »oder« ließ Doktor Pokorny hellhörig werden. Was wollte der Mann? Wusste er etwas darüber, dass er unbezahlten Urlaub genommen hatte, um Familie Neuendorff in die Schweiz hinterherzufahren – auf eigene Faust?

»Alles bestens«, beeilte sich Pokorny zu sagen.

»Wunderbar, wunderbar«, sagte der Supervisor. »Ich melde mich aus folgendem Grund.«

Jetzt kam es. Doktor Pokorny wettete darauf, dass der Mann von seinem Chef einen Hinweis bekommen hatte, mal dezent nachzuhorchen, was er so treibe und ihn bestenfalls zu einer Rückkehr zu bewegen.

»Ich kann leider unseren Termin nächste Woche nicht einhalten.«

Termin? Nächste Woche?

»Ja, ich bin beruflich in der Schweiz unterwegs und würde unsere für den vierzehnten angesetzte Supervision gerne ins neue Jahr verschieben«, sagte Doktor Freund.

Schweiz. Der Mann fuhr in die Schweiz. Warum fuhr sein Supervisor in die Schweiz? Und vor allem warum gerade jetzt, wo er auch hier war? Konnte das etwas mit ihm selbst zu tun haben? Würde man Doktor Freund entsenden, um ihn wieder einzufangen, bevor er in dem Fall auch nur einen Schritt weitergekommen war?

»Schweiz?«, fragte Doktor Pokorny.

»Ja, mein Schwager ist leider verstorben und ich muss nächste Woche zur Beerdigung nach Zürich. Alles sehr traurig«, antwortete Doktor Freund.

»Oh«, sagte Doktor Pokorny. Das klang irgendwie plausibel. »Gut. Dann verschieben wir den Termin.«

»Ich danke Ihnen, Herr Kollege«, beeilte sich Doktor Freund zu sagen. »Und ich wünsche Ihnen schon jetzt schöne Feiertage.«

»Feiertage«, echote Doktor Pokorny. »Ja, danke. Ihnen auch schöne Feiertage.«

»Ich melde mich im Jänner mit einem neuen Termin.«

»Bestens.«

»Dann – auf Wiederhören.«

»Ja, auf Wiederhören.«

Als er aufgelegt hatte, starrte er noch ein paar Sekunden lang auf sein Handy. Ein toter Schwager in der Schweiz. Konnte das ein Zufall sein? Oder zeigte er mittlerweile erste Anzeichen einer Paranoia? Doktor Pokorny setzte seine leere Espressotasse an die Lippen, trank die Luft darin aus und ließ die Tasse wieder sinken. Was würde er einem anderen Menschen in diesem Fall raten? Trinken Sie weniger Kaffee, schlafen Sie sich einmal richtig aus? Lächerlich. Er war nicht paranoid, er war ein Profi. Und jetzt würde er das tun, wozu er hier war: Er würde die Familie Neuendorff beschatten und natürlich den seltsamen, dicklichen Arbeitskollegen von Anatol Neuendorff, den mit dem Grübchen am Kinn und den wahnsinnig langen dunklen Wimpern.

Doktor Pokorny starrte auf den Grund seiner leeren Espressotasse. Er starrte sehr, sehr lange. Ja, er würde in Zukunft definitiv weniger Kaffee trinken.

Die Zuggarnitur stand schon bereit. Anatol schaute sich vorsichtig am Bahnsteig um, aber niemand schien von ihm und der grauen Dame Notiz zu nehmen. Es war fast so, als existierten sie gar nicht. Die anderen Menschen auf dem Bahnsteig blickten einfach durch sie hindurch. Irgendetwas hatte es mit der grauen Dame auf sich, dass man sie leicht übersah. Wahrscheinlich, dachte Anatol, war sie als Reisebegleiterin nicht die schlechteste Wahl. Wenn er sie denn gewählt hätte. Erst als er schon im Abteil saß, stellte er fest, dass er keine Fahrkarte besaß. Er wurde unruhig.

»Ich muss noch einmal raus«, sagte er und sprang von seinem Sitz auf. »Ich hab vergessen, eine Fahrkarte zu kaufen!«

»Nein, das ist nicht nötig«, sagte die graue Dame und hielt ihn zurück. »Es wird niemand danach fragen.«

»Doch, sie fragen immer danach!«, rief Anatol. Er versuchte auszurechnen, wie hoch die Wahrscheinlichkeit war, dass man ihn als Schwarzfahrer identifizieren würde. Hoch, war seine Antwort. Und wenn das passierte, dann käme gleich seine ganze Identität heraus und was er getan hatte. Man würde ihm den Chagall wegnehmen. Und man würde ihn ins Gefängnis sperren. Oh Gott, man würde ihn ins Gefängnis sperren, wenn er nicht sofort eine Fahrkarte kaufte! Panik kroch in Anatol hoch.

»Man muss doch eine Fahrkarte haben. Ich brauche eine Fahrkarte!« Er begann zu zittern. »Ich brauche sicher eine Karte. Alle Menschen brauchen eine!«

»Setz dich!«, befahl die graue Frau.

Er setzte sich. Sie reichte ihm einen Schokoladenriegel, den sie aus ihrer grauen Handtasche zog.

»Iss das.«

»Aber …«

»Iss!«

Er aß. Er hörte auf zu zittern. Er starrte auf seine Füße.

»Schau«, sagte die graue Dame mit nunmehr ausnehmend sanfter Stimme, »dir passiert nichts, solange ich bei dir bin. Aber du darfst auch nicht einfach abhauen. Ich meine, ich gebe mir wirklich alle Mühe mit dir, aber du musst zugeben, dass du es mir auch nicht gerade leicht machst, oder?«

Anatol nickte stumm.

»Erinnere dich mal«, sagte die graue Dame, »als du so klein warst und verloren gegangen bist.«

Anatol dachte nach. »Sie meinen damals, in Italien?«

»Ja«, sagte sie, »damals, in Italien.«

Anatol erinnerte sich.

Es sollte ein besonderer Urlaub werden. Sie hatten den Attersee gegen den Gardasee eingetauscht. Das hatte sich die Mutter gewünscht und sie hatten das Auto, wie immer, mit Kindern und Gepäck vollgeräumt und waren losgefahren. Und dann war es doch wie am Attersee gewesen: Die Schwestern stritten sich, Anatol studierte das Kursbuch der Trenitalia und die Sonne schien lang und heiß. Aber weil dieser Aufenthalt etwas Besonderes werden sollte, zerrte die Mutter sie zu alten Ruinen, überfütterte sie mit Eiscreme und hatte als Höhepunkt des Urlaubs den Besuch eines Jahrmarkts angesetzt.

Anatol war eingetaucht in eine lärmende Welt voller kreischbunter Plüschtiere, fremder Gerüche und Stimmen, mit Abertausenden tanzenden Lichtern, wenn er nach oben sah, und Beinen, sobald seine kleinen Kinderaugen nach vorne oder hinten oder seitwärts schauten.

»Bleibt alle dicht beisammen«, hatten die Eltern sie ermahnt.

Da waren sie plötzlich: die Enten. Gelbes Plastik, immerzu grinsend, bereit, geangelt zu werden. Anatol liebte Entleinangeln und er zog und zerrte an Elisabeths Arm, um die große Schwester in die Richtung des gelben Plastikglücks zu ziehen.

»Aber ja!«, schimpfte die und ließ sich widerstrebend mitzerren.

»Wir gehen schon zum Riesenrad und stellen uns an!«, rief ihnen die Mutter noch nach. »Pass gut auf Anatol auf.«

»Jaja.«

Nach ein paar Minuten wurde es der Schwester langweilig, denn Anatol angelte nicht, er bezog sein Vergnügen einzig und allein daraus, den gelben Tieren beim Andocken an die Magnetangel, die ein anderes Kind führte, zuzusehen.

»Komm«, bat die große Schwester.

»Ja, gleich.«

»Geh bitte, komm jetzt!«

»Gleich.«

Schon begann es, das unvermeidliche Ziehen und Zerren in die entgegengesetzte Richtung. Nur wollte Anatol noch nicht gehen. Also wurde der schwesterliche Arm länger und länger, und am Ende riss die Verbindung von Kinderhand zu Kinderhand und es geschah das Unvermeidliche. Es dauerte ein paar Schocksekunden, bis er realisierte, dass er sie verloren hatte. Elisabeth war verschwunden und er stand ganz allein in einer Flutwelle aus fremden Extremitäten, die ihm den Weg und die Sicht versperrten.

»Mama?«, rief er. »Mama!«

Er begann zu laufen. Vorwärts, rückwärts, einmal um den ganzen Jahrmarkt herum, dann ein zweites Mal, ein drittes Mal und immer wieder schrie er nach seiner Mutter. Die Italiener hatten Mitleid mit dem armen Kind, nur rannte er zu schnell und war zu verzweifelt, um irgendeine helfende Hand zu ergreifen, die sich ihm entgegenstreckte.

»Ma, piccolo, dove vai? Dov'è tua mamma?«

Weiter, immer weiter. Bis er direkt in sie hineinrannte.

»Wo warst denn du, Schatzerle?«, fragte sie aufgeregt, bis sich ihre Arme um ihn schlossen und er seinen Tränen und seinen Rotz an ihrer neuen hellen Bluse abwischen konnte, die mit den zartlila Streifen. Unfassbar, dass der Schrecken vorbei war. Unfassbar, dass sie ihn gefunden hatte.

»Nein«, sagte die graue Dame, »das war kein unfassbarer Zufall, das war ich.«

»Sie?«, fragte er.

»Ja, natürlich. Wozu, glaubst du, bin ich denn da? Ich hab die Schritte deiner Mutter in deine Richtung gelenkt, damit sie dich finden konnte.«

Wirklich? Konnte er ihr das glauben? Fakt war, er wollte es ihr glauben. In den letzten Tagen war so viel passiert und er war so sehr über sein eigenes, kleines Selbst hinausgewachsen, dass er nunmehr restlos erschöpft und sehr dankbar war, die neu gewonnene Eigenverantwortung wieder abzugeben. So, in Begleitung der grauen Dame, wäre er nicht mehr ganz allein für sich selbst und seine Handlungen verantwortlich. Oder doch?

»Selbstverständlich nicht«, beantwortete ihm die graue Dame seine Frage, »dafür gibt es ja Gott. Er lenkt alle unsere Wege.«

Der Zug ruckelte plötzlich und der Zugführer verkündete, dass ein Zugteil abgekoppelt würde. Anatol schaute hinaus auf den Bahnsteig und auf die vielen Leute, die sich mit ihren Koffern und Kindern und müden Gesichtern bereit machten, ihren Weg ins Irgendwo fortzusetzen. Ob deren Wege wohl auch gelenkt wurden? Und ob sie dafür auch keine Fahrkarte brauchten, so wie er?

Malerische Ausblicke machten sie krank. Jeder erwartete, dass man andächtig stehen blieb und dann Laute von sich gab wie »Oh!« und »Ah!« und Phrasen wie »Wundervoll! Ist das nicht einfach wundervoll?« oder auch »Das war den Aufstieg wirklich wert!«. In keinem noch so miesen Theaterstück würde ein Autor von einem verlangen, solche Sätze zu sagen, aber kaum betrat man einen von Wanderern platt getrampelten Pfad im Salzkammergut oder in Tirol, schon bekamen alle feuchte Augen und ergingen sich in absurden Steigerungen von Licht, Luft und Aussicht als Beweis für die Existenz Gottes und der großen Gnade, die ihnen allen zuteil wurde: dem Wunder der Natur.

Ja, der See war wundervoll in der letzten Abenddämmerung, ebenso die Berge und das ganze Drumherum. Aber wenn sie noch eine Minute länger in diesem Sessel am Fenster saß und der malerischen Aussicht beiwohnte, würde sie den heiligen Meinrad womöglich anflehen, sie sterben zu lassen. Und was hätte er geantwortet?

»Meine liebe, liebste Johanna, es liegt allein in Gottes Hand, das zu entscheiden.«

Dass sie nicht an Gott glaubte, hatte viele Gründe. Einer davon war sicher Meinrads überbordender Katholizismus und dass er ihr damit so sehr auf die Nerven ging, dass sie schlichtweg einen Gegenpol zu all dem finden musste. Gott abzulehnen war für Johanna Neuendorff nach den Ereignissen von Karlsbad schlichtweg Teil ihres Selbsterhaltungstriebs geworden, eben weil sie darin, und nur darin, Meinrad die Stirn bieten konnte. Der eigentliche Grund dafür aber lag viel tiefer und er war ebenso einprägsam wie schrecklich.

Bei ihrer Heirat war sie zwar schon einundzwanzig Jahre alt, aber dennoch ein halbes Kind. Niemand hatte sie je über Verhütung aufgeklärt, und eine Heirat war so ziemlich das Einzige, was ihr auf die Frage ihres zukünftigen Gatten einfiel, was sie denn jetzt tun sollten, als feststand, dass sie schwanger war. »Na, dann heiraten wir halt.« Es war ja nicht etwa so, dass sie einander nicht liebten. Also setzten sie ein Datum fest, informierten die Eltern und ein paar Freunde und fertig waren sie damit.

Der errechnete Geburtstermin fiel zu Johanna Neuendorffs großem Glück auf das Ende der Sommerpause und während ihre Kollegen sich zu diversen Festspielen in die Peripherie Wiens begaben, blieb sie hochschwanger in der Stadt zurück und lernte ihren Text für Schillers »Jungfrau von Orleans«, deren Premiere für den November angesetzt worden war – eine schwangere Johanna, die auf die Premiere genauso hinfieberte wie auf die Geburt ihres Kindes.

Die Wehen setzten jedoch acht Wochen zu früh ein. Der Bub, der wie sein Vater heißen sollte, starb wenige Stunden nach seiner Geburt in ihren Armen. An seiner Beerdigung konnte Johanna nicht teilnehmen. Sie wurde erst zwei Tage danach aus dem Krankenhaus entlassen, in ein Haus voller Babysachen und erfüllt von tiefem Schweigen.

Es dauerte Jahre, bis sie sich dazu überwinden konnte, einer neuen Schwangerschaft zuzustimmen. Diesmal war es ein gesundes Mädchen, Lore, Anatols Mutter, die von ihrem großen Bruder nie etwas anderes gesehen oder kennengelernt hatte als Stille, diese ohrenbetäubende Stille, die jedes Jahr am Tag seiner Geburt wiederkehrte.

Nie würde Johanna Neuendorff das Gesicht ihres kleinen

Babys vergessen können, nie die Ungeheuerlichkeit dieses Todes und nie, nicht ein einziges Mal, hatte sie Worte gefunden, um darüber zu sprechen, weder mit ihrem Mann noch mit Lore oder dem Meinrad – und vor allem nicht mit Gott. Das tote Kind gehörte ihr ganz allein, und je länger er in ihrer Erinnerung lebte, um so gewisser wurde sie, dass es keine Gnade, keine Vergebung und auch keine Erlösung gab, ganz einfach deshalb, weil es keinen Gott gab. So machte sie ihren Frieden mit seiner Nichtexistenz, während sie, der Rolle als Ehefrau und Mutter entsprechend, den Konventionen folgte und Taufen, Firmungen und Hochzeiten über sich ergehen ließ.

Ja, die Berge und der See waren groß und wundervoll. Aber Gott, daran bestand für Johanna Neuendorff kein Zweifel, hatte mit ihrer Existenz nicht das Geringste zu tun. Und dennoch – sie wünschte in diesem Augenblick nichts sehnlicher, als ein Gebet sprechen zu können, an das sie glauben konnte, ein einfaches, flehendes »Lieber Gott, mach dass es ihm gut geht!« hätte schon genügt. Doch trotz der Berge, des Sees und der überbordenden Schönheit vor ihrem Fenster kam kein Wort über ihre Lippen.

Sie waren kurz vor der Schweizer Grenze, als Anatol auffiel, dass seine Reisebegleiterin zunehmend unruhig wurde. Auf dem grauen Gesicht breiteten sich hektische rote Flecken aus und sie rutschte mit dem Hintern auf ihrem Sitz unruhig hin und her, zupfte sich den Rock mehrfach gerade, nestelte an ihrer Jacke herum, durchwühlte ein paar Mal unauffällig ihre Handtasche nach Gottweißwas und murmelte leise, unverständliche Worte vor sich hin. Aber sie lächelte, ein nach innen gerichtetes, abwesendes Lächeln, das Anatol etwas beunruhigte. Er hatte das unbestimmte Gefühl, etwas sagen zu müssen.

»Wir sind bald an der Schweizer Grenze. Der nächste Halt ist St. Margarethen.«

»Jaja«, antwortete die graue Dame. »Vergiss bitte nicht, in Luzern auszusteigen.«

»Aber ich will ja gar nicht in Luzern aussteigen«, antwortete Anatol verblüfft.

»Du könntest den Gutschein nutzen«, schlug die graue Dame gedankenverloren vor.

»Welchen Gutschein?«, wollte Anatol wissen, dem der Verdacht kam, die graue Dame hatte eventuell seine Sachen durchsucht, während er geschlafen hatte.

»Luzern ist sehr schön, auch im Winter«, hatte sie nur gemurmelt und dann geistesabwesend ihre Fingerknöchel geknetet.

Die Grenze zwischen Deutschland und Österreich hatten sie ohne größere Probleme passiert. Auch die Fahrscheinkontrolle gestaltete sich weit weniger aufregend, als Anatol angenommen hatte. Ein dicker, schnauzbärtiger, bayerischer Schaffner hatte die Fahrkarte der grauen Frau entgegengenommen, kurz auf das Datum geschaut und dann gezwickt. Dann hatte er mit dem Daumen der rechten Hand auf Anatol gedeutet und gefragt: »Zwei Personen?«

»Jaja«, hatte die graue Dame gesagt und der bayerische Schaffner hatte nur genickt, die Nase dezent hochgezogen und geantwortet: »Nun denn.«

Anatol hatte das nicht weiter beunruhigt. Warum auch?

Vor dem Fenster zogen Berge vorbei, schneebedeckte Gipfel und kleinere Bahnhöfe, durch die ihr Zug hindurchraste, wie ein kleiner, flinker Eishockeypuck auf einem zugefrorenen See. Anatol konnte Eiszapfen an den Tannen glitzern sehen. Auch der Schnee auf den Wiesen funkelte im Licht der letzten hellen Nachmittagssonne. Offenbar sah sogar der Schnee teuer aus, wenn er nur in der Nähe der Schweizer Grenze fiel. Wie musste es erst dahinter aussehen?

Bislang hatte er keinen Grenzer im Zug gesichtet, lediglich ein scheppernder Kaffeewagen war an ihnen vorbeigezuckelt. Anatol begann sich zu fragen, ob das an seinem grauen Schutzengel lag, aber dann, sie waren jetzt seit gut drei Stunden unterwegs und hatten gerade einen Tunnel passiert, wurden die Waggontüren vorne und hinten aufgerissen und es erschien gleich ein halbes Dutzend Schweizer Grenzbeamte im Großraumwagen, willens, alles und jeden zu konfiszieren, der oder das eine Gefahr für die Schweizer Sicherheit darstellen konnte. Und sie wurden fündig.

»Darf ich bitte Ihren Ausweis sehen?«, fragte der Grenzer, der direkt auf die graue Dame zugegangen war.

»Warum?«, wollte sie wissen.

»Ihren Ausweis, bitte!«

Mit einem Mal war die Graue nicht mehr unsichtbar und Anatols Herz setzte für einen kurzen Moment aus, als der

Grenzbeamte auch ihn mit einem kurzen Blick streifte, bis er sich wieder der Dame zuwandte.

»Es tut mir leid, ich habe keinen Ausweis bei mir«, antwortete diese und zwinkerte Anatol verräterisch zu, was ihn nur noch nervöser machte. Dann erläuterte sie, warum sie der Bitte des Beamten nicht nachkommen konnte. »Ich bin ein Geschöpf Gottes und die haben für gewöhnlich keine Ausweise oder Reisepässe bei sich. Tut mir leid, aber damit kann ich nicht dienen.«

»Ohne gültigen Ausweis können sie die Schweizer Grenze nicht passieren«, antwortete der Grenzbeamte und gab seinen Kollegen mit einem kurzen Wink zu verstehen, dass er gefunden hatte, wonach sie suchten. »Aber«, fügte einer der anderen Männer, die nun näher traten, hinzu, »Sie können ja gerne in die Schweiz fliegen, wenn Sie möchten. Sollte als Engel doch wohl kein Problem sein.«

»Harald«, mahnte ihn einer seiner Kollegen, »wo denkst du hin? Das würde den Schweizer Luftraum verletzten!«

»Stimmt«, sagte der mit Harald Angesprochene und grinste. Dann verflog sein Lächeln so schnell wie es gekommen war. »Kommen Sie bitte mit«, forderte er die graue Dame auf.

»Das kann ich nicht«, antwortete sie sehr höflich. »Ich bin auf einer Mission.«

Da beugte sich der erste Beamte zu ihr hinunter. »Wissen Sie, ich glaube, Ihre Mission ist jetzt hier zu Ende.«

»Nein, mein Herr«, sagte sie sehr bestimmt. »Ich kann ihn jetzt nicht verlassen!« Dabei deutete sie mit dem Zeigefinger der rechten Hand auf Anatol.

»Kennen Sie die Dame?«, fragte ihn nun der Grenzer.

Anatol war wie gelähmt. Er starrte zunächst auf die Beamten und dann zu der grauen Frau hinüber. Diese zwinkerte ihm unbemerkt mit dem rechten Auge zu, so als wollte sie sagen: »Los! Spiel mit.«

»Nein«, gab Anatol an. »Ich kenne die Dame nicht.«

»Aber natürlich kennst du mich!«, rief diese empört aus. »Ich bin doch dein Schutzengel.«

»Ich glaube, wir haben genug gehört«, erklärte der Mann, den die anderen Harald nannten. »Wir werden jetzt gemeinsam diesen Zug verlassen. Kommen Sie bitte mit.«

Er versuchte, die graue Dame am Arm von ihrem Sitz zu ziehen, was ihm nicht gelang, da sie plötzlich laut zu schreien begann und wie eine Verrückte um sich schlug. Es brauchte letzten Endes ganze fünf Mann, um sie mittels Kabelbindern so ruhig zu stellen, dass sie aus dem Abteil hinaus getragen werden konnte. Noch im letzten Augenblick, bevor ihr sich windender Körper durch die Abteiltür gehievt wurde, konnte Anatol beobachten, wie sie, schreiend und durch die unkontrollierten Bewegungen halb entblößt, ihm unauffällig zuzwinkerte. War es möglich, dass sie dieses ganze Theater nur veranstaltete, um von ihm abzulenken?

Einer der Beamten stand noch im Abteil, der Schweiß lief ihm von der Stirn und er wischte ihn sich gedankenverloren mit dem Handrücken weg. Dann, als von der grauen Dame nichts mehr zu sehen und zu hören war, wandte er sich an Anatol: »Es ist nicht das erste Mal, dass wir sie an der Grenze abfangen müssen. Eigentlich lebt sie in einer psychiatrischen Anstalt in der Nähe von Ingolstadt. Und diese Schutzengelnummer zieht sie jedes Mal ab.« Er zwinkerte Anatol zu. »Ich hoffe, sie hat Sie nicht allzu sehr belästigt.«

»Nein«, beeilte sich Anatol zu sagen. Seine Stimme klang heiser.

»Nichts für ungut«, sagte der Mann, tippte sich dann an die Stirn und folgte seinen Kollegen aus dem Waggon hinaus. Wenige Minuten später konnte der Zug den Bahnhof St. Margarethen verlassen. Keiner der Beamten hatte Anatol nach seinem Ausweis gefragt. In Luzern verließ er den Zug.

Hinterher konnte keiner der beiden sagen, wie es eigentlich dazu gekommen war, dass man sie verhaftet hatte. Als sie später gefragt wurden, ob es das wert gewesen sei, schwiegen sie sich aus. Was hätten sie auch sagen sollen?

Der Morgen war kalt und voll ungeklärter Fragen und ein Hotelfrühstück kann man nur bedingt in die Länge ziehen. Andere Gäste kamen, Tische wurden neu eingedeckt, Kellner fragten, ob man noch etwas trinken wolle, und irgendwann kam der Zeitpunkt, an dem man mit Anstand gehen musste.

»Möchtest du einen Spaziergang machen?«, fragte der Vater, kaum dass sie vor dem Eingang zum Hotel standen.

»Von mir aus«, antwortete die Mutter.

»Möchtest du eine Kirche besichtigen?«

»Von mir aus.«

»Möchtest du, dass ich in den eiskalten See springe?«

Die Mutter starrte teilnahmslos auf den See.

Der Vater räusperte sich, ergriff den Arm seiner Frau und führte sie mit sich fort. »Wir sollten uns etwas ablenken. Lass uns doch einmal in diese Richtung gehen.«

»Welche Richtung?«, fragte sie geistesabwesend und bewegte doch schon längst einen Fuß vor den anderen. Sie gingen vorbei an den schönen Hotels, am Quai entlang, immer weiter, bis sie schließlich vor dem verschlossenen Lido standen. Er deutete nach kurzer Zeit mit dem Finger auf ein paar Vögel, die über das Wasser zogen. »Schau doch mal! Sind das etwas Enten?«

Keine Reaktion.

»Lore, sind das da hinten Enten?«, wiederholte er seine Frage und ließ ihren Arm los, um noch ausholender auf das Naturschauspiel zu deuten.

»Was?«

»Ach, verdammt«, fluchte er leise.

Er gab sich Mühe, aber durch diesen mütterlichen Schleier aus Sorge und Traurigkeit konnte er nicht dringen – so dachte er. Denn in dem Moment, in dem er sich dafür entschied, dass es tatsächlich Enten sein mussten und dass ihn dieser Umstand eigentlich selbst nicht interessierte, griff sie ganz sachte nach seiner Hand.

»Ja, wahrscheinlich«, beantwortete sie seine Frage und fügte hinzu: »Siehst du da hinten das Gittertor, Hans?« Sie deutete mit dem Kopf nach rechts.

»Ja.«

»Lass uns dort hingehen.«

Froh, dass sie die Initiative übernommen hatte, wandelten sie Hand in Hand bis zur vereisten und verschlossenen Badeanstalt.

»Zu«, stellte er fest. »Wintersperre.«

»Egal«, antwortete sie. Dann drängte sie plötzlich ihren Körper gegen den seinen und küsste ihn.

»Was wird das?«, fragte er, ihre Lippen noch auf seinen Mund gepresst. »Sollten wir dafür nicht besser ins Hotel zurückkehren?«

»Ich will nicht ins Hotel zurück.« Sie küsste ihn weiter. »Lass es uns hier tun.«

»Lore …«

»Aber hier ist doch niemand!«

Sie glitt mit ihren Fingern zu seinem Gürtel hinunter und begann ihn zu öffnen.

»Lore! Das löst jetzt wirklich keines unserer Probleme!«

»Ach«, sagte sie und klang dabei verletzt, »aber es nicht zu tun schon, oder was?«

»Wir sind keine zwanzig mehr! Wir müssen es nicht heimlich hinter einer Badeanstalt tun. Noch dazu bei dem Wetter.«

Sie ließ von ihm ab.

»Wer sagt denn, dass man es nicht auch mit sechzig hinter einer Badeanstalt tun darf? Selbst bei diesem Wetter! Das ist doch bescheuert.«

Er kratzte sich am Kopf. Seine Wollmütze juckte ihn und er fühlte sich ausgesprochen unwohl.

»Du findest es lächerlich, Sex mit deiner eigenen Frau zu haben?«, fragte sie und warf ihm einen bösen Blick zu.

»Nein, ich finde mich lächerlich, mich selbst, wie ich hier herumstakse im Schnee, in der Schweiz und untätig danebenstehe, wie alles auseinanderbricht. Verstehst du nicht? Ich bin der Mann, ich bin der Vater, der Beschützer und was tue ich? Gar nichts!«

Er trat gegen eine der Holzlatten, was ihm einen Moment lang eine unerwartet jugendliche Ausstrahlung verlieh.

»Grab dein halb verwestes Rollenbild bitte wieder da ein, wo du es gefunden hast! Wer sagt denn, dass du den Beschützer spielen sollst?«

»Das ist nicht so einfach«, murmelte er.

»Nein«, stimmte sie ihm zu, »das ist es nicht.«

Gemeinsam starrten sie auf den See hinaus. Vier Kinder, ein halbes Leben, ein Zuhause – es gab so vieles, was sie einte, und dennoch war da ein tiefer Graben zwischen ihnen.

Er war es, der die Hand als Erster ausstreckte und ihr sanft den Nacken massierte, während sie sich nach und nach fallen ließ und begann, ihre Umgebung wirklich wahrzunehmen.

»Es ist wirklich schön hier, nicht wahr?«, fragte sie leise. »Ich meine, der See, die Berge, die Stille und diese Vögel da …«

»Enten«, sagte er. »Es sind Enten.«

»Ach, geh!«, antwortete sie und er lachte leise, zog sie sich zu sich und küsste sie. Nähe war das, was sie jetzt beide am dringendsten brauchten.

»Dir ist schon klar, dass es im Hotel um einiges bequemer wäre?«, wagte er noch zu sagen, bis sie sich halb nackt aneinandergelehnt wiederfanden.

Noch während sie auf seinen Höhepunkt zusteuerten, bemerkte sie mit einem Mal ein Boot, das direkt auf die Badeanstalt zuhielt.

»Was ist?«, fragte er, leicht außer Atem.

»Da kommt jemand«, stellte sie fest.

»Was jetzt?«

Sie hatte keine Ahnung, zog sich aber vorsichtshalber den Rock hinunter, während er mit gequältem Gesichtsausdruck seine Hose zumachte.

Die zwei Polizisten, die kurz darauf mit ihrem kleinen Motorboot am Badesteg anlegten, klärten sie schließlich darüber auf, dass sie einen Verstoß gegen Artikel 198 des Schweizerischen Strafgesetzbuchs begangen hätten.

»Oder zumindest waren sie auf dem besten Weg dahin«, sagte einer der beiden, während der andere grinsend auf die Überwachungskamera deutete, die sie leider übersehen hatten. Sie müssten ihnen dafür eine Geldbuße auferlegen und würden sie zu diesem Zweck bitten, sie auf die Wache zu begleiten. Also stiegen sie widerstandslos mit den Polizisten ins Boot und mussten hinterher doch beide zugeben, dass die kurze Fahrt auf dem Vierwaldstättersee ihnen sogar Spaß gemacht hatte. Die Aussicht auf die Berge sei vom See aus besonders hübsch, stellte die Mutter fest, und der Vater konnte später zufrieden verkünden, dass das aufgebrummte Bußgeld nur wenig höher ausgefallen war als der Preis für zwei reguläre Fährtickets der ersten Klasse mit einem der Ausflugsdampfer, die dank der Wintersperre ohnehin nicht fuhren.

Herzlich willkommen im Grand National«, begrüßte ihn die Rezeptionistin. »Haben Sie Gepäck dabei?«

»Nein«, sagte Anatol und zog das verpackte Bild hinter sich, als handelte es sich dabei um normales Handgepäck und nicht um einen Chagall. Gleichzeitig schob er einen Umschlag über den Tresen. »Ich habe hier einen Gutschein.«

Die Rezeptionistin nahm interessiert den verknitterten Umschlag entgegen, den Anatol aus seiner Jackentasche gezogen hatte, und las ihn mit dem Anflug eines Stirnrunzelns durch. Er war auf die Namen René und Sandra Gaubitzer ausgestellt.

»Sie reisen allein?«, fragte sie ihn.

»Ja«, gab Anatol wahrheitsgetreu zu.

»Ich frage nur, weil der Gutschein für zwei Personen gilt.«

»Ach so«, antwortete Anatol. »Ja, ich bin allein.«

Das Stirnrunzeln wurde deutlicher. »Der Gutschein gilt für eine Suite.«

»Ah«, sagte Anatol nur. Das hätte er sich natürlich denken können. »Kann ich denn auch allein in der Hochzeitssuite wohnen?«

»Selbstverständlich, Herr Gaubitzer«, antwortete die Dame und versuchte, möglichst unbeeindruckt auszusehen, obwohl Anatol jede Wette einging, dass ihr die Frage, wo denn seine Braut geblieben sei, unter den Nägeln brannte. »Hier ist Ihre Schlüsselkarte, Herr Gaubitzer. Zimmer vierhundertvier. Den Frühstücksraum finden Sie dort hinten«, sie deutete in eine bestimmte Richtung, »und Sie haben mit der Karte ebenfalls Zugang zu unseren Spa-Räumlichkeiten.«

Sie drückte Anatol eine Plastikkarte in die Hand und fragte, ob er noch einen Wunsch habe.

»Nein, danke«, antwortete er wahrheitsgetreu. Alles, was er wollte, war eine Dusche und ein Bett.

»Dann wünsche ich Ihnen einen schönen Aufenthalt bei uns, Herr Gaubitzer«, sagte sie und fügte ein halb dahingemurmeltes »allein« hinzu. Doch als Anatol sich bereits dem Fahrstuhl zugewandt hatte, fiel ihr plötzlich noch etwas ein. »Ach, Herr Gaubitzer?«

Es dauerte etwa vier Sekunden, bis er realisierte, dass sie ihn meinte.

»Ja?« Er drehte sich noch einmal zum Rezeptionsschalter um. Das Gesicht der Dame hatte sich plötzlich aufgehellt. Offenbar hatte sie eine Eingebung.

»Ich sehe gerade, dass der Gutschein besonders lange gültig ist. Sie könnten ihn innerhalb der nächsten fünf Jahre einlösen, wenn Sie möchten, zum Beispiel zum ersten Hochzeitstag. Oder auch zum fünften! Und stattdessen könnte ich Ihnen für jetzt ein Einzelzimmer anbieten.«

»Nein«, antwortete Anatol und er konnte spüren, wie ihm der Schweiß ausbrach, »nein, ich nehme die Suite.«

»Sicher«, sagte die Rezeptionistin, »ich wollte auch nicht … Ich meine, es steht mir natürlich nicht zu … Ganz wie Sie wollen, Herr Gaubitzer. Dann wünsche ich Ihnen einen schönen Aufenthalt im Grand National.«

Anatol hob den Chagall schnell hoch und bewegte sich in Richtung des Aufzugs, denn wenn er eines durch seine Begegnung mit der grauen Dame gelernt hatte, dann dass man sein Schicksal nicht unbedingt herausfordern sollte.

Schnell drückte er die Knöpfe zum Lift und als die Türen aufgingen, machte er zwei große Schritte hinein und drehte sich um. Er drückte auf den vierten Stock, einmal, zweimal, dreimal. Noch bevor sich die Türen schlossen, konnte er beobachten, wie zwei junge Frauen etwa zehn Meter von ihm entfernt durch die Lobby marschierten und sich dabei offenbar sehr angeregt miteinander unterhielten. Die eine hatte langes blondes Haar, die andere, eine Brünette, trug ihr Haar kurz. Als sich die Blondine zu ihrer Begleiterin umdrehte, sah er für einen flüchtigen Augenblick ihr Gesicht und erkannte seine Schwester Elisabeth. Die andere musste demnach Helena sein.

Solange sich Anatol erinnern konnte, hatte er von all seinen Schwestern vor Elisabeth immer die größte Angst verspürt. Sie war die, die sagte, wo es langging, die Bestimmerin, diejenige, die ihren kleinen Geschwistern vorgab, was gespielt, gekocht oder geschaut wurde. Und sie war diejenige, die es wagte, Anatol zu behandeln wie man kleine, nervige Brüder eben behandelte. Wurde ihr Anatol lästig, schob sie ihn aus ihrem Zimmer hinaus und sperrte die Tür zu. Bekam er mitten in der Innenstadt einen seiner gefürchteten Wutanfälle, war sie diejenige, die genervt danebenstand und laut fragte, wann er damit fertig sei, denn das Ganze sei doch zu lächerlich und sie würde jetzt endlich weitergehen wollen. Dieses geballte Desinteresse an den speziellen Bedürfnissen des kleinen Bruders ging außerdem mit einer gehörigen Portion Sarkasmus einher, etwa wenn sie Passanten erklärte, dass der tobende, schnaubende, sabbernde Bub, der aus Leibeskräften schrie, wenn ihm jemand zu nahe kam, früher einmal ein Affe gewesen sei. Sie hätten ihm lediglich das Fell abrasiert. An seinen Manieren müssten sie allerdings noch arbeiten. Demzufolge lautete ihr wenig schmeichelhafter Spitzname für Anatol »Affe«.

Wie schlimm sich Anatol auch aufführte, an Elisabeth prallte scheinbar alles ab. Und weil er bei seiner ältesten Schwester nicht auf mildernde Umstände hoffen konnte, benahm er sich bei ihr in der Regel auch seltener daneben. Das schweißte die beiden zu einer unglückseligen Allianz zusammen. Anatols Mutter war stets sehr erleichtert, wenn sie Elisabeth mit Anatol durch die Stadt schicken konnte, und sei es auch nur für einen kurzen Gang zum Bäcker um die Ecke. Der »Affe« folgte ihr widerstandslos, während Elisabeth mit genervtem Gesichtsausdruck versuchte, ihn weitestgehend zu ignorieren, oder, wenn es nötig wurde, mit einem bissigen Kommentar zum Schweigen zu bringen. Lediglich im Konflikt mit anderen stellte sie sich dem Bruder loyal zur Seite, etwa indem sie über fremde Kinder, die es wagten, Anatol zu hänseln, ihren Spott ausschüttete oder ihnen gleich einmal drohte: »Oh, du hast Anatols Sandschaufel gestohlen? Schau an, wie praktisch! Da hast du ja gleich das passende Werkzeug dabei, mit dem ich dein Grab schaufeln kann. Kluges Kind! Jetzt halt schön still und stirb wie ein Mann.«

Es kam durchaus vor, dass die Mutter nicht wegen Anatols teils absonderlichem Verhalten, sondern wegen der kreativen Gemeinheiten ihrer ältesten Tochter von den anderen Müttern auf dem Spielplatz lautstark gemaßregelt wurde. Also begleitete Lore Neuendorff die beiden nur dann zu öffentlichen Plätzen voller ungehobelter, überreizter und, im schlimmsten Fall, standesbewusster Mütter, wenn es nicht zu vermeiden war. Doch Elisabeth bot ihre Dienste nicht einfach so an oder gar aus Liebe oder Pflichtgefühl ihrer Mutter gegenüber. Keine Zwölfjährige rannte freiwillig mit einem kleinen Bruder im Schlepptau herum, schon gar nicht mit so einem kleinen Bruder. Alles hatte seinen Preis und das sagte sie auch ihren Eltern.

»Zehn Schilling!«, forderte Elisabeth. »Und keinen Schilling weniger.«

Anatol war noch keine fünf Jahre alt, da hatte Elisabeth bereits einen Stück des Weges zur ersten Million zurückgelegt.

Sie war von allen vier Kindern eindeutig das geschäftstüchtigste.

Helena dagegen war das genaue Gegenteil ihrer großen Schwester: Sie war äußerst gefühlsbetont und interessierte sich besonders für das Innenleben ihrer Mitmenschen. Tatsächlich betrachtete sie Anatol als eine Art Studienobjekt. Ihr liebstes Spiel hieß »Was, wäre wenn?«, und damit schaffte sie es regelmäßig, Anatol zum Weinen zu bringen, einfach indem sie ihm Fragen stellte, vorzugsweise solche, in denen es ums Sterben ging. Da war sie ganz Wienerin.

»Was wäre, wenn unser Haus brennt und du kannst nur noch wählen zwischen ersticken und verbrennen – was würdest du bevorzugen?«

»Was wäre, wenn ein Mörder in unsere Wohnung eindringt, und du müsstest bestimmen, wer zuerst sterben soll – Mama oder Papa?

»Was wäre, wenn ein Komet auf die Erde fällt – sterben wir durch die Explosion, durch ein Erdbeben oder durch einen Tsunami?«

Dabei hatte sie ein überaus heiteres Gemüt und eine durchaus positive Einstellung zum Leben. Sie wusste ja, früher als die meisten anderen Kinder, dass alles ein Ende hatte, und wenn ohnehin jeder sterben musste, dann gab es auch keinen Grund, sich vor dem Tod zu fürchten. Dass die anderen Kinder dieser Erkenntnis nicht unbedingt etwas Positives abgewinnen konnten, störte Helena bisweilen – bis sie sich diesen Umstand zunutze machte und sie mit großen, samtenen Rehaugen und vollem Himbeermund die abgründigsten Todesszenarien zu skizzieren begann, sodass ihr das Wimmern und die gelegentlichen Schreckensschreie der anderen Kinder wohlige Schauer über den Rücken jagten. Am besten funktionierte das natürlich bei Anatol, aber seit dem Tag, an dem ihm sein Vater endlich begreiflich machen konnte, dass höchstwahrscheinlich keines der Szenarien, die Helena so lebhaft zu schildern wusste, eintreten würde, war Anatol nicht mehr ganz so schnell von seiner Schwester eingeschüchtert. Jedenfalls konnten Helenas Fragen zum bevorstehenden Weltuntergang nicht mit Elisabeths Sarkasmus mithalten. Angst hatte er dennoch vor beiden – und doch gab es eine enge Verbündete im Kampf gegen die schwesterliche Übermacht: Marie.

Marie, das absolute Lieblingskind des Großvaters und von ihm, und nur ihm, Mariechen geheißen, war diejenige, die sich mit dem kleinen Bruder gegen die Vormacht der beiden Großen zusammenschloss, denn auch sie litt unter Elisabeths Sarkasmus und lebte in Angst vor Helenas dunkler Seite. Marie mochte ihren Bruder, sehr sogar, aber das hielt sie nicht davon ab, sich in einen ewig währenden Konkurrenzkampf mit ihm zu stürzen. Brach Anatol sich einen Finger, war es bei Marie gleich die ganze Hand. Hatte er neununddreißig Grad Fieber und Husten, bekam sie eine lebensbedrohliche Lungenentzündung. Und fiel er vom Klettergerüst, musste Marie hinterher zum Therapeuten, weil sie den Anblick des stürzenden Bruders angeblich nicht verkraftet hatte, während er mit einem einfachen Pflaster aufs Knie abgespeist wurde. Und doch liebte er seine Schwestern – und fürchtete sie gleichermaßen. Entsprechend begann seine Hand zu zittern, als er Elisabeths blondes Haar erblickte, und erst als sich die Türen des Aufzugs geschlossen hatten, ließ Anatol, dessen Zeigefinger noch immer auf dem Druckknopf mit der Ziffer vier lag, kraftlos seinen Arm hinabsinken.

Wer auch immer dem Brautpaar diesen Gutschein geschenkt hatte, er hatte es offenbar gut gemeint, denn die Suite war beeindruckend groß und teuer. Das war das Erste, was Anatol nachschaute, als er allein im Zimmer stand und die Preisliste studierte. Das zweite, was er herausfand, war, dass er ein Zimmer mit Seeblick hatte. Er musste nur die Vorhänge aufziehen und da war er, der See. Aber vielleicht verfügten ja alle Zimmer in diesem Haus über Seeblick? Also war das womöglich nichts Besonderes. Und teuer zu sein war im Grunde genommen auch nichts Besonderes, hatte jedenfalls der Großvater immer gesagt, denn der Preis sage nichts darüber aus, ob einem etwas kostbar war.

»Dein Hase, Anatol, was hat der wohl gekostet?«, hatte der Großvater gefragt und mit dem kurzen rechten Zeigefinger in den Bauch seines Stofftiers gestupst, dem Finger, an dem die Kuppe fehlte, guillotiniert von einer Kohlenkellertür, als der Großvater noch klein war und es in Wien noch Kohlenkeller gab.

»Das ist ein Kaninchen, Großvater.«

»Gut, also dann eben ein Kaninchen. Was glaubst du, hat es gekostet?«

Anatol überlegte. »Ich weiß es nicht. Vielleicht tausend Schillinge?«

Der Großvater lächelte. »Vielleicht, vielleicht auch nicht. Aber was, denkst du, ist es wert?«

Anatol schloss die Augen und atmete den muffigen Duft des abgeliebten Tieres ein, dem von Anatols nächtlichem nervösen Herumkauen ein Teil seiner rechten Pfote fehlte – genau wie dem Großvater. Da hatte er verstanden und leise geflüstert: »Es ist unbezahlbar.«

»Unbezahlbar«, hatte der Großvater ihm leise zugestimmt und mit neuneinhalb Fingern sachte über die samtenen Ohren des Kaninchens gestreichelt.

Anatol wollte sich jetzt keine Gedanken über Geld machen und er war auch immer noch hungrig. Doch vielleicht gehörte das zum Erwachsenwerden dazu, dass man nicht einfach alle Packungen der Minibar aufriss und unkontrolliert in sich hineinschüttete, ohne vorher die Preisliste studiert zu haben. Müde und mit einem flauen Gefühl im Magen sank er aufs Bett nieder. Schlaf, dachte Anatol, war umsonst. Wer wusste schon, wozu er das Geld von Sandra noch brauchen würde?

Er hatte die Augen zu winzigen Schlitzen zusammengezogen, gerade groß genug, dass sich ein winziges Glitzern des Sees auf seiner Iris spiegeln konnte. Das Wasser – es sah überall gleich aus, wenn sich die letzte Sonne des Tages in ihm spiegelte. Egal ob es der Attersee war oder der Vierwaldstättersee – oder die Loire. Anatol schloss die Augen und dachte an das Wasser. Er dachte an das silberne Glitzern der Sonne, an die Schaumkronen, wenn der Wind die Oberfläche aufriss, an Fische, an den Geruch von vorbeifahrenden Schiffen mit Dieselmotoren, an das Rauschen des Flusses, an Nantes. Nantes lag am Wasser, beinahe sogar am Meer, nur sechzig Kilometer von der Küste entfernt. Er würde beinahe ans Meer fahren! Der Gedanke daran machte ihn unsagbar froh. Was waren schon sechzig Kilometer? Er würde Marcelline finden und mit ihr am Fluss entlanggehen, sie würden den Möwen zuschauen und dem Glitzern der Sonne am Morgen, wenn …

Da klingelte plötzlich das Telefon auf dem Nachttischchen neben ihm und schreckte ihn aus seinen Gedanken auf. Zögernd griff er nach dem Hörer.

»Hallo?«

»Hier spricht noch einmal die Rezeption. Herr Gaubitzer?«

»Ja?«

»Es geht um das Käse- und Weinverkostungsseminar, das ja in Ihren Gutschein inkludiert war. Ich habe gute Nachrichten. Wir haben für Sie morgen noch einen Platz bekommen. Sie brauchen doch nur einen Platz?«

»Ich reise allein.«

»Morgen Vormittag um neun Uhr beginnt der Kurs. Soll ich Ihnen ein Taxi bestellen?«

»Ich … äh … wohin?«

»Das Seminar findet ganz in der Nähe statt, Sie können also auch gerne zu Fuß gehen. Ich hinterlege Ihnen alle Unterlagen an der Rezeption. Dann können Sie sich morgen Früh noch entscheiden, ob Sie lieber zu Fuß oder mit dem Auto hingelangen möchten. Soll ich einen Weckruf für Sie einrichten?«

»Ja … ja, wahrscheinlich.«

»Ist Ihnen sieben Uhr dreißig recht?«

»Ich denke schon.«

»Dann einen angenehmen Abend, Herr Gaubitzer.«

Anatol starrte in den piepsenden Hörer. Er würde ein Käse- und Weinverkostungsseminar besuchen, morgen Früh um neun Uhr. Nun, das würde zumindest das Problem mit der Minibar lösen. Käse war ja bekanntlich sättigend – und bei einer Verkostung ziemlich sicher im Preis inbegriffen.

Er richtete sich auf dem Bett auf. Die Sonne war schon untergegangen. Das Glitzern auf den Wellen war verschwunden. Der See lag ruhig, dunkel und kalt da. Mit einer laschen Bewegung zog Anatol mühsam die Decke, auf der er lag, halb über sich und ließ seinen Kopf wieder in die Kissen sinken.

FÜNFTER TEIL

Es klingelte. Irgendetwas klingelte. Und es klingelte laut. Er musste zur Schule. Er musste aufstehen. Er musste irgendetwas tun, aber Anatol konnte beim besten Willen nicht herausfinden, woher das Klingeln kam. Es dauerte sicher eine halbe Minute, bis er verstand, wo er sich befand und dass es das Telefon auf dem Nachttischchen war, dass ihn da weckte. Sollte er etwa rangehen? Musste man das nicht, schon aus Höflichkeit? Wurde das von ihm erwartet? Oder durfte man einen Weckruf einfach ignorieren? Als er sich endlich dazu entschlossen hatte, den Hörer abzuheben, hatte das Klingeln aufgehört. Er hob trotzdem ab, nur so zur Sicherheit. Im Telefonhörer herrschte eine ebenso tiefe Stille wie am Grund des Sees vor seinem Zimmerfenster.

Aber da war noch etwas anderes. Jetzt, wo er einmal wach war, spürte er, dass etwas nicht so war, wie es sein sollte. Es hatte etwas mit ihm selbst zu tun. Er verspürte ein körperliches Unbehagen, das er sich nur schwer erklären konnte. Als er an seine Brust griff, erschrak Anatol zutiefst. Seine rechte Hand, die er hervorzog, war rot vor Blut. Er blutete. Er blutete stark. Er würde sterben. Hier. Jetzt. Er würde hier und jetzt in diesem Hotelzimmer verbluten. Irgendwie musste er sich in der Nacht verletzt haben. Irgendetwas musste ihn direkt in die Brust getroffen haben, sodass er eine schwere Verletzung davongetragen hatte, an der er nun sterben würde, sehr bald sogar, denn er war über und über mit Blut beschmiert – seinem Blut. Allerdings roch sein Blut nach Kirschschokolade.

Es dauerte erneut einige Sekunden, bis er begriff, dass er offenbar auf irgendeiner Art von Betthupferl geschlafen und es mittels seiner Körperwärme geschmolzen hatte. Der Bettüberzug war genauso eingesaut wie sein Pullover – ein wahres Schweizer Massaker.

Schweiz. Er war in Luzern, im Hotel Grand National, und er musste heute Morgen zu einem Käse- und Weinverkostungsseminar. Endlich fiel ihm alles wieder ein und jetzt wurde ihm auch klar, dass er einen großen Fehler begangen hatte. Warum nur hatte er der Rezeptionistin nicht gesagt, dass er das Seminar ausfallen lassen wollte, egal ob es nun im Preis inbegriffen war oder nicht? Wenn er jetzt absagte, dann würden sie ihm sicher auf die Schliche kommen. Er war gestern schon nah dran gewesen aufzufliegen, weil er sich allein (!) in die Hochzeitssuite eingemietet hatte, in seinen alten, schmutzigen Parka gekleidet und mit einem eckigen Paket unter dem Arm, das verdächtig nach einem gestohlenen Chagall aussah. Ganz zu schweigen von seinen Schwestern, die offenbar auch in diesem Hotel wohnten und denen er unter keinen Umständen begegnen durfte, wollte er Nantes noch in diesem Leben erreichen.

Erst jetzt schoss ihm die Frage durch den Kopf, was seine Schwestern hier wohl taten. Müssten sie nicht eigentlich in Wien sitzen und sich um ihn Sorgen machen? Das war ja mal wieder typisch für seine Familie – wenn es hart auf hart kam, rannten sie davon.

Als seine Mutter einen halben Nervenzusammenbruch erlitt, nach der Prügelgeschichte an Anatols alter Schule, was hatte sie da getan? Zunächst hatte sie sich ein nächtliches Schreiduell mit dem Vater geliefert, in dem es vorwiegend um ihr vermeintliches Versagen als Mutter gegangen war, dann hatte sie mitten in der Nacht die Koffer gepackt, sich ein Taxi gerufen und war mit dem Frühflieger nach Kreta abgereist. Sie hatten ganze zwölf Stunden lang nicht gewusst, wo sie war, und der Vater war mit sorgenvollem und durchaus schuldbewusstem Gesicht in der Wohnung auf und ab gelaufen, bis endlich ein Anruf aus Griechenland kam und sie ihnen mitteilte, dass alles in Ordnung sei. Gleich am darauf folgenden Morgen hatte die Großmutter Anatol zu sich in die Döblinger Villa geholt und ihn umsorgt und gepflegt, wie nur die Großmutter es konnte, nämlich wortreich in Zitaten Schillers schwelgend (»Wo rohe Kräfte sinnlos walten«) und mit einer Überdosis Hühnersuppe, in die sie hin und wieder ein Glas Gin goss, damit Anatol endlich einmal zur Ruhe kam.

Die Mutter aber blieb ganze zwei Wochen weg, und als sie wieder da war und mit ihrem Koffer in der Küche stand, da umarmte sie Anatol mit Tränen in den Augen und flüsterte ihm zu, dass sie ja gar nicht weggelaufen war, sondern nur von ihm hatte ablenken wollen. Als er sie fragte, wovon sie genau ablenken wollte, und er sagte dies mit noch immer geschwollenen Lippen und kurzem Atem ob der gebrochenen Rippen, da weinte seine Mutter nur noch heftiger und sagte: »Mich. Ich wollte mich von dir ablenken.«

Und genau das war es, was er jetzt brauchte: ein Ablenkungsmanöver. Mit ein wenig Glück würde er den Schwestern auf dem Flur des vierten Stockwerks nicht begegnen, möglicherweise aber im Lift. Folglich musste er die Treppe benutzen, auf der er im Zweifelsfall schneller fliehen konnte. Doch wie kam er an der Lobby vorbei, ohne gesehen zu werden? Und wie gelangte er an die Wegbeschreibung zur Käse- und Weinverkostung? Ganz abgesehen davon trug er komplett verdreckte Kleidung, die in einem Fünf-Sterne-Hotel sicher nicht angebracht war.

Anatol hörte Stimmen auf dem Flur und spähte vorsichtig durch den Spion hinaus, konnte jedoch niemanden erkennen. Er lauschte angestrengt, doch die Stimmen waren schon verklungen. Stattdessen hörte er, wie die Lifttüren sich schlossen. Vorsichtig öffnete er die Zimmertür und sah hinaus. Da war niemand. Aber – da war etwas.

Wenn es alle taten, konnte es doch so falsch nicht sein. Vielleicht musste er sich nur mehr anstrengen und sich richtig bemühen. Irgendwo in sich drinnen, ganz tief verborgen unter einer horriblen steirischen Jugend auf dem Lande und seiner letzten Trennung begraben, musste doch noch etwas von seinem Selbstwertgefühl übrig sein.

Zugegeben, ein Spa war der letzte Ort, an dem er jetzt sein wollte, aber andererseits hatte er ja auch nicht geplant gehabt hierherzufahren und nun war er trotzdem da, kurz gesagt: Es war an der Zeit, Neues zu wagen und Altes hinter sich zu lassen, denn er hasste sein altes Leben.

Wenn man einmal von einer durchknutschten Nacht nach einer Star-Wars-Convention absah, die er mit einem tatsächlich sehr kleinen Mann in einem Yoda-Kostüm verbrachte, hatte er keinerlei Liebesleben. Überdies war er nach der Nacht mit Meister Yoda mit grün verschmiertem Gesicht und einem schlimmen Ausschlag aufgewacht, den er mit schwerstem Kortison behandeln musste. Offenbar war er allergisch auf Yodas Körperschminke, der im Anschluss ohnehin nicht mehr auf Gerhards Anrufe reagiert hatte. Das Ganze war bereits mehr als ein halbes Jahr her und es war ganz offensichtlich, dass die Macht schon lange nicht mehr mit ihm war. Aber vielleicht war sie es auch nie gewesen.

Sein Studium würde er vermutlich nie beenden und auf seinem Jobhorizont tauchte allenfalls der Schatten des Arbeitsmarktservices auf, denn heute Früh hatte er einen Anruf aus dem Kunstforum erhalten, weil er zum zweiten Dienst in

Folge nicht erschienen war. Er hatte vergessen, dass die neue Schiele-Ausstellung schon begonnen hatte. Die Personalchefin erklärte ihm, dass, wenn er einen dritten Dienst in Folge unentschuldigt fehlen würde, er sich leider nach einem anderen Job umschauen musste. Sein nächster Dienst war morgen Früh und natürlich hatte er darüber nachgedacht, den Nachtzug nach Wien zu nehmen und die Neuendorffs und Anatol ihrem Schicksal zu überlassen. Aber dann … war er geblieben. Weil es Zeit war, nach vorne zu schauen.

Das, was Gerhard sah, als er geradeaus nach vorne schaute, war allerdings ein Hinweisschild, auf dem man ihn über die Öffnungszeiten des Fitnessraums im Grand National informierte. Mit grimmiger Entschlossenheit starrte er darauf und dachte daran, dass er den Kampf gegen sich selbst schon vor langer Zeit verloren hatte, denn es war nicht gut, gegen sich selbst zu kämpfen. Es machte ihn nicht fit, schlank und begehrenswert, es machte ihn unglücklich. Und unglücklich war er lange genug gewesen.

Was hatten sie ihn damals gehänselt, in seinem steirischen Dorf, wo dick zu sein schon eine halbe Schande war, weil er nicht ins Bild der sportbegeisterten Jugend mit Mitgliedshintergrund bei der Freiwilligen Feuerwehr passte. Dass er Kommunist und obendrein schwul war, machte es nicht besser. Gerri, die rosarote Schwuchtelwuchtel hatten sie ihn genannt, die, die es nett meinten. Diejenigen, die es nicht so nett meinten, riefen ihm »schwule Sau« hinterher und bewarfen ihn mit halbvollen Bierdosen, wenn er versuchte, wegzulaufen, und im Weglaufen war er noch nie gut gewesen, weil, nun ja … Jahrelang zahlte er eine Mitgliedschaft im örtlichen Fitnessclub und ging doch nie hin, weil er Sport einerseits nicht mochte und andererseits Angst hatte, man würde ihm gewisse Dinge unterstellen. Schwule Männer galten in den Umkleidekabinen der provinziellen Fitnessclubs Österreichs als Provokation. Daran hatte sich im Grunde bis heute nichts geändert.

Er atmete tief durch. Vielleicht war heute der richtige Tag, um etwas in seinem Leben zu verändern, etwas Entscheidendes. Dick zu sein war ja nicht sein Lebenstraum. Er öffnete die Tür und wollte gerade hineingehen, als er hinter sich eine Stimme hörte: »Tüchtig, tüchtig, Herr Kirchschlager.«

Gerhard drehte sich um. »Wenn Sie gestatten, Herr Doktor, ich mache gerade den ersten Schritt in ein besseres Leben und den würde ich sehr gerne allein tätigen.«

»Sollten S' da nicht eher in eine Kirche rennen?«, fragte Doktor Pokorny belustigt.

Gerhard räusperte sich. »Nun ist zwar die katholische Kirche der mit Abstand größte Schwulenclub der Welt, aber als besonders gesundheitsfördernd würde ich sie nicht gerade bezeichnen«, entgegnete er.

»Wir sind hier in der Schweiz, lieber Herr Kirchschlager. Hier sind die meisten Menschen Calvinisten.«

Doktor Pokorny grinste ihn an.

»Dann«, sagte Gerhard und schritt durch die Tür hindurch, »suche ich mein Seelenheil wohl besser hier.« Er hielt dem Doktor die Tür auf. »Nach Ihnen.«

Das Grinsen auf Doktor Pokornys Gesicht war erloschen. Schweigend folgte er Gerhard in den Fitnessbereich, wo er etwas unentschlossen neben einer Sprossenwand stehen blieb. Nachdem er diese mit kurzem, fachmännischen Rütteln getestet hatte, ignorierte er sie und wandte sich den Crosstrainern zu. Gerhard folgte dem Doktor und inspizierte nun seinerseits die Anzeigentafel des Fitnessgeräts, die schwitzige Stirn in tiefe Falten gezogen, weil er einerseits keine Ahnung hatte, wozu dieses Ding da war, und andererseits, weil ihm die physische Nähe Doktor Pokornys zu schaffen machte. Der Mann hatte gleichzeitig etwas Beunruhigendes wie auch Anziehendes an sich und Gerhard war sich nicht sicher, was ihm davon mehr Sorgen bereitete. Sein Typ war der Mann jedenfalls nicht. Da konnte sein Aftershave noch so gut riechen, seine Finger noch so weich, zart und feingliedrig wirken und seine sonore Stimme ihn noch so sehr einlullen. Außerdem war er viel zu alt für …

Schließlich entfernten sich die zwei wieder vom Crosstrainer und schlenderten in Richtung der Gewichte. Probeweise nahm jeder von ihnen eine Zwei-Kilo-Hantel hoch und stemmte sie bis auf Schulterhöhe. Mit einem lauten Schnaufen ließen sie die Hanteln gleichzeitig wieder sinken. Dabei hätte Gerhard gewettet, dass der Doktor länger als er durchhalten würde. Dem war aber nicht so. Doktor Pokorny, das wurde Gerhard bei einem kurzen, unauffälligen Seitenblick klar, wirkte an diesem Ort genauso deplatziert wie er selbst. Aber noch war keiner von ihnen beiden gewillt, das vor dem anderen auch zuzugeben. Also setzte sich Gerhard auf eine der Bänke und begann, ziemlich unmotiviert Hanteln zu stemmen. Der Doktor setzte sich ihm gegenüber auf eines der Fahrräder und erklomm mit angestrengtem Gesicht einen imaginären Berg, der wohl kaum höher als der Wiener Bisamberg war, ein Mugel, der die Bezeichnung Berg eigentlich nicht verdiente, ihn jedoch ordentlich ins Schwitzen brachte.

Nach etwa einer Viertelstunde war Gerhard nah dran aufzugeben. Sein Stolz wog offensichtlich nicht mehr als je zwei Kilogramm in seinen Händen. Aber irgendwo in sich drin schien er doch über so etwas wie Kampfgeist zu verfügen und er bemühte sich weiter und konnte sehen, wie auch der Doktor sich noch weiter abstrampelte, obwohl ihn seine Kräfte langsam verließen. Irgendwann stieg Pokorny schließlich keuchend vom Rad, ging auf Gerhard zu, klopfte ihm anerkennend auf die Schulter und sagte: »Nicht schlecht.« Dann bekam er einen

Hustenanfall und Gerhard fand, dass dies der beste Zeitpunkt war, mit dem Hantelstemmen aufzuhören. Schweißüberströmt stellte er die Hanteln neben sich ab und lehnte seinen Kopf im Anschluss an die Wand, um wieder Luft zu holen.

»Danke«, keuchte er.

Als der Doktor wieder Luft bekam, beugte er seinen Kopf ganz nah zu Gerhards hinunter und sah ihm in die Augen. »Ich krieg dich schon noch klein, Burschi, früher oder später.«

»Normalerweise«, antwortete Gerhard, »wollen alle immer nur einen Großen!«

Der Doktor begann zu röcheln und es dauerte einige Sekunden, bis Gerhard begriff, dass er lachte.

»Ist schon recht«, sagte Pokorny, klopfte Gerhard erneut auf die Schulter und verabschiedete sich mit den über die Schulter zurückgemurmelten Worten: »Morgen, selbe Zeit, selber Ort?«

»Worauf Sie sich verlassen können«, war Gerhards Antwort.

Als er beim Vorbeigehen das herbe Aftershave des Doktors riechen konnte, da war es wieder da, dieses merkwürdige Gefühl von abstoßender Faszination, aber diesmal war es mit etwas anderem gemischt, etwas ganz und gar Unpassendem: Vorfreude.

Natürlich hatte er die Wiener Philharmoniker schon spielen gehört. Die Großmutter hatte sich nach ihrem Abschied von der Bühne ein Abonnement zugelegt, das sie allerdings nur hin und wieder nutzte. Sie hatte es, weil »man« so ein Abonnement eben besaß. Freude bereitete ihr das selten.

»Weißt du, Kind«, sagte sie oft zu Anatol, »wenn man das fünfte Mal im Leben Beethovens Neunte zu hören bekommt, ist die Freude nur noch halb so groß. Das ist leider die Unerbittlichkeit des Alters: Man kennt schon alles.«

Entgegen dem allgemeinen Musikgeschmack freute sich die Großmutter vielmehr auf die sogenannten Zwischenstücke, etwa einen Cerha oder gar einen Lachenmann, nach denen nicht selten das halbe Musikvereinspublikum Reißaus nahm. Je schräger, desto besser, fand dagegen die Großmutter, die eine diebische Freude an der teilweise echten Empörung der anderen Konzertbesucher entwickelte. »Da ist es fast wie an der Burg: ein Hauch von Skandal, aber ganz ohne enervierende Bremer Idioten.«

Sie kam deshalb oft und gerne erst in der kurzen Pause vor dem Zwischenstück in den Saal und gewann ihr Vergnügen weit weniger durch die Musik als durch das Beobachten der stillen Empörung in den Gesichtern der vermeintlich kulturbeflissenen Leute auf den Nebensitzen. Doch irgendwann wurde ihr auch die Lust am Skandal fade und so begann sie, ihre Karten an Familie und Freunde zu verschenken. Am liebsten schickte sie Anatol als Vertretung, damit »das Kind lernt, was Kultur bedeutet«. Also saß Anatol bereits im Alter von sechzehn Jahren allein in einem maßgefertigten Anzug im Wiener Musikverein und hörte Beethoven oder Tschaikowsky oder Mahler – und eben Lachenmann.

»Na?«, fragte die Großmutter dann immer, wenn er ihr an den darauffolgenden Tagen Bericht erstattete. »Haben sie wieder die Nase gerümpft, die Wiener?«

Und wenn Anatol dies wie gewohnt bestätigte, glitt ein kleines, bösartiges Lächeln über das Gesicht der Großmutter.

Anatol dagegen erlebte während der Konzerte nicht selten alle möglichen Zustände, derer sein Gefühlsleben fähig war. Die Musik wühlte ihn häufig stark auf, weshalb er sich bei den besonders emotionalen Stellen gerne auf die Anzüge der Philharmoniker konzentrierte, um nicht die Hände auf die Ohren pressen zu müssen und zu weinen anzufangen, was einmal vorgekommen war, als die Großmutter den damals Zehnjährigen unvorsichtigerweise in Schumanns Klavierkonzert mitgeschleppt hatte. Da bei den Philharmonikern, bis auf die Frauen, alle gleich aussahen, brachte dieses Meer aus Schwarz, Weiß und Grau eine gewisse Ruhe mit sich, für die er während besonders mitreißender Sätze sehr dankbar war. Anatol ließ sich nun einmal nicht gerne in der Öffentlichkeit zu Emotionen verleiten, und die Garderobe der Philharmoniker war sozusagen der perfekte Downer. Und genau so einem Anzug sah sich Anatol nun gegenüber.

Auf dem Flur hatte er schräg gegenüber seiner Zimmertür einen dieser typischen Gepäckwagen stehen sehen, auf dem einige Koffer und eine Reisetasche standen sowie ein Anzug, der, sauber verpackt, mitsamt Hemd auf einem Bügel hing. Den hatte sich Anatol in einem unbeobachteten Moment geschnappt und war damit zurück in sein Zimmer geflüchtet. Erst als er den Anzug auspackte, war ihm klar geworden, was er da hatte mitgehen lassen. Offensichtlich befand sich eines oder auch mehrere Mitglieder der Wiener Philharmoniker im Hotel, was in Luzern ja nicht weiter verwunderlich war, denn immerhin verfügte diese Stadt über eine gewisse musikalische Tradition. Aber nun war er, Anatol Neuendorff, im Besitz eines Anzugs der Wiener Philharmoniker.

Er betrachtete lange die neue Robe, wie sie da am Bügel hing, strich staunend über die langen Rockschöße und konnte nicht fassen, dass er in Händen hielt, was er so lange aus der zwölften Reihe Parterre, links, Sitz vier, bewundert hatte. Es dauerte eine Weile, bis er sich traute, den Anzug anzuziehen. Als er ihn endlich überstreifte, war er knapp eine Nummer zu groß für ihn. Da Anatol jedoch über relativ lange Arme, dafür aber kurze Beine verfügte, schlug er entschlossen die Hosenbeine eine Drehung nach innen und bewunderte das Ergebnis in dem großen Spiegel der Garderobe seiner Suite. Er sah aus wie ein Musiker. Es fehlte nur das Instrument. In jedem Fall war das, was er nun am Leib spazieren trug, besser als der dreckige, alte Parka, mit dem er hier angekommen war.

Schweren Herzens zog er den Rock wieder aus, ebenso das silberne Gilet, um sich anschließend nur in vornehmem Hemd und Hose zu betrachten. Sein wirres dunkles Haar und der Stoppelbart gaben ihm ein recht verwegenes Aussehen, die alten Turnschuhe zur teuren Anzughose gingen gerade noch als lässig durch und Anatol kam nicht umhin festzustellen, dass er plötzlich aussah wie die anderen verwöhnten Oberschichtbuben, mit denen er die Schulbank gedrückt und die er nie gemocht hatte, die Sorte junger Männer, mit denen sich die Louises dieser Welt abgaben.

Wie merkwürdig weit entfernt das alles war: die Schule, und die gehässigen Mitschüler, Louise und der Kohlenkeller. Als stammte das alles aus einem anderen Leben, das nicht mehr das seine war. Er hatte so lange nicht mehr an Louise gedacht oder an die anderen Frauen, denen er begegnet war, bevor er sie getroffen hatte. Er sah ihre Gesichter und er spürte ihren Berührungen nach. Aber keine löste eine solche Sehnsucht bei ihm aus wie sie, vielleicht mit Ausnahme der Braut, deren Bräutigam er nicht war, obwohl er jetzt ihr Zimmer bewohnte.

Noch einmal wandte sich Anatol seinem Spiegelbild zu. Ja, so konnte er aussehen, der Bräutigam, der eine lange, durchzechte Nacht hinter sich hatte und nun, immer noch im Hochzeitsanzug, der Welt gegenübertrat, als wäre er ein anderer.

»Es wäre auch schön gewesen, dich kennenzulernen«, flüsterte er sich selbst leise zu. Dann holte er tief Luft und sagte der Braut, die nicht die seine war, endgültig Adieu. Er hatte einen Traum und den wollte er unter keinen Umständen aufgeben. Und wenn er dazu Bilder und Anzüge stehlen musste, dann sollte es so sein. Oder, zur Hölle noch einmal, Käse verkosten.

Ich persönlich bin ja kein Fan des Gruyère, aber vielleicht bin ich da auch kein Maßstab. Ich meine, wer will, kann ja gerne diese Supermarktmassenware in den Mund nehmen, aber ich fühle mich nicht verpflichtet, dem Massengeschmack zu folgen. Nein, wirklich nicht!«

Der Mann zog seine Mundwinkel, die von einem Vollbart fast verdeckt wurden, weit nach unten, während seine Begleiterin so heftig dazu nickte, dass ihre Brille ein Stück weit nach unten verrutschte. Mit einer hastigen Geste schob sie sie zurück auf ihre kurze Stupsnase und hinterließ bei Anatol das irritierende Gefühl, sie trage sie nur, um mittels ihrer Augengläser ihren Weltekel zu veranschaulichen, so als brauchte es zwei Scheiben Fensterglas, um sie vor dem zu schützen, was vor ihr auf dem Teller lag.

Als der füllige Herr, der rechts neben Anatol saß, sich daraufhin dezent bei dem Bartträger erkundigte, was für einen Käse er denn stattdessen bevorzuge, lautete die Antwort: »Ziege. Ganz einfach und simpel Ziege. Ausschließlich.«

»Sie essen ausschließlich Ziegenkäse?«, fragte der Herr interessiert.

»Ja, genau. Wir beide bevorzugen Ziegenkäse, bei Weitem!«

Daraufhin nickte die junge Frau mit der Hornbrille erneut.

»Aber«, gab der Herr zu bedenken, »wir werden heute sicher nicht nur Ziegenkäse zu verkosten bekommen.«

»Dessen bin ich mir bewusst«, antwortete der Bartträger, »aber es gab kein Verkostungsseminar zu Ziegenkäse.«

»Leider«, betonte seine Begleiterin.

»Aha«, sagte der Herr und lehnte sich wieder in seinen Sessel zurück, um dem Seminarleiter zu lauschen, der gerade etwas zur Rohmilchproduktion erklärte.

»Ich glaube ja«, mischte sich eine hagere, grauhaarige Dame von schräg gegenüber ein, »dass man mit diesem Wein einen Fehler gemacht hat.«

Sie tippte mit säuerlichem Gesicht gegen ihr Rotweinglas. »Nie und nimmer würde ich einen solchen Wein dazu verkosten. Überhaupt ist es erstaunlich, dass man Wein zum Käse reicht – hätte ich dies vorher gewusst, wäre ich sicher nicht gekommen. Aber, nun ja, es war halt ein Geschenk meiner Nichte zum Geburtstag und da kann man ja schlecht ablehnen. Aber dieser Wein hier«, sie tippte abermals gegen ihr Glas und ein hohles Klingen erscholl, »ist eine Zumutung.«

Dabei war es den meisten Teilnehmern des Seminars gleich, mit welchem Wein man sie abfüllte, solange er sie die vorangegangenen Stunden, vollgestopft mit theoretischem Wissen über Käseherstellung, vergessen ließ.

»Da kann ich Ihnen nicht ganz zustimmen«, sagte der Bartträger. »Der Wein selbst ist durchaus ein anständiger Mittelklasseroter, jedenfalls für einen burgenländischen Blauen Portugieser nicht schlecht. Ich meine, die Österreicher kriegen ohnehin nichts Besseres zustande. Ich glaube eher, es liegt am Käse selbst.«

»Da könnten Sie recht haben«, entgegnete ihm die hagere Dame und zog leicht angewidert die Nase hoch. »Man hätte schon etwas mehr Qualität erwarten können, bei den Preisen.«

»Sehr richtig«, stimmte ihr die Brillenträgerin zu.

Mit keinem der folgenden Käse- und Weingänge wurde es besser. Es schien nie zu passen. Mal war dem einen der Geruch des Käses zu wenig stark, das andere Mal der Wein zu mild im Abgang und beim einzigen Ziegenkäse, der serviert wurde, waren sich am Ende alle einig, dass jeder minderbemittelte Almsenner Besseres zustande brachte als das hier.

Anatol stopfte derweil Brot und Käse in sich hinein, als gäbe es kein Morgen, und schüttete alles mit Wein und Wasser hinunter, während ihn die anderen Teilnehmer des Käseverkostungsseminars angewidert ignorierten. Zwar trug er einen teuren Anzug, der ihm tatsächlich einen unauffälligen Abgang aus dem Hotel beschert hatte, weil er unter den vielen Anzugträgern nicht auffiel und sich dezent das an der Rezeption auf den Namen Gaubitzer hinterlegte Kuvert mit allen Informationen zum Käse- und Weinseminar quasi im Vorbeigehen abholen konnte, aber das bedeutete nicht, dass er sich hier einschleichen durfte, als wäre er einer der Ihren. Offensichtlich fehlte ihm jegliche Kenntnis zum Verhaltenskodex bei Verkostungen, was sich allein schon an seinem ausuferndem Brotkonsum festmachen ließ. Dazu kam die nahezu wahllose Akzeptanz jeglicher Getränke und das Misshandeln des eigenen Gaumens durch den Verzehr von Käse mit Rinde, was nur auf eines hindeuten konnte: Er war kein Kenner. Das schloss Anatol recht schnell von der Gemeinschaft der anderen aus – ein Zustand, der ihm durchaus vertraut war und ihn ausnahmsweise nicht im mindesten störte, was vermutlich an dem Blauen Portugieser lag. Anatol konnte verfolgen, wie sich die anderen in ihrer Ablehnung von allem Feilgebotenen mehrheitlich einig waren, und ganz ohne Zweifel waren sie sich in der Ablehnung seiner Person ganz besonders einig.

Es war ja nicht so, dass er es nicht wahrnahm, wenn man ihn schief ansah oder über ihn redete oder sich hinter seinem Rücken über ihn lustig machte. Selbstverständlich nahm er es wahr. Aber ganz gleich, ob er gekränkt war oder es von ihm abprallte, er war einfach nicht in der Lage, darauf angemessen zu reagieren. Wie sollte man auch auf Blicke oder hochgezogene Augenbrauen oder Gespräche, in die man nicht involviert war, reagieren? Alles, was ihm blieb, war Stille. Anatol verstummte zusehends, was ihm nicht weiter schwerfiel, da er ja permanent etwas verkostete und somit sein Mund immer voll war. Doch seine Augen konnten sehen und seine Ohren konnten hören und irgendwann, zwischen einem Stück Appenzeller und einem Merlot, hörte er eine leise Stimme sagen: »Wunderbar.«

Er blickte auf und sah zu dem alten Mann, der zwei Plätze weiter auf der anderen Seite des Tischs saß. Er hatte ihn kaum bemerkt, da er, genau wie Anatol, bislang kein Wort gesprochen hatte, sondern nur still und meist mit geschlossenen Augen den Worten des Seminarleiters zugehört hatte. Aber jetzt vernahm er ein ganz eindeutiges »Wunderbar« von ihm.

Keiner der anderen Teilnehmer, nicht der Bärtige, nicht seine Freundin, nicht die hagere Frau und auch nicht der dicke Herr, schienen ihn gehört zu haben, weshalb Anatol zunächst glaubte, seine Fantasie habe ihm einen Streich gespielt und der Mann habe überhaupt kein Wort gesagt. Doch das selige Lächeln, dass dessen Lippen nunmehr umspielte, als er das Glas Wein wieder absetzte, sprach für sich.

»Wie bitte?«, fragte Anatol leise.

Der alte Herr schenkte ihm ein feines Lächeln. »Ich sagte wunderbar«, erklärte dieser leise.

Um ganz sicher zu gehen, was er meinte, fragte Anatol genauer nach. »Der Wein oder der Käse?«

»Beides«, sagte der alte Herr ganz leise.

Während die anderen am Tisch sich nunmehr lebhaft darüber unterhielten, dass den großen Supermarktketten bei der Produktion und Verpackung von Parmesan eindeutig nicht zu trauen war, schob sich der alte Herr ein Stück von dem Gruyère zwischen die Lippen und begann sachte daran zu kauen.

»Die Kunst«, fuhr er fast flüsternd fort, noch während er den Käse hinunterschluckte, »ist das Wollen.«

»Das Wollen?«, fragte Anatol leise.

Der Alte nickte zustimmend. »Ja. Wenn ich es möchte, kann dies das Beste sein, was ich je gegessen habe. Und dieser Wein hier«, er deutete auf sein Glas, »der beste, den ich je getrunken habe. Aber ich muss es wollen.«

Und er nahm einen winzigen Schluck aus seinem Glas und lächelte in sich hinein, bevor er erneut die Augen schloss, ganz bei sich, dem Wein und dem Käse, die man nach Meinung aller anderen Anwesenden niemals hätte zusammen anbieten dürfen.

Anatol kaute auf einem Stück Baguette herum und beobachtete die anderen Leute. Die Kellner, die die Gäste bedienten, die Sommelière, die sich über das Brombeeraroma irgendeines französischen Bordeaux' ausließ und seine Tischnachbarn, die sich angeregt unterhielten, ohne dass auch nur einer von ihnen so aussah, als wollten sie sein, wo sie waren, oder das essen, was sie aßen, oder das trinken, was sie tranken.

Als Höhepunkt des Käsereigens wurde ihnen nun der Tête de Moine, der Mönchskopf, serviert und Anatol beobachtete die faltigen, altersfleckigen Finger des Herrn, wie er vorsichtig mit der Girolle kreisend über den Tête de Moine hinwegfuhr, um sich dann anschließend die zarte, dünne Locke aus goldenem Käse zitternd in den Mund zu stopfen. Er beobachtete das Lächeln des Mannes und wie er sich im Anschluss noch einmal mit der Zunge über die schmalen Lippen fuhr, bevor er sich, leise seufzend, in seinen Sitz zurücksinken ließ. Anatol bewunderte das Lächeln, dieses friedliche, glückliche Kinderlächeln, das den greisen Mund umspielte, die absolut innige Beziehung des Mannes mit sich selbst und seinem Gaumen, und das Nächste, was er tat, war von seinem Sitz aufzuspringen und ins Hotel zurückzulaufen, denn er hatte endlich verstanden.

Erst kurz vor dem Eingang zum Grand National verlangsamte er seine Schritte und hielt einen Moment lang inne. Was, wenn er jetzt das Hotel betrat und in die Arme seiner Schwestern lief? Er musste vorsichtig sein. Wahrscheinlich tat er gut daran, den Eingang und die Empfangshalle auszuspionieren, bevor er sich auf den Weg in seine Suite machte.

Früher hatte er Verstecken geliebt. Es war das einzige Spiel, bei dem er gegen die drei großen Schwestern immer gewann, denn erstens war er natürlich physisch kleiner als sie, was die Chance, entdeckt zu werden, bereits minimierte, und zweitens war er in der Lage, stundenlang nahezu regungslos und still an einem Ort zu verharren. Er war möglicherweise der beste Versteckenspieler der Welt. Einmal hatte er es in den Ferien am Attersee geschafft, ganze neun Stunden im hintersten Winkel des Gartens zusammengekauert neben der Regentonne zu hocken und die Tropfen zu zählen, die an der Tonnenwand kondensierten. Es waren zweitausenddreihundertsiebenundvierzig Tropfen, und als er sie alle gezählt hatte, begann er wieder von vorne, weil sich immer wieder neue bildeten, je heißer der Tag wurde. Und als es langsam auf den Abend zuging und die Temperaturen wieder sanken, zählte er erneut. Es war berauschend, eine Flut aus Tropfen auf einer blauen Regenwassertonnenwand, die seinen Kinderverstand einfach mit sich fortspülte. Als sie ihn fanden, war er gefährlich dehydriert, denn in den vielen Stunden, in denen er die Tropfen gezählt hatte, war ihm nicht einen Augenblick lang eingefallen, etwas von dem Wasser zu trinken. Und da er die ganze Zeit über in der Hocke ausgeharrt hatte, konnte er seine Beine nicht mehr spüren. Es war ihm also nichts anderes übrig geblieben, als weiterzuzählen, denn sich zu bewegen war ihm nicht möglich. Als man ihn endlich fand, lange nachdem die Schwestern aufgehört hatten, ihn zu suchen und stattdessen die Erwachsenen aus dem Spiel Ernst machten, hatte er seine tränenüberströmte Mutter angestrahlt und gesagt: »Ich habe gewonnen!«

Anatol sah sich suchend um und fand einen geschlossenen Glühweinstand, nicht weit vom Eingang zum Hotel entfernt, von dem aus er beobachten konnte, wer das Gebäude betrat oder verließ. Zu seinem großen Erstaunen verließen seine Schwestern bereits kurz nachdem er seinen Posten bezogen hatte das Hotel – gefolgt von seiner Mutter, die, wie es ihre Art war, ungeduldig auf ihre Armbanduhr schaute und sich nervös mit den Fingern durch die Haare fuhr. Offensichtlich wartete sie auf jemanden. Es dauerte nur weitere drei Minuten, bis Anatol, der in seiner Anzughose und dem Hemd, von ihm selbst unbemerkt, langsam zu frieren und folglich zu zittern begann, seinen Vater aus dem Hotel kommen sah. Der Vater küsste die Mutter sanft auf die Stirn und sie deutete lachend auf ihre Uhr, während sein Vater in die Richtung zeigte, in die zuvor schon die Schwestern verschwunden waren.

Anatol schlang die Arme um seinen Oberkörper, weniger um das Zittern abzustellen, als vielmehr deshalb, weil er sich an etwas festhalten musste und der Glühweinstand ihm zu unhygienisch erschien. Er wollte sich ja auf sein neues Philharmonikerhemd keine Flecken machen. Elisabeth, Helena, Mutter, Vater. Statt Wassertropfen begann Anatol mit großem Erstaunen nunmehr Familienangehörige zu zählen und wartete, gleichermaßen neugierig und verängstigt, auf das Erscheinen weiterer Neuendorffs. Stattdessen konnte er jedoch beobachten, wie sein einziger und bester Freund aus der Eingangshalle schlurfte, dicht gefolgt von einem Herrn, der ein augenscheinliches Interesse an Gerhard zu haben schien. Dem war offenbar bewusst, dass er beobachtet wurde, denn er tänzelte und stolzierte wie ein Pfau denselben Weg entlang, den zuvor auch schon die anderen eingeschlagen hatten. Ob er wohl gemerkt hatte, dass es Anatol war, der ihn beobachtete? Reflexartig zog Anatol seinen Kopf ein und wagte es nicht mehr, hinter dem Stand hervorzuschauen. Stattdessen bemerkte er nun, wie sehr er in seinem Hemd und der dünnen Hose fror, sah aber auch keine Möglichkeit, sich aus seinem Versteck fortzubewegen. Als er sich endlich traute, den Kopf wieder hervorzustrecken und nach Gerhard Ausschau zu halten, war dieser verschwunden.

Anatol harrte weitere fünf Minuten auf seinem Posten aus, aber kein weiterer Neuendorff wollte sich mehr zeigen, und da er befürchten musste zu erfrieren und weil er in seinem sommerlichen Aufzug ohnehin schon genug Aufmerksamkeit auf sich zog, schlich er sich endlich an dem Glühweinstand vorbei in Richtung Hoteleingang. So schnell ihn seine Beine trugen, hechtete er zum Aufzug und drückte auf den Knopf. Noch drei Stockwerke, zwei, eins. Dann gingen die Türen auf und Anatol blickte direkt in die Augen seiner Großmutter.

Ist es das?« Sie deutete mit ihrem ausgestreckten Zeigefinger auf das Paket, das Anatol aus dem Kleiderschrank hervorgezogen hatte. Er nickte.

»Darf ich's sehen?«, fragte sie.

Wortlos nickte er und begann dann damit, die Folie vom Bild zu klauben. Nach und nach entblätterte er es und nach ein paar Augenblicken kam schließlich Chagalls »Traum der Liebenden« zum Vorschein. Behutsam stellte Anatol das Bild auf einem Stuhl ab und ließ sich neben seiner Großmutter auf dem Bett nieder.

Diese vertiefte sich lange und schweigend in die Betrachtung des Bildes und nickte schließlich.

»Schön«, kommentierte die Großmutter. »Ein wirklich schönes Bild.«

»Ja«, sagte Anatol. »Das ist es.«

»Mir gefällt, wie sie einander zugetan sind. So zärtlich und voller Hingabe. Das sieht man nur selten.«

»Ja, das stimmt vermutlich«, fügte Anatol leise hinzu.

Für die nächsten zwei Minuten saßen sie einfach nur schweigend beieinander und betrachteten den Chagall, bevor die Großmutter ihre Strickweste glatt strich, tief Luft holte und sagte: »Was zur Hölle hat dich geritten, dieses Bild zu stehlen? Hast du überhaupt eine Ahnung, was wir durchgemacht haben wegen dir? Ich wurde verhaftet, Kind! Ich, die Burgtheaterschauspielerin Johanna Neuendorff, wurde verhaftet! Genauso wie dein Vater, zwei deiner Schwestern und dein dicker seltsamer Freund, dessen Name mir schon wieder entfallen ist.«

»Gerhard«, sagte Anatol tonlos.

»Wie auch immer. Hast du eine Ahnung, was es heißt, sich tagelang, nächtelang Sorgen zu machen? Nicht zu wissen, ob du noch lebst, ob es dir gut geht, wo du steckst?«

»Nein, aber …«

»Kein aber! Hast du eine Ahnung davon, wie schrecklich das alles für uns war?«

Anatol schüttelte den Kopf.

»Eben. Du weißt nicht, was es heißt, wenn man nicht mehr schlafen oder denken kann, weil man schon krank ist vor Kummer. Du weißt nicht, was es bedeutet, wenn man das Liebste auf der Welt glaubt verloren zu haben. Du weißt nicht, was es heißt, wenn …«

Sie stockte, holte Luft, versuchte die Tränen zurückzuhalten, die sich nicht zurückhalten ließen, und mit einem Mal brachen alle Dämme und die Großmutter tat etwas, das sie noch nie getan hatte, sie nahm ihn in die Arme und hielt ihn wortlos fest. Sie hielt ihn so fest, dass Anatol kaum noch Luft bekam, und weinte in seinen Lockenkopf hinein. Irgendwann fand sie ihre Stimme wieder.

»Ich bin so froh, dass ich dich gefunden habe.«

»Ich bin auch froh«, antwortete Anatol schließlich.

»Also«, sagte die Großmutter und bemühte sich um ein Lächeln, »warum zur Hölle hast du das gemacht und wo bist du gewesen?«

Er begann zu erzählen. Von Marcelline und wie sie in Wien vor diesem Bild gestanden hatte und wie er gar nicht anders konnte, als sich in sie zu verlieben, und dass er ihr das Bild bringen wollte, um ihr damit zu sagen, was er sonst nicht hätte sagen können. Er erzählte von seiner Flucht durch den Lainzer Tiergarten, von Michi, dem Lastwagenfahrer, wie er mit dem Bus voller Schüler entkommen war, von dem Puff, in dem er übernachtet hatte, nur nannte er es »die Villa«, von dem Priester und dass er an Meinrads Grab gestanden hatte, dass er im Wald beinahe gestorben wäre, aber dann doch hinausgefunden hatte und von der wunderschönen Braut, die ihm beinahe das Leben gerettet hatte und seinem Schutzengel, der ihn über die Schweizer Grenze gebracht hatte.

Die Worte fielen einfach aus seinem Mund heraus und er redete so viel und so schnell, wie er es noch nie zuvor in seinem Leben getan hatte, und die Großmutter hielt seine Hand ganz fest in der ihren und hörte zu.

»Ich hab auch Großvater gesehen. Das war nach dem Autounfall und vielleicht lag es daran, dass ich mit dem Kopf irgendwo angestoßen bin, aber er sagte, er hat dich sehr geliebt, und ich dachte, das würdest du vielleicht gerne wissen.«

Das war der Augenblick, in dem zwei weitere einzelne Tränen die faltigen Großmutterwangen hinunterrollten und zwei kleine Flecken auf dem Kissen hinterließen. Anatol strich dezent mit der Hand darüber, um festzustellen, dass sie sich tatsächlich feucht anfühlten.

»Es ist wirklich schön, dich zu sehen!«, endete er schließlich und drückte die Großmutterhand.

»Ja«, sagte sie, »das ist es.«

»Wo wolltest du eigentlich hin, als wir uns im Lift begegnet sind?«, fragte Anatol. Ruckartig stand die Großmutter vom Bett auf.

»Zum Essen! Gute Güte, ich hab das Essen vergessen! Und die anderen. Ich bin doch mit der Familie zum Essen verabredet. Was wird deine Mutter sagen, wenn ich zu spät komme?«

»Was wird Mutter sagen, wenn sie erfährt, dass ich hier bin?«, fragte Anatol leise.

Die Großmutter hielt inne und sah zu ihrem Enkel, wie er da auf seinem Bett saß, blass, dünn, nervös und doch auf einmal so erwachsen und, das war das Erstaunlichste, so von Leidenschaft erfüllt. Das war nicht mehr das Kind, das sie vor dem Leben beschützen musste. Und wenn sie es recht bedachte, hatte sie das vielleicht auch nie tun müssen. Dieser Anatol wusste, was er tat, so wie der sechsjährige Bub, der sich unter der Treppe verbarg, weil er ausnahmslos jede ihrer Topfpflanzen mit einem Bleistift durchlöchert hatte und hinterher auf die Frage, was das denn bitteschön sollte, nur sagte, dass er sie und Opa wieder glücklich machen wollte. Vielleicht war der Zeitpunkt gekommen, etwas von dem Glück zurückzugeben, das er ihr beschert hatte. Was hatte sie schon für ein Recht, ihm diese Chance zu rauben?

Sie griff nach ihrer Handtasche, kramte darin herum und zog schließlich ein schwarzes ledernes Schlüsseletui hervor, das sie neben Anatol aufs Bett warf.

»Wehe, du machst auch nur einen Kratzer in den Lack!«, mahnte sie ihn, ganz die Diva Neuendorff.

Anatol starrte auf das Etui, auf dem ein kleiner Mercedesstern aus Silber prangte. Wie in Trance griff er danach und sah die Großmutter fragend an.

»Du kannst das. Ich weiß, dass du es kannst. Man braucht ja keinen Führerschein, um Autofahren zu können. Nur – beeil dich! Vielleicht schaffst du es über die französische Grenze, bis deine Eltern oder die Polizei draufkommen, dass der Wagen fehlt.«

Seine Umarmung war kurz aber innig, und den Kuss, den er ihr auf die Wange drückte, konnte sie noch spüren, als sie das italienische Restaurant betrat, in dem die anderen schon ungeduldig auf sie warteten. Elisabeth hielt Helena gerade ihr Handy vor die Nase. Offenbar war Marie dazu übergegangen, den Hausstand in schwarze Müllsäcke zu stopfen. Die Nachricht zu dem Foto lautete: »Räumt euren Scheiß alleine auf.

LG Marie #Nichteuerhausmädchen.« Helena verdrehte theatralisch die Augen.

»Du kommst spät«, sagte Lore Neuendorff. »War irgendetwas?«

Da lächelte die Burgschauspielerin nur ein mildes Großmutterlächeln, faltete die Serviette auf, legte sie über ihren Schoß und antwortete: »Nein. Was soll denn gewesen sein?«

Seine Mutter hatte immer behauptet, man könne das Meer riechen, lange bevor man es sah. Galt das auch für Flüsse? Anatol schloss die Augen und versuchte sich zu erinnern, wie Marcelline gerochen hatte, aber erstens war die Augen zu schließen keine gute Idee, wenn man am Steuer eines Mercedes-Cabrio saß, noch dazu wenn man gar keinen Führerschein besaß, und zweitens roch in diesem Auto einfach alles nach seiner Großmutter, ein dezentes Aroma von Nonchalance und Theaterschminke. Nein, eigentlich war es Niveacreme, mit der die Großmutter immer noch letzte Schminkreste aus ihrem Gesicht entfernte, wenn sie es wieder einmal zu eilig gehabt hatte, aus dem Theater zu kommen. Dann schminkte sie sich gerne im Wagen ab, nachts, unter der Laterne vor der Döblinger Villa, noch bevor sie das Haus betrat, denn sie hatte sich ganz zu Anfang ihrer Ehe die Regel aufgestellt: Das Theater bleibt im Theater. Daraus wurde natürlich nichts, aber wenigstens für die Schminke sollte diese Regel gelten, und zu diesem Zweck hatte sie stets eine riesengroße blaue Cremedose und ein Packerl Taschentücher im Handschuhfach. So auch jetzt.

Anatol hatte noch ein paar Dinge dazugelegt: Einen Umschlag mit dem Bargeld, dass noch von der Hochzeit übrig war und das seine Großmutter bei seinem hastigen Aufbruch im Hotel um ihre gesamte Barschaft erweitert hatte. Dann war da noch eine Rolle Minzbonbons, die er sich an einer der Tankstellen kurz hinter Dijon gekauft hatte, weil er, ebenfalls in Dijon, Würstchen mit Senf gegessen und es schwer bereut hatte und die Minzbonbons gegen das Sodbrennen helfen sollten, der ihn nun quälte, was sie auch taten. Und zu guter Letzt hatte er bei Tours ein Buch, einen kleinen Bildreiseführer, über Nantes gekauft. Hinterher hatte er sich über sich selbst geärgert. Wer brauchte denn einen Reiseführer über Nantes, wenn er die Stadt mit eigenen Augen sehen konnte?

Nun parkte er den Wagen seiner Großmutter in der Nähe der Kathedrale von Nantes und stellte den Motor ab. Er kurbelte das Fenster hinunter, ließ die kalte Dezemberluft hinein und schnupperte. Tatsächlich – es roch nach Meer. Und das, obwohl das eigentliche Meer noch knapp sechzig Kilometer entfernt lag. Seine Mutter hatte also tatsächlich recht gehabt, sinnierte Anatol, als plötzlich jemand auf die Kühlerhaube des Wagens klopfte.

»Sie können hier nicht stehen bleiben, Monsieur.«

Angesichts der Polizeiuniform der Frau, die ihn auf das Parkverbot hinwies, erschrak Anatol zutiefst. Mit einem Frosch im Hals und in seinem mehr als dürftigen Schulfranzösisch fragte er: »Warum nicht?«

»Hier findet heute eine Großdemonstration statt«, informierte ihn die Polizistin freundlich. »Es dürfen daher keine Autos in diesem Bereich geparkt werden. Fahren Sie bitte weiter.«

»Eine Großdemonstration?«

»Ja, gegen Terror. Und aufgrund der Terrorgefahr bei Großveranstaltungen werden jetzt die Straßen vorsorglich geräumt, damit die Demonstration stattfinden kann. Alles klar?«

»Aber ich bin kein Terrorist. Darf ich trotzdem hier parken?«, fragte Anatol und bereute seine Worte noch im selben Moment, in dem er sie aussprach.

»Monsieur, fahren Sie Ihren Wagen weg. Und zwar sofort! Sonst sehe ich mich gezwungen, Sie zu verhaften.«

»Weil ich kein Terrorist bin?«

Tatsächlich fand er wenig später einen Parkplatz unweit des

Hangar à bananes und beschloss, immer noch im Philharmonikeranzug und in seinen alten Parka gehüllt, sich ein wenig die Beine zu vertreten. Es war noch recht früh am Morgen. Er war die halbe Nacht durchgefahren und die sonst leuchtenden Ringe von Daniel Buren waren mit einer dünnen Schicht aus Frost bedeckt. Anatol las das Schild durch, auf dem etwas zur Lichtinstallation stand, und ließ dann seinen Blick über das Wasser gleiten. Zwei Möwen zerlegten neben ihm einen Abfalleimer. Eine von ihnen zog eine Schachtel mit einem halb verspeisten Döner hervor und begann, darauf herumzupicken, während die andere sich einer Bierdose widmete. Nachdem sie sie klappernd über den Weg hatte rollen lassen, brach schließlich der Verschluss ab. Anatol ging darauf zu und hob den ringartigen Metallverschluss hoch. Einen Ring! Er würde Marcelline einen Ring kaufen! Es war doch bald Weihnachten und zu Weihnachten schenkte man den Menschen, die man liebte, etwas. Und Frauen, da war er sich ziemlich sicher, liebten Schmuck. Ein Ring war womöglich genau das Richtige für sie. Wieso hatte er nicht schon früher daran gedacht? Er ließ den Bierdosenverschluss in die Tasche seines Parkas gleiten und lehnte sich ans Geländer über dem Wasser.

Nantes sah an diesem Dezembermorgen kalt und unwirtlich aus. Es roch nach dreckigem Flusswasser und Abgasen und dennoch – es war die schönste Stadt der Welt, weil sie hier war. Irgendwo in einem dieser Häuser schlug sie jetzt vielleicht gerade die Augen auf und hatte keine Ahnung davon, dass er gekommen war, um sie zu finden. Nur – was würde geschehen, wenn er sie gefunden hatte?

Anatol hatte mit einem Mal das Gefühl, etwas von dem kalten Nebel, der über der Stadt lag, kroch durch ihn hindurch. Was, wenn sie Nein sagte? Was, wenn er umsonst gekommen war? Und was, wenn er sie womöglich gar nicht fand? Nantes war eine große Stadt, ganz ohne jeden Zweifel konnte es viele Tage, wenn nicht gar Wochen dauern, bis er sie fand. Und dann?

Er ließ sich am Geländer hinuntergleiten und setzte sich auf den Boden, dem Fluss den Rücken zugewandt. Was würde er tun, wenn sein Plan misslang? Bislang hatte er nie daran gedacht, es war ihm schlichtweg nicht in den Sinn gekommen. Aber nun, da er da war, verließ ihn plötzlich der Mut und er sank in sich zusammen. Er spürte den Hunger und er spürte die Kälte und er war absolut unfähig, sich auch nur einen Zentimeter zu bewegen. Er war wie gelähmt.

»Kann ich Ihnen helfen, Monsieur?«

Der Mann beugte sich ein Stück weit zu ihm hinunter und nahm schließlich sogar die Schiebermütze vom Kopf, damit man sein Gesicht sehen konnte.

»Non, merci«, sagte Anatol.

»Es ist ziemlich kalt heute Morgen und Sie sitzen auf dem Boden.«

»Oui.«

Der Herr trat langsam neben Anatol ans Geländer und setzte seine Mütze wieder auf.

»Dieser Blick ist schön, nicht wahr?«

Anatol nickte stumm.

»Aber Sie schauen ja gar nicht hin.«

»Wie bitte?«, fragte er.

»Sie schauen gar nicht hin«, wiederholte der Mann nun auf Englisch. »Sie sitzen nur da und sehen traurig aus. Lassen Sie mich raten: Ihre Freundin hat Sie verlassen.«

»Nein.«

»Dann ist es die Arbeit. Hat man Ihnen gekündigt?«

»Nein.«

»Sind Sie krank?«

»Nein.«

»Nun, wenn Sie krank wären, könnte ich Ihnen helfen. Ich bin Arzt. Na ja, wenigstens war ich einmal Arzt.«

»Danke, aber nein. Ich bin nicht krank.«

»Wenn Sie lange genug dort sitzen bleiben, werden Sie es vielleicht.«

Der Mann hatte recht. Der Boden war eiskalt. Anatol zog sich wieder am Geländer hoch und stellte sich neben ihn.

»Besser«, sagte der Mann. »Kalter Boden ist nicht gut, da sollte man nicht lange sitzen bleiben.«

»Ja, wahrscheinlich haben Sie recht.«

»Sicher hab ich recht. Ich hatte Dutzende Patienten, die sich auf kalten Böden den Tod geholt haben oder mindestens eine Blasenentzündung.«

»Was für ein Arzt sind Sie?«

»War. Ich sagte ja, ich war Arzt. Bin ich nicht mehr. Kinderarzt, um genau zu sein. Ich war einmal Kinderarzt. Kleine Leute. Aber das ist lange her.«

»Wie lange?«, fragte Anatol.

»Ein ganzes Leben«, antwortete der Mann. »Etwa zwei Jahre.«

»Zwei Jahre sind doch kein ganzes Leben«, widersprach Anatol.

»Wenn dazwischen eine Flucht übers Mittelmeer liegt schon«, widersprach der Arzt.

»Woher kommen Sie?«

»Homs«, antwortete der Mann und verstummte für eine Weile, in der sie beide nur nebeneinander standen und aufs Wasser schauten und schwiegen. Die Möwen jagten einander die Fleischstücke des Döners ab. Sie machten dabei einen Heidenlärm.

»Ich bin alleine hergekommen«, fuhr er irgendwann fort. »Mein ältester Sohn lebt hier. Der jüngere wohnt in Stockholm. Und eine Tochter hab ich auch noch, die ist in Lyon.« Er seufzte kaum merklich. »Es ist nicht gut, allein zu sein.« Der Mann starrte weiter aufs Wasser und wiederholte ganz leise: »Allein zu sein ist nicht gut.«

Dann wischte er sich mit der rechten Hand übers Gesicht, nahm die Schiebermütze herunter, kratzte sich kurz am Hinterkopf und setzte sie wieder auf. Anatol konnte beobachten, dass er kurze, dicke Finger hatte. Sie passten irgendwie zu seiner Erscheinung, denn alles an dem Mann war kurz und dick. Sein Oberkörper, seine stämmigen Beine, selbst sein fast kahler Kopf mit den freundlichen Knopfaugen war dick, ganz abgesehen von seinem stattlichen Bauch.

»Sie sind Witwer«, stellte Anatol schließlich fest.

»Ja«, antwortete der Mann überrascht. »Woher wussten Sie das?«

»Sie tragen zwei Ringe«, sagte Anatol schließlich und deutete auf die rechte Hand des Mannes, an dessen Ringfinger zwei Eheringe prangten, von dem der eine tief ins Fleisch hineinschnitt. »Meine Großmutter trägt auch zwei Ringe.«

»Dann hat Ihre Großmutter Ihren Großvater sehr geliebt.«

Anatol räusperte sich. »Ich weiß es eigentlich nicht so genau«, sagte er. »Haben Sie Ihre Frau sehr geliebt?«

Da lächelte der Mann kurz. »Ja.«

Anatol fasste Mut und er fragte: »War es der Krieg?«

Das Möwengezeter ging in ein Crescendo über, dann verzogen sich die Vögel auf das andere Ufer der Loire und es wurde wieder still.

»Lymphdrüsenkrebs«, antwortete der Mann. »Nicht jeder stirbt am Krieg. Manche Menschen bekommen auch einfach Krebs.«

»Vermissen Sie sie?«

»Ich hab meine Kinder und das ist schon ziemlich viel«, antwortete der Mann ausweichend. »Enkelkinder hab ich auch, drei Buben und zwei Mädchen. Eines heißt wie sie: Samira. Hat auch ihre Augen, nussbraun mit goldenen Einsprengseln. So etwas ist sehr selten. Aber sie war ja auch etwas Besonderes, meine Samira. Etwas ganz Besonderes. Sie zu lieben war das größte Privileg, das mir je zuteil wurde.«

Wieder schauten sie schweigend auf das Wasser. Irgendwann fuhr der Mann fort.

»Wir haben oft auf unserem Balkon gesessen und Radio gehört. Das haben wir immer gerne zusammen gemacht: Radio hören. Ich meine vor dem Krieg. Da war Homs … nun, es war anders.« Er holte mit dem Arm weit aus und zeichnete mit seinen kurzen, dicken Fingern ein Bild der Stadt, die es so nicht mehr gab. Dann fügte er hinzu: »Das hier ist nicht dasselbe.«

Schließlich schaute er Anatol lange prüfend an, so wie ein Arzt einen kleinen Patienten prüfend anschaut, bei dem er noch nicht sicher ist, ob es sich nur um eine Erkältung handelt oder es doch etwas Ernstes sein könnte.

»Wie heißt sie?«, fragte er.

»Marcelline«, antwortete Anatol. »Sie lebt hier.«

»Hier? In Nantes?«

Er nickte stumm.

»Wo haben Sie einander denn kennengelernt?«

»In Wien, in einer Ausstellung.«

»Und jetzt sind Sie sich nicht mehr sicher, ob es eine gute Idee war, hierherzukommen, weil sie Angst haben, dass das Bild, das sie sich von ihr gemacht haben, nicht mit der Realität übereinstimmt.«

»Na ja, es hat schon etwas mit einem Bild zu tun, aber nicht so, wie Sie denken«, sagte Anatol.

Die Wolken brachen in diesem Augenblick auseinander und ließen ein kleines Stück Dezemberhimmel über ihnen frei.

»Scheiß drauf«, sagte der Arzt.

»Wie bitte?«

»Es bleibt Ihnen doch gar nichts anderes übrig, als sie zu treffen. Nur dann werden Sie wissen, ob Sie richtig lagen und das Mädchen ihre große Liebe ist oder ob sie sich besser wieder in ihr Auto setzen und heimfahren sollten.«

»Ich will nicht heimfahren«, stellte Anatol klar.

»Dann finden Sie sie und lieben Sie sie, so gut Sie nur können. Alles andere ist nicht von Bedeutung.«

Es waren viele. Er hätte vielleicht damit rechnen können, aber dass es so viele waren, das überraschte ihn dann doch. Und wie laut sie waren! Ständig rief einer etwas und die ganze Menge wiederholte es im Chor. Es war unglaublich.

Er hatte sich einfach mitreißen lassen. Eigentlich wollte er einen Ring kaufen und stand vor einem Juwelier, um sich die Sachen in der Auslage anzusehen, aber die Auslage war gesperrt. Der Besitzer hatte das Geschäft mit Holzbrettern zugenagelt und die Tür verbarrikadiert, und Anatol versuchte nun verzweifelt, durch die Schlitze zwischen den Brettern einen Blick auf die ausgestellte Ware zu erhaschen. Vielleicht war darunter ja ein Ring oder ein anderes Schmuckstück zum Preis von achthundertdreiundzwanzig sechzig. So viel besaß er nämlich noch. Zuvor waren es achthundertzweiundzwanzig sechzig gewesen, aber dann hatte er im Mercedes seiner Großmutter noch eine Ein-Euro-Münze gefunden und nun kam er eben auf achthundertdreiundzwanzig sechzig und er wollte herausfinden, was er für diesen Betrag bekommen konnte. Doch bevor es dazu kam, hatte ihn die Menge, die durch die Innenstadt strömte, mit sich fortgerissen.

Keiner dieser gut gelaunten jungen Menschen schien ein besonderes Interesse an Weihnachtseinkäufen zu haben. Vielmehr hielten sie Schilder hoch, auf denen Parolen standen wie »Wir haben keine Angst« und »Je suis la France!«. Anatol tat es ihnen gleich und hielt sein Paket ebenfalls in die Höhe, nicht weil er damit etwas ausdrücken wollte, sondern weil er Angst um die Sicherheit des Chagalls hatte. Gegen eine drängelnde Menge konnte auch Noppenfolie nicht viel ausrichten, und das Bild im Auto zu lassen, war ihm zu unsicher gewesen. Jemand hätte den Wagen aufbrechen und den Chagall stehlen können – schon wieder. Aus der Traum. Also trug er ihn mit sich herum, jetzt aber mit beiden Armen über dem Kopf.

Die Menge schob immer weiter vorwärts in Richtung Bühne. Dort hatten sich für heute zahlreiche prominente Redner angesagt, Politiker und Filmstars. Möglicherweise kam der Premierminister und es hatte sogar jemand den Namen Sophie Marceau erwähnt. Anatol konnte sehen, wie aufgeregt die Menschen um ihn herum waren. Und er hatte wahrgenommen, dass es sich dabei vor allem um junge Menschen handelte. Nantes war eine Studentenstadt. Vielleicht, so schoss es ihm durch den Kopf, als er vor der Rednertribüne anlangte, war sie auch darunter.

Je länger er darüber nachdachte und das Bild so über die Köpfe der anderen Demonstranten hinweg hielt, umso wahrscheinlicher schien für ihn diese Möglichkeit. Irgendwo unter diesen gut zwanzigtausend Menschen stand heute vielleicht auch Marcelline. Und er hatte keine Ahnung, wie er sie finden sollte.

»Was steht denn da drauf?«, wollte ein junger Mann wissen, der neben Anatol stand und mit dem Zeigefinger auf das verpackte Bild deutete.

»Ich verstehe Sie nicht.«

»Na, das Schild das du da hochhältst. Es ist verpackt. Wie soll man denn da sehen, was drauf steht? Oder handelt es sich dabei um eine Geheimbotschaft?«

Der junge Mann lachte.

»Es ist kein Schild, es ist ein Bild«, antwortete Anatol.

»Ach so?«, fragte der junge Mann auf einmal interessiert. »Und was ist da drauf?«

»Ein Paar, das sich liebt.«

»Das ist genau das, was wir brauchen! Mehr Liebe!«, rief er und klopfte Anatol anerkennend auf die Schulter. Dann rief er den Umstehenden zu: »Hey, hört doch mal: Der Junge hat ein Bild gemalt, mit einem liebenden Paar darauf. Ich sage: Liebe statt Terror!«

Was folgte war allgemeiner Jubel, noch mehr Schulterklopfen sowie das Skandieren des Wortes »amour«.

»Ja, aber ich hab das Bild gar nicht selbst gemalt«, wollte Anatol sagen, doch es hörte ihm keiner zu.

»Du solltest das Bild zeigen Junge!«, rief der Mann und die anderen, die um ihn herumstanden, stimmten dem Vorschlag lauthals zu. »Los, zeig es! Geh zur Bühne und erzähl allen, warum du es heute mitgebracht hast. Mehr Liebe! Mehr Liebe! Mehr …«

Das war es. Genau das würde er tun.

»Danke«, rief er dem jungen Mann noch zu, bevor er sich daran machte, die Bühne zu erklimmen.

Hier können wir auch nicht parken«, stellte die Mutter fest. »Sie haben alles abgesperrt.«

»Gut, dann probieren wir es auf der anderen Seite«, schlug der Vater vor.

Aber auch hier hatten sie kein Glück. Sie suchten ziemlich lange, dann gaben sie auf.

»Steigt doch schon mal aus und ich komme dann nach, wenn ich einen Parkplatz gefunden habe. Treffen wir uns einfach alle in einer halben Stunde vor der Basilika, okay?«

Doch eine halbe Stunde später standen vor der Kirche nicht nur Lore, Elisabeth und Helena Neuendorff, sondern auch ungefähr zwanzigtausend Einwohner von Nantes.

»So findet uns Papa nie!«, sagte Helena und reckte ihren Hals, um die Menge zu überblicken, aber es waren ungefähr tausend Schilder und Plakate im Weg. Die Chancen, ihren Vater zu entdecken waren gleich null.

»Wir hätten ihn doch nicht den Wagen allein parken lassen sollen«, konstatierte die Mutter. »Ach, es ist doch wirklich zu dumm. Ein Familienmitglied nach dem anderen kommt abhanden.«

»Großmutter ist nicht abhanden gekommen, sie wollte in der Schweiz bleiben«, stellte Helena fest.

»Sicher«, warf Elisabeth ein, »denn nach dem, was sie sich geleistet hat, wollte keiner von uns sie noch mitnehmen. Falls sie Anatol nämlich noch einmal begegnen sollte, drückt sie ihm womöglich gleich ein Flugticket nach Timbuktu in die Hand.«

Dass die eigene Großmutter sich gegen die Familie gestellt

hatte, indem sie Anatol ihren Wagen geliehen und ihn dazu noch mit Bargeld ausgestattet hatte, ohne einem von ihnen etwas zu sagen, erzürnte Elisabeth offenbar noch immer. Und nicht nur sie.

»Ich kann immer noch nicht fassen, dass sie das getan hat!«, stimmte ihr die Mutter zu. »Vielleicht wird sie ja wirklich langsam senil. Von mir aus kann sie jedenfalls in diesem Luxusschuppen bleiben, so lange sie will.«

»Amen«, sagte Helena. »Aber jetzt konzentrieren wir uns wieder darauf, Papa zu finden. Oder«, fügte sie hinzu, »am besten gleich beide, Anatol und Papa. Wobei wir ja immer noch nicht wissen, ob es Anatol tatsächlich nach Nantes geschafft hat.«

»Das ist aber das, was Gerhard behauptet, dass dieser seltsame Polizeipsychologe annimmt«, antwortete Elisabeth.

»Glaubst du, er ist schon hier?«, fragte Helena verunsichert und nahm noch einmal die Menschenmenge ins Visier.

»Wer? Gerhard oder der fiese Doktor?«

»Wollte Gerhard nicht mit dem Zug nachkommen? Dann kann er unmöglich schon hier sein«, stellte die Mutter fest.

»Ach nein? Ich hatte das Gefühl, du hast auf der Fahrt hierher so ziemlich jede Mindestgeschwindigkeit unterschritten.«

»Ich wollte eben keinen weiteren Ärger mit der Polizei riskieren«, antwortete die Mutter, was einen Lachanfall ihrer Töchter nach sich zog, angesichts der Tatsache, dass sie alle nur aus einem Grund hier waren, nämlich um Anatol noch vor der Polizei zu finden und ihn irgendwie nach Hause zu bringen, bevor man ihn verhaftete.

Der Lärmpegel auf dem Platz schwoll an. Offenbar erwartete man jetzt einen besonders prominenten Redner und Lore Neuendorff schaute neugierig auf die eine der zwei Großleinwände, die sich rechts und links neben der Bühne befanden. Darauf zu sehen war ein bärtiger junger Mann in einem schicken Anzug, der wirkte wie ein Musiker, nur dass er kein Instrument in die Höhe hielt, sondern ein viereckiges Ding, das er nun vor laufenden Kameras und Zigtausenden Zuschauern und Ordnungskräften auspackte. Es dauerte gute zwei Sekunden, bis sie erkannte, um wen es sich bei dem jungen Mann mit dem wilden Bartwuchs und den Musikerrockschößen handelte, aber dann zoomte eine Kamera auf sein Gesicht und schließlich entfuhr ihr ein Schrei. Nun drehten auch die Schwestern sich den Leinwänden zu und auch ihnen entkamen Laute großer Überraschung.

Es war dies der Moment, an dem der Vater, ganz weit hinten in der Menge, realisierte, dass er besser vor einer halben Stunde schon einen Parkplatz gefunden hätte, denn nun, das stand außer Zweifel, kam er zu spät. Und auch Gerhard, der in Begleitung von Doktor Pokorny den Platz betreten hatte, blieb mit den Augen an der Leinwand hängen. Doch im Gegensatz zu Anatols Vater realisierte Gerhard sehr schnell, dass es nur noch einiger weniger Sekunden bedurfte, um Anatol endlich das zu Ende bringen zu lassen, weshalb er heute hier war, und binnen eines Wimpernschlags wechselte Gerhard die Seiten.

»Doktor Pokorny?«, fragte er und der Doktor drehte sich zu ihm um. Kurz entschlossen nahm Gerhard das Gesicht des Doktors in seine breiten Hände und küsste den Mann auf den Mund, damit er nicht sah, was sich vorne auf der Bühne abspielte, während irgendwo, nicht weit von ihnen, eine Gruppe junger Demonstranten die Worte »Mehr Liebe!« rief. Denn dort auf der Bühne stand Anatol und hielt den »Traum der Liebenden« in die Kameras, die abwechselnd zwischen seinem Gesicht und dem Bild hin und her wechselte.

»Das hier«, sagte Anatol nun auf Deutsch, »ist für dich, Marcelline.«

Als ihn vier französische Polizisten zu Boden drückten und den Chagall aus den Händen rissen, konnte Anatol einen kleinen, golden schimmernden Punkt in der Menschenmenge entdecken. Irgendwo zwischen all den grauen Gestalten stand sie und leuchtete nur für ihn.

EPILOG

Das Tor machte ein unerträglich quietschendes Geräusch. Allzu oft gab das Gefängnis seine Insassen wohl nicht der Freiheit preis, sonst hätte man das Tor mit Sicherheit schon längst geölt, schoss es Anatol durch den Kopf, während sich Zentimeter für Zentimeter die Außenwelt ins Bild schob. Ein rotes Auto, ein Mülleimer, eine Straßenlaterne, ein regennasser Parkplatz, eine Mutter, ein Vater, eine Schwester, eine zweite Schwester und schließlich ein Freund tauchten in seinem Blickfeld auf.

Da standen sie also, bereit, ihn wieder in ihrer Mitte aufzunehmen. Die Mutter lächelte tapfer, der Vater bemühte sich um ein ernstes Äußeres, indem er die Stirn in Falten legte, jedoch schwammen seine Augen in einer Lake aus Rührung und Erleichterung, und die Schwestern rissen johlend wie im Fußballstadion die Arme nach oben, als sie Anatol hinter dem sich öffnenden Gefängniseingang entdeckten. Gerhard grinste nur dümmlich, was weniger mit Anatol als mit der Tatsache zu tun hatte, dass er heute Nacht eine Verabredung haben würde, mit derselben Person, mit der er bereits die letzte Nacht verabredet gewesen war, sowie die Nacht davor und auch die Nacht vor dieser Nacht.

Vorsichtig nach rechts und links schauend überquerte Anatol die Straße und er hatte den Bordstein noch nicht ganz erreicht, als ihn schon schwesterliche Arme an sich rissen und mütterliche Küsse auf ihn niederprasselten, nur unterbrochen von einigen Schulterklopfern seines Vaters. Sie schienen alle so glücklich zu sein, ihn wiederzuhaben. Das hatte er so nicht erwartet.

Vorsichtig löste er sich aus ihren Umarmungen und suchte nach einem ganz bestimmten Paar Hände, das nicht da war, ihn zu halten.

»Wo ist die Großmutter?«, fragte Anatol.

»Sie hat es vorgezogen, in der Schweiz zu bleiben«, sagte seine Mutter mit einem Mal kurz angebunden, »und wir auch.«

Immerhin hatte es die Großmutter von Luzern aus geschafft, Anatol den besten Anwalt zu besorgen, der so kurz vor Weihnachten aufzutreiben war, ein ehemaliger Kollege seines Großvaters und Experte für internationales Strafrecht. Knapp zwei Wochen verhandelte er über eine mögliche Freilassung Anatols oder wenigstens eine Überführung nach Österreich. Gestern war es dann überraschend so weit.

»Ich komme mit guten Nachrichten«, hatte der Anwalt, ein großer, hagerer Mann mit schlohweißer Löwenmähne, gestern zu Anatol gesagt, als er ihn im Gefängnis besuchte. Er hatte nach seiner Aktentasche gegriffen und einen Schnellhefter hervorgezogen. »Ich habe hier ein Gutachten, das bestätigt, dass der Chagall, den du gestohlen hast, genau vierhundertfünfundachtzig Euro wert ist.«

»Wie bitte?«, hatte Anatol ungläubig gefragt. »Ich meine, könnten Sie das vielleicht noch einmal wiederholen?«

Der Anwalt hatte seine Lesebrille aufgesetzt und ungerührt das Gutachten studiert. »Augenblick, ich glaube, ich habe mich geirrt.«

»Dachte ich es mir doch«, sagte Anatol leise.

»Der Preis des Bildes beträgt tatsächlich nur vierhundertfünfundvierzig Euro, der Rahmen kostet noch einmal vierzig Euro, macht in Summe vierhundertfünfundachtzig Euro.«

Da hatte Anatol ungläubig mit dem Kopf geschüttelt. »Wie kann das sein? Es ist ein Chagall. Ich meine, der muss doch …«

»Er ist nicht echt.« Der Anwalt hatte ihn gutmütig über die

Gläser seiner Lesebrille hinweg angesehen. »Der Chagall, den du gestohlen hast, ist nicht das Original. Es ist ein Nachdruck. Offenbar konnte das Kunstforum das Original nicht auftreiben und hat sich in diesem Fall mit dem Nachdruck begnügt. Das haben sie natürlich nicht an die große Glocke gehängt. Die Leute kommen ja schließlich nicht ins Museum, um sich dort billige Postkartendrucke anzusehen, nicht wahr?«

Der Anwalt mit der Löwenmähne lachte leise.

»Der Chagall ist eine Fälschung?« Anatol konnte es nicht fassen.

»Ein Nachdruck, keine Fälschung. So jedenfalls die offizielle Stellungnahme des Kunstforums. In jedem Fall darf man dir gratulieren, Anatol: Du hast das einzige wertlose Bild der gesamten Ausstellung gestohlen.«

Dann folgte eine lange Litanei über die französischen Behörden und eine noch längere über die österreichischen und am Ende klärte ihn sein Anwalt darüber auf, dass er, Anatol, Weihnachten wohl im Kreise seiner Familie würde verbringen können, nicht zuletzt dank der Fürsprache des österreichischen Botschafters in Paris, der ein guter Freund von ihm und ein Verehrer von Anatols Großmutter sei. Der Wert des Chagalls sei letztlich so gering, dass man von einer Strafverfolgung in Frankreich Abstand nehme und davon ausgehe, dass er, wenn er sich den österreichischen Behörden stelle, mit einer Geldstrafe davonkäme. Keine vierundzwanzig Stunden später schloss sich hinter ihm quietschend das Gefängnistor der Gefangenenanstalt von Nantes und er war ein freier Mann.

»Ich würde vorschlagen, wir gehen zur Feier des Tages etwas essen!«, sagte der Vater und erntete damit ausnahmsweise einmal großen Beifall bei seiner Familie.

Schon hatten die Schwestern ihren kleinen Bruder untergehakt und wollten ihn mit sich fortziehen, als Gerhard auf einmal sagte: »Wartet! Da ist jemand, der mit dir sprechen möchte, Anatol.«

Stumm deutete er ihm, sich in die andere Richtung zu drehen, was Anatol auch tat. Und da stand sie. Sie schaute ihn still und freundlich an, sagte nichts und leuchtete. Noch unter Tausenden und Abertausenden Menschen hätte er dieses Haar erkannt, das unter ihrer Strickmütze hervorquoll, denn es war kalt an diesem Morgen des vierundzwanzigsten Dezembers. Seine Schwestern ließen von ihm ab und langsam schritt Anatol auf sie zu, bis er schließlich einen Meter vor ihr stand.

»Hallo, Anatol«, sagte sie.

»Hallo, Marcelline«, antwortete er.

»Wie geht es dir?«

»Danke, es geht mir gut. Wie geht es dir?«

»Danke, auch mir geht es gut.«

Schweigen breitete sich zwischen ihnen aus. Es gab nichts zu sagen, denn was sollte man schon sagen, wenn sich alle Hoffnungen mit einem Mal erfüllten? Sie war hier, bei ihm. Warum war sie eigentlich bei ihm?

»Warum bist du hier?«, fragte Anatol.

Sie sah schüchtern zu Boden.

»Nun, zunächst einmal wollte ich dich sehen und wissen, dass es dir gut geht. Und dann kommt es auch nicht jeden Tag vor, dass jemand für mich einen Chagall stiehlt.«

»Das ist möglicherweise richtig«, stimmte er ihr zu. »Nur verstehe ich nicht, weshalb du ...«

»So etwas«, sagte sie und begann verlegen in ihrer Umhängetasche zu kramen, »hat noch nie jemand für mich gemacht.«

»Das liegt wahrscheinlich daran, dass man dafür ins Gefängnis kommt«, antwortete er.

»Ja, das könnte sein«, sagte sie, hob ihren Blick sanft an und lächelte Anatol zu. »Das wäre zumindest eine Erklärung.« Sie zog ein Buch hervor. »Ich hab da etwas für dich. Es ist ein Weihnachtsgeschenk. Also: Frohe Weihnachten, Anatol.«

Er starrte auf das Cover. Sie hatte das Buch nicht als Geschenk verpackt, sodass er es gleich erkannte. Es war ein alter, französischer Katalog mit Bildern von Marc Chagall und auf dem Buchdeckel prangte der »Traum der Liebenden«.

»Ich dachte, jetzt, wo du nicht mehr mit dem echten Chagall unterwegs bist, brauchst du vielleicht etwas zum Ersatz«, sagte sie.

Er konnte seine Augen nicht von dem Buch lösen. Der Einband war an mehreren Stellen eingerissen, der Buchrücken war abgerieben, es hatte offensichtlich ein paar Teeflecken auf der Rückseite und es roch leicht nach Zigaretten. Sie hatte es mit Sicherheit irgendwo auf einem Flohmarkt erstanden. Zaghaft nahm er es an sich.

»Der Chagall war nicht echt«, sagte er leise.

»Wie bitte?«

»Das ist eine lange Geschichte. Es war so, dass …«

Er schlug die erste Seite auf. Dort, in großen, geschwungenen Lettern, stand eine Widmung: »Für Anatol, den Träumer, von Marcelline, die denselben Traum träumt.«

Als er eine Seite weiterblätterte, fiel ihm etwas entgegen. Es war ein schmales Stück Karton, etwas größer als eine Visitenkarte und darauf stand: »Marc Chagall, Traum der Liebenden, 1962«. Es war die Bildlegende, die während der Ausstellung neben dem Objekt gehangen hatte. Sie musste sie gestohlen haben. Anatol blickte auf und sah ihr ins Gesicht.

»W… w… wann …?«, wollte er fragen, aber er war zu überrascht und verfiel vor Aufregung ins Stottern. Wann hatte sie es geschafft, dieses Schildchen mitgehen zu lassen?

»Am letzten Ausstellungstag. Ich konnte einfach nicht widerstehen. Ich wollte wohl selbst gerne etwas haben, als Erinnerung«, antwortete sie.

»Als Erinnerung an die Ausstellung?«, fragte Anatol.

»Nein«, antwortete sie, »als Erinnerung an dich.«

Er wusste nicht, was er sagen sollte. Stattdessen starrte er überwältigt das kleine Schild an und drehte es nervös in seinen Händen, immer und immer wieder. Da beugte sich Marcelline auf einmal vor und raunte: »Wir sind uns vielleicht ähnlicher als du dachtest.«

Als Anatol immer noch kein Wort herausbrachte, berührte sie Anatol zum Abschied kurz an der linken Schulter.

»Au revoir«, sagte sie leise.

Erst da bemerkte er, dass sie gehen wollte. Und erst da schaffte er es endlich, das zu fragen, was er schon damals, in Wien, hätte fragen sollen.

»Sehen wir uns wieder?«

Sie sah ihn lange an. »Eventuell.«

»Eventuell?«

»Meine Diplomarbeit ist noch nicht fertig. Und ich habe gehört, dass das Kunstforum eine neue Ausstellung zeigt.«

»Ja, Egon Schiele«, sagte Anatol tonlos.

»Richtig. Ein guter Grund, zurückzukehren. Findest du nicht?«

Jeder Grund war gut, damit sie zurückkehrte, also nickte er zustimmend.

»Aber du musst mir etwas versprechen«, bat sie ihn.

»Ja?«

»Das nächste Mal schenkst du mir einfach ein Poster. Ich brauche keinen original Schiele an meiner Wand.«

»Das nächste Mal?«, fragte er.

Sie beugte sich vor, küsste ihn unendlich sanft auf den Mund und flüsterte: »Lies die letzte Seite, Anatol.« Dann drehte sie sich um und ging davon.

Anatol starrte ihr nach, bis sie um die nächste Straßenecke

bog und verschwunden war. Endlich fiel sein Blick wieder auf das Buch in seinen Händen und er blätterte auf die letzte Seite des Bildbandes vor. Dort stand eine Zahl. Anatol erkannte gleich, dass es sich um eine Primzahl handelte. Erst auf den zweiten Blick gewahrte er, dass es eine Telefonnummer war. Er klappte das Buch zu und atmete einmal tief durch. Dann sah er sich um.

Es war dieselbe Straße, diesen Autos, derselbe, regennasse Asphalt und sogar dieselben Menschen wie einige Augenblicke zuvor. Und doch war auf einmal alles ganz anders. Auf dem Platz vor dem Gefängnis lag plötzlich ein Schimmer von Gold und Verheißung.